水车

戴高山 著

群言出版社
QUNYAN PRESS
· 北京 ·

图书在版编目（CIP）数据

水车 / 戴高山著 .-- 北京 : 群言出版社， 2017.7
ISBN 978-7-5193-0302-0

Ⅰ . ①水… Ⅱ . ①戴… Ⅲ . ①中篇小说－小说集－中国－当代 Ⅳ . ① I247.5

中国版本图书馆 CIP 数据核字 (2017) 第 174838 号

责任编辑：潘　昊
封面设计：胡金霞

出版发行：群言出版社
地　　址：北京市东城区东厂胡同北巷1号（100006）
网　　址：www.qypublish.com（官网书城）
电子信箱：qunyancbs@126.com
联系电话：010-65267783　65263836
经　　销：全国新华书店

印　　刷：北京佳信达欣艺术印刷有限公司
版　　次：2017年12月第1版　2020年1月第2次印刷
开　　本：710mm×1000mm　1/16
印　　张：19
字　　数：272千字
书　　号：ISBN 978-7-5193-0302-0
定　　价：66.00元

自　序

一切都只是开始!

十四五岁那年，我开始写小说了。那时，正是改革开放之初，我写了篇农村少年养鸡的故事。故事有点长，至少中、长篇的样子。我用钢笔在信纸上一个字一个字地写。后来写完了，又重新修改、抄录了一遍。我找了一家出版社，寄出了。当然，退稿了，还有编辑附言：此稿不适合我社，请另投!

从此，这稿件没投了。后来这篇小说，不知扔哪去了。那时没电脑，无法保存，不是下茅坑，就是入垃圾堆或养了蟑螂。

开始学电脑那年，三十多岁吧。老师是位二十多岁的女子，那时上电脑培训班，要交学费。从五笔开始，她让我背字根，背了好久，没能记下来，干脆不背了。每天去练习时，我坐在电脑前一个字一个字地敲打起小说来。两个月之后毕业考试，我没能背完字根，却交上了七八篇短篇小说。老师赞赏不已，准许我毕业了。末了，她把那几篇小说拷入光盘，作为结业礼物送给我。

之后，公司行政部经理把其中一篇打印出来，贴上宣传栏让同事欣赏。也不知什么时候，那光盘丢了。我只留下那篇打印出来的小说——《从“0”开始》。我把这篇小说输入电子版，发上网络。不久，《伴侣》杂志将它更名为《还好，有你温暖我》发表了。

事实上，许多故事不只是偶然，也有必然。我从不痛惜没电脑之前，那丢失的文稿。一切都可以从头再来。所以，我也从未叹息在我学会电脑之后，以四十多岁的年龄，再次投入文学创作，并逐渐得到读者认可。我知道，一切都可以重新开始！

《水车》是一部27万字的中、短篇小说集。其中以《水车》为主的8万字左右的中篇小说，叙述了闽南乡村的百年生活。通过“我”，展示生活在闽南的宗亲，近百年的生活故事。故事纯朴，值得深思。另有19万字其他中、短篇小说，分成三个章节：第一章《乡音乡土》，主要描写普通社会人物的生活故事；第二章《家庭婚姻》，用最平常的平民心态，分享诚实、真挚的婚姻、家庭情感；第三章《传说传奇》，用纪实手法描绘闽南传奇人物。

所以，自《水车》开始，一切都那么亲切、自然。我两个表哥来吃酒，说起童年好笑的事，他们说：“那一年，我们才七八岁，夏天穿一条破裤衩，跑出来看大人打架。后来舅妈撞见了，拿柴筢打我们屁股。”他们笑了，母亲也笑了，说：“你说气人不气人？那边大人打得不可开交，他们竟跑出来看热闹。”

这就是乡土，有些往事我们确实应该忘记，不让它回来。但我偏偏有个好记性，我以一个不知事的孩子，似懂非懂、似是而非地回忆起昨天的那些乡音往事。

我相信，许多事总会往好的方向去！故而，所有的一切，都只是小小的开始！花会开，月会圆，一切会更美好！

戴高山

2017年5月2日于泉州

目录

CONTENTS

第一章　乡音乡土

野菊花开过的秋天

序：

这是我听来的，一位网络朋友给我讲的故事。他说，这是发生在他们老家乡下的一个真实的故事。

1.

入秋时节，山里的野菊花都开放了，一片又一片黄澄澄的。山里的野菊花并不是用来观赏的，而是用来入药的。每年入秋之后，是山里的野菊花开放的季节，这个时候，就会招来一大群蜜蜂和蝴蝶；同时，也会招来好些菊花贩子，他们是来收购干菊花的，然后再倒卖给中药商，从中赚取一些差价。

因为野菊花只是用来入药的，所以有时用量多些，有时用量少些，乡民们有的直接到田间、野地里去摘采些来卖，有的则用空闲的农田种上一点点，因为销量一般，所以没有人敢大量种植。世世代代以来，这里的乡民没有人敢做野菊花的发财梦。

而且，每年的野菊花收成后，还得用炭或煤煨烘着，待烘干之后，才能卖钱。因此，这期间还得算上煤炭的花费，如果碰到不好的年景，卖个低价钱，不但得不偿失，还会影响一年的粮食生产，给一家人的肚子带来实际性的问题。

不过，老成今年却把所有的田地都种上了野菊花。这些天来，他总是和老婆忙着煨烘生菊花，虽然这是一年到头来最忙的时候，但他的脸上却带着笑容。这笑容只有他自己心里清楚，因为今年野菊花的收成特好，而且他又把所有的田地都种上了。按照年前他和那生意人的计划，这叫“破釜沉舟，背水一战”。不过生意人和他说了，这只是一句生意话而已，让他放心好了，他说老成种的野菊花，今年是一定能够卖个好价钱的。

所以入春后，老成就把所有能够种野菊花的田地，全都给种上野菊花了。现在，老成正满心欢喜地烘煨他一年来辛勤种下的野菊花。他想着在不久之后的几天里，那个菊花贩子会提着一大捆钞票，把他这些烘煨好的又大又黄又香的野菊花全部给买走。

年前，他把所有田地都种上野菊花的时候，乡民小友三就讥笑他说：“野菊花的卖价，可没你想象的那么好，而且每年都时有起落，这已经是历年来都有过的事了，从来就没有出现过什么奇迹。你把所有的田地都种上野菊花，到时要是卖不出去，就让你和你的老婆孩子去喝西北风吧！”

小友三虽然是在讥笑老成，可也是在劝他，为他好。确实，每年的野菊花价格都是高低不等的，所以乡民们总是留下大部分的田地，种上一些粮食作物，以防万一。

2.

老成虽然很介意小友三讥讽的话，却不当面反驳他，反倒在心里有些暗喜。他不想让别人知道他种这么多野菊花的理由。并且，老成当时心里就想：“嘿！你这小友三，不知天高地厚的，入秋之后，让你来看我慢慢数钱吧！”

老成是个实在人，他没有和小友三计较，也没有告诉小友三，说他已经和一个菊花贩子有很深的交情了，并且签下合同，留下订金。只要老成入秋后的菊花全部收成煨干后，他就过来一起提走，价格也有明文规定，肯定是比别人的价位还要高些，而且是一手交钱，一手交货，叫他只管专心种好野菊花就是了，只要菊花好，就只等收钱吧。

老成和老婆正在烘煨着他们的野菊花，就听外面有人在叫他。于是，两个正在写字的小女儿，一个跑出去开门了；另外一个扭过头来，对老成夫妇喊道：“爸、妈，是买菊花的王叔叔来了！”

老成一听，赶紧走了出来，拉着那菊花贩子的手，弯着腰，仰着头，满脸讨好地说：“哎呀，我的老祖宗啊！可把您给盼来了，我还以为您不来了呢！”

那菊花贩子稍稍有些矮胖，头发剪得奇短，远远看去，却像是一个大光头似的。不过，这菊花贩子却是笑容可掬的，他用一只手搭着老成的肩膀，说道：“兄弟，我这人说话从来是算话的，哪能做那种伤天害理的事啊？我去年不也是从来没有失信过吗？别人给你 15 块钱一斤的野菊花，我可是给了你 17 块钱一斤哦！”这菊花贩子姓王，所以老成夫妇俩背地里都叫他“菊花王”。

老成把菊花王引到茶桌旁坐下。他一边泡茶一边赔笑着说：“那是，那是啊！大哥对我还真是好啊！我这两年卖给您的野菊花，也就百十来斤重，真算不得什么啊！少种了，少种了……”老成一边笑着一边说着，一边把泡好的茶送到菊花王的跟前。

菊花王接过老成的茶，满脸堆笑地说：“兄弟啊，你没听哥哥的话，不是吗？前些年就叫你多种一些！你看，你看！是不是？”菊花王汲了一口茶，哈哈大笑起来。那样子，看起来非常爽朗，倒像梁山上的英雄好汉似的。

老成这时确实有些后悔，他尴尬地笑着，说道：“是啊！是啊！我后悔不听哥哥的话了！”他也给自己倒了一杯茶，轻轻汲了一口，好像他刚刚偷了别人家的东西似的，有些不敢正视菊花王的脸。

只见那菊花王把剩下的一口茶喝完，又看着老成干瘪瘦弱的脸，问道：“兄弟啊，今年可以收多少干菊花呢？”

说到收成，老成的脸又露出阳光来了，他乐呵呵地说道：“托哥哥的福啦，今年我可是大获丰收啊！我把全部的田地都种上了野菊花，估算一下，今年的产量应该不下三四千斤哩！全部都是干货！”老成正乐着，看着菊花王的脸。只见菊花王却突然拉下那张臭脸来，看都不看老成，不说话了。

老成那正笑着的脸，突然间凝结在半空中。他那怪样子，说多难看就有多难看。面对着财神爷突然间拉下的脸，老成显得有些不知所措了。许久，只见菊花王微微地缓和了一下那张死人般的脸，说道：“兄弟，太少了啊，太少了啊，兄弟！”菊花王把背靠在交椅上，用手抓着他那颗大脑袋，两片厚厚的嘴唇紧紧地抿着，一脸无奈沮丧的样子。他对老成说道：“我可是叫了一部10吨重的大货车啊！”

“大哥要10吨干菊花啊？”老成此时险些被吓坏了，他很是无奈的样子，呆了半天，最后说道：“对不起啊大哥，我已经把所有的田地都种下了啊！今年的收成，还是比较好的，才能有这个数啊！你要10吨，我哪里去弄啊……”

“这不能怪兄弟！”菊花王坐直起他的身子，又拿起那倒满茶水的杯子，汲了一口，继续说道：“不是要10吨啦，我叫了一部10吨的货车啦。这干菊花又轻又松，10吨的车子也就能装5吨吧！可问题是你连5吨的一半都没有啊！叫我这部货车怎么装啊？”

老成有些傻了，他跟着菊花王端起杯子，也汲了一口茶，说道：“大哥！可我确实没这么多干菊花啊！”

只听菊花王又说：“我也知道你没有这么多干菊花。不过没事的，活人不会给尿憋死，不是吗？”菊花王笑着，又说道，“我看啊，我们可以联手，搞个干菊花收购站啊。”

老成点了点头，小心地看着菊花王，问道：“这个？怎么个联手收购呢？”

“哈哈，这个简单了！是这样的，我出钱，你出力，赚钱大家分红利！”菊花王把嘴靠近老成的耳朵，说道：“你千万别跟别人说，按照我们的合同价格，你帮我收购，我每斤干菊花再给你两元钱的抽成费，如何？”

老成半信半疑，盯着菊花王的脸看了半晌。只见菊花王从后口袋里摸出一个大皮夹来，看了看皮夹里面，抽出一沓子钱，点了一下，递给老成说：“哈，兄弟！我一开始也不知道你这没有那么多干菊花，不过没关系，按照我们的约定，你先帮我收购到位，我再给你两块钱一斤的抽成。放心啦，我们都是几年的好兄弟啦，这点，大哥我亏不了你的！”

他把钱递给了老成，并继续说道：“兄弟，这些你先点点吧，出门匆忙，我也没多带钱，两千块钱是太少了，就算是订金吧。哈哈，年前我和你签订合同的时候，不也是先预付给你五千块钱的订金吗？”

“是，是，是！”老成接过菊花王手中的钱，手有些发抖，他也知道，这菊花王没做生意前，可是先给了他五千块钱的订金的。现如今，他又下了两千块钱的订金，自己却一朵干菊花也没给人家。老成是个老实人，所以接过钱之后，心里总感觉有些过意不去。

老成用手蘸着唾液，许久，他才把这两千块钱点好。然后，他把钱递给身后的老婆。老成的老婆接过钱，又细心地点了又点，看了又看，许久，才把钱收到口袋里，算是放下心了。

“那就托大哥的福了！大哥可得说话算话哦！”老成对菊花王说道。

只见菊花王板起脸来，冲着老成责怪起来，说道：“你看，你看，不相信大哥了是吧？我这前前后后可是先给了你七千块钱的现金啊！到现在，我还没拿过你一朵干菊花呢！你怎么就不相信我呢？”

这话一说起，让老成夫妇顿时惶恐起来。他们在那一直摆着手说道：“不是不是，大哥可不要生气哦！我是说，您什么时候过来拉货呢？”

“我说嘛，兄弟肯定是信得过我的！你看看，三年来我们一直在合作着呢。哪一年我亏过你一分钱啊？一斤我还比别人多给你两块钱呢，不是吗？”

“是，是，是！”老成夫妇俩站在那里，一个劲儿地解释着。是的，这三年来，这个菊花贩子总是跟他们买干菊花，而且总是比别人的价格多上两块钱。这些，老成夫妻不会不记得的。可是，那时他们一年下来也就百十来斤干菊花，从来没有做过这么大的买卖，夫妻俩难免心慌了起来。

可是，自从年前那合同签订下来之后，这菊花贩子先给了他们五千块钱的订金。今天，为了多收购一点干菊花，他又拿出了两千块钱作为订金。这样的人，还有什么不能让他们相信的呢？何况，老成到目前为止，还没给过人家一朵干菊花呢。老成夫妇俩虽然担心，却没有理由怀疑人家啊。

再说了，家里这三四千斤的干菊花还等着他来收购呢！

末了，老成又重复地说道："大哥，我们之间也有过三年的生意合作了，我哪敢不相信您呢？我是说，您什么时候过来拉货呢？"

"是啊，大哥什么时候过来帮我们拉货呢？"老成老婆也装着笑脸，点头哈腰地说道。

"拉货啊？货什么时候备齐了，就打电话给我。"菊花王说完起身，对老成夫妇说道，"你们放心吧，兄弟！我这还有好多的生意要做呢，你们先忙着，我走了。"说完，他站起身来，走出了老成的家。老成夫妇跟着他身后，一起把他送出门去。这个菊花贩子，开着一辆豪华的小轿车，一溜烟地就走了。

3.

这会儿，老成老婆从口袋里取出钱，递给了老成，让他再看看，是不是这钱有什么问题。可是老成看来看去，这钱不但没有什么问题，而且还都是崭新的，又因为老成的老婆刚刚从内衣口袋里取出来，暖暖的还带有体温呢。但老成还是有些担心，他催促他老婆去信用社，把那钱给存起来。一方面，老成怕这钱有假；另一方面，乡下人身边舍不得放钱，怕钱丢了，也怕钱花掉了。

不到一会儿，老成老婆回来了，手里拿着一张存折，高兴地说："真的，是真的！一张都不假！信用社老王还问我是不是卖菊花的钱呢？我说是啊，是啊！人家可真羡慕咱们呢！老王还说啊，准是碰上大客户了，那沓新钱，都是连号的呢！哈哈……"

晚上，老成正和老婆商量着明天收购干菊花的事呢。这会，菊花王又打来电话了，说他最近比较忙，希望老成一定要尽力帮帮他，生意将来还会合作的。并且，他对老成说，希望他不要和外人讲，因为生意中的人信息都很灵通，一不小心让外人知道了，就会有人争抢收购，这样价格就会抬高起来，没有什么利润可图的。另外，万一有人知道他要卖给哪家药材公司，别人也会跟着去卖，这样子生意就别想做了。

老成虽然一辈子在乡下，却也知道生意是这样的，做得越保密越稳妥就越保险。于是，他和老婆合计着，该怎样来收购干菊花。那边，两个正在做作业的小女儿问起时，他们就骂道："小孩子家的，有耳没嘴，一边读书做作业去！"

第二天，老成在家里坐镇，老成老婆出去和人说收购干菊花的事。老成还交代说：若有人问起，就说是为别家人代收的，装车不够。钱的方面，较好的、信得过的亲戚朋友，就先赊着，反正老成在乡里也是有了名的老实人，从来就不会骗人的。实在是信不过或者边远一点的，或是死缠烂打一定要现金的人，老成也有办法。他叫老婆去信用社，把他们夫妻辛辛苦苦十几年积攒下来的三五万块钱取出来，先给垫付上了。

当然，老成就是再老实，也有他精明之处。虽然菊花王看似很有诚信的样子，但老成心里还是很不踏实。因此，能赊账的，还是尽量给赊着。

虽然老成也不想声张，但是他收购干菊花的价格，显得比别的菊花贩子还要高些，很快，老成收购干菊花价格高的消息，就在乡里传开了。有人说他交到一个很有钱的菊花贩子，有人说他自己联系上了药材公司。总之，大家都知道老成做起了干菊花生意了。

于是，平时小看他的人，都开始巴结起他来，争着把家里的干菊花拿出来卖给他。也有怕的，磨蹭着要现金的；也有不怕的，说反正也就不过三五天的时间，跑得了和尚跑不了庙。怕什么？舍不得孩子还套不上狼呢，老成的价格可是比谁都高啊！乡民们那小小的算盘，可是一拨就响的。所以很快，这几千斤的干菊花就给收购齐了。

4.

这边，老成给菊花王打电话，说他干菊花收购齐了，问还要不要更多的。只听菊花王说道："够了够了！兄弟真是个会办事的人，谢谢了！"对方在电话那边，很高兴地把老成夸得像神仙似的，并且对老成说："不要再收了！我这边暂时没有那么多现金，也没有那么多的药材商要买……"后来，双方约定第二天晚上，菊花王带人过来拉货。到时，一手交钱，一手交货。

可是，还有好多人想把干菊花卖给老成哩。当老成给菊花王打电话，说不再收购菊花的时候，来卖干菊花的人都闹将起来，有人甚至在那里开始叫骂了。可是骂归骂，老成终究还是有理智的，他只是在为别人家办事，赚点辛苦钱；并且，这收购干菊花的钱，还是自己掏口袋里的钱先垫付的，老成就是再老实，也不至于做亏本生意。

因此，老成说不收就不收了，不管是好人还是坏人，亲戚还是朋友都没门儿，一概都不收了。可谁知道，到了晚上，老成家却开始热闹起来了。老成平时除了种种地，三步不出自家大门，交结少，当然也就没有什么至交朋友上门来坐坐了。但是，今天晚上，大家听说不收购干菊花了，就有不少以前和老成并不十分相熟友好的人，登门来套近乎了。这其中，还有那原先瞧不起老成的小友三。

小友三今年种的野菊花也是多了一些，据说他也搭上了一个大客户。但他不像老成那样，把所有的田地都种上野菊花，也不像老成那样，和客户签了合同，拿到了订金。并且，据说他那家大客户出的价钱，也远远没有老成收购的价钱高。几次谈不下来，他就想把干菊花转卖给老成。

可是老成虽然老实，却也不是一个一点仇都不记的人，尽管这几天小友三一直在老成家门口转来转去，老成还是没有搭理他，只顾做自己的生意。所以，今天一听说老成不收干菊花了，小友三也急了，他顾不得之前和老成有那一点点小小的过节，还是和大家一起，趁着夜晚，过来走走坐坐了。

一伙人坐下来，老成的老婆赶紧泡茶。开始说的当然不是收购干菊花的事了，而是先套上一些近乎：说老成的那两个小女孩子，在学校读书读得很不错啦，经常受老师的表扬啦；说老成家的猪长得好啦，年底准又碰上好价钱啦……说得老成乐呵呵的。然后，才有聪明一点的人慢慢地把话题引到老成收购干菊花的事上，问老成还要不要收。

于是，老成说："主家人说不收了，我也没办法。我老成能为乡里人多做点事，当然是不会推脱的，可人家说没有那么多的药材商要货啊！你叫我怎么办呢？”

于是，大家又沉默了好久，喝着闷茶。但最终，还是有人再说话了，那人说：“成哥，要不我们一起和那收购商说一说吧？您看怎么样呢？”

话没说完，老成就有些触电的感觉了，只见他马上急了起来，说道：“那可是我的客户啊，和你们一起去说，到时不就抢了我的生意吗？”

小友三赶紧摆摆手，说道：“不不不！我们没有这个意思！要不这样吧，您明天帮我们问一问，问一问啊……”大家伙坐在一边，也一致附和说：“成哥，我们没那意思，就是想让您帮我们问一问，问一问啊……”

“这还差不多！”老成笑了一笑。心里想：“明天晚上就要过来拉货了，我就帮他们问一问吧！真还要收，我也可以多赚一点辛苦钱。”

于是，老成又说：“那我明天……哦，不，不，我后天，是后天！后天晚上过来拉货，我帮你们问一问，好不好呢？”老成突然觉得自己说漏了嘴，赶紧改口。因为菊花王再三叮嘱他，明天晚上要来拉货的事，不能告诉任何人。一则是因为现金付款，怕人多了钱不牢靠；二是因为他不想让人知道了，会拐走自己的生意。所以老成当时说到“明天”时，赶紧改口，说是后天来拉货了。

既然老成说要帮大家问一问，大家也就没什么话说了。后来，大家又坐了一会儿，都说得回家休息去了，明天还得烘煨菊花呢。就这样，大家三三两两地都散了，只有小友三走到最后，他拉着老成的手说：“哈，成哥！过去的事您老哥就别计较了，是我小友三鼠目寸光，您大人有大量。后天那客户来了，千万给我问下则个，到时，小弟我请哥您喝酒……”

“哈哈！这是说哪的话啊！”老成拉住小友三的手，真诚地说道：“能为咱兄弟办点事，哥哥我是应该的！只要我们乡里的干菊花能卖个好价钱，那就是我老成分内的事了！”

终于，老成和小友三兄弟之间的那点小事，就因为这场生意，好上了。

5.

众人散去之后，老成夫妻俩入屋准备睡觉了。两个孩子已经早早就睡上了，老成夫妇也上了床。但他们躺在床上，终于还是一夜睡不着觉，一直在讨论明天交菊花的事。一会儿怕菊花王不来了，一会儿又怕他不给现金。这事，正如临阵之前的新战士，真有些急不可耐又非常紧张的样子。于是，说着说着，不大一会儿，天就大亮了。

第二天，照样有乡人来问还要不要收购干菊花。老成只好依旧跟大家说：等客户来拉货的时候，一定帮大家问一问。

到了晚上，天都黑了，老成还是没有看到菊花王的车子和人影。于是，老成害怕了。他给菊花王打了个电话，问几点钟车子能到。只听菊花王回答说："兄弟，车子可是老早就开出来了啊，可谁知半路上出了一点故障，这车真是的！本来七八点钟我们就会到的，现在正修车哩，只能迟到一会儿。不过，再晚大概也不会超过十二点吧。"

老成听完挂了电话，他有些烦闷，但也吱不了声。车子坏了，那是没有办法的意外事。老成把这事和老婆说了，叫她先去床上躺一会儿，免得着凉。入秋之后的夜晚，天气有些冷了。两个孩子做完作业，早早就上床睡去了。老成手里拿着一把手电筒，独自坐在自家的大门口，一个人在那静静地等着。

十一点钟过后，老成又打了菊花王的电话。只听菊花王在那边说："再过半个小时就到了！真对不起啊兄弟，让你久等了！都怪这辆破车，你就放心吧，钱我都带来了……"菊花王在电话那边不断地道歉，并且不断地说着老成的好话。

果不其然，十一点半之后，菊花王的货车和小车都到了。乡村的夜晚很静，又是入秋之后的天气，已经没有闲人在外面了，四周一片死一样的沉寂。看到菊花王走下车来，老成一边叫醒老婆，一边走出来迎接菊花王。

只见菊花王手里提着一个大包包，他一只手先拍了那只大包几下，又拍了拍老成的肩膀说道："兄弟，进去！咱们先点好钱，再装货！"老成的心就要从胸口跳出来了，他把菊花王引进了内屋，这边老成的老婆也起来了，赶紧说要去泡茶。

菊花王却一手拦住老成的老婆说："茶就免了吧！外边兄弟是我雇来

的，这破车坏了，让他们陪了整整一个晚上了，都急着呢！”只见他把钱袋打开，露出一捆捆红色的钞票，都是全新的。他又对老成夫妇说：“来来来，先点下钱，点了钱再装货！”

老成夫妇这一辈子，哪见过这么多整捆整捆的钞票啊？而且居然都是全新的。他们夫妇俩的心在跳着，手在抖着，他们不敢相信这是真的。还是菊花王提醒他们说：“没见过这么多的钱吧，是全新的，我下午刚从银行里提出来的，一个号连着一个号的，一张旧的都没有。”菊花王随手拿出一捆钞票，用手一晃，然后又在手掌心上一拍，啪啪地响。

“没见过，没见过……”老成夫妇不住地叨念着，有些刚从另外一个世界走来的感觉。于是，菊花王把钱按干菊花的价钱摆放在桌面上，让老成夫妇去点点看。老成夫妇点完了捆数，说道：“如果一捆够足一万块钱的话，那还多了两千多……”

“哈哈哈……”菊花王笑了，他说道：“多给你们两千多算什么啊？你知道这一车货我倒出去，能赚多少钱吗？差不多二十万啊……”菊花王笑得很有劲，他很自信又很豪爽。这时，老成老婆拿出其中的一捆，想走到灯下去看一看，点一点，看究竟够不够数。却听外面的司机和伙计都在嚷嚷着：“王老板，你到底装不装货啊？都下半夜了，还让人睡不睡觉啊？今天装你这趟车，我们兄弟可是倒了八辈子的霉了！”

司机这时也跑进来，拉住菊花王的手说：“王老板，你到底装不装货啊？不装货我车要开回去了，大不了贴点油钱！没见过你这样的老板，磨磨蹭蹭的……”

只见菊花王赔着笑脸，赶紧应道：“马上就装，马上就装！”回头又对老成夫妇说：“你们看看，外面的兄弟都催成这个样子了，你们快些点钱吧，点好了我们去装货啊！兄弟是怕我的钱不够张啊？怕你就说啊！”菊花王一边说着，一边又从口袋里抽出一捆钞票，放在老成老婆的手里，说：“再给你一万块钱，总够了吧？明天你们夫妻再慢慢点吧，够你们点的！你看外面的兄弟们都急成什么样子了……”

老成老婆不好意思地接过那一捆钞票，嘴里说：“大哥真是爽快人，那我就不点了，不点了！先装货，先装货吧！”她把那捆钞票和桌子上的那一大堆钞票放在一起，抱进了内屋，锁了起来。这边老成也赶紧附和说：“不是啦大哥，乡下人，真没见过世面啊！哈哈，从没见过这么多钱！没见过……呵呵……装货吧，装货吧……”

几个伙计七手八脚，一会儿工夫，一车干菊花就给装完了。临行之前，菊花王走过来，和老成握了握手，说道：“兄弟，谢谢你了！这次我可大发了！”

老成也乐呵呵地说道：“都发了，都发了，我也发了！明年我们再次合作，再次合作！”

6.

老成夫妇又是一夜没睡好，他们这次是兴奋得睡不着觉了。夫妻俩躺在床上，先是争论着要先存钱还是要先给那些菊花种植户发钱。最后他们一致决定，先把多余的钱存起来，留下一部分，给种植户发钱。后来，他们又讨论要留下多少钱，添置一些什么家具、什么电器的。再后来，因为意见不同，夫妇俩就开始小吵起来了。

不过，毕竟是夫妻，有了钱，再吵也不会吵到大的地方去。最后，双方意见还是达成一致，都说：不就多拿出一点钱来吗？想买些什么就买什么吧！只是有一件事最终让老成夫妇过意不去，因为他们刚才忙着点钱，忙着装货，竟然忘记为乡民们问一下菊花王，还要不要再收购干菊花？

第二天，老成和老婆找来一个化肥袋，他们把那些钱都给装好了，然后夫妇俩一起，向信用社走去。一路上，总会有人问他们要去哪里，或者问一下老成，还要不要收购干菊花啊？于是，老成夫妇就会对人家说道：“哈哈，某某好！提上一只鸭子，去走走亲戚家呢！”或者会说：“某某好！过两天老板来拉货，我会帮你问一问的……”

就这样，夫妇俩鬼鬼祟祟地走进信用社大门。信用社老王一见，赶紧从柜台里探出头来，说道：“老成兄弟啊，是来存钱的吧？哈哈，我就知道你们夫妻俩今年准是大发了！”

老成谦逊地说道："哈哈，王哥好啊！一点点小钱，也没有多少，小本生意啊！其实多半还是种菊花卖的钱！"

信用社老王说："老成兄弟就是谦虚啊，昨晚我还听到有车声来着，我就知道是到你们家装货来了，早上看那车轮印子，压得可深哩，肯定是卖了不少干菊花的！哟，我看你们那化肥袋真沉啊！"

老成把袋子提上了柜台，解开袋子口，把钱往柜台上一倒。说："也就这一点点啊！"

那信用社老王一看，说道："哟，有这么多啊，还都是全新的呢！"他顺手拿一起一捆，看了一看。不过，很快的，他就瞪大了眼睛，用异样的眼神看着老成夫妇。

老成夫妇看见信用社老王的眼神有些不对劲，心里有点纳闷，同声地问道："怎么了啊，王哥？"

"这，这钱好像是假的啊！我再好好看看。"信用社老王迅速解开一捆，用手摸了一摸，说道："确实是假钞啊，没错儿！老成你让人骗了！"信用社老王的声音几乎是提高了八度嚷叫起来的。

老成愣在那里，说不出话来。只听老成老婆说："不会吧，王哥，是不是你看错了？"

"我天天摸钱，哪会有错？我再给你用验钞机试试看。"老王把那些假钞放在验钞机上，是假的，一张都过不去。

不到半秒钟的工夫，老成晕死过去了，老成老婆呼天抢地哭了起来。信用社老王也站在柜台里，好些时候没有清醒过来。

尾声：

后来，我那网友说，老成疯了。再后来，疯老成见人就说疯话，说他发财的经历。并且，说要去找菊花王签订明年购买干菊花的合作合同。再再后来，疯老成就走失了。

不久，有人告诉疯老成的老婆，说外乡死了一个疯子，样子很像疯老成，让她去认认看。疯老成的老婆真去看了，回来的时候，有人看见她一脸无助悲伤的样子。她和别人说，那个死人不是疯老成。于是，政府见没人认领，就给随便收尸了事。

可有人却说，那死人就是疯老成。于是又有人猜测，是不是疯老成的老婆怕认领了，没有钱再花一笔安葬费，所以就不敢认领了？不过，自从那疯子死后，人们再也没有看见疯老成疯疯癫癫的身影了。

一封来不及派出去的侨批

引子：

自19世纪70年代开始，到20世纪70年代，著名侨乡泉州有一个金融兼邮政的特殊行业——派送“侨批”行业。那么，什么是“侨批”呢？在闽南，本地话“批”的读音和“信”的读音是一样的。所以，“侨批”的意思就是“侨信”了。

因此，这个所谓“派批”的行业，其实就是早期的私营信局。在电报、电信不发达的从前，这种私营信局相当红火。特别是远在海外的侨民，都是依靠信件与家乡交流的。

而闽南地区的侨胞特别多，家乡人与南洋亲人之间的联系，都是靠普通的纸质信件。一封信件通过水路、陆路，送到当地邮局，再由邮局统一派人，翻山越岭，送到各地侨属家中去。顺便将他们的回信也带回来，集中到邮局里，再统一发送出去。

这百年之间，正是世界各国战事纷争的年代，信息的传递极不方便，真是“烽火连三月，家书抵万金”啊。期间，更有多少感人的故事在这条无声的战线上发生了。

1.

从午后开始，就一直下着雷阵雨。闽南人管这种雨叫西北雨。

刚才还是阳光灼热，天空中没有半点云彩。突然之间，从西北方向飘来了一大片黑漆漆的乌云。很快，这黑布一样的大云块，越聚越密，向你的头顶上压来。人在地上抬头望去，像一大卷翻滚的浓烟，由西北方向的杨梅山滚滚而来。紧接着，疯狂的强风阵阵袭来。风越紧急，云翻卷的速度就越快，来势也就越凶猛了。

随着风势越来越紧，云卷越来越低，越来越近，整个天空开始阴暗起来。这时候，并没有响雷。若是先雷后雨，那肯定是雷声大，雨点小。而若是先雨后雷，那雨势，肯定是不得了的，一下就是天昏地暗的。所以，闽南这个地方，先雨后雷的西北雨，那可是非常凶猛、非常强大的，那雨活生生地砸下来，会把人的周身砸得难受无比。

反正，被这种西北雨的雨点儿砸久了，人是会长鸡皮疙瘩的。就算是烈日炎炎的夏天，突然被这种大雨砸上一阵子，多半有发烧感冒的可能。

李来福站在自家的土坯房子下面，时不时地向外伸出头。或者，他会把手伸到门外去，接了接雨水，看看这雨下得大不大，什么时候会停。一道道的电光从外面黑沉沉的天空中穿入了他的屋里，随后便是一声比一声更加猛烈的雷声响起，让人感觉毛骨悚然。虽说急雨易停，但这一场大雨却明显的一时半会停不下来。

“这雨怎么就这么大啊，几时才能停呢？”李来福像跟谁说话，又像自言自语。

他一会儿看看天，一会儿又看看地，一双手像搓丸子似的，搓来搓去，显得有些紧张。他傻傻地站在门口边，焦急地望着外面。噼噼啪啪的雨点打在了土坯房外面的积水里，鼓起了一个又一个水泡，这些水泡在水上漂浮着，不到一秒钟的时间，又让紧接下来的雨点打破了，或者在水中激荡一下，自暴自弃地毁灭了。

这时，屋里传来妻子的声音，她说：“来福啊，这雨一时半会恐怕是不会停的，还是明天再去派批吧，不就耽搁上半天的时间吗？”

李来福不语，顺着那声音望去，只见妻子坐在床上，把小儿子抱紧贴在胸前，正喂奶呢。另外的一边上，他的大女儿也把整整一个头偎进了女人的怀中。来福妻腾出了另一只手来，将大女儿的耳朵捂住。天上正响着雷呢，两个幼小的孩子都有点害怕了。

这是一栋十分简陋的土坯房，都是用土块垒成的，共有三间，上面盖着灰黑色的屋瓦。除了一个主间和对门的客厅之外，另外的一侧还有一个带烟囱的灶台，和一张老旧的杂木桌子，这地方就是厨房了，闽南人管他叫灶间。

李来福默不作声地望着外面，长长地吁了一口粗气，外面的雨点儿好大呢。

他懒懒地半蹲下身子，顺手抓来一个木凳子，将屁股往上一放，把背靠在大门的门板上，从口袋中掏出了一把红烟，用烟纸卷了一个喇叭状的烟筒子，然后塞进嘴里。再接着，他又从上衣口袋里找出一盒火柴，把火划亮了，点燃口上的红烟，猛吸几口。

他就这样把头靠在门板上，微微仰起。然后，吸了一口烟，又慢慢地吐了出来。再吸上一口烟，再慢慢地吐了出来。

2.

李来福是源兴信局的派批员，他干这行当，也已经有四五年的时间了。在这之前，他是一个老实巴交的农民，守着那几分薄地，混得不像个人样儿。好在他为人实在勤快，娶妻生子之后，经过远房亲戚刘老汉的介绍，被源兴信局接收为派批员了。

有了这份工作之后，李来福那贫困的家开始有了生机。加上他平时诚信老实，年轻力壮又腿脚勤快，很快，他得到信局和侨属的信任，找他派批的人越来越多。每天，他从信局收到信件之后，就急急忙忙把信的路程分好，先近后远，一沓沓用塑料袋包扎好了，然后找来两个用草席编织而成的“加志袋”，依次把信封装入里面，收拾整理好。

回到家中，他取出一双草鞋，轻轻将鞋上的泥灰掸掉，慢慢穿到脚上。又从门外取出一条扁担，从那两个“加志袋”的耳孔中穿过，往肩上一搁，就开始翻山越岭了。

一般来说，源兴信局都是根据线路来分配派批员的，但因为李来福为人勤快，有时其他派批员没空或者伤风感冒了，便让李来福去跑。有时其他线路的侨批太多，一下子派送不出去，也让李来福去跑。只要有活儿，不管白天黑夜，李来福就算翻山越岭也愿意。

俗语说：“人穷志不短。”李来福那三间土坯房，曾是他祖父留下来的遗物，有几十年的时间了。因为父亲并无建树，所以到他这一代，还住在这破土坯房子里。自从找到派批员这个工作，李来福就决心把这几间破土坯房，翻建成砖石结构的瓦房。所以，因为心中有了理想，就得比别人有更多的努力，才能够实现目标。

李来福把手中的烟炮子含在嘴上，猛吸了几口，然后往脚下的泥地上掐了几下，一甩手把那还没熄灭的烟屁股，扔到了雨水中去。屋顶上、门外，都是一阵噼噼啪啪的敲雨声，以至于那带火的烟头，扔进水里，连“刺”的声音都无法听到，只见一小缕青烟，在雨雾中慢慢地腾起，瞬间就消散了。

他站起身来，对着屋里的女人说道：“不行啊，这里有一封刘阿婆的信件，今天是一定要送到她手上的！”

“可是外面的雨下得那么大，出不了门啊！”妻不安地说，“再说了，这信件就算压上个一天半天的，也没有什么事啊！谁知道是在哪里压的呢？”

“不行的，做人是要讲信用啊！我答应过刘阿婆的，一收到她儿子的来信，就马上给她送去！”李来福一边说着，一边从那土墙的铁钉上，取下一副老旧的棕衣，认真地收拾收拾，披在身上。而那两个“加志”的信封，也早已打理好了。但这会，正下着雨呢，他得在“加志”的外面，再封上一层油纸布，防止雨水把人家的信件给打湿了。

一切收拾停当之后，看看万无一失，李来福方从大门后面，取出那把已磨得黑黝黝的小扁担，将那两个“破加志”串了起来，放在肩上。再顺手从土墙上取下一个斗笠，对着屋里头的女人说了一声：“我出去了，好好看着孩子！”

妻在内屋里一边给孩子喂奶，一边回了一声：“嗯！雨大路滑，可走慢点哦！”

屋外，那雨并没有停下的意思，雷声一声紧似一声的，李来福挑着那两个“破加志袋”，一步一步，慢慢地消失在白茫茫的雨雾之中。

3.

雨中派批，这也不是第一次了。但今天的西北雨，确实来得非常猛烈。李来福慢慢地在乡间小道上走着，尽管头戴斗笠，身穿着棕衣，但横斜打下来的雨水还是打得他的眼睛无法正常睁开。时不时地要用手掌去拭一拭沾上雨水的眼睛。

俗话说：披棕衣，淋胸肌。这棕衣啊，是不能把整个身体遮住的，不到一会儿，李来福的前胸上就已经全部淋湿了。好在这是一个大热天，他身穿短衣短裤，身强体壮，否则早就撑不下去了。他睁开眼睛四处望去，四野里看不见一个人影。平日里，李来福总是准备好了防雨的“加志”罩，就算整个人让雨水淋湿了，也不会让这些信件淋湿。

当然，如果不是因为刘阿婆这封信，李来福或许不会在这么大的暴雨中出来派批的。可为什么独独刘阿婆的侨批让李来福这么牵肠挂肚，一定要赶着送到她家呢？这事，还得从几年前的那一段往事慢慢说起。

原来，刘阿婆的男人刘老汉也是一名出色的派批员。刘老汉是李来福的远房表叔，因为见李来福诚实肯干，就把他介绍到源兴信局去帮忙。最先，李来福只是在里面当一个杂使，帮人整理一下信件。后来因为年轻、老实又勤快，慢慢就有人让他帮忙送上几封信。又因为他读过几年私塾，会写几个大字，而且从不积压信件，深得大家的信赖。

二十世纪三四十年代，中国到处军阀混战，土匪横生，西北方向日寇横行，派批工作虽然相对一般农民的收益，较高较稳定，但其风险也是同时存在的。因为家国贫困，百姓饥枯，海外华侨除了寄信回家之外，还会托人寄点贵重的物品或钱财。因此，土匪们大多知道这些派批员身上有点货色，会早早打探派批路线，好在半路上把钱财劫了。

多数派批员的家境并不富裕，加上责任感和信誉精神，当身上带的信件或财物被洗劫之后，心中多有不甘。赔是赔不起的，故难免有个把大胆勇武的人想奋起反抗，最终因为寡不敌众，被土匪杀害了。刘老汉就是其中一个被杀害的派批员，找到他尸体的地方，是在东溪边的一片芦苇丛中。

那一天，李来福也找到这里来了，他看见刘老汉身上中了十几刀，满身是血，眼睛睁得像铜铃似的。有好几天，李来福晚上一闭眼睛就会梦见死不瞑目的刘老汉。

来福妻也几次劝他不要干了，穷就穷一点吧，只要不被饿死，只要还有一条命在，这个家就是一个家。可李来福不听，他不是不怕，每到一个偏僻的山道，他就会提心吊胆，有时甚至走完了山道，摸一摸裤衩，才知道那半条裤子都尿湿了。是人，就会怕死，何况像李来福这样老实巴交的人，更是少了土匪恶霸那种刚硬的秤砣之心。

李来福在山道上深一步浅一步地走着，从他的家到刘阿婆的家，有二十来公里的山路。雨天没有人，更是让他胆战心惊。想起刘老汉的死，他禁不住打了一个寒战。不过今天，不管他心中有多害怕，反正，裤裆早让雨水打湿了，就算尿了，也不知道。

天上，雨点不断地砸下来，雷声间续不断。他的第一个目的地，就是刘阿婆的家，只有把刘阿婆的信件送到了，并念叨给她听，才会为其他的侨属送信过去。

本来，“西北雨下不过田埂”，这话他也知道。只要把信送到刘阿婆的家里，这雨就算不停，也会慢慢小下来，到那时，在刘阿婆家吃完晚饭，再赶去送别人家的。

4.

可是，刘阿婆家到底谁在海外？为什么隔上十天半个月，就会有信寄来？而且，时不时地在信封里，夹上一点钱。据李来福说，这个给刘阿婆寄信的人是他的儿子。

原先，刘老汉夫妇并没有家人在海外，因刘老汉做了二十多年的派批员，工作做得好，又有责任心，深得侨胞的信任。某一天，一位在外经商的侨胞说动了刘老汉，让他儿子认他为义父，交给他培养。若是将来能做上生意了，可为刘家带来光彩。

刘老汉夫妇同意了，也确实非常感谢这位大恩人。他们把唯一的儿子叫过来，交代了几句之后，让这位商人侨胞，给带去南洋了。

侨胞带走了刘老汉的儿子之后，还真真心地培养他，让他读南洋最好的贵族学校，参加最现代化的商业培训。本来，这刘老汉的儿子在家就受过良好的教育，去了南洋之后，因为有了好心人栽培，更是学业精熟，到处受人好评了。因此，据说他在南洋也混出了一点小名声来，许多侨胞看在眼里，喜在心里。

侨胞的热心加上这小伙子的孝顺，逢不到三天两头，刘老汉的儿子就给家里写上一封信，问候一下远在家乡的父母。所以，在刘老汉没有遇害之前，他家儿子的信件只要一到源兴信局就让刘老汉给取走了，晚上回到家时，再取出来与老婆子慢慢分享。

可是，自从刘老汉遇害之后，刘家儿子的信件，也就突然中断了。这事让本来伤心欲碎的刘阿婆，更是雪上加霜了。突然之间，失去了相依为命的老伴；又好些时候，看不到儿子的来信。刘阿婆一个人闷在家里，想起时免不了大哭一场。那年清明，她去给老伴扫墓的时候，更是哭得天摇地动，让四乡里的人伤了好大一阵心。后来，李来福来到她家里，对她说："阿婆，把您儿子的信址给我吧，我帮您写一封回信问问。"

刘阿婆真的依了，把信址给了李来福，让他按照上面的地址，写封信给儿子。告诉他：父亲在一次派批的路上，不幸遇上土匪，为保护信件和钱财，在与土匪的搏斗中遇害了。刘阿婆还让来福告诉儿子，要好好读书，不要想家，将来会有出息的。只是最后，她希望儿子有空的时候，多写几封信寄回家。见信如见人啊，母亲孤身一人，确实牵挂！

李来福根据刘阿婆的意思，隔几天就给南洋的刘志德写上一封信，信中极力倾诉母亲的孤单和无助，希望儿子有空闲的时候，多给家里的母亲写写信。

就这样过去了几个月，李来福终于收到了一封写给刘阿婆的南洋信。

但是，当他高兴地把信件送到刘阿婆家，并在她面前当场拆开时，他发现这一封信，不是刘阿婆儿子写的，而是一个叫叶秋菊的女孩写的。这又是怎么一回事呢？

原来，信中说道：就在一年以前，南洋诸岛沦陷了。日本鬼子占领了南洋之后，杀人放火，无恶不作。刘志德和她是同学，因日军突然占领，他们失去了联系，他的义父也不知搬到哪去了。后来，叶秋菊收到李来福寄来的信，就给刘阿婆写了这封回信。

这个叶秋菊是个大方的闽南女孩，信中说，她和刘志德虽然认识不久，但两心相爱，希望阿婆能够成全他们！之所以一直留在南洋的敌占区，是相信有一天志德会回来的。她确信，刘志德去了一个想去的地方，为了等他回来，叶秋菊一直守候着。

末了，姑娘还在信中夹了一张钱，说替志德孝敬阿婆的。让她买点吃的，保重身体。

5.

那一天，李来福将这封来自南洋的信，看了一遍之后，许久不知如何说好。在一边，刘阿婆急切地问道："来福啊，赶紧和阿婆说说，德子在信中说了些什么？是不是最近学业忙了？哎呀，忙什么嘛！就算忙，父亲过世了，也该写一封回信啊！"

刘阿婆急切地看着李来福的脸，见他愣在那里不说一句话，便一伸手，夺过李来福手中的信件，急急切切地想看出一些什么？但她把信件翻来倒去，一个字也看不懂。李来福知道，刘阿婆不识字。他从阿婆手中接过信纸，一脸苦楚似乎慢慢舒展开来。他不能告诉阿婆，儿子不知去向了。所以，他暂时也没有必要告诉她，她有一个未来的儿媳了。

一番斗争之后，他终于有了主意。他突然笑嘻嘻起来，示意阿婆在床沿坐下。

紧接着，他又把手中的信件故意拿正，字正腔圆地假装念起来：什么母亲大人，近安；什么听闻父亲大人遇害的消息，如五雷轰顶，深痛当今社会的黑暗；什么儿子志德近期学业较忙，正逢备考期间，不能及时给母亲去信，深感不孝；什么恳请母亲一定保重身体，节哀顺变等等。末了，还说志德为老人寄来一点小钱，让老人买点吃的。

听完李来福为她“读信”，刘阿婆脸上的苦楚瞬间消失。她接过那封信，收起了那张钱，将信纸小心折好，放入信封里，然后，她拉着李来福的手说：“来福啊，谢谢你了！来，阿婆煮一碗红菇面线给你吃。天冷了，吃一碗面线，暖和暖和身子，再去派批。”

此时，李来福心里十分难受，他哪里舍得让阿婆为他煮红菇面线？借故说派批没空，下次再来吃。尽管阿婆一再拉扯，但李来福还是整理好两边的“加志袋”，将扁担往那“加志”耳一穿，一弯腰用双手一勾，放到肩膀上，一边挥手一边对刘阿婆说：“阿婆，免客气啦，我下日再来吃你的红菇面线啦！”说完，一步就跨出刘阿婆家的门槛。

后面，是刘阿婆不舍的声音：“真是一个好后生啊，下日来送批，一定吃碗面线糊！”

那一天，李来福不想留下来吃饭，是怕自己会在刘阿婆面前忍不住流下眼泪，所以才匆匆忙忙走开。一路上，他又想起了另一个办法，偷偷写了一封信给叶秋菊，让她记得一小段时间，给刘阿婆写一封回信，当成是儿子刘志德写的。老人落到这等地步，已是十分凄凉了，怎么可以让她再为儿子的不知所踪，天天挂心流泪呢？

后来，叶秋菊真的每隔一段时间就给刘阿婆写来一封信，诉说儿子的思念之情，让老人保重身体。并且，时不时地在信封里偷偷夹上一张钱。

当然，这是两三年前发生的事了。这一天，李来福依然走在大雨茫茫的山道里，前后左右不见人烟，只有箭矢般落下的雨滴，以及雨滴溅起的雨雾。他肩挑两个装着信封的“破加志斗”，一路步履艰难。因为周身湿透了，不得不咬紧牙关，时不时打一个寒战。

这两三年来，只要刘阿婆的信件一到，不论风雨寒暑，不论白天黑夜，他第一时间就会把信件送到刘阿婆的手中。并且，当着她老人家的面，与她分享“儿子”的声音。临要走时，李来福也会吃上一碗阿婆为他煮好的红菇面线。因为这碗红菇面线，是老太太的一片心意，你不吃，她不高兴；你吃了，她才会高兴起来。

6.

雨渐渐小了，李来福抹了一下脸上的雨水，心中缓缓地舒了一口气。两个小时的路程下来，李来福突然想起，他走到了表叔刘老汉遇害的地方。一直以来，从一开始的害怕，到后来每走到那里都要站在那地方远远地看上一看，心中的怀念更厚了一层。

是的，这已经不是害不害怕的事了，而是一种怀念、一种感恩。没有刘老汉的推荐，他李来福至今还是一个老实巴交的村汉子哩。而刘老汉那一身正气，更让李来福越来越觉得做人是应该肩负一点责任的。他开始不怕走夜路了，只要身边有信件，就算明明知道那条路上，经常会有土匪出没，他也一定要将信派送出去的。

但李来福并不像刘老汉那样硬气，或因此，他比刘老汉更多了几分智慧。他会在有土匪的路段把自己伪装成一个臭乞丐；或者把钱卷在腰间的裤带里，把那条腰带，弄得又脏又臭，就算那里面有钱，也没人会想到，竟然卷在那条又脏又臭的腰带里。

有一次，他看见两个土匪朝他追来，口中不断叫唤。眼尖耳灵的李来福，赶紧将两个“破加志斗”往芦苇丛中一塞，然后猛地一个拐弯，朝另外一个方向跑去。直到被两个土匪逮着，才喘着粗气停了下来。这时，离那藏信藏钱的地方，已经有半里多地了。两个土匪一搜身，没有找到半点值钱的货色，只在李来福那又脏又臭的口袋里摸出一小包红烟。

两个土匪自然不信，便问李来福：“你是派批员吗？”李来福哭哭咧咧，大叫好汉饶命，说自己只不过是一个过路的村民，身上就一个红烟盒，哪是什么派批员啊！

他那凄凄惨惨的哭叫声，把两个土匪给惹毛了，一人一边，给了李来福小腹上几拳，把李来福打得哭爹喊娘。末了，实在没什么油水，就把他那一盒红烟也给抢走了。然后，又是一阵乱脚，在李来福身上猛踢，一阵臭骂之后，扬长而去了。

好半天，李来福才捂着肚子，挣扎地爬起来，他一把鼻涕一把泪，冲着那两个土匪走去的方向，大声叫骂起来："杂种！掉到屎穴（粪坑）里淹死的没头鬼！死半路没人收尸的半路祭夭寿！"

李来福痛骂了好一阵子，总算是出了一口恶气。他把裤腰带用力扎上一扎，整了整上衣，看看四下没人，便猫着腰，穿过那一片白茫茫的芦苇地，到那藏"破加志斗"的地方，将那些信件和钱财挑起，趁着夜色渐黑，向他的目的地走去了。

像这样的故事，李来福遇上了不止一回。但他福大命大，只受了一点皮肉之苦。人财都还在呢！回到家中，他也不向妻子说起，只怕那女人会为他担心，不让他再做这营生了。所以，只要回到家中，他总装成无所谓的样子，偷偷到外面的药铺里，让拳头师傅推拿几下，就算过去了。好在年轻力壮，受一点皮肉之伤，不到几天，也就好了。

这天，他又来到了刘老汉遇害的地方。那片因为搏凶而整得七零八落的芦苇，不到一个月的时间，就回到原来的样子了。何况，经过两三年的时间，早已找不出什么区别了。

好在李来福记性好，每次路过，都记得在那棵小树边。而每次走到附近，他总会朝那个方向望上许久，多少记忆还在心里。他向来以人为善，所以有时确实想不出，那些土匪也是人，好好的营生不做，为什么要杀人越货呢？这些年来，他遇上不少风险，冥冥之中，总感觉是刘老汉给他力量。这位远房表叔，生时帮助过他，死了也在激励着他。

7.

李来福从肩上放下那两个"破加志斗"，慢慢解开其中的一个，并从里面取出了一个信封，拿在手上，喃喃地说："叔，志德已经两三年没有消息了，这信是他同学叶秋菊代写的，我怕阿婆担心，就让秋菊多说一些好话。原谅我欺骗了阿婆，我怕她一个人孤孤单单的，心里不好受，只好设计欺骗了她。

“秋菊说她一直在老地方等着志德，哪天等到了，她会和他一起回来看望阿婆的，还说会在咱们的家乡结婚。她也是咱们老家的人，会为您生上一大堆孙子的。我想，到了那一天，阿婆知道了，也是不会怪我的。叔是个明白人，更是不会怪我的。”

李来福手中捧着那封信，离刘老汉遇害的地方，有一小段距离。不过这天，他发现这封信比往常的信件饱满厚实，感觉里面不可能只有一两张信纸，而是有好多张。李来福想，会不会是秋菊等来了刘志德，两人多年没见，心里一高兴，一下子多写了几张？反正，这信他是不会拆开的，必须在阿婆的面前拆开，阿婆才会感觉温暖。

已经过去整整两个多小时了，西北雨再大，但下的时间总不会很长。也就两三个小时而已，若再长一点的话，不过半天时间，太阳就会从云层里露出微光。

现在，只剩下星星点点的小雨了，一番新雨之后，天气更加清凉了。

此时的李来福，还穿着棕衣戴着斗笠呢，因为还有星星点点的雨珠。一路上走来，这样的倾盆大雨，早已把他淋得够呛了，要是不出太阳，他是不会轻易脱掉棕衣的。虽然正是六月天，但让西北雨淋了，却是极寒的，穿着棕衣可以暂时保暖。何况一会儿走路，那路上的树枝草叶，还沾着许多雨水呢。披着棕衣总比穿着短衣短裤更加防水防寒。

李来福停了一会儿，又说道：“叔，阿婆最近身体极差了，听邻居讲，已经跌倒过好几次了。一个老人家孤孤单单的，没人陪伴，这志德到底跑到哪里去了？已经两三年没有音信了。我真怕阿婆撑不下去，哪一天倒了下去，就站不起来了。”

李来福将那封信再次放入“破加志袋”里，朝着对面的芦苇丛，连拜了三拜，说了一声：“叔，我走了，我去为阿婆送信了！”就站起身来，将那担“破加志”放在肩上，顺着山间小道，又踏上了行程。

脚下，那一双破草鞋早已泥水混杂了，看不清轮廓，只是让脚板不直接接触地面而已。向西方向，太阳正透过云层，斜照在这片刚刚被雨水刷过的草木。

又是一路风尘仆仆，李来福终于在落日时分，来到刘阿婆的住处。远远的，他看见阿婆的房屋大门，紧紧关闭着。她感觉里面静悄悄的，是不是刘阿婆外出了？

他向着屋里喊了几声“阿婆”，但没有听到回答。李来福重新看了一下大门，发现大门没上锁，而是从里面倒插的。他感觉奇怪，太阳还没下山呢，阿婆怎么会这么早就睡了呢？可人要是外出了，为什么不锁门呢？突然间，一种不祥之兆，在李来福的脑中腾起：会不会阿婆她……李来福不敢往下想，走近大门，用力推了一下，门却不开。

一定是的，一定是的！李来福心中想着，赶紧去邻居家喊人，问这几天有没有看见阿婆出来？邻居家的心也是一阵恍惚，说了声：“我苦啊，有好几天不见了！”

8.

大家找来破门的工具，一阵猛敲猛撞之后，将刘阿婆家的门给撞开了。大门撞开之后，从里面冲出一股臭气，呛得大家禁不住捂住鼻子。

一行人往屋里走去，发现里面静悄悄的。找了厅堂没看见人，找了厨房也没看见人。后来，大家感觉那一股臭味，是从内屋传出来的，便都往内屋的方向走去。及近门口时，推门往里望去，黑漆漆的小屋里面，放着一张传统的“古眠床”和一张小桌子，床前的蚊帐还悬挂着呢，似乎没有人起床之后，整理外出的迹象。

于是，大家捂着鼻子，朝屋里叫喊了几声“阿婆”，没有听到回声。不得已，有人就说：“还是进去掀开蚊帐看看吧？兴许还在睡呢！”可谁敢进去呢？大家嘴上不说，心里非常明白，这股臭气明显告诉大家，刘阿婆应该早就死在床上了。因为她是一个爱干净的人，平时把家里打理得干干净净的，若不是出了意外，哪会有这股臭气传来。

大家在门外商量好一阵子，最后，还是李来福进去了。他有点惊恐，脚步轻轻地走了进去，越靠近床前，那股臭味越浓，呛得他有些站不住了，只好捂着鼻子朝里走去。他走近那张“古眠床”边，伸手揭起垂悬在外面的蚊帐，一股更加强烈的腐臭气冲来，差点把李来福熏晕过去。他本能地回头，用力咬了一下牙根，没敢往床上看了。

正想后退，后面又听有人说道："来福啊，有看到人吗？怎么样了？"李来福再次探头，往床上看去，见一个人已黑肿得不成人样了。六月大热天的，也不知死了多久。他一回头，捂着脸往外跑，心中一酸，号啕大哭起来，惹得大家面面相觑，又是一阵惊恐。

李来福推开众人，往大门外奔去。他蹲在门外的土埕上，泣不成声。

后面的邻居也忍不住了，一起跟着哭了起来。大家都说，刘阿婆平时为人真好，遇上时很有礼貌，常热情和大家打招呼；还说，南洋的儿子要是寄钱回来，她就会买上一些好东西，专等有人进去坐时，取出来与大家分享；也有人说，好人命苦，老汉才"老去"不久，又一个人静静地在屋子里"老去"了，真是可怜，孩子又不在家里。

大家正议论着，只有李来福知道，到目前为止，还不知道刘阿婆的儿子在哪，是生是死。他哭过一阵之后，站了起来，和大家商量怎样把刘阿婆的后事收拾收拾。

于是，大家一起动手，将早年刘阿婆存下的棺木，从大梁上取下来。又找来几个村里经常收敛老人的抬棺手，将阿婆的尸骨装入棺中。因为去世多日，人已发臭，加上没有其他亲人可以为她奔丧，就直接将棺木盖上，移到大厅的一侧放着。

早先，闽南老人有存"寿木"的风俗。当年，刘老汉还在的时候，曾为夫妻俩打造了两口大红棺材，将它们架在大梁之上。刘老汉遇害之后，用去了一口棺材，剩下这一口，自然是为阿婆留下的。棺材原是为老人增寿的，也是迟早要用的老物件，看来，这刘老汉的一生，凡事都想得周到。只是，夫妻俩却落得无人看顾的结局，实在可怜。

另外一边，大家把刘阿婆的橱柜打开，除了那些旧衣旧物，都拿出来"送草"烧掉之外，还找到一些阿婆平时攒下的小钱。大家商量之后，一致决定，请几个"师公"，为刘阿婆夫妇做上一场"功德"。其他的一切丧葬用品，也一齐让人去置办了。

一个晚上，大家吹吹打打。师公、糊纸匠忙了一宿，算给老夫妻做了“一瞑火光”了。

9.

做完“功德”，大家抬上刘阿婆的灵柩，翻过一座小山，与刘老汉合葬在一起。诸事办完，方才散去。只留下李来福一个人，坐在两个老人的坟前，感觉许多责任还没做完。

这时，他想起“加志”中那封没有拆开的信件。他小心地打开了那个“破加志袋”，取出信件，看看信封上的字体，是熟悉娟秀的字体，他知道，这信是叶秋菊写的。只是，从外面看，这封信太饱满太厚重了，看来不止一封信，也不知里面到底写了些什么。

李来福小心地将那信封打开，发现里面共有三封书信。其中一封字体娟秀，他知道，那是叶秋菊写的。还有两封字迹模糊，整个信封都被血迹染红了。看到这些，李来福心里莫名其妙地感到一阵恐慌，不知这两封带血的信，到底是什么意思。

他先把叶秋菊的信放在一边，抽出其中一封带血的信。这封信原本是拆开的，应该有人，包括叶秋菊看过。信封外面的文字，因为时间久了，加上血迹太多，字体已经不好辨认了。李来福也不管那么多，他用左手将信封扯开，将右手三个手指头伸入信封里，取出那张被血迹染红一大片的信纸，打开一看，这才清楚，原来是刘志德的笔迹。

他把封信慢慢展开，开始读了起来：

父母双亲大人台鉴：

儿祝二老身体安康！

儿是在行军的路上，给二位老人写信的。车很颠簸，字迹无法写好。

儿知道，就算这封信写好了，也不知道哪天能顺利寄出去。前方战事吃紧，日本鬼子十分猖獗，他们给这个世界带来无穷无尽的灾难。当然，血债是要血还的！

为什么？他们要窜入我们的国家，杀害我们的同胞，抢夺我们的财物！

几个月前，日本军队占领了南洋。他们一路烧杀掳掠，我来不及给家里写信，就和学校的同学们，自行组成华人抗日救国团，经过多方联系，几经周折，参加了中国远征军。现在，儿子已是一名优秀的战士了，我已开赴前线，杀敌立功。想起父母的牵挂，也牵挂着父母。在这一小段空闲的时间里，我给双亲写了一封家信，算是报了一声平安吧。

不要担心打仗，我的双亲大人。至少这会，您的儿子是健康、健全、勇敢正义的。日本鬼子不让我们过平安日子，我们也不让他安生。我们要拿起武器，血战到底。只有把这些杀人强盗、恶鬼魔王彻底打败了，彻底赶入地狱，我们才能过上好日子。

双亲大人，儿子已参加过两场战斗了。第一场开始有点害怕，表现不好；第二场，我趴在一棵老松树下，看见前面几个鬼子过来，我扳动枪扣，前面那两个小鬼子应声倒地。后来，剩下的那几个小鬼子，掉头就跑了。那个时候，儿子是多么自豪啊！我已经是一名真正的战士了！我可以为国效力了，为同胞报仇了！

为我骄傲吧，我的双亲大人！为所有勇敢的爱国战士骄傲吧！他们正为祖国而战，为正义而战，为和平而战，为幸福和自由而战！

不要为我担心，我们一直并肩携手在战斗着！就算儿子为国捐躯，也不要伤心，儿子不会给父母丢脸，不会给祖国人民丢脸。在这里，有许许多多和我一样的爱国青年、国际战士，他们手握钢枪，正为祖国而战，为世界和平而战！

双亲大人，为我骄傲吧！为我们骄傲吧！

您的儿子：志德敬上

10.

李来福的心，一阵又一阵地颤痛着，他的眼泪不断落下来，将那带血的信纸湿了一大片。他是一个普通的农民，没有经历过战争。就算在抗战最为激烈的年代，在闽南也极少冒过硝烟，只听人说，日本鬼子的飞机，曾经多次轰炸泉州，炸死不少市民。

在心痛的同时，他也感到欣慰。是的，两三年了，终于有了刘志德的下落。不管他将来如何，至少现在，他已经有了一个归宿，成了一名响当当的中国远征军战士，而且，还消灭了两个日本鬼子，为家乡人民出了一口恶气，他是值得骄傲的英雄。

可这封信上的血迹，到底是怎么一回事呢？李来福此时不敢多想，他知道，只要有战争，就会有流血。或许刘志德曾经受过伤，是身上的热血染红了信件；或许，刘志德正在一所医院里疗伤哩；或许，他现在已经伤好了，又回到了战场。时隔两三年，这封信才辗转回到家乡，也不知道这期间，会有多少变故。

李来福把那封信小心收好，又放入那个信封里。然后，他从另外一个同样染血的信封里，取出了另一封信，依然慢慢地小心打开：

我最亲爱的菊：

让我们热烈拥抱一下吧！那一天你不能怪我，已经来不及和你说再见了！一切都是在秘密中进行的。祖国需要我们，人民需要我们，和平需要我们！

同学们已经无法等待，我们要到前方去！要回到祖国的怀抱！我们要拿起钢枪，和一切法西斯分子战斗到底，哪怕献出年轻的生命！

菊，你是知道的，当时我们的心情是多么的激动啊。我愿意抛下所有的一切，包括我的生命！只要给我一杆枪，我就可以投入战斗；只要给我一颗手雷，我就可以投入战斗！我们要将侵略者赶出中国，我们要为世界所有热爱和平的人民而战！

请原谅我的不辞而别，我不能把你也卷入这场战争中去，你是那么的清纯，那么的秀美！如果没有这场战争，此时此刻，我们应该是在花前月下的！我多么渴望，让你靠在我的肩膀上，在深深静静的夜色里，数着天上的星星！

这封信是我到达营地之后给你写的第一封信。我多想拍一张我的军装照寄给你，但这里没有相机，这里更不允许随意拍照。我们的训练基地是秘密的。教官说，如果你不想在战斗中让敌人打死，那你就必须具备打死敌人的能力和勇气。所以，除了勇敢、勉强地训练，我们别无选择。

这些天，在热带丛林里，我们已经脱掉一层皮了！你甚至可以想象，这里的蚊子到底有多大，随便一叮，就会长出馒头一样的大包。

我知道你一定在家里等着我，焦急地等待。请原谅我没能和你道别，我为我的失约向你道歉！我真心希望再热烈拥抱你一次，我最亲爱的菊！你曾说过，如果我走了，你也一定会跟我走，你也要投入战斗，要和我并肩！不，不是这样的，战斗是男人的事！

菊，等着我回来。我们一定会赶走日本法西斯，争取最大胜利的！我会回来的，会回到我们的故乡！请你一定等着我，相信我，我们会结婚的，会有许多孩子的！

我最爱的菊，我知道你会理解的。再集训一两个月，我们就要奔赴战场了。我要让那些法西斯看看，他们是怎样被我们撕成碎片的。

再来一次拥抱吧，我最亲爱的菊。

你的志德

11.

李来福看完这封信，心中又是一阵难以言喻的感动，他为这对年轻人感到自豪。

不管是正在受苦受难的中国人民，还是海外拳拳之心的华夏儿女，都为这个正在承受屈辱的国家奋起自卫。我们的民族，永远是一个不屈不挠的民族；我们的人民，永远是英勇顽强的人民；我们的青年，永远是走在最前列的有志青年！

虽然李来福不太懂得这些，但他有一颗乡下人最纯朴的心，他知道什么是好的，什么是坏的。你们日本人凭什么跑到我们的国家来烧杀抢掠？为什么要毁坏我们的家园、杀害我们的同胞呢？泉州多次遭受轰炸，李来福早有耳闻。至少，他知道什么叫“入宅不杀人”这条千年的古训。

凭什么你来我家杀人放火？我若是去你家杀人放火，你会答应吗？

李来福想着，感觉怒火中烧，他猛地将手中的信纸一捏，狠狠地说：“日本鬼子若是敢来阮厝捣乱，我就将伊都敲死！”生气之间，他突然意识到手中的信件，捏得太死了，于是赶紧松手，小心地将信纸抚平、折好，慢慢地放入信封之中。那已变得暗黑的血迹，就像一把热火，熊熊地燃烧起来，久久不能平息。

最后一次，李来福将叶秋菊的信件打开，那一笔娟秀的小字，是那么的熟悉，每一次，李来福念信之时，脑海中都会浮现出一个青春女孩的笑脸，虽然他们不认识，但似曾相识。

信纸上是这样写的：

母亲大人台鉴：

儿祝您老安康、长寿！

两年了，我都是这样称呼您的。可在这之前，我是替志德给您写信的，这样的称呼，是志德对您的称呼。但今天，是我叶秋菊在南洋，叫您一声“阿母”的。因为志德不在了，他已经牺牲了！为了我们的国家、我们的民族，他把自己年轻的生命贡献出去了。

这两封血书，是他的战友几经周折，通过多方途径才送到我的手中的。他们说，您的儿子是名好战士，勇敢的战士。当我收到这两封血书时，我差点晕死过去。我扶住了墙壁，抑制不住失去亲人的痛苦，我很想死。但我没死，我知道我得继续活着！要死，我得死在战场上，为我的祖国和人民贡献我的青春。

通过多方联系，我找到了他们——那个抗日救亡组织。他们说，许多有志青年，都已经回国了，都奔赴抗日前线了。他们很乐意为我牵这条线，他们希望有更多优秀的、有文化的青年，投入到抗日救亡战线上来；他们说，盟军已经开始反攻了，小日本就像兔子的尾巴——长不了了。只要我们团结一致，胜利一定会属于我们的！

阿母，接到这封信的时候，我已经离开南洋了。和我的兄弟姐妹们，踏上了回国之路，抗日救亡组织已帮我联系好了，在华北新四军一家野战医院里，参加救护工作。我们中间有许多同学是学医的，在新四军那里，急需许多有经验的医生和护士。

虽然我们身体孱弱，扛不起枪，但我们可为那些受伤的战士疗伤，减轻他们的痛苦，让他们早日康复，重新回到前线杀敌立功。

胜利，永远是属于我们的，属于这个善良的国家和民族，我们有战胜一切敌人的信心和勇气。阿母，请别为我担心，我会平安回来的！

请您保重身体，代我谢谢那位送信的李大哥，他人好！等到胜利的那一天，如果我还活着，我会回来看您的，并守在您的身边。今生，我就是您的女儿了！

您的女儿：叶秋菊

后记：

李来福看完信，又是一阵泪洒。他含泪将三封信件收好，慢慢地站了起来。

是的，他还有许多信件要派送出去哩，已经耽搁两天了。其他侨属也在等待着远方亲人的来信。不管是喜是忧，都得让他们尽早知道。李来福收拾了一下那两个“破加志袋”，将腰间的裤带紧上一紧，启程了。

1945年，抗战胜利了，但李来福一直没有等到叶秋菊的消息。又过了五六年，全国解放了，还是没有等到叶秋菊的消息。多年以来，李来福一直在派送他的信，每到清明，他都要到刘老汉夫妇的坟前，为他们拔拔草、烧烧纸。

后来，大开荒的那些年，刘老汉夫妇的坟墓，也不知铲到哪里去了。李来福清明再回来时，已经不见了。他站在那一片绿色的花生地里，真有点欲哭无泪的感觉。

就这样，又过去了几年，李来福的孩子，也长大了。他时常和他们讲刘老汉一家的故事，但一直，都没有叶秋菊的消息。直到垂暮之年，念念不忘的李来福，又提起纸笔，给原来那地址，写上好几封信。但都如石沉大海，没有任何消息。

再后来，李来福去世了。他的家人将那三封信，放入他的口袋里，随他入葬了。

水　车

——本篇小说是一部乡土传记小说，非个人自传体小说。故文中的人物、人名、地名及相关的故事情节纯属虚构。若有雷同或相似，纯属偶然，与小说之外的生活人物，不存在任何影射、侵害、侵权或有相关损害个人名誉等问题，敬请读者理解！

1.

那一天，我去闽台缘博物馆参观，看到一部老旧的水车模型，我在那站了很久。不知是年龄稍大了一点，对往事有某些怀旧感；还是我真的开始变老了，对旧物件的反应有些迟钝。我久久地盯着那部水车凝望，不忍离去，想从中搜寻一些老旧的故去情怀。

我记得我们的新家后面是生产队的旧仓库。之前，在房梁架上停放着一架旧水车，有十来米长。后来，因为仓库年久失修，房梁塌陷了，水车暴露在阳光、风雨之下，经过数年风吹、日晒、雨淋和白蚁的啃噬，终于全部掉落成泥土了，再也搜寻不到。

我们家的旧居原在宗亲的大古厝里，这是先祖传下来的老房子，标准的闽南特色十大间，红砖黑瓦，故又名“皇宫起古大厝”。

大门前是长石条铺砌而成的石板埕，迎面大门三级台阶而上，能看到石大门上有一副对联，上联是“门拱丰年占大有”，下联是“家传学士庆文明”。小的时候，对这副门联不太了解，后来长大了，也就知道那是家祖的期望——丰年大有，学士文明——既要温饱富足，又要门庭光耀，知书达理。

大门两侧各是一个单扇的边门，古时大户人家大门紧闭，只有贵客来时，方才开启迎接。另外，因为晚上大门要先关上，家人又多，为了早晚出入方便，便在大门的两侧，各留下了一扇边门。进门之后，就是前小厅了。小厅的左右两边，各有两间下照房，下照房的两边，各有一间角房；再往前是一个大天井，闽南人都叫“深井”。记忆中，在天井边的房梁上，还有一点一点未剪干净的铁丝网。据说，那是先前大户人家为了防患土匪抢劫、绑架而设置的。

据父亲讲，之前土匪绑人，会先发传票：说是某日、某时之前，要送多少钱、多少粮到某处，否则就来绑人。听话的早早送去就好，不听话的，土匪会在夜间偷偷摸摸进来，强行绑走人。父亲说了，土匪来时，先把房前房后能够跑出去的通道都给围住。然后，再让几个身手好的悍匪爬上房顶，点上一个用布浸泡煤油的大竹筒，往“深井”中一扔。于是，整个大房子亮如白昼，土匪顺势跳下来，把要绑的人抓走。识趣的，赶紧送上钱来；不识趣的，被绑走了，就会被抓到匪窝里关起来。关太久不送钱的，就有被撕票的可能。

我曾问过父亲，为什么知道土匪要来绑票，还不逃走，或者组织人丁起来对抗呢？因为后来我看电影，电影都是这样说的。

父亲笑了，说：“傻儿子，那是电影啊！拖家带口的，你往哪儿跑呢？再说了，只有很有钱的人家，才能请得起家丁，买得起枪。你赤手空拳的，哪能对付得起那些扛枪的壮汉呢？再说了，土匪绑人也就要几个钱，给他们送些钱就没事了，犯不上拿命去拼啊！”这当然是父亲的平民思想，父亲喜欢点烟炮子，所以和他说话的时候，总见他左手用两指夹着一个烟炮子，一边抽一边说。

后来我又问了，要是家里没有钱的穷人，那又怎么办？父亲吸了一口烟，又说了：土匪绑人，事先也要了解一下情况，看谁家刚好过洋回来了，或是一些做生意比较有钱的，抑或是一些土财主。没钱的穷人，你不得罪他，他也不会来找你麻烦的。后来我长大了，才渐渐知道，原来土匪也是有一定游戏规则的，他们不是轻易说绑人就绑人的，最有钱有势和最穷的人，都不会有多大的事。而电影上那些赤手空拳，能夺枪夺刀的人，大半都是虚构的。

天井的两边各有一间对照房，再往上就是大厅了，大厅很大，比下厅要高出一二级台阶，可以同时摆上六张八仙桌还略宽一些。大厅对中就是神龛了，正对右侧是土地公和观音菩萨的神像，中间则是祖上的灵牌。

大厅的两边各有两间大房。古时候兄弟们总是按大小居住的，所以，大门直入对面靠右边的那间，一定是大儿子住的；而大门进入靠左边的那间，则是二儿子住的；再往右边的第二间，就是三儿子住的；继续往左边的第二间，则是四儿子住的。如果家里的孩子再多一些，那就是小厅下两边的下照房和角房了，依次分配下去。

老人们一般都是睡在天井两边的对房里。开山祖生了六个儿子，到我们这支算是老三了，听说老三在尤溪做了一个什么文职。而我们这位三祖又生了七个儿子，分别以“唐诗晋字汉文章”这七个字来为兄弟们命名。所以，到我们这一分支，就是“汉”字辈的了，这“汉”字辈也是我们三祖最终传下来的唯一的分支。

据奶奶说，其他的分支，或抽，或赌，或嫖，不是过继给人，就是早早没了。所以，父亲在为家具做记号的时候，总是在上面写上“汉记长春”四个字。后来到我这一辈，也是这样跟着写的。

据说，先祖原在晋江上游东溪对面居住，后来他们夫妻俩移居到这里，单凭一把锄头，一挑畚箕，开创了这个大基业。有人说“饭饱思淫欲”，祖上后来又娶了一房小妾，后代的子孙都称她为“二嬷”。在我们家古大厝正座的右边，就是建给“二嬷”居住的大厝，后来，我们都管它叫“新大厝”。

祖上一共有六个儿子，除了上面说的，我们这一支老三混了个“文职”之外，听说老五还是一名武进士，皇帝老爷的殿前侍卫。当然，乡里人也不怎么识字，听说祖上做官了，自然是越大越好，但具体是不是真正做大官了，谁也没有亲见。总之，我想应该是个御林军的侍卫或者御林军的头目吧。后来，我们族里为他刻了一个“进士”的牌匾，悬挂在古大厝的正梁上。据说，他的官位在族谱上是有据可查的，但我没有这个时间去查寻这件往事。

俗话说，树大分枝，老四、老五、老六后来各自在外盖了一栋和祖厝一样的大房子，而老大、老二、老三却没有建下什么基业。大概，老大、老二可以承袭祖业也不可知，我听父亲说了，我们家三祖也运作了一块地，准备要筹建新房，后来不知什么原因，突然死了。传下来的七个儿子，大半不成气候，也就没再盖上房子了，只剩下我们“汉”字辈的，还住在先祖这栋古大厝里。

所以，我们的先祖其实也是勤劳致富、老实的农商之民，不是什么地主恶霸。后来传下的子孙，到了我们父辈，也都是安分守己、不做亏心事的实在人。

2.

我们家古厝的后边，又有一道后厝，我记不得有多少房子，反正和主大厝一样宽大。主大厝的两边，又各加两条护厝，长度和主厝加上后厝一样长，房门都是向主大厝的方向开的。所以，我们家古大厝，又叫“三落、四条护”，算是很大、很有名的院落了。

大门两边的前檐之下，有一对青石狮子，后来被人盗走了，现在留下的，是后来修房子重新雕刻的。大门的两侧还有两幅青石人物和风景浮雕，后来，上面的人头都被人敲掉，不知扔到哪里去了，真是可惜，以致我们这些晚辈都看不到了。

古大厝住着二三十户人家，一百多口人，这些人都是祖上传下来的宗亲。因此，大家见面时还是某某叔、某某婶、某某兄弟、某某姑娘地称呼着，亲热得像一家人似的。

房子的分配，父亲说原来不是这样的。土改的时候，政府根据每家每户多少人口分了房子。我们家共分到两间房子，还有一个走廊做厨房，后来人口越来越多，住到七八口人不能住了时，只能跟人家借上一间房子。土改的事我不知道，因为我是六十年代末出生的，是家里最小的儿子，那时我父母老了，只为了生下一个传宗接代的男丁，才拼了老命生下我的。

因为人多房少，所以能用能住的地方都给用上了，住上了。过道、走廊、厅口都被围成了厨房。后来，因为交界被邻家占用而口角之事，也时有发生。除此，似乎没有多少可以争执的地方，因为当时都在农业社，吃着大锅饭，一起下地干活，一起回家做饭，互相之间，倒也是和气亲近的。农闲时候，一起聊天、打扑克、搓麻将。反正，也没什么事可做的，除了评工分和分粮时会有一些意见，剩下的，就是亲亲热热一家人了。

有时，我也很想念那些过去，在我童年的记忆里，是很温暖快乐的，因为那是一个大家庭，虽说穷了一点，但人也很单纯，人与人之间，有的是更多的亲情与爱护。

我们家古大厝在晋江东溪的东岸，背靠东溪，地势较高，队里的田地也都在古大厝的附近，所以，在没有建成“水轮泵”（村小水电站）之前，都是靠水车引池塘里的积水来浇灌农田的。因此，附近村民便有这样一句俗话，“琉璑鬼，三天没雨要车水”，算是讥笑我们这个村落的人。故而，水车成了我们这里吃饭的工具，没有水车，就注定只能靠天吃饭了。所以，那天我在博物馆里看到那水车，心里就有十二分的亲切、十二分的敬意。

父亲和母亲都是队里的车水能手，那个时候，只要是几天不下雨，生产队就会派人去车水。但是，只能是轮派，农闲的时候，去车水的人就有工分，没去车水或没有委派农活的社员，只能蜗居在家里。那时，大家都靠工分生活，因此，只要是轮到队里安排车水，大家都争着去，最后只能轮流或由老队长点名安排了。

我常听老队长说：“你的几个社员都是队里的车水好手，但是，为了队里的工作好安排，大家不要计较。只要收成多了，我们就能多分到粮食，多分到粮食，就能过上好日子。”按下来，老队长就开始点名了，点到的人很高兴，没被点到的人也不敢说什么，嘴里叽里咕噜小声地叽歪几句，就四下散开了。

每到这个时候，几个人抬着一条长龙似的水车，像出征打仗一样，“吆五喝六”地往田里走去了。水车一般需要四个人车，这样才会轻松一点，水也来得快，如果只是两个人车，那是很累的事。所以，每次都是六到八个人一组，轮流上阵去踩水车。

车一个生产队稻田的水，不是一两亩地的事，而是几十上百亩的土地。每次六个到八个人轮流车，都要日夜不停，才不会让田里的水稻干死。记得当时小队大概有两三部水车，十几二十个人用体力和汗水，年复一年地车水，与天地抗衡。

水车的制作成本在当时很昂贵，工艺要求特别精湛，算是木工器械的精品，一般不是老木匠，是揽不下这个瓷器活的。父亲有一个做木匠的朋友，我叫他“木匠叔”，据说他会造水车，也会绑蒸笼。做木匠手艺的人，如果能做这两项绝活，算是木匠中顶尖的人物了。之前小的时候，绑蒸笼的人都是莆田、仙游一带的老师傅，他们出门总是挑着一担工具，上面放着一些竹条和宽软的木片，圈成一圈，然后走街串巷四处吆喝，招呼人们前来绑个蒸笼，或修补箩筐。

我常听他们说这样的话：“绑笼床（蒸笼），好手段，烧就熟，滚就烂。”意思是说，他们绑的蒸笼，手艺是极好的：水烧热了，东西就熟了；水烧开了，东西就烂了。因为这些人都是莆田、仙游一带来的人，在我们这，会这手艺的人不太多。所以，父亲这个老朋友就算是木匠中顶尖的人才了，在当地是叫得响的人物。

我小的时候，木匠叔经常到我们村的附近，来做一些手艺活。每一次到来，他都要来我们家里，看看有些什么需要修补的东西，顺便和父亲泡上一壶茶，抽上一炮烟，有时候也会偶尔喝上一两杯小酒。当然，他帮我们家修补东西的时候，父亲也是向来给钱的。

有一次，我不太懂地问父亲：“为什么木匠叔和我们家这么好，帮我们修理东西还要收钱呢？”

父亲说了：“人家是手艺人，手艺人不收钱怎么过日子？”他停了一下，又说：“他收我们很少的钱，你不要到外面去说给别人家知道了，这样才好！”

我似懂非懂，但总是没有和别人提起木匠叔少收我们家修理费的事。但我每次都很想他到我们家里来，帮我们修理东西。因为他来的时候，总会给我带上一点“糖鸡”“蒜蓉条”之类的小吃，而且，父亲和他喝酒的时候，我也能偶尔站在桌子边看着，直到他们往我嘴里夹上一点小菜，才肯离开。

父亲有好几个白瓷的酒壶，长嘴巴，大耳朵，细颈子，鼓肚子。一个酒壶大概能装上六两到八两的白酒。白酒都是当地自酿的地瓜酒或米酒，米酒比地瓜酒稍微贵点。父亲酒喝没了，常会叫我到外面的合作社里，去打上一壶，但打酒一般不用酒壶，而是用军用水壶，或玻璃酒瓶子。每一次打酒时，父亲都会给上一两分零钱，让我买三五个糖果。所以只要父亲叫打酒，我是很乐意去的。

父亲和木匠叔有时闲话很多，也会谈起造水车的事，这样一来，木匠叔的话就更多起来了，啰里啰唆一大堆。因此，在我小时的记忆里，会做水车的师傅简直就是不得了的人物了。

3.

木匠叔的头发很白，因为他是做手艺的，没有到田间劳动，所以肤色也显得比父亲白多了。但木匠叔没有父亲那么会喝酒，所以，经常是木匠叔喝多了，有点醉醺醺的样子，然后挑着担子，摇摇晃晃地走了。一边走着，一边哼着南曲，大概是《李亚仙》的《三千两金》“所梦所梦求功名”。我看他的样子，真是很有趣。

木匠叔家里只有木匠叔和木匠婶两个人，我去过他们家里。他们家就在镇上，当时叫人民公社，所以，我们都叫他们街内人。他的儿子和儿媳，已经搬到县城里去了，住的是好几层高的洋楼房。街内的人都会到合作社或工厂去上班，比起农村人来，他们有钱又有闲。家里的布票啊、粮票啊、糖票啊，都比农村人多。木匠叔的儿子叫有成，之前当过兵，复员后在镇供销社当货车司机，当时流行这样一句话，叫“一司机，二杀猪”，说的是当时社会上能混得开的行业。所以，木匠叔的家在当时其实是很富有的人家。

木匠叔的儿媳桂枝是镇里一个什么官的女儿，高中毕业后被分配到镇里的布店，当一名营业员。后来，他的父亲升官到城里去了，他们也一起鸡犬升天了。每次到木匠叔家，看到他们家里“什么什么”机的，真是羡慕得要死，他们家的自行车很漂亮，是“凤凰”双骨的，我很想用手去摸，但被母亲拉住了。木匠叔对我们一家很好，经常有用不完的粮票或布票，送一些给我们。有时，他儿子买到供应的东西多了，吃用不完，也会送一些给我们。

不过，我经常听母亲和父亲私下说，木匠叔的儿子有成和儿媳桂枝常有口角，我那时候小，不知道为什么，只是有一次看到桂枝摔锅砸碗地大吵大闹。她那个在镇里当什么官的爸爸，也扬言要到镇里去告他女婿的状。而她那胖得像水桶一样的妈，瞪着杏眼指着木匠叔他们一家三口，破口大骂。

我记得当时她是这样骂的：“你们家算什么东西？不就当过几年兵回来的嘛，党员都不是，要不是他爸帮忙，能到供销社开车吗？不要‘猪仔养大了，不认猪公做老爸’！现在有钱了，翅膀硬了，会找个小的啦。我跟你说，你要是敢和桂枝提离婚，别说你开不了车，连结婚证你都别想再办到，公社到处是我的人！我告你重婚罪，还把你拉去派出所关上几天，坐上几年牢！”

木匠叔和木匠婶呆呆地站在那里，动也不敢动，话也不敢说，只是由他们一家子在那闹腾。有成拼命地抱着桂枝的腰，哀求地说：“别砸了，别砸了！我听你的，我听你的啊！你说怎么做，咱就怎么做，好吗？我再也不敢了，再也不敢了，呜呜……”

那一天，他们一直闹到天黑，桂枝家才鸣金收兵。末了，桂枝妈临走时还说了一句话：“真是个白眼狼！这叫‘养猪仔牵去宰，养外甥叫不来’。以后什么事，才不管他去死去活哩！”

不过后来这事总算平息下来了，夫妻俩终于又和好如初了，我到他们家时，看到他们家又多了一个很好看的小男孩子。后来长大了才知道，原来木匠叔的儿媳桂枝不能生育，又加上总仗着娘家有钱有势，不把有成看在眼里，在家总是“大句不入，小句不出”的。所以，有成就在外面找了一个女孩子，偷偷生了个儿子。后来东窗事发，桂枝哪肯罢休，回家把她在镇里当官的老爸叫来，大闹了一场。最终，拿了一些钱给那个女孩子，让她把孩子留下来，一个人孤零零地回家去了，这事才算风波平息。

不过，后来我听母亲说，那女孩子回家之后，变得疯疯癫癫的，家里人知道后，虽然一口气平不下来，但碍于人家有钱有势，最后只叫了几个乡下的亲戚、朋友，到镇上小闹了一下，要走一点钱，这事也就算不了了之了。

从此以后，木匠叔只要一提这事，就会骂儿子和儿媳“心肝黑得像木炭”，但毕竟是自己的儿子和儿媳，骂归骂，也奈何不了他们。加上有这样一个漂亮又聪明的小孙子，所以过了一段时间之后，也就慢慢把这事给淡忘了。因此，只要他到我们家里，最常说起的，就是他那聪明可爱的小孙子，之后，就是水车的事了。

因为木匠叔和父亲的谈话，我隐隐约约知道一些关于水车结构的事。水车的所有器件都是用木料做成的，主要由几个重要的部件组成：一是支架，下支架架住了主轴和水车；上支架连接下支架，供踩水车的人们扶持。踩水车的人将双手搭在上支架上，然后用脚踩动主轴上的踩轮，水车就咕咕咕地转动起来；二是主轴，主轴由人踩踏板和中心轴组成，人踩踏板供人踩动，带动木轴旋转，而木轴的中心轴带动水车链条似的叶片，叶片连接水池的另一头，就能带水上来；三是链条和叶片及狭长的送水槽，链条和叶片从池塘里带水，经过两边封闭的木槽，往里面送水，池子里的水就是这样通过水车的水槽，不断地流向田里的。

因为都是木质结构的，所以，各种木质接路，要相当稳固，且要相当灵巧，才能够运转自如。木工做完水车之后，还要在白色的车身上刷上一层厚厚的桐油，确保水车的长期使用，不受水浸湿而腐朽。所以，做好之后的水车，经过一段时间的风吹日晒，油漆老化了，就会渐渐地变成一条黑色的水龙了。

桐油的作用，一是防止水渗入木头里，腐蚀水车，防止水车过早腐烂，不经用；另一方面，也是为了防止水槽裂开，导致车上来的水往外溢漏。父亲曾对我说，车水是一件很辛苦的差事，水车上的四个人，动作要协调，快慢要一致，就好像在上面携手走路一样，一二一地踩着，不管是用力过猛，还是动作太慢，都可能从水车上摔下来。所以，有时我想，那种过去的日子已经不会再现了，但水车的故事却依然在历史上，写下它两千多年不朽的篇章。

每年旱季，父亲都要带一队人去踩水车，有时母亲也会去的。所以，他们常常从早上一直踩到晚上，很晚才能回家的。或者有时，一踩就是几天都没能回家。父亲那时候快六十岁了，是队里的仓库保管员，因为家里的孩子多，为了多赚一点口粮，一直要在队里忙乎，没有消闲的工夫。白天在地里上工，晚上回家又要忙着记账、算账，还要管理和查寻仓库的财物。

4.

父亲有三个兄弟和一个妹妹，在家排行老二，大伯和我们住在这栋古大厝里，还有一个三叔。听母亲说，三叔去台湾了，好长的一段时间没有音信。直到我懂事后的前几年，才听那边过来的人说，三叔早几年就没了。所以后来，父亲和大伯就请来了几个师公，敲锣打鼓地做起了法事，把一行人都领到了溪边，说要把他的魂给引回家。再后来，我们家祖厝的大厅上，就又多了一个三叔的牌位了。

我小的时候，嘴巴爱吃，所以母亲经常会在地瓜熟的时候，挑出一些小地瓜来，放在锅里蒸煮，然后切成条状，放到太阳底下慢慢晒干，装在一个青瓷的大花瓶里。最后，再把青瓷的大花瓶放到一个存放物品的木架上，我想吃的时候，就登上架子，然后把手伸到花瓶里，取出来吃。那花瓶很大，快到底时，有时小手竟够不着。

后来长大了一点，稍稍懂事，突然想起那个青瓷大花瓶来，问母亲花瓶在哪，母亲说卖了，卖给那些走街串巷收古董的人，大概当时就卖十几元吧。母亲说她年纪大了，也不记清楚了。我对母亲说，那肯定是个古董，卖了实在可惜了。母亲点点头，说那是奶奶当年陪嫁过来的嫁妆，应该有些年头了，可是当时家里没钱，有人出价十几元，顶得上一年的全部积蓄，高兴得要死，哪有不卖的道理。随后，母亲又和我说起一些关于奶奶的往事。

奶奶嫁到这里的时候，才十八岁，那时还绑着小脚。后来生下了父亲兄弟三个，还有一个小姑。再后来，爷爷就过南洋去了，最后死在了外面。从此，奶奶一个人带着四个未成年的孩子，艰苦度日，直到把四个孩子养大成人，结婚生子。母亲十八岁过来的时候，兄弟们就开始分家了，后来三叔去了台湾，从此再没有回来。

母亲说奶奶是个心地善良的人，虽然自己家里经济很困难，却总是很有肚量的，逢年过节时，总要煮上一大锅饭菜，让一些比我们家更穷的穷人到家里来吃饭，她觉得这样做是在修心做善事。后来，兄弟们成家立业之后，奶奶依旧没有闲着，虽然她绑着小脚，不能站立很久，但只要是农忙的时候，奶奶总会帮助家里，做一些力所能及的农活。她扬稻谷的时候，总是找一个凳子，然后双膝跪在凳子上面，用簸箕帮母亲扬一些稻谷。

对奶奶的印象，我几乎全部是听母亲说的，因为在我没出生之前，奶奶就已经过世不知多少年了，只有大姐、二姐才见过奶奶的面。爷爷虽然比奶奶还要早过世，却有一张过洋时拍的照片挂在家里。据说，当时他在新加坡做了一点小小的生意。照片上是一个瘦瘦的中年男子，戴着一顶西洋礼帽，坐在一把交椅上，左边放着一支文明拐棍，右边的桌子上放着一把水烟枪。当然，这些东西是不是爷爷当年的，或是相馆用来做摆设的，我们无从考究，据说，那时出门在外的华人，一般都喜欢这种时尚的洋玩意儿。

闽南人很迷信，所以听母亲说，自从爷爷过世之后，三叔也没了音信，母亲嫁过来一连生了好几个姐姐，奶奶就一直怀疑祖上的风水出了问题。因此，当时她总是敦促母亲，一定要找个会看山的风水先生来祖上的坟头看看风水。后来，听说附近有一个风水先生很在行，但这个风水先生有一个苛刻的要求，他不要你家的钱，但他来你家看风水的时候，会在你家住上一百天，在这一百天里，你每天得杀一只鸡给他吃，而且他最爱吃鸡胗。

所以，当时我们家请来了这位风水先生。就这样，他在我们家住上了一百天。奶奶每天都炖一只鸡给他吃，而他呢，每天除了睡觉之外，就是到祖上的风水地去游玩，这瞧瞧，那看看，不说话，也不做事。奶奶是个节俭的人，看他一天吃一只鸡都吃不完，怕浪费，就把鸡胗给他洗净，晾干了，串在一起，到百日满了之后，偷偷给他装进口袋里带走。

后来，这位风水先生不知道，觉得奶奶虽然每天给他炖鸡吃，却不给他吃最爱吃的鸡胗，心里很不爽快，就叫泥水匠在我们家的祖坟里加上了几块红砖头，并且告诉奶奶，说我们祖上的风水是一个螃蟹穴。我当时一听母亲说到这里，就嚷叫了起来，说："这风水先生真是坏透了，既然是一个螃蟹穴，竟然又在我们家的祖坟里放上几块红砖头，螃蟹死了才会发红的！"

母亲笑了，说道："阿狮（我的小名）真聪明！是啊，当时农村人什么也不懂得，以为放红砖头还是件好事呢，是吉利的事！"她摸了我一下头，又说："其实这风水先生也不坏，后来他又转回来了，向你奶奶道歉，并教她怎么做这风水，才不会是个死穴。"

我问母亲，为什么风水先生又转了回来？

母亲说，原来这风水先生走到半路上，到了一个小溪边，他口渴了，停下来取杯子想喝水。可当他从口袋里摸出那一串晒干的鸡胗时，他一下子就愣住了，数一数，刚好是一百个。这风水先生当时很感动，不知如何是好。他在那里踱来踱去，竟忘了口渴，口中一直念着："我要不要回去和那老伯母说呢？回去，真没面子；不回去，人家对我这么好，我怎么能做这种亏心事呢？"

后来，正当他犹豫不决的时候，一个洗衣的妇女朝他走过来了，问道："你这风水先生，走来走去的干吗呢？"

风水先生转过头来，说："我有一个很难决定的事，你能不能帮我做个决定，看看我是回家还是往回走呢？”妇女问什么问题？先生就把这事的前前后后说了一遍。最后他说：“我要是转回去了，就很没面子，不回去的话，又过意不去啊！”

那洗衣妇女说：“先生啊，你得回去啊，面子是小事，可你这样会耽误人家子子孙孙的啊！人总是会犯错误的，改了就好嘛，做人要心存善念，佛祖才会保佑你平安的！”

所以，母亲后来总对我说：“奶奶一辈子心存善念，从不做亏心事的，也许是祖上积了德，才让这风水先生转回来帮我们重做风水。”母亲又说，当时奶奶却说，那洗衣的妇女，说不定是观世音菩萨变化过来的，是来点化这位风水先生的。所以，后来奶奶对观世音菩萨的信奉更加虔诚了。

5.

这风水先生帮我们做完风水之后，临走时还说：“过不了十年八年，你们家就会再出男丁的，而且，这个人将会前途无量的。还有，你们家的风水也会从此顺转起来的，将来某一天，你们家会有圆圆满满、和和顺顺的团圆结局的！”我依偎在母亲的双腿之间，总是觉得听起来一脸茫然的。

母亲停了停，后来又笑着摸摸我的头，说：“这风水先生真是神了，后来又过了十几年，在生了好几个女孩之后，就生下你了。”我问母亲，将来我会有出头的日子吗？母亲坚定地点点头。

就在那一天，母亲又从家里的箱柜里翻找出一个小小的香囊，对我说：“将来你阿爸百年之后，这个香囊就会传给你的。”我问母亲香囊里面是什么，干什么用的。母亲说：“这是你奶奶到‘普渡公（迷信中地方的神）’那求来的。当年你爷爷要去南洋的时候，奶奶为了保佑你爷爷一路平安，特地去神庙里给他求来的。一共有四个，一个你爷爷带在身上走了，一个给了你大伯，一个给了你阿爸，还有一个给了你三叔。”

我问母亲：“那小姑呢？她不要吗？”母亲说：“女儿家的，早晚是人家的，要这个干吗？”后来我又问：“三叔去台湾的时候，带上了吗？”“带了，”母亲含着泪说，“是你奶奶亲手别上去的！”

我又问母亲："三叔还在台湾吗？他在台湾有家人吗？""听说有，但别让人知道！你老九叔就是因为太张扬了，才会腿残的。"母亲说到这，就没说了。我当时瞪大眼睛，只是听着，对一些事情也弄不太懂。总之，含含糊糊的，跟着她点点头。

说起老九叔，我就觉得可怜，他住在我们家右照房边的角房里，和我们相隔了一堵小墙，一个人孤零零的。平时也不做饭，就是读书睡觉，队里也只是安排他做一点小工。饿了就随便到哪家的锅里去盛，因为都是一个宗祠里的人，大家都可怜他，平时有好吃的都会叫他去吃，或叫小孩子给他盛一点过来。

老九叔是开山祖上老大家的传人，比父亲年纪还小一些，因为是隔壁的，所以对他，我是再熟悉不过的，经常会跑到他家里去玩，听他讲点诗书。老九叔的腿残得很厉害，走路的时候，都还得拄着拐杖哩！虽然我很听话，但对老九叔的身世很好奇，所以我常母亲："老九叔的腿是怎么弄残的？"母亲总会用力拍一下我的头，说："小孩子家的，有耳无嘴，不要问了！"

后来母亲又说："其实当时你爷爷在南洋，也找了一个番婆，开始时不让你奶奶知道的，后来你爷爷过世了，从南洋回来报信的人才说的。那人还说，你爷爷和那番婆又生了一个男孩，如果这男孩还在的话，他的儿子，应该比你的年龄还要大上好些的。"母亲最后对我说："阿狮，奶奶去世之前就有交代过：不管是你三叔，还是在南洋的那些兄弟姐妹，都是你的兄弟姐妹，你们一定要好好保存这个香囊，等将来有机会了，就能和你的兄弟姐妹相认的。"

当然，我那个时候还小，有些事情确实不太懂。关于家里的风水问题，后来长大了之后，知道那是迷信，但同时，有关奶奶和风水先生的故事却是良善的，这是闽南传承千年、多少人多少代的渴望，普天之下，谁不希望——幸幸福福、和和美美。那个香囊却是由我父亲传下来，我一直保存着。我坚信，我能有出头的一天；我也坚信，我能找到我的兄弟姐妹！

后来，我终于考上大学了，在省城的机关单位里做了一名小小的公务员。而我们家的祖厝和祖坟，我也是每年要回来拜祭的，那不是一种迷信，而是一种对先祖、对根脉的依赖。因为我就出生在这个地方，从小，我就是吃着这水车水养出来的稻米长大的，我是一个根根本本的闽南人！

自从母亲那天说起老九叔跛腿的事，我对本已熟悉的老九叔，突然有了一种陌生的感觉。所以后来有一段时间里，我总爱盯着老九叔的一举一动，在我心里，老九叔一定有着不可告人的秘密。因为老九叔的腿脚不灵便，基本上不能做什么重活，可为了生活，队里有时会安排一些比如剥花生种子，看守谷场，或到菜地里拔草之类的农活让他去做。除此之外，只要附近有红白喜事，都有他的身影。

老九叔和父亲都是读过私塾的人，会写一些字。所以只要是谁家有事要写这个写那个的话，都会请他去帮忙。当然，我们家祖传下来的这子子孙孙，还都是亲如一家的兄弟。所以，每年到了春节，老九叔这一间小房子里就会非常热闹，拿着红纸来请他帮忙写春联的，人来人往，络绎不绝。有的人从老远的地方赶来，就是来求写上一副对联的，而且这一等，就是老半天。

我们家的对联当然也是老九叔写的，在我记忆里，都是那些“天增岁月人增寿，春满乾坤福满堂；春色满园人共庆，东风万里物皆新；爆竹一声除旧岁，春风送暖入屠苏”之类的对联。所以我记得每年年关渐近，母亲都会从合作社里买来几张大红纸，叫我送到老九叔那里，让他帮我们写上几副春联。

因为我们家和老九叔的关系，所以我送红纸过去的时候，一般是不要等的，老九叔不管手头上有多少活，都会帮我们先写好对联的。而且，别人送来红纸的时候，都要兼买上一瓶墨水送过来，还要把红纸裁成一条条的，老九叔才肯帮他写。可我们家的不一样，我记得有一次我看见别人在裁红纸时，就找了一把小刀子，把红纸叠好想裁成条。那边老九叔一看，马上拐了过来，一把将我的手捉住，说：“阿狮，你不能动的，不能动的，一会九叔来弄。你要是裁破了手，那可就不好了！”

所以我每次送红纸过去的时候，总是只有站在一边看的份，我不需要帮什么忙，直到老九叔裁好了红纸，写好了对联，然后一对一对地叠好了，送到我的手上，才让我拿回家去。

平时，我到老九叔家玩也是常事，因为就在隔壁，父亲母亲出去车水的时候，我晚上没伴，就经常跑到老九叔家那里去玩，听他教我背读一些唐诗宋词。有时困了，父亲母亲还没有回家，就在那和他一起睡了。老九叔的那房间里有一张还很新的传统木床，这床在当时算是很时尚的，挂双排楼的，三面围起，雕花刻木，还是用传统的大红正漆漆成的。两边的床墙上各分隔成两个大格堵，后面床墙则分成三个大格堵。

床堵上画了很多手拿刀枪骑马打仗的人物，像小人书里面的，也有一些手拿雨伞的公子，或者手拿凉扇手绢的小姐或丫鬟，就像木偶戏里面的一样。所以，只要我一爬上床，就要在床上翻腾扑滚个够，这里瞧瞧，那里看看。

6.

除此之外，还有一张同样颜色也很新式的桌子，一个两开的衣橱柜，柜子的柱子上写有一副对联，一边写着“天连五岭银锄落”，另外一边写着“地动山河铁臂摇”。我当时自然看不懂字，这是后来长大之后去找老九叔的时候才看到的。当时，屋里还有几条规则不一的大小板凳。其余的，就是老九叔的一些古诗书，和一些平时写字用的纸笔，以及那支他总是不能离身的拐杖。

后来，我长大了，读了鲁迅先生的《孔乙己》之后，感觉老九叔无论如何也不是一个迂腐的读书人。虽然老九叔酷爱读些古诗古书，却总会写一些新诗。他比父亲小了好几岁，但却是一起读过私塾的，虽然他和父亲的爱好有点不一样，他喜欢古诗词，父亲却爱读《三国演义》《水浒传》《说唐》之类的小说，但两人若在一起，就会对这些古书评头论足，扯上个大半天。

记得很小的时候，有一次父母又出去车水了，我就跑过去和老九叔一起睡，我问老九叔：“九叔，为什么我阿爸阿母总要经常出去车水，而你却不要去呢？”老九叔笑了，他说：“傻小子，我这条腿走路都走不灵便了，还能车水吗？”

他停了一会儿，伸一只手过来，把我搂住了。停一停，又说：“阿狮，其实我以前是很会车水的，和你阿爸一样，是个车水的好手，我们总是在一起车水，后来腿跛了，就再也没有上过水车了。说实话，我真的很想去车水，很想和你阿爸在一起干农活，真的很想啊……”他深有感慨，说话时有些呜咽，像是要哭出来似的。

我当时不知道老九叔的腿到底是怎么跛的，因为从我懂事的时候开始，他的腿就一直是这样跛的，我还以为他原来就是这样的。他走东家上西家的，走到哪就吃到哪，宗亲家的人对他总是很热情的，从没有人嫌弃过他。所以我有些惊讶，就问：“九叔，你的腿原来不是这样的啊？”

“不是的！”老九叔说。“那为什么会是这样的呢？是谁打的啊？”我又问。“这个……”老九叔终于又停住不说了。过会，他才又说了起来：“阿狮，有些事情你不懂，不要知道才好。来吧，我教你背一首我自己写的诗歌吧。”

老九叔清了清嗓子，念了起来：“曾经／幸福向我走来／曾经／爱情向我走来／是那场狂风暴雨／折断了我的双腿／/从此／我拄着拐杖／从此／我走着我／孤独的人生……”

老九叔教我一句，我念一句，我不太懂得这诗的意思，只是跟着他瞎念。后来他越念，就越念不出声来了，终于呜咽地哭了起来，哭得很伤心。那一晚，他把我给吓住了，从此，我晚上就再也不敢到老九叔的家里去睡了。到我慢慢长大之后，我又问起了母亲，母亲觉得我懂事了，才和我说起老九叔跛腿的往事。

和我们家一样，老九叔的哥哥，现在我应该叫“老八叔”的，那时，他也和三叔一样去了台湾。后来，也是几年没有音信。再后来，老九叔的母亲，我的三婆婆去世了，老九叔就只剩下一个人过日子了，三十多岁的人，也没能娶上媳妇。后来，是母亲帮他张罗了一个外村的女孩子，也是年纪大了一些的，双方一看，就都看上了。

所以，在母亲的张罗下，双方一致同意，准备操办婚事了。也是合当有事，不知道哪一天，来了一个外地人，母亲说这个人从来没有见过，他找到了老九叔的家。后来，老九叔就把他叫到我们家隔壁的角房里去，插上门说了大半天的话。末了，那人走了，第二天又来了另外一个人，送来了一大包东西，给了老九叔。

后来，又过了好几天，老九叔就和那位姑娘来找母亲，说他们想要结婚了，让母亲去找师公（道士）择个好日子，把这婚事给办了。老九叔又让母亲放心，说他现在有钱了，要办全队最热闹的婚事，请上全队所有的人。母亲笑了笑，点点头算是同意了，心里却想："你老九哪有什么钱啊？到时候还不是要我帮你去借吗？"

其实母亲当时想错了，老九叔真的有钱了。那天，他拿出了三十张大团结，放在母亲的手上，把母亲着实唬得半天说不出一句话。半天过去了，母亲才说："你哪来这么多钱啊？不会是假钱或是偷来的吧？"

老九叔笑了，说："二嫂，你看我是这种人吗？放心吧，你就给我花吧，正正当当地花！"他抓抓脑袋，又说："我以后会告诉你的，你只管帮我花钱就行，不够的话再来取！"母亲对我说，她那时拿着那沓钱，手心上一直冒着冷汗，心突突地跳个不停，她说她从没见过这么多钱，不过，不管怎么说，老九叔也是她看着长大的人，她知道他不会做坏事的，就拿着这沓钱，去帮他张罗起婚事了。

很快，老九叔的婚事就这样开始了。结婚的那一天，听母亲说，还请来了载客的自行车队，给每个车工两毛钱，载着新郎、新娘和新娘家送亲的人，浩浩荡荡地从女方的家里过来。有的一部车载两个人，有的一部车只载一个人，一共有十几部自行车呢。母亲当时很是骄傲地说："你老九叔那时的婚事，是全大队最风光、最热闹的一场婚事。他那张新郎床，是当时全小队唯一一张用正漆刷的、双排楼的床，真是太漂亮了！那天，你老九叔和新娘穿着我们从没看过的新衣服，请了全生产队的人，地瓜酒和米酒不知道喝了几瓮，把大队供销社的酒全买过来了还不够，又跑到公社的供销社里去买。"

我问母亲："后来呢？""后来，"母亲的眼里突然闪出了泪花，快乐的脸上一下子定格住了，"后来，后来他们夫妻晚上去公社的电影院看电影，然后又到大桥的那边上吹风，结果，就出事了！"

母亲说到这里，便又停住了。她看了看我，说道："阿狮，现在你是懂事一些了，可毕竟还是小孩子啊，这种事以后阿母慢慢和你说啦，你就不要再问了！"

我见母亲那一脸复杂的表情，也就不敢再追问了。从小，我就知道，只要是适合我知道的事，母亲就会畅快淋漓地和我大说一通，而不该让我知道的事，就算再问，也只能收到沉默，或是责怪的答复。

7.

原来，那天给老九叔送东西的那个人，是从香港过来的华侨。老九叔平时交往较广，知道自己的哥哥在台湾当兵退伍后，做了一点小生意，所以他想了很多办法，通过很多关系网，终于联系上了老八叔。开始时，也只是书信上有点往来，后来，老九叔因为结婚的事，曾在信中向老八叔提起过，老八叔就托人从台湾转道香港，给老九叔送点钱和衣物，算是对这同胞兄弟婚事的一点小小关心。

可谁知道，老九叔结婚这件事也办得太风光了，太讲排场了。加上老九叔夫妻穿的衣服，都是从台湾寄过来的，很别致，让人看红了眼，便生出了意外。大家嘴里不说，背后却指指点点。不少口舌是非的人，把这件事传得沸沸扬扬的。父亲和母亲也背地里劝过老九叔，只是他不听。他觉得，这东西是兄弟给的，既不偷，也不抢，穿起来好看，这有啥呢？后来父亲和母亲见他不听，也就不再说了。

婚后的那些天，老九叔身边有一些钱，便时常和九婶下街，平时吃馆子，买一点当时的稀罕物件。那一天也是农闲，老九叔和九婶一前一后，来到公社街上铁匠叔的铺子里。那是一处离街道较为偏远的地方，据说，那打铁铺也不是铁匠叔个人的，当时叫什么"公私合营铁器社"。那是一间用花岗岩条石堆砌成的、顶上盖着黑瓦的小房子，小房子的周边，堆满了漆黑一片的煤炭和火灰。

老九叔夫妻还没走到那里，远远的，就能听到里面传来叮叮当当的打铁声。及近时，便见那半开的大店门里，射出了星星点点的钢花，即使是白天，也格外闪亮。只听老九叔对九婶说道："你看看，铁匠哥能有这门手艺，就是比我们种田的好，一年四季都少不了生意，又不用像我们'炎天赤日头'地窝在田里暴晒。当年，咱阿母让我跟铁匠哥学打铁，我就懒，怕热，不肯。可谁知这六月天的日头，比那打铁铺的钢火还要旺，还要灼人呢！"

老九叔说完，看了看九婶，笑了。九婶是个新媳妇，虽说已经过门了好几天，可见老九叔看她，还是有那么一点的不好意思，她低下头来，也不回话，但见脸上泛起一阵阵的红晕。他们看看走到店铺了，老九叔便用手拉上了九婶，催了催她说："走快点，进去，进去。我们和铁匠哥泡上一壶茶，聊上一聊。"

铁匠叔是祖上六爷的传人，小时候，我和父亲也常去铁匠叔的打铁铺里。家里的锄头用小了，菜刀用钝了，就会脱下木柄，拿去给铁匠叔重铸。一般情况，铁匠叔收到旧锄头或是其他旧菜刀、旧犁耙之类的旧铁器时，会先拿出一把星眼模糊的老秤杆，将这些旧铁器放在秤盘上，称一称重量，然后指着秤星对客人说："你看看，都已用得剩下这么一点点了，我还得加上多少斤多少两的生铁，才能再锻造出一把和从前一模一样的工具。"

那送铁器过来的人，也会把脖子伸过来，用眼睛认真地看一看秤星上的数字，确认多少，便默记在心里了。之后，他们再和铁匠叔讨价还价。比如我这旧铁器还有多少斤多少两的旧铁，你只要给我加上多少斤多少两的生铁就可以了，出来的物件，是不能少于这个数量的。当然，加工一把农具，除了增加生铁分量是需要付钱的之外，还要额外再加上一定数量的加工费。因此，这一来二往的，一把农具下来，自然是要花上不少钱的。最后，经过讨价还价，去零归整，磨出了许多口水，总算把价钱谈下来了，只等做好那一天，双方一手交钱一手交货就是了。

当然，用旧铁器加工，这只是其中的一种方式。另外还有一种方式，就是家里若有什么好钢，也可以拿来让铁匠叔再打造一把农具，只要付给铁匠叔相应的工钱就可以。若是这块好钢不够打上一把农具，也可以交给铁匠叔，让他称一称重量，把不够的那份补上，多少铁多少工钱，到时候一并给就可以了。如果生铁多出来了，也可以用它折扣成工钱。反正，在铁匠叔这里，什么东西都是有价的。

我记得，当时最好的钢板是手扶拖拉机车厢与车轮之间交垫的弹力钢板。那种钢板做农具或刀具，钢质好，有韧性，经久耐用。

那些年，父亲经常一手提着旧农具，一手拉着我走进铁匠叔的店铺里面。那时，我常常能看见铁匠叔光着膀子，前胸和腹部围着一条粗帆布做成的围裙，因为常常喷上炭灰铁星，那条围裙子黑得和外面的煤炭一样。再看铁匠叔，他一个人手粗脚也粗的，拉碴着一脸的大胡子，像一个铁塔钟馗似的。铁匠叔用左手握住火钳，右手挥着锤子。站在他正对面的是富贵哥，是铁匠叔的大儿子，他双手抡起那柄大锤子，铁匠叔的小锤子砸到哪里，他的大锤子便跟着打到哪里，父子俩一上一下，配合得十分默契。

铁匠叔还有一个儿子叫小由，由于身段体型长得像铁匠婶一般，个子偏小又偏矮了许多。因此，他自然不能跟铁匠叔和富贵哥一样，站在铁砧板边上，一上一下地抡大锤子。但一家人的活计，也是少不了他的身影。那一回，我常看到小由哥搬出一个小凳子，坐在火炉边的一侧，呼哧呼哧地拉着那木制的风箱。那拉风箱的劲儿，也是不能小看的，所以我经常看见小由哥的脸上，紧张起来时，青筋暴起，头上满满的是一层汗珠。

而铁匠婶呢？她自然也是不能闲着的，她得常常照看铁器的火候。特别是淬火的用水，不能因为铁器数量的增加，而使水温过热。用过热的水淬火，铁器有可能因钢性太软、韧性太大而弯卷。其次，铁匠婶还有另外一个活计要做，就是将打好的农具，用锉刀把它们的刀口锉锋、锉亮，让客人感觉加工后的农具新亮如初。

常常，铁匠叔和富贵哥见我们进门时，都会打上一声招呼。只是，他们口头上打招呼，眼睛和身子却是不会停下或者随意转动的。他们父子俩继续叮当叮当地敲打着那块因炭火而红，由硬变软的家伙。他们敲打出来的火星四处飞溅，让我一跨进门就想往后退。后来，又是父亲硬把我拉了进去，在小屋的一角找了一个地方，又搬来一条小凳子，让我在那边坐下来。而此时，小由哥则可以抽身出来和我玩，只要炉子上的铁器不需大力加火，他就可以放下风箱，然后用手擦擦脸上的汗珠，跑到内屋里面，随便抓上一把零食塞给我说："阿狮，给你，坐着吃吧！"

我总是顺手接过来，一看，多半是晒成条子的地瓜干或花生。有了这东西，我就安分了，坐在打铁铺一角，静静地啃着。

父亲照例要和铁匠叔称铁看秤星，所谓"亲兄弟，明算账"就是这个道理。当然，忙的时候，铁匠婶会拿出秤杆子，直接交给父亲，说："二哥，您自己称吧！"父亲会顺手接过秤杆，自己称一称，他说多少便是多少。亲兄弟嘛，父亲当然是不会随便乱说话的，更何况，父亲生来老实，也是从不会做假的。

8.

有些时候不忙，铁匠叔会停下活来，从内屋里捏出一小撮茶叶，将一个不知道是炭火熏黑了，还是茶碱泡黑了的小茶壶取出，外加带几个同样漆黑的茶杯，一面招呼父亲在炉子旁边一侧的小桌旁坐下，一面又喊来铁匠婶，让她提壶去烧水。这时，铁匠婶会顺手拎起一个和茶壶一样黑的铝壶，到外面水缸里打上一壶清水，顺手放在炭火通红的炉子上，不到一会儿，那水便被烧开了。于是，铁匠叔起身，去提那一壶井水过来，和父亲慢慢地泡开茶来了。

铁匠叔一年四季都有活干，最忙的是农闲时节，大家都有农具要来重打。到了农忙时节，他们一家人也会参加劳动，挣一些工分。所以，比起一般的家庭来说，铁匠叔确实是生活富足的。一家人都是劳动力，又做了两份工作，加上平时对人也很豪爽，故而，来他的店里的，除了时常的客人，也常有乡亲过来，找他泡茶聊天。

在公社街上做事的，还有裁缝叔，但裁缝叔的性格比较孤僻，平时工作也比较忙，除了做衣服去找他，否则找他闲聊泡茶的亲堂兄弟，平时并不多。所以，老九叔新婚的那几天，一来人也清爽，二来闲着没事做，便常常来找铁匠叔坐上一坐。

那一天，天色已近黄昏，一进门，不巧的是铁匠叔和富贵哥正一上一下，开打得不可开交呢。见老九叔夫妇进门，就听铁匠叔说：“老九来了，今天可没空陪你喝茶了，有好几家客人要铁器呢。茶叶、茶壶在桌子上摆着呢，你们夫妻自个烧水，泡上一壶慢慢喝吧！”

老九叔“嗯”了一声，示意九婶坐下，自己提起水壶，打水烧开，开始泡茶了。他一边喝茶，一边说道：“铁匠哥的生意真好，当初我阿母让我跟你学，我就嫌累。要是学了，也在对面开一家打铁铺，和你抢生意呢！”老九叔一边说着，一边笑着，一边又给九婶倒上一杯清茶，并用眼神偷偷瞄了一下九婶喝茶的样子。是的，此时的九叔，就像生活在蜜糖里，九婶的一个眼神，都让他醉上半天。

铁匠叔也不回头，一边打铁一边说：“老九啊，你可是读书人呢，我这行哪是你干的啊？拿笔杆子和抡锤子的，那是放牛和拾柴的，走不到一条路上的啊！”铁匠叔打铁一生，一边打铁一边说话，也不见得他累到哪去。过会儿，他又说：“老九啊，你那一身衣服，我看还是少穿出来显摆吧！看看，那衣服花花哨哨的，哪像是咱们家里做的啊？分明……”铁匠叔话说一半，剩下的也就没说了，他知道老九叔心里明白。他又说：“这几年风来雨去，别让人看红眼才是！”

不想老九叔满不在乎，笑着说：“铁匠哥，这有啥啊？自己家的东西还怕让人知道？我老九一生不偷不抢，怕什么？你也太守旧了，你看人家那边的衣服，质地多好，穿起来贴身，多舒服！”老九叔总不以为然，又坐了一会儿，便拉起九婶，往外面去了，临行时，不忘和铁匠叔说了一声：“铁匠哥，我们看电影去了。”

后来发生什么事，其实母亲也不知道。这些事，都是出事后老九叔自己说出来的。那一天，九叔和九婶一起去公社电影院看了一场电影。本来，电影散场后，九婶就想回家了。却是九叔不肯，他说桥头那边的晚风凉快，不如一起去那听听水声，吹吹风，晚一些再回去睡觉。老九叔和九婶不是自由恋爱的，所以短短的新婚，让他们都坠入了爱河，巴不得一天当成两天使呢。更何况，在农闲时节里，回家不是喝酒，就是睡觉，那也不是十分有意思的事。

于是，九婶同意了，二人趁着夜色手拉手，一起往桥头的那边走去了。夫妻俩在桥头找了一个安静的地方坐下，卿卿我我，不知不觉间，已经到了下半夜。东溪之水，来自于戴云山，之后，与西溪之水于双溪口合流，汇入晋江，涌进大海。千百年来，这里原先只是一个小渡口，新中国成立前，有一个大军阀在此处建造了一座大桥，连通了两岸的经济人缘。后来，这座大桥一直沿用到我成年，改革开放经济发展之后，政府有了足够的资金建造新桥，才被爆破摧毁。

老九叔和九婶在那桥头一个僻静处依偎着。老九叔读了不少书，人会说话，而九婶又是冰雪聪明，善解人意。一个会说，一个会听，那一夜，整个世界排除了一切的喧闹，只剩下他们两个内心的蜜语，相通相连，并逐渐消融成一个整体。

然而，他们不知道，一张黑色的幕影正悄悄逼近。二人起身，正想按原路返回，对面突然冒出了三个街头醉汉。他们见老九叔夫妻二人走来，其中一个为首的人便叫道："呵呵，深更半夜的，一男一女，肯定是不正当关系了。呵呵，看来你们是在搞腐化的吧？"听到为首的那个人一叫，其他的两个人也跟着不正经地叫起来了。突然的变故，老九叔有些慌张，他赶紧用手护住了九婶，问道："你们干什么？"

"我们干什么？治安巡逻的！看看有没有腐化分子！"三个醉汉"品字形"分开，歪歪斜斜，扭来扭去地将九叔夫妻围住了。不但如此，嘴上还脏话连篇："哼哼！肯定是搞腐化的！都看看，穿成什么样子了，哪像乡里人啊？"另一个说："就是，这东西肯定是那边来的，我看看，肯定是危险人物，送派出所审查审查！"又一个说："看看，你这半老头子，还老牛吃嫩草？引诱人家小姑娘！小妹，你别怕，大哥几个今晚救你了！"

九婶慌了，手脚不住地颤抖着，她紧紧抓住老九叔的一条胳膊，催他快走。可他们一下子哪能脱身呢？后来老九叔听不下去了，忍不住说："你们乱说话，流氓！我们是合法夫妻，有结婚证！”

“什么？我们是流氓？你们是合法夫妻？还有结婚证？好啊！结婚证拿出来给我看看啊！拿出来我就放你们走，老猪哥！”那为首的醉汉恼怒了，将一只手伸到老九叔面前，邪笑着说道：“有结婚证，你拿出结婚证来，我们兄弟就放你走。”

老九叔生气了，奋力将对方的手臂一推，说道：“你有病啊，谁家夫妻出门散步，还带结婚证呢？走开！”

“哈哈哈哈……没有是吧？”三个人狂笑着，一把将老九叔推倒，为首的那醉汉回身一把拉住了九婶的手，满口酒气地说道：“小姑娘，我实话告诉你吧，兄弟三个奉上头的指示，已监视你们好几天了。看看你们结婚的排场，哼，是什么来路你们自己知道，这身衣服、这些行头是哪来的呢？哼，这里面肯定是有问题的！你们不搞腐化？好啊，我倒要看看，今天谁是流氓！”

9.

九婶见他们推倒了老九叔，一只手又被那醉汉抓住了，愤怒和惊恐一起袭上了心头，她奋力一挣，又反身一推，将那为首的醉汉推倒了。这时，老九叔也站起来了，他迅速拉起九婶，慌不择路地跑了。后面，三个人起身狂追。毕竟，九婶是个女人，很快被他们撵上了。那穷凶极恶的醉汉逼近九婶。老九叔见九婶被围，又反过身子扑了过来。突然，他感觉自己双腿被击中，双膝一跪，一头撞向围栏，醒来时，已经躺在自家的新床上了。

我们这里一年有三季作物，春、夏两季种的是水稻，冬季种的是小麦。两季水稻种植的时候，一般是需要车水来浇灌的，但是到了冬天，因为小麦是冬季的作物，比较耐旱，并且要跨过第二年的二三月份，才能成熟收获，春雨就成小麦最后成熟的水分了。所以，冬天一般不用车水，算是农闲时节。

这年冬天，我大概五六岁的光景，老队长找到父亲，说要父亲和他一起去监狱，看一看关在监狱里的青山哥。我在屋里听到了，赶紧跑出来叫嚷着说："我也要一起去看青山哥！"

母亲在屋里听到了，也赶紧跟出来，在我的肩膀上用力掐了一下，说："小孩子，总是爱跟路！不能去，那太远了！"

"我就要去看青山哥，我没见过青山哥的面！"我不服气，平日里，总听父母说起青山哥，说他是个好孩子，太可惜了。说着说着，眼泪就掉了下来，我不知道他们为什么会这样子。但从此，我对青山哥有了一个很好的印象。我从懂事起，就没有见过青山哥的面，所以当时我就哭了起来，一定要老队长和父亲带我去监狱看青山哥。

"路太远了，你还小，不能去的！"母亲把我搂在怀里，说，"阿狮要乖，要听话，长大了再去！"

"我长大了，我要去的！"我不依，哭得更凶了。老队长看见我哭得厉害，就对母亲说："二婶子，你就让他去吧，小孩子又不要买车票的。我上次去看青山的时候，青山还和我说起阿狮呢，说他很想看一看阿狮呢！"母亲听老队长这样一说，就把脸转向父亲，没有说话，只是用那眼神征询了父亲的意见。父亲终于点了点头，算是答应了，也没说什么话。我用手抹了抹眼泪，从母亲的怀里挣脱出来，咧开嘴，拉着父亲的手，就这样和他们一起上路了，当时那心情，甭提有多高兴了。

从我们这里坐车到监狱，需要五六个小时的车程，都是山路，一路上只有滚滚的粉尘和不断盘山而上的公路，往下看时，是幽幽的深谷和冷冷的深渊。我那时还小，一上车没多久就睡着了，醒来的时候，已经到了监狱的门口了。

父亲把我叫醒，然后抱着我下了车，我睁开眼睛一看，除了探监的人之外，都是清一色穿着蓝色衣服、剃着光头的囚犯，还有就是穿着白色警服的公安了。我们朝里面的接待室走去，迎面看见走来了一个大汉，父亲指着那个人说："阿狮，那就是你很想见面的青山哥！"我见青山哥也不例外，头上的头发刚刚剃光不久，才长出那么一点点，整个脑袋有点发青的样子。青山哥比老队长和父亲足足高出了一个头，皮肤有点黑，虎头豹眼，像座铁塔似的，长相相当威武。青山哥见我们进来，老远就叫了起来：

“爸、二叔，你们来了，想死我了！”老队长和父亲赶紧迎了上去，一人拉住了他的一只手，亲热地答应起来。

后来，青山哥看了看我，先是愣了一下，老队长正想告诉他我是谁，青山哥却用手制止住了，他说：“阿爸、二叔，您先别说，让我来猜猜是谁。是阿狮弟弟对吧？您上次跟我说过的，要带他一起过来看我的！”

“是的！”父亲和老队长看了我一眼，同时点了点头。

“哈哈！是阿狮啊！”青山哥快速把我从地上抱了起来，举过头顶，把我弄得“咯咯”大笑起来。只听青山哥喘着粗气说：“阿爸、二叔，我那年回家的时候，阿狮还在二婶的怀里吃奶呢，都长这么大、这么沉了！哈哈！”他快乐地笑了起来。紧接着，他突然满脸泪水，用力地把我揽在他怀里，呜呜地一直哭。

老队长和父亲站在那里，看着他，只是相互对望着，并没有去劝阻，一起陪着他掉眼泪，直到让他哭够了。而我在他的怀里，直愣愣的，不知道大人们为什么一会儿哭又一会儿笑的。直到青山哥哭够了，用手擦了擦眼泪，老队长和父亲才和他说起一些家常近况来，叫他不要记挂家里的事，要安心好好改造，争取早日减刑出狱。

青山哥一直静静地听着，一边听一边点头。后来他说：“我一直都表现得很好的，监狱长上次还给我评优秀呢！不过现在是不能减刑的，得到服刑后期才能。”

老队长、父亲和青山哥聊着聊着，一两个小时很快就过去了，父亲说我们得回去了。临走的时候，青山哥从口袋里掏出一把木刻的小手枪，对着我“叭叭叭”地装成打枪的样子，和我说：“阿狮，送给你！”我当时真的太高兴了，那个时候，小孩子都喜欢木头枪这类东西，青山哥送的这把木头小手枪，我一直保留到现在。

10.

其实，说起青山哥坐牢，就是因为老九叔这事了。那一天，父亲和老队长找人去把老九叔背回来的时候，已经剩下一口气了。大家赶紧帮忙掐人中，灌米汤，总算把人给救活过来了。可是，后来乡里人到处乱找，也找不到九婶的人。

再后来，青山哥复员回家了，他在部队里当过班长，听说在部队里表现很好，还立过功呢！母亲说，青山哥有一米八几的个头，那时穿着一身没有红袖章的军装，戴着一顶摘掉五角星的军帽，看起来真是威武呢！那个时候，谁家要有一个当兵的回来了，那是祖上积德了，乡里乡外都有人羡慕呢。青山哥是祖上老五家的传人，是老队长的大儿子，他们一家人都住在祖上老五家盖的房子里，与我们祖厝有两百多米之隔。据母亲说，那一天晚上，老队长陪着青山哥过来串门，一下子，整栋古大厝都热闹起来了。

一时间，大伯、五海伯、铁匠叔、杀猪叔、裁缝叔、二栋叔、富贵哥、家富哥、爱国哥、小由哥、黑牛哥、黑豹哥、胜利哥……都聚集到古大厝的大厅里，大家围着一张八仙桌坐着，里一层外一层的。

听母亲说，那天晚上，青山哥一时高兴，掏出一个铁疙瘩来。老队长眼尖，一眼就认出那是一个西瓜弹，便喊出声来，说："青山，你这是干什么啊？那是一个西瓜弹啊！"是的，我们小时候看电影，说起"西瓜弹"，就是美国大兵用的手雷弹，因为外面有网状线条，像个拳头大小的西瓜，所以，我们都叫它西瓜弹。

青山哥拿在手上晃了一晃，笑着说："爸，您紧张什么啊？都是打了几年游击的老同志了，还那么紧张干吗？我这是一个空壳弹，没装弹药的。我们排长对我好，复员的那天，舍不得我，就偷偷送给我这个。他还说，这是朝鲜时的战利品，给我做纪念的！"

老队长嘿嘿一笑，说："和平时期，看那东西也怪吓人的，我还当是一颗真炸弹呢！"

那边黑牛哥见了，偷偷拨开人堆，一下子跑到青山哥的背后，将那颗铁疙瘩一把就抢到手上，跳出来说："青山哥，这炸弹就转赠给我了，反正这里那么多人，你送给谁也不好分。现在我抢到了，那就是我的了！"

青山哥笑了笑，假装挥拳要打黑牛哥似的。黑牛哥一转身，从人堆里挤了出来，拿着那个炸弹壳，嘻嘻哈哈地跑开了。

这时，青山哥突然抬起头，看见老九叔佝偻的身子，拄着拐杖，也不近前来，老远地在人堆的后面看着。青山哥慢慢站了起来，一下子愣在了那里。许久，他才说：“九叔，您这是怎么了？年前父亲在信上不是说您结婚了吗？怎么变成这个样子了？”青山哥这一问不打紧，那边老九叔却支撑不下去了，他一把扔掉手中的拐杖，瘫倒在地上，泣不成声了。

母亲说，那一刻大家都哭了。可是，大家都知道他们在哭什么，唯独青山哥一个人莫名其妙的，因为，后来发生的事，大家都没有和青山哥说。不过，那一天的事实都摆在眼前了，青山该知道的事，也都让他知道了。

“怎么会是这样的？那不可能，绝对不可能！九婶怎么可能不小心滑下水呢？那桥栏那么高，别说滑下去，想跨过去跳下，都得费上不少的工夫！”青山哥怎么可能会相信这是一个事实呢？他停了一会儿，又问道：“那天晚上，那几个醉汉都是谁呢？”

“三个小混混。他们经常喝酒闹事。”

那天晚上，大家送老队长和青山哥回去休息，一路上父亲交代青山哥：人都没了，咱们退一步海阔天空吧。青山哥也没再说什么，只是让大家早点回去休息了，自己和老队长一起，一前一后消失在乡间的夜幕里了。

父亲和大伯送走了老队长和青山哥，回来扶走老九叔，让他回去休息。一边又劝他说：万般都是命啊！母亲后来说：“尽管，我知道青山这孩子不会做出坏事来，但事情的发展，往往不由人去想！你不招惹别人，别人反过来招惹你，你说这事怎么办？”

11.

父亲后来对我说：“老队长说他有个好儿子，我服了！阿狮，等你将来长大了，一定要学你青山哥，好好做人，多想想别人，多关心、帮助一下别人！”我点点头。

再后来，青山哥减了三年刑，释放的那天，我去接他。他走出监狱门口的时候，把头昂向天空，看了许久……我赶紧迎上去，他看我过来，就把我紧紧地抱住，说：“阿狮，都长大成人了，胡子也出来了，连我都不认得了……你青山哥真没用啊，头发都白了！”他说完，就伤心地哭起来了，我也是一阵阵的心酸，跟着哭了起来，我们两个人的泪水将对方肩膀上的衣服湿成了一大片。

我说：“青山哥，让你受苦了！两位老人家（老队长和我父亲）腿脚都不利索了，他们走不动了，让我来接您回去。”

他推开我，呜咽着，把眼睛直愣愣地望着远方……末了，他转过头来，对我说：“这么多年来，我把自己的青春都放在这监狱里。我不理解，也不明白，在那个时候，我们都在做些什么，我们这是用整整一个青春，才换来一点点人生觉悟的一群人啊！”

我看着他那一头白发，虽然能够理解他的感受，但确实无法理解他们那一代人的人生。我只是觉得，我眼前的这位青山哥，已经是一个老人了，一个确确实实老去的老人了。他没有自己的青春，没有自己的事业，更没有自己的幸福！当然，这些都是后话……

有那一天，父亲出去车水的时候，被几个年轻人背了回来，说是踩水车的时候，不小心从水车上面摔下来的。父亲摔得不是很严重，但腰和脚都扭伤了，不能走路，所以他们才把他背回来的。

一到家，背父亲回家的那几个小伙子都面面相觑，不敢说什么，只是支吾了一下，就都跑开了。我听到母亲当时嘴里老是说这一句话：“不可能的，怎么可能会是这样呢？”她摇着父亲的肩膀，很不相信地追问着。我那时站在母亲的身边，一只小手抓着母亲的下衣摆，另一只小手还在挖着鼻孔哩，两只小眼睛滴溜溜地直转着，一下子看看母亲，一下子又看看父亲。

父亲是个小心省事的人，平时不爱招惹别人，就是有点事，也不与他人计较。他对母亲说：“算了！就一点小伤而已，不要紧的，你就别多问了！”

但母亲却是一个不依不饶的人，她哪里肯罢休？一直逼问着。后来，父亲被逼急了，终于还是说了。原来，那几个小伙子是故意整父亲的。他们一起在水车上踩得来劲的时候，一般都是很自然的一步一步地踩着，这样不要用太大的劲，人长时间车水，也不会犯累的。没想到这三个小伙子交换了一下眼色，突然间暗地里一使劲，将那水车踩得飞快。父亲没有提防，加上年纪大了一些，脚下一没跟上，就从水车上摔了下来。

母亲当时一听，火气霎时就上来了，她一把抓住我的手，往外就冲了出去。嘴里还叫着说："走，找你大伯评理去，非把爱国打死不可！"我当时感觉母亲确实很生气，几乎是连拉带扯地把我一起带上的，她将我的小手捏得生疼。爱国哥是我的堂哥，是大伯的小儿子，他也是大伯一脉单传的男丁，因为从小就有点娇宠，所以平时总是淘气一点，二十出头了还像一个小孩子。我跟着母亲三步两步小跑，穿过天井就跑到大伯家了。大伯家就住在左对房和大房里，离我们也就隔着一个天井。

大伯平时很会做馒头和包子，所以我有事没事都喜欢跑到他这里来，因为到他家里，如果碰巧赶上蒸馒头、包子，肯定能跟着吃上一两个的。其实今天也是赶巧了，正好大伯在蒸馒头呢。大伯一手握着擀面杖，一手揉着面团，他看见我们走过来，老远就打起招呼，说："二婶子来啦！哈哈，阿狮也来了啊！好好好，我正做馒头呢，等会一起吃一个。"

我一听有得吃，很是高兴。可母亲却快步走了过来，看着大伯，也不搭理他，气呼呼地直叫嚷开了："阿哥，爱国在哪里呢？在哪啊？"

我当时看见大伯一下子愣住了，放下手中的面团，满脸不解地问了起来："怎么了？怎么了？二婶子，是不是爱国又做什么坏事啦？"

"哼，你平时就会宠着他，二十好几了还像一个小孩子，太不懂事了，连点孝顺都不会！"母亲一边说，一边气得喘着粗气。

"怎么了？你说说看，别急！……"大伯看着母亲那样，知道是爱国哥犯事了，急急切切地追问。

"怎么了？你平时不管教，现在连他二叔都整了！到将来连你也整上了……"母亲说话从不给人留面子，就是对着大伯也是一样。"爱国和家富、小由他们算计他爸了，把他从水车上弄摔了下来。现在扭伤了腰和脚，今天非得好好教训这臭小子不可！"

12.

“怎么会做出这种事呢？”大伯一听，脸上马上就不快起来，“二婶子你说说，这到底是怎么一回事？”

母亲气呼呼的，一五一十地把这事说了。大伯一听完，火就往上冒了，他把那擀面杖往桌台上狠狠敲了三四下，边敲边叫起来：“秀凤，你去把爱国给我找回来，看我怎么收拾他！”

秀凤就是大伯母，爱国哥的妈妈，她平时很疼爱爱国哥的，可是也很害怕大伯。她听到大伯的叫唤，赶紧从屋里头跑了出来，一边跑一边叫，把爱国哥给找了回来。那时我听到大伯的吼叫声，心里真是有点发毛的，躲在母亲的背后，一下子看着大伯，一下子又看着母亲。我发现母亲也有点害怕了，她一手拉着我，一手拉着大伯的手，说：“阿哥，骂一下就行了啊，可不要打孩子了，我只是一时气气说了一下，也没什么大事的！”

大伯哪里听得进去，一下子甩开母亲的手，抡起擀面杖，在爱国哥的屁股上一抡就是三四下。母亲和大伯母都慌了，一起使劲儿地拉住大伯的手，爱国哥趁机就往门外的大石埕那里跑去。这一下子，大伯更火了，大伯用力甩开母亲和大伯母的手，往外追去，一边追一边叫骂：“你长这么大了，还一点人情世故都不懂，连你二叔都敢整，到时还不整到我头上来了！今天非把你敲死不可！”

父子俩在大埕上一个追着，一个跑着。母亲和大伯母跟在后边一直叫着：“别打了，小孩子不懂事，骂一下就好了！”我在大石埕的一角傻傻地站着，看那场景，现在想起来都觉得好笑又好怕。

后来，爱国哥竟然不跑了，双手抱着头在那站着，大有让大伯打个痛快的架势。可这个时候大伯反倒不追不打了，一手拿着擀面杖，一手指着爱国哥的鼻子，一直叫骂着：“你还敢算计你二叔啊！你二叔踩了一辈子水车都没摔过一次，倒让你们给整倒了。要是有个什么事，我非扒了你的皮不可！”大伯一边骂着，一面转身对母亲说：“二婶子，等下我去看一下二兄弟，顺便带点药酒过去给他擦擦。”

母亲后来对我说，大伯会点摔伤推拿的手段，原本过来是想叫他过去看下，没想到火气在心头上，说了一些气话，竟然让爱国哥挨了一通揍，想起来真是有点过意不去。所以，我当时看见母亲很不好意思地对大伯说："阿哥啊，其实也没有什么大事的。小孩子嘛，都这样，别发火啊！你给我弄一点药酒，我帮他爸擦擦就行了！你忙着吧，蒸馒头去，蒸馒头去啊！"

"不蒸了，不蒸了，蒸了也吃不下去，我跟你过去看一下！"大伯一手甩下擀面杖，进屋里去拿了一些摔打的药酒，跟母亲来到我们家里，一边走着还一边骂着，母亲很是过意不去，老是赔着笑脸说了一些小心的话。

父亲只是肌肉摔伤，没什么大碍，大伯给他搓揉了几下，上了一点儿药酒，说没有伤到骨头，不碍事的。母亲赶紧起身泡茶，兄弟俩一边喝茶一边又聊开了，刚才的事就好像没有发生过似的。我站在一边，眼睛滴溜溜地转了一会儿，后来撕了一张纸，跑到外面折纸飞机玩去了。

我玩够回来的时候，大伯还没走哩，母亲炒了一小碟花生，让他们兄弟俩喝起酒来了。我爱看大伯喝酒的样子，他平时性子比较急，所以喝酒也急。父亲喝酒，一杯总是要分成两三口才能喝完。大伯却不一样，他将一杯酒倒满，然后拿到手上看了一下，一仰脖子，往嘴里一送，就算完事了。酒入喉咙之后，脸用力地皱了一下，接着努一努嘴巴，拿起筷子，夹了一个花生米，再往嘴里一送，就咀嚼起来了。大伯喝完一杯酒之后，父亲就给他再满上一杯，但大伯却不马上喝了，他得看着父亲那杯酒喝完，才会再像刚才那样，又仰起脖子，喝下第二杯。

大伯和父亲在一起喝酒是常事，但我看他们兄弟俩喝酒的习惯很不相同，总有点好奇，就忍不住问起来，说："大伯喝酒和我阿爸不一样。大伯一口一杯，我阿爸一杯三口。还有，大伯你为什么喝完一杯，还要等阿爸喝完一杯才喝呢？"

"哈哈……阿狮很认真啊，会做大事的！你知道不？大伯让你阿爸灌醉了好多次呢。我和你爸酒量差不多，我喝快酒，他喝慢酒，我要一直喝下去就得先倒下了，你阿爸经常会算计我的！"大伯说完，哈哈大笑起来，他把我抱在他的腿上，然后夹上一粒花生米送到我的嘴里。父亲和母亲也都笑了起来。后来，大伯酒喝多了，就又说起爱国哥的事。

大伯有些叹气地说："爱国也有二十三了，还这么不懂事，都是叫他妈平时给宠坏的！"

"二十三又怎样了？没结婚就是个小孩子嘛！都是这样的，这也不能怪他的！"父亲说。

"是啊，要是找个媳妇就会懂事点的！"母亲也附和说。

"是该给他找个媳妇了。可好几个人来介绍，他就是看不上人家啊。"大伯对母亲说，"二婶子，你看看附近有没有比较合适的，帮忙介绍一个。秀凤是个什么事都不懂的人，平时都是她给宠坏的，有了媳妇，就有人管教了，是不是？"

母亲点点头，说："也是啊，有了媳妇就会听话学好的。我有时间帮忙介绍看看。"

晚上，爱国哥、家富哥，还有小由哥他们几个人，带了一包小点心，来给父亲赔礼道歉了，又是请烟又是打火的。父亲笑着给他们泡茶，嘴里说没什么事的，让他们不要担心。说这事不能怪他们，是自己老了，手脚慢了，跟不上年轻人了……我坐在父亲的身边，他们后来都说了一些什么，我倒没注意听，只是眼睛总是盯着那一小包点心，猜想着里面是熟花生还是甜糖果……

自从那次摔伤之后，父亲就再也不出去车水了。我问他为什么，他说他自己老了，该让年轻人去车水了。

13.

龙眼熟了的时候，已经是七月天了，那时的天气还很热。我们家古大厝后面是晋江的东溪，在两岸的沙丘上，种着不少的龙眼树，每年秋天，上面结满了沉甸甸、金灿灿、如铜铃般的龙眼。那天晚上，月亮圆圆地挂在了天上，天气又有点儿太热了，我想到那金灿灿的龙眼果，就想着上去偷几个解解馋。

那时我刚好读小学二年级，正点着煤油灯在做作业呢。我把作业放下，独自一个人跑到龙眼树林里去，又怕让人看见了，于是蹑手蹑脚、偷偷摸摸地走了进去。

我爬到一棵最大的龙眼树上，摘了几串龙眼，吃得正甜，突然听到有人说话。我一怕，差点儿从树上掉下来，赶紧抿着嘴，不敢出声。下面走进来了一男一女，像是相好的，在说话呢。我不敢下来，只好躲在树上，心想，让他们说完话走开了，我再下来回家。

只听那女的说："我们每年都要给生产队交好多钱才能分到稻谷子，凭什么啊？"

"凭什么？就凭你们家没挣工分啊！别人都要到地里去参加劳动，赚到工分才能分到稻谷，你爸却在街上做裁缝赚钱，有了钱，大鱼大肉地买回家，有谁像你们家这么有油水啊？你们不交钱，当然是不能分到稻谷的！"那男的反驳了。

那女的又说了："我们也有交钱啊，只是没交完啊！其实都怪你二叔的，少交一分钱都不给人称稻谷！"

"这怎么能怪我二叔呢？他是队里的保管员啊！他保管的是队里的粮食，又不是他们家的！社会主义就是多劳多得，不劳动者不得食。你阿爸不参加生产劳动，没有工分，还怪我二叔什么？老九叔腿跛了都要劳动，哪像你爸，上街做裁缝又要欠队里的钱，谁分粮食给你们吃啊！"那男的听女的这么一说，就有点生气了。"上次我听了你的话，把我二叔从水车上弄摔了下来，我都被我爸揍了四五下屁股呢，好长时间看到我二叔就害怕！"听男的这么一说，我就知道是爱国哥和婉玉姐姐了。

好啊，原来爱国哥为了和婉玉姐姐相好，就来算计我阿爸了。我一生气，也顾不得树高，大叫一声，就从树上跳了下来，大声喊了起来："爱国哥你坏死了，你不是好人，你不是我哥，你是个坏蛋……你竟然和婉玉姐姐设计害我阿爸！"

我这么一叫喊，把他们两个都给吓傻了。只听婉玉姐姐尖叫了一声，抱住了爱国哥。那边爱国哥看到是我，赶紧甩开婉玉姐姐，跑了过来，一只手把我抱住，另一只手捂住我的嘴，说："阿狮，你别叫啊！别让人听到了……让人听到了我们俩就都得死啊！"

我用手掰开他的手，一把挣开他，又叫了起来："……我偏叫，我偏叫，你们两个都坏死了，你们都是坏人，还是我哥我姐呢！害了我阿爸，我回去和大伯说，让他拿棒槌揍你屁股！"

爱国哥听我这一叫，更急了，他再次抱住我，对我说："你别叫嘛，阿狮。听哥说，婉玉是我相好的女朋友，你看，以后就是你嫂子了对不。到时我让她给你包一个大红包，大大的红包。"

"哼！我才不稀罕呢……我就是要和大伯说去……你们都坏死了，设计害我阿爸，你不是我哥……我不要这样的坏嫂子……我要和大伯说去！"我不理他们，大声叫着，我觉得爱国哥太坏了。

后来，爱国哥终于没办法了，说："阿狮，要不这样吧，你不是喜欢一把火柴枪吗？哥明天给你弄一把去！"

听说给我弄把火柴枪，这下子我真有点动心了，那是大孩子玩的东西，就是用旧的自行车链节，十几节并排起来，一个眼插在粗铁丝上，然后再用铁丝弄成一个枪把型，用医用胶布一圈一圈地把链条和枪把捆起来。再后，再用铁丝磨尖成一个枪桩，架在枪把的枪扣子上，再加上一些橡皮筋做成的弹簧，这枪就算做成了。

这种玩具枪用的是火柴做成的火药。先在自行车的另外一个链节孔上，插入一支带有火柴头的火柴，没带药头的在外，有带药头的在里。然后再把火柴头上的火药，一个一个地刮到自行车链眼里，最后用枪桩带上橡皮筋，拉架到枪后座上，扳动枪扣，枪桩撞击链节里面的火柴药，火柴药引爆之后，那根带有药头的火柴就能打出去了。这是一种很有威力的人工玩具枪，造价高，又会伤人，所以学校不让学生们玩，看到了就会收缴的。可是大孩子们都很喜欢玩这个，回家偷偷地做着，然后几个人找一个靶子，在那射击比赛哩。我那时才七八岁，没有钱买链条这些东西，又不会做，所以听爱国哥这么一说，就动心起来了，嘴上不叫，眼睁睁等他把话再说下去。

爱国哥见我不叫了，知道有希望了，他高兴得要死，说："弟，哥说话算话，你一定不能再和我阿爸说了，也不能和二叔二婶说！"

“说真的？你真给我弄把火柴枪？”我再补充一句。

“当然是真的，不是真的就是这个！”爱国哥伸出一个小指头，比画了一下。我点点头，算是答应了。

那边婉玉姐姐也赶紧跑过来，说：“阿狮弟，你要不说我们俩的事，我就让我阿爸去找个布头，给你做一对小手套！”

婉玉姐姐是裁缝叔的女儿，他们就住在新大厝里，裁缝叔是家祖上四祖的传人。虽然裁缝叔也是我们的宗亲，但他却不是四祖的亲脉。裁缝叔的爷爷，是从永春那个地方过继过来给四祖做儿子的，他从小就学裁缝，所以这门手艺就一直传到裁缝叔这里了。裁缝叔也就婉玉姐姐一个女儿了。

我们那时身上穿的，还有我们一家人身上穿的，还有全小队大部分人身上穿的衣服，大都是裁缝叔给做的。因为当时会做裁缝的人不多，裁缝叔那时有一部上海蝴蝶牌的缝纫机，是用脚踩的，当时全队没人有。而且当时整个公社也就只有那几部，放在公社镇上的供销社布店门口，给乡下人做衣服的。

我记得当时每年年底都能做一套新衣服，大概是军色或者是深蓝色的粗布料子。母亲每次都会拿上几尺布票，和我一起到街上去，然后挑上我喜欢的颜色，裁好了拿到裁缝叔那里，让他帮我做件新衣服。裁缝叔的前额光光的，只有后脑勺上还有一小绺头发，戴着一副老花眼镜，说话的时候，声音有点尖细，他在笑的时候，嘴边上有一个深深的皱弧，下巴很尖，因为抽烟，牙齿黑得有点怕人。他看见母亲和我走过来，就会打起招呼来，说：“二嫂，你带阿狮来做新衣服啊！”

14.

母亲点点头笑着说：“是啊，大兄弟可得帮忙做快点啊！阿狮爱漂亮的，赶着春节穿呢！”

这时裁缝叔就会放下手头的活走过来，从他脖子上取下一条布尺，把我的身材尺寸量好，一边量一边说：“没事的，二嫂，一定让阿狮新年穿上新衣服的！哟，阿狮又长高了！”随后，裁缝叔就把布料放在一个木台子上，右手拿下一片粉红色的粉土，左手拿着一把木做的直尺，在布料上比画几下，先把衣服的轮廓画了出来，然后再拿起剪刀，“唰唰”几下，就把布料给裁好了。接着写上我的名字，再然后才折起来放好。最后，裁缝叔会把剩下的布头卷起来，用一条小小的布条一捆，塞给母亲说：“二嫂，这还剩下一点儿，拿回去吧，以后衣服破了，可以缝缝补补的。”

母亲笑着接过布头，说：“兄弟，一定要帮忙先做啊……阿狮爱穿新衣服的！”另一只手赶紧把钱递了过去。

只见裁缝叔假意推辞了一下，嘴里说：“二嫂，你这就见外了，哪能收你的钱呢！”

母亲说：“收下收下，手艺人哪能不收钱呢！快些做啊！”

“放心吧，二嫂，阿狮准能赶得上新年穿的！”裁缝叔稍一推辞，就把钱收下了。

母亲对裁缝叔总是不怎么怀有好感，原因就是因我在他那做衣服时，总是要做到年底摸黑了，裁缝叔才叫婉玉姐姐送衣服过来给我。所以每年到了大年三十，我就一个晚上唠叨着母亲，问裁缝叔到底有没有给我做新衣服了，为什么到现在还没给我送来。因此，母亲也常对父亲说：“下次不给他做了，又不是不给钱的，还怕没人做吗？肯定又是因为分稻谷的事了，我看见小东她妈比我们还晚拿去做呢，早就穿上了！”

父亲这个时候总是劝着说：“算了！亲堂兄弟、厝边头尾的，你不给他做给谁做啊？小孩子的衣服，过年能穿上就行了，早穿就早破了，失钱不失人啊！”

母亲却说：“我也知道是亲堂兄弟，那他怪我们什么了？那是队里的粮食，又不是我们家的，走到全中国哪都是这样。困难时期，我们还救济过他呢！谁叫他‘钱甘鬼’，好手好脚，不参加劳动赚工分只顾赚钱啊！”

父亲卷了一把红烟（炮子烟），接着说：“其实裁缝也不容易啊，当年困难的时候，因为没有工分，分不到粮食，身边有钱也没地方买粮食，眼睁睁地看着饿死了两个老大的男孩子，现在就只剩下婉玉一个女孩了，当时还是靠一口奶水硬撑下来的……你说他心里就不会有点坎子啊！”

母亲若有所思，没有再说什么了。只是我又问了："我们那时为什么没有多帮助他们一下呢？我们可以多给裁缝叔一点点米啊，他们家的小孩子就不会饿死了！"

"傻孩子！"父亲咬了一下牙，然后又摸了我一下头，苦笑起来，"你真是个有善心的好孩子，那时谁顾得了谁啊？我们家的生活，也是相当困难的。那时，给他们的那一点粮食，都是从嘴里抠出来的！"父亲用手擦了一下眼睛，没哭出来，母亲却背过脸，哭了……

虽然我答应爱国哥不去跟大伯告状，但我们都还是约法三章的：第一，爱国哥不能再害我阿爸了。爱国哥笑了，说那是他以前不懂事。婉玉姐姐说，她也是以前不懂事的，现在到田里参加劳动了，能拿到六分八的工分了。第二，得给我摘串龙眼。爱国哥也同意了，他很快地爬到了龙眼树上，给我摘了一大串龙眼下来。第三，当然是火柴枪一定是要兑现的，还得外加一包火柴。那时火柴很贵，一小盒要两分钱，一包是十盒，要两毛钱，我当然是买不起的。

我虽然答应了，但爱国哥最后还是特别警告我说："阿狮记住了，千万不能说我和婉玉姐姐相好的事，谁都不能说！"

"为什么？"我一脸茫然，不解地问。

"说不行就是不行！还问为什么干吗？"爱国哥生气了，有点要发火的样子，"你还记得黑姑姐姐的事吗？"

听说起黑姑姐姐的事，我惊恐地点了点头，心里的恐惧无法言表，回到家里，一夜都不敢入睡了，黑姑姐姐的往事又一幕幕地在我心头掠过，让我有些毛骨悚然。

黑姑姐姐死了好几天，才从池塘里浮出水面，让车水的人发现的，那已经是去年秋天发生的事了。那一天我放学了，看到池塘子边上围着一大群人，还听到撕心裂肺的哭叫声。我挤了好半天才挤到前面，看见草席里盖着一个死人，肿得好大的一个，我不敢再看了，捏着鼻子赶紧跑回到家里去了。

黑姑姐姐本来就是有点黑，所以才叫"黑姑"的，她是杀猪叔的大女儿。杀猪叔还有两个儿子，大的叫黑牛，小的叫黑豹。长得又黑又粗，人也土气了一点，见人说话也是那样直来直去的，就和杀猪叔一样，白刀子进去，红刀子出来。

黑姑姐姐虽然是黑了一点，可是人却长得很漂亮，听大人讲，她又是很勤快、很听话的人。在我印象里，她扎着两条一尺多长的粗辫子，小鼻子，大眼睛，那时没有像现在这样拨眉毛，但她那眉毛看起来却比别人家的姑娘还要细些。一个大小适合的嘴唇，常常带着笑容。黑姑姐姐也和杀猪叔一样，人很是直爽，只是姑娘家的，当然不会像男人们那样粗鲁，所以，她平时都是很讨人喜欢的。

黑姑姐姐平时也很喜欢唱歌，经常是一边走一边唱歌的。有时大队里广播有事情要报告，就会叫她先去唱上一首歌，所以我们只要听到黑姑姐姐在广播里唱歌，准是大队里又有什么事情要播报了。我们这里的人，都觉得她是一个懂得文艺的人才，后来又听说，大队干部还要把她培养起来，做县里的文工团员呢！

我和黑姑姐姐碰面的时候，她常会对我说："阿狮，我今天又学了一首新歌了，姐姐唱给你听，你要觉得好听的话，有时间姐姐再教你唱！"说完，她就当着我的面唱起来了。她每唱一首新歌，都很好听。所以，我记得我大概就是她的第一个听众吧！而且我所学的歌，基本上都是她教的，那时都是军歌或者革命歌曲，等到学校老师教我们唱的时候，我已经早就会唱了。

我父亲也喜欢哼哼歌，但那都是一些南曲之类的老歌，就像木匠叔唱的那种，比如《李亚仙》里面的："所梦，所梦求功名。"据说，那是当年郑元和做乞丐的时候唱的。所以我是不大喜欢的，总觉得听起来没劲，又特别地拉腔拖调。

因此有时我常说我阿爸："阿爸，你干吗不学点新歌呢？净唱那一些老南曲，难听死了！"

父亲听了，总会有点不高兴。他说："你们现在唱的歌，一点都不好听，哪有南曲好听呢？"

15.

我当时觉得，只有黑姑姐姐唱的歌，才是最时尚最前沿的歌，很有劲头！因此那时我也常爱到杀猪叔的家里去走走，当然，不光是能和黑姑姐姐一起大声唱歌，还能偶尔吃到一块半块油油的猪肉。那时流行一句话，就是“一司机，二杀猪”。杀猪的人家经常会给自己留点猪下水，在那种年代，别说吃肉，能吃上一碗白米饭就很不错了。三餐小麦糊糊加几粒米，只有到初一、十五，才能吃到地瓜丝加点白米做成的捞饭。

黑姑姐姐就住在我们正对左面的护厝里。我去黑姑姐姐家的时候，只要杀猪叔不在，最常碰到的是福才哥了。所以，只要福才哥有和黑姑姐姐在房子里，黑姑姐姐就会给我一点好吃的东西，然后让我坐在门外的一个大圆石桌上，那大圆石桌有一个桌面大小，大圆石桌正对着一条护厝的小巷道。黑姑姐姐说了，只要老远看见杀猪叔回来，就大声地唱歌。我问为什么要大声地唱歌，她说那是革命的暗号，当时的儿童团员就是这样做的。

当然，看到杀猪叔从对面走过来的机会几乎是没有的，因为黑姑姐姐和福才哥在的时候，都是杀猪叔出去卖猪肉的时候，所以很少能碰得到的！有一次，我看到一个人影晃悠晃悠地走来，以为是杀猪叔回来了，就大声地唱起歌来。只见福才哥发疯似的往外跑，然后黑姑姐姐迅速关上门，假装睡觉。后来那人一走过来，我才知道是看错了，那不是杀猪叔，而是铁匠叔。铁匠叔和杀猪叔都长得有点黑，又高又壮，只是铁匠叔比杀猪叔还要粗壮一些。不过远远看上去确实有点像，所以我搞错了。

我觉得很不好意思，就去敲黑姑姐姐的门，和她说我看错了。黑姑姐姐开门出来，拉着我的小手，说：“弟，没事的，这不能怪你！就是要这样，看错了也要这样唱下去！明白吗？”我点点头。

福才是五海伯的儿子，五海伯是老大家祖上的传人，和老九叔是堂兄弟。五海伯背有点驼，头发也发白了。五海伯还是个络腮胡子的人，所以，只要有一两天不刮胡子，脸上就是一大片白白的雪花。我从他身边走过的时候，常常会听到他偶尔要咳嗽几声。

五海伯和福才哥就住在主厝正对面右大房子里，五伯母在我知事的时候，就已经过世了。所以现在，福才哥的几个姐姐嫁出去之后，就剩下五海伯和福才两个人了。五海伯是个乡里有名的理发匠，当然，在农忙的时候，五海伯也是要上工的，只有到农闲的时候，五海伯才会挑着一挑理发担子，到四处乡里去给人理发。我记得那时五海伯给人理发，大人是收一毛钱的，小孩子才收五分钱。

人家都说，“剃头担子一头烧”，五海伯每次出门的时候，肩上总是挂着一条白色的毛巾，然后弯下腰挑起那一挑担子，一头是一把凳子和剃头的家什，另一头是一个小火炉子，上面放着一个热水壶，冬天的时候，剃完头要洗头，得加一点热水才不会冷，因此，剃头师傅的担子，就是一头冷一头热的。

五海伯给人剃头时，总是要下大功夫的。只见他先用肩膀上的白毛巾在凳子上拍打几下，让客人在凳子上坐下，然后解开白色的围巾，双手各抓住一头，往客人的身后一站，将右手一甩，围巾就罩住了剃头人的身子了。接下来，五海伯将围巾上的布绳，往客人的脖子上绕了一圈，轻轻一系，就开始作业了。因此，当时的剃头师傅也常自嘲地说：“剃头师傅——站人后。”

五海伯先是用推剪把客人头上下部分的头发剃了，然后再用剪子一直往上修理，最后再用分剪把较密的头发，修剪少一点，接下来再给客人洗头。洗头是要讲究工夫和火候的，之前的乡下人，要是不剃头，难得一个月能好好洗上一两次头，所以有时头上奇痒。因此，剃头师傅在给人洗头时，就是要能抓到痒处，下手时要恰到好处。太轻了，那只能隔靴搔痒；太重了，那会让客人无法忍受，甚至抓破头皮。所以，之前大凡学过剃头的学徒，首先要做的就是从洗头开始学起。洗完头发之后，就是擦头发。擦头发也是有讲究的，必须用干毛巾先把脸上的水由下往上擦干，然后再把客人的头轻轻扶起，毛巾顺着脸往头发上擦，这样水才不会往下流。

洗完头后得擦干头发，擦干头发接下来就是练刀功了。剃头师傅首先要会磨刀，五海伯的剃头刀可不像杀猪叔那把杀猪刀。五海伯的剃头刀要比杀猪叔的杀猪刀要快得多了，那样才能刮得净胡子和毛发，所以我看见五海伯每次出门之前，总要磨出好几把剃头刀，用布小心包好，一点都不让别人去碰到它的。

修脸刮胡子的事，当然都是只有对大人才做的。有一次我问五海伯，为什么小孩子不能修脸刮胡子？五海伯说："小孩子啊，不能刮脸刮胡子的，因为刮了就会越长越粗的……"五海伯在修脸刮胡子的时候，我站在边上，就能听到刮胡刀唰唰地一直在响。

我问父亲，刮胡子会不会痛。父亲说："这要看刮刀和剃头师傅的刀功了，刀快有技术的师傅，给人刮胡子是很爽的，像你五海伯就是那样的。技术不过硬，加上不会磨刀的，刀锋不快，那是要痛死人的，血珠子都会被刮出来。有时不小心，还会在人家的嘴上划出一道血口子。"父亲用手拍了一下我的头，说："你长大了，胡子长出来，你就会知道的。"

"我也会长胡子吗？"我问父亲。

"那当然！是男子汉就得长胡子！"父亲笑了。其实，等我真的长大了，有了胡子的时候，电动剃刀和双面安全剃刀已经到处都是了，后来的剃头师傅也改名叫"美发师"或"美容师"了，他们大部分不会刮胡子，所以干脆就对你说："回家自己刮去吧，电剃刀刮胡子不会痛的，又很安全，而且也很卫生。"

再接下来，五海伯就是给客人掏耳朵了。小孩子也是不能掏耳朵的。我看见五海伯在给客人掏耳朵的时候，总是弓着背，左手拉住客人的一只耳朵，右手拿着一个小细勺子，在耳朵里面把弄一翻。掏了一会儿，就用鸭"消息"(鸭子屁股上的一小撮毛，不沾水。剃头师傅摘下来绑在一根小细竹棍上，掏耳朵时清理耵聍用的。）把耳朵里的耳屎清扫出来。有时碰到大块的，五海伯就会动用镊子，伸进耳朵里去把那块大大的耳屎夹出来。

16.

我看见五海伯给人掏耳朵的时候总是弓着身子，就问父亲："阿爸，五海伯的背是不是因为经常给人掏耳朵才会驼的？"

父亲听了，笑起来了，说："傻孩子，你五海伯背驼是因为年轻的时候，挑担太多和车水车太多劳累过度了，才会驼背的。”

“那还有，为什么五海伯不给小孩子掏耳朵呢？”我又问。

“‘耳不挖不聋’。小孩子的耳朵乱挖，长大了就会变聋的。所以不能给小孩子挖耳朵的。”父亲解释说。

“那大人挖耳朵为什么就不会聋呢？为什么呀？”

“大人耳朵用久了，里面的脏东西多了，肯定要掏出来，要不把耳朵堵住了，也就听不见声音了。你们小孩子才多大，里面没有什么东西可掏的！”父亲大概让我给问住了，敷衍了一下，就说，“很多事不要问得太多了，长大了自然就会明白的！”

后来不知什么时候，我突然听说黑姑姐姐不见了，到处找也找不到。阿爸和阿妈也出去帮忙找了，但还是找不到。晚上回来我问母亲：“黑姑姐姐去哪了，她为什么要躲起来呢？”

母亲生气地拍了我一下肩膀，骂道：“小孩子，有耳无嘴的，不要乱问！”后来我只好缩到了床后面，假装睡着了。母亲就和父亲又开始说起话来了。

母亲说：“这死杀猪的，怎么就那么死心眼呢？女儿都和人家上床了，还赌什么气啊！”

父亲吐了一口烟，慢慢地说：“本来他们两家就有世仇，当年杀猪黑他爸和五海哥他爸，为了两分地的田埂，他说他削草时削多了，糊田埂的时候糊少了；他也说他削草时削多了，糊田埂的时候糊少了。结果一结怨，就动起了扁担来，后来见面一直不打招呼。也是冤家注定，谁知又因为一只兔子的事，又把事情给闹大了，折腾来折腾去，还闹出了人命。”父亲叹了一口气，又说：“可那都是过去的事了，偏偏福才又喜欢上黑姑，本来也是这冤家合好的机会，可两个死老头子就是背对背地使横，愣是不从，才会搞出今天这样的结局来！”

原来，杀猪叔的父亲金叔公和五海伯的父亲火叔公，在新中国成立前就结怨了。他们原本有一块水田相连，中间隔着一条田埂，因为是祖上传下来的一点薄地，所以都很珍惜，春耕下地的时候，总要先把田埂边上的杂草削掉，再糊上一层厚厚的泥巴。那天，两家媳妇都在削杂草糊田埂，先是说了一些闲话，后来又说起田埂的事。说多了，一方叫对方要少削一点，多糊一点；另一方也叫对方要多糊一点，少削一点。结果公有公理，婆有婆理的，都觉得自己是最有良心的人，没有多削对方的田埂，是对方多削了别人的田埂，占了人家的便宜了。结果两个女人家也不顾体面，就在水田里吵了起来。

后来双方回家之后，都给自己的男人添油加醋了。杀猪叔的父亲金叔公和五海伯的父亲火叔公也都是直性子的人，都不分青红皂白，一起跑上了大石埕，大声叫嚷起来了。结果还动了手脚，伤了和气。后来，总算让亲堂厝边给劝解下来了，虽然是和解了，但金叔公和火叔公却从此不相往来了。

这也没什么，可谁知也是事有凑巧，后来又因为一只灰色兔子，结下两代人的世仇。原来，火叔公家养了几只灰色的兔子，后来有一天全丢了。火叔公就到处去找，结果找到金叔公家的时候，发现了一些灰色的兔子毛。火叔公也不声张，就去找当时的保长，说金叔公偷吃了他家的灰兔子，要求赔偿。旧时的乡里老大也不分青红皂白，跟着火叔公偷偷去看了一下，就算是暗访了，回头到镇上叫了两个团丁，就把金叔公抓到镇上去关了几天，又罚了十块大洋。

后来，金叔公被放了回来之后，心里感到委屈，就跑过来和奶奶哭诉了，说："嫂啊！这世道简直就没法让人活了……我那兔子是向别人家买的，他说是家里没钱，便宜卖给我的，我买了回家就宰了吃，谁知他是偷火头军的。嫂啊，我冤啊，见不得人面啊！"

父亲那时也还小，只听奶奶说："金木，委屈点没事的，都是自己家里的人。你也不要难过啊，先回家去，晚上我去火头军那里，给你说说话去。说好了，也就都是自家的亲兄弟啊！"

听父亲说，金叔公当时听了奶奶这样一说之后，就独自离开了。可没到晚上，奶奶还没往火叔公家里去，金叔公就找不到人影了。后来几天之后，有人到山上去砍柴，看见金叔公吊死在一棵大树上了。

父亲说："奶奶为这事自责了好久，她说这事都怪她。她应该想到金叔公是个火暴脾气又爱面子的人，受了这么大的委屈，心里一定会想不开的。她应该早点叫火叔公过来，把这件事情给和解了。"父亲还说："奶奶为了这事哭得死去活来，好几天都没正常吃饭。"

我问父亲："金叔公该不会偷火叔公家的灰兔子吧？"

"应该是不会的！你金叔公也是个爱面子的人，脾气是不好一点，可不是个贪心爱占小便宜的人。"父亲说。

"那是怪火叔公做事有点鲁莽对吧？"我又问道。

父亲看了我一眼，摇摇头说："大人们吵架不像小孩子的，有时会有点记仇又会有点偏激的。火叔公也是因为在气头上，失去了理智，也没有多想，才会做出这样的事来的！"

听父亲讲，我当时似懂非懂。父亲后来又说了："倒是那保长不是什么好人，见有钱捞就罚款抓人，也不上堂问讯，结果害死了一条人命啊！"

"那保长又是谁呢？"我又问。

"你不认识的，新中国成立后就被政府枪毙了……大概是做的坏事太多了吧！后来这件事一直死无对证，你杀猪叔和你五海伯就结仇了，从此谁见面都不搭理谁。种地也不在一起种，车水也不在一组车，见了面，连招呼都不打一声。我和你阿母也试过给他们牵手言和，就是苦于没有机会啊。"

父亲卷了一个红烟筒，用火柴划了一个火，点上吸了一口，又说："其实后来你福才哥和黑姑姐姐好上了，我们也很高兴，以为能趁这个机会给他们两家牵手言和，谁知你舅舅家有事要帮忙，没有及时去说，现在又搞得你黑姑姐姐跑丢了，找了几天都没找到。"

父亲那晚和母亲说起金叔公和火叔公的家怨的时候，还没有发现黑姑姐姐的死讯，大家都以为黑姑姐姐是躲起来了。杀猪叔和黑牛、黑豹哥他们还经常跑到五海伯的家里去闹，去找福才哥要人。

17.

黑姑姐姐和福才哥的交往，开始只有我知道，虽然我从没有和别人说过，但有人说“鸡蛋密密也有缝”，总有好嘴多事的人把这事给透露了。最后，让两家老人都知道了。五海伯倒是没说什么，因为毕竟金叔公是因为火叔公而死的，虽然面子上和杀猪叔较劲，但心里一直都有点愧疚，只是没有说出来。现在黑姑姐姐和福才哥有心要和好，也是一件好事。所以背地里只是叫福才哥要小心点，说杀猪叔和他两个儿子都是牛脾气的人，弄不好会为这事打架的。

因此，后来五海伯也私下找过父亲和母亲，对他们说：“兄弟、弟媳啊，这上辈子人的恩怨，我们那时还小，也不太清楚。但毕竟金叔是因为我阿爸而死的，我到现在还心存愧疚呢。可是福才和黑姑他们不能这样下去了，两个孩子都是有心要和好的，做父亲的我也很高兴。但是杀猪黑那人你们也知道，就是那么死心眼的，所以我才想让你们去给我说说看。”

父亲把烟盒递给五海伯，说：“我们也是这样想的，改天我和他婶去和杀猪黑说一下，别人的话他不听，我们两个人的话，他是能听进去一点的。”五海伯接过父亲手上的烟盒，也卷了一个红烟筒。父亲给他点上了火，五海伯吸了一口，又接着说：“黑姑有了！”

母亲听到这话，有点吃惊的样子，她说：“怎么这么快呢？听都没听说过啊，怎么就有了！”我站在一边上，早就叫起来了，说：“去年我就给他们俩放过哨的，都好久的事了，什么有没有啊？”

“怎么不早说呢？”母亲用力拍了我一下肩膀，骂了起来，“你这小鬼头，怎么就不早说呢？”“是黑姑姐姐和福才哥不让我说的。他们说，说了就会出人命的！”我翘起嘴巴，一副不服气的样子。

母亲不理我，转过头和父亲、五海伯说：“这样吧，我哥有事叫我们过去帮他一阵子，等忙完了这几天，我们就去和杀猪黑说，这死老黑，别人不怕，他就怕我！”母亲当时还有点得意的样子。

五海伯听完后，点点头。和父亲又聊了一阵子，就准备回去了。父亲问要不要一起喝杯酒？五海伯说不要了。

我长大稍懂事了一点，才知道因为这事没说出来，竟然懊悔了一辈子。我知道，如果我早点把黑姑姐姐和福才哥这事给“告密”了，或许母亲也会早去和杀猪叔说的，不管怎么样，黑姑姐姐就不会去死了。同样这件事在父亲和母亲的一生中，也留下了永远不能原谅的阴影。就在母亲说忙完这几天再去说的时候，不到两天的时间，事态的发展，就变得让人不可收拾了。

原来杀猪叔那天也知道这件事了。不管黑姑姐姐怎么哭求，杀猪叔就是不同意，他还骂黑姑姐姐，说这是弑父之仇，绝对是不能认贼作父的。那一天，杀猪叔马上叫来了黑牛和黑豹哥，先把黑姑姐姐给锁了起来，然后带着黑牛和黑豹哥，朝五海伯家杀气腾腾地过来了，他们把五海伯和福才哥逼到房子里，吓得关起门躲了起来。

那一天，父亲和母亲不在，都去舅舅家帮忙了。我听外面有人叫喊，就从房间里跑了出来。我看见五海伯家的门口聚集了好多人，都在那里劝架。只见黑牛哥手里抱着一个冬瓜大小的鹅卵石，拼命地往五海伯家的房门上砸。大家只是在那大声地劝架，却不敢靠近拉他。直到老队长从那边赶了过来，才把杀猪叔他们给喝止了。

当父亲和母亲回家的时候，黑姑姐姐早不见了。很多人都帮忙出去找，但就是没有找到。那天晚上，父亲和母亲谈起金叔公和火叔公的往事时，我总有一丝不祥之感，却不敢乱说乱想，迷迷糊糊之间，就睡着了。

第二天，小由哥来找父亲和母亲，说她看见黑姑姐姐自己开门出来了，然后从护厝的那边跑了过来，看见杀猪叔和黑牛、黑豹哥在追打着五海伯和福才哥。只见她狂叫一声，双手抱住了头，就朝外面奔跑出去了。小由哥说，他怎么拦也拦不住。这边杀猪叔他们又在追打着五海伯，所以小由哥也没有细想，就又跑过来劝架了。

母亲问小由哥，黑姑姐姐是从哪个方向跑出去的？只见小由哥朝外面一指，母亲当时就大叫一声，说：“我苦啊……赶紧去找竹竿子来啊！”话没说完，她就朝大池塘那边跑去了。

我们家的古大厝右对面，是一个很大的池塘，有几丈深，干旱天的时候，队里的稻田都要靠这一口池塘的水养活，也可以说，是这一口池塘的水养活了我们的宗亲家族。有时干旱天没水了，就要架起两架水车来车水，一部水车从池塘底下车水上来，另一部水车从半壁上把下一部水车车上来的水再车到水田里去。

后来母亲和我说，那天她看见小由哥朝那一指，就知道可能会坏事了，但她当时也没有想到都过一天了，就算找到了人，也早就没了，还是狠命地朝那池塘边跑去。当她跑到那大池塘边时，只看见一池秋水幽幽的，风不来，连个涟漪都不起。她叫来了好几个人，大家拿着一把竹竿子，跑到水里搅了半天，就是什么也没捞着。

然而，母亲当时虽然捞不到黑姑姐姐的尸体，但心里却突然感觉有一阵轻松起来。她觉得很是庆幸，她当时老怪自己胡思乱想，骂自己坏了心肝，心想黑姑姐姐可能是跑到亲戚家里去躲上几天，这也说不一定啊。可是谁知道几天之后，当队里派人去车水的时候，黑姑姐姐的尸体却从池塘里面浮了出来……

古大厝的很多房门都是双扇木门做成的，黑姑姐姐住的那护厝一间也是一样的。原来黑姑姐姐自己身上带着钥匙，虽然被锁在房间里，只要拉开一点门扇，手就可以从门缝里伸出来，把锁给打开了。

我们小的时候，有时大人们把钥匙忘记在房间里面，就会叫人用力顶住两个门扇，然后叫一个瘦小的孩子，从门缝底下钻进去，把钥匙给取出来。后来我常想，要是黑姑姐姐那天身上没带钥匙就好了。可事情的结果，却永远没有如果，黑姑姐姐就这样从这个房间里永远地走出去了，走得很远很远……

18.

其实，黑姑姐姐和福才哥，因为之前两家的关系，小的时候也是不相往来的，在读书的时候，他们还会一边走一边吵架呢。可是后来长大了，因为黑姑姐姐会唱歌，经常到大队广播室里去演唱，碰到福才哥也在那里讲稿。

原来福才哥也是队里的优秀青年，因为有点文化，懂得很多农科知识，所以老队长经常派他到镇上去学习农科，回来讲给大家听，有时候，因为大队广播室要播出一些新知识，缺了人手，就会叫福才哥去帮忙主持一下，正好黑姑姐姐在广播之前，都要去广播室给社员们先唱上一首歌，所以就容易碰到福才哥了。

后来两人碰面的次数多了，毕竟都是社会新青年，在别人面前是要讲礼节的，所以他们就开始相互问候起来，礼尚往来。但习惯了之后，之前的一些过节早就没有了。再后来，听别人说起祖上的事，就觉得那是旧社会旧制度的问题，不应该成为下一代人的包袱，因此，也就常在一起聊天说笑，毕竟，两人还是堂兄妹呢！确定恋爱关系之后，他们俩常常找些借口，到广播室去约会了。

当然，最早知道黑姑姐姐和福才哥恋爱经过的，也就我一个人了。大概，他们知道我是一个能守信用的孩子，不会在大人面前随便告状，所以，他们后来在一起说话，也从不会避开我。有一天，我去护厝那边玩，看见黑姑姐姐和福才哥在屋子里，我就走了进去。黑姑姐姐坐在床沿上，福才哥在一把椅子上和她对坐着。黑姑姐姐叫我到床上坐下，然后找一块糖给我吃，并用一只手把我搂住。

那天，我听黑姑姐姐和福才哥说："福才，不管我爸妈同不同意，我都跟定你了，你不能没良心的……你要是没良心，我就会死给你看！"

只听福才哥说："你乱说什么啊？我哪会没良心的啊！你要不信，拿你爸那口杀猪刀，扒开我的胸膛看看！"福才哥说着，就用手扒开衣服，装出让黑姑姐姐扒开心的样子。把黑姑姐姐给惹笑了，用力在他肩膀上一阵乱打，我坐在黑姑姐姐边上，也跟着笑了。

后来，黑姑姐姐又说："你真会没良心的！我知道，你是个花心菜……你要是不要我了，就不能玩我的，要不然，哪天我会死的！"我那时不太懂大人说的话，觉得黑姑姐姐说这话的时候，很是伤心，眼泪都快要掉下来了。

那边福才哥也害怕了，他一个脸皱巴巴委屈的样子，他说："你怎么老是那样想啊？我说不会的！”

“怎么不会了？那天你在广播室里，看了广播员小青好久，看得人家不好意思了，你当我不知道啊？谁不知道你是个花心菜啊！”黑姑姐姐扭过头来，装作生气不理福才哥了。“你要喜欢她的话，你早说，我让给她，免得嫌我给你添累赘了！”

“真的没有啊，你那是误会了！”福才哥一脸委屈，不知道怎么解释，像是要哭出来的样子。

“还说没有，我没进去的时候，你就一直盯着她看。她是比我长得白，比我长得好看点。我就知道，你嫌我黑，你怕我给你生一个黑孩子！”黑姑姐姐还是不理福才哥，嘴巴翘翘的，也像是好委屈的样子。

“我真的没有看啊……不是，我只是随便看了一下……你就进来了！”福才哥确实有些说不清的样子。

“哼，看了，还说没看呢！我要没咳嗽，你连头都不回了，还在那痴痴地看着！”黑姑姐姐得理不让人。

福才哥转过脸，把头低下了，用手抓着后脑勺，没说话了。我看他那个样子，确实是有点不好意思的。停一会儿，黑姑姐姐又说：“人家说近亲不能结婚，会生傻孩子的。我还听说达尔文就是和他表妹结婚，才会生出一大堆傻孩子的！”黑姑姐姐见福才哥不说话了，又主动说了起来：“你听了吗？问你呢！”

这下子福才哥听到了，赶紧转过头来，抢先说：“这个谁不知道啊，直系五代，旁系三代。我算过了，到我们这一代为止，五代已经分清了，我们是能结婚的。”我看见福才哥一脸兴奋的样子。

“谁说和你结婚啦？花心……”黑姑姐姐又故意爱理不理的：“你乱说什么啊，你又凭什么说我们过了五代了？”黑姑姐姐故意不相信，嘴上一笑，脸却故意扭到一边去。

“凭什么？我都和你说过好多回了，我查过咱家的族谱，从开山祖到咱们这代，正好过了五代……我要和你结婚，我要娶你的。”福才哥此时兴奋极了，说话振振有词。黑姑姐姐回过头，又偷偷地笑了，一会儿，又故意背过脸去，不理他了。福才哥见黑姑姐姐又不理他了，只好又止住了，没有说话。

又停了好一会儿，黑姑姐姐才转过头，慢吞吞地说："反正嘛，我才不管那些呢！你以后不准再盯着小青看，你再看，我就不会理你了，这是最后一次！"

"好嘞，最后一次！你要是见我看了，你挖我的眼珠好了！"福才哥见黑姑姐姐又理他，来劲了，举起右手，装作发誓的样子，说："戴福才今后要再看小青一眼，让黑姑挖眼睛！"

"你别老说那不吉利的话，好不好！我又没让你一眼都不能看，就是让你不要看她太久了！"黑姑姐姐此时忍不住笑了，"有时工作需要嘛，哪能不看的！"

"是啊，是啊！就是工作需要嘛！"福才哥见黑姑姐姐笑了，神经又放松了，他得意起来，"我也没多看，不就工作需要嘛！"

"哼，又说没看——得意了！"黑姑姐姐又来火了。"我看你就是死不了这贼心！回答得不情不愿的，是吧？我就知道你是花心菜，你就是在玩我的！"

"这……我没……我对你是真心的！"福才哥让黑姑姐姐一惊一乍的，语无伦次。我发现福才哥一点都不懂黑姑姐姐的心，她根本就是故意找茬。当然，这是我后来长大了，有过了恋爱经历之后，才知道的事。女人说话，多半不太认真的，她只是想看你着急，看你是不是真心对待她。

"我就不信！你说话都不真心！"黑姑姐姐真会无理取闹。

福才哥这回真是一脸无奈了，脸皮皱巴巴像个老猴子，他那样子，真像要哭似的。后来，他又说："你要不信，要不信我就不去广播室了！我……我让老队长跟支书说，叫他另找别人吧！"

"那不行，广播室是要去的！就是不能看小青。"黑姑姐姐马上又反弹过来，语气坚定，不容福才哥反驳。

"你这……让人家去，又不让看？去了，怎么能不看呢？你说，你说啊！"福才哥不敢大声说话，但心里有太多的委屈，老大不情愿的样子，嘴巴嘟嘟哝哝的。

“我这怎么了，我这都是为了咱们好！你看了她，我心里就是不舒服，我就害怕……我就不想和你去广播室了！”黑姑姐姐委屈了，这回真哭起来了，肩膀一耸一耸的。这时我有点怕了，虽然黑姑姐姐和福才哥经常吵架，但这次吵得真有点凶。只听她又说：“我有了……你要负责任的！”

19.

“有了？你什么有了……是有新朋友了啊？”福才哥不明白，我也不明白。他在那一直抓头挠耳：“你不能没良心啊，我们一起走过两年了，你不能有男朋友了，就不要我了！”

“你这猪头，你给我滚出去！”黑姑姐姐这时候真的哭笑不得了，她用手朝福才哥用力一推，又用脚朝他一踹，大声吼了起来。

这时候，福才哥好像突然明白了什么似的，他跳了起来，跑了过来，一把抱住黑姑姐姐就亲，嘴里还叫了起来：“我这不是要做爸了？”黑姑姐姐一把将他推开，没等他说完，就用手捂住了福才哥的嘴，并拿眼睛看着我。福才哥这回明白了，他退后一步，在那抓头挠耳的，只是傻笑，不再说话了。

黑姑姐姐又说：“明白了就好，你乱叫什么？”

“明白了！”福才哥又是傻笑一下，又是挠了挠头。

“你要没良心，我真会死给你看的。”黑姑姐姐把脸望向外面，泪水流了下来。她又说：“我阿爸和阿妈要不同意，我也会死的……这事要让人知道了，说我们没结婚就那个，真会羞死人的……反正，要是有个三长两短的，我就会死的！”说完，她大声哭了起来。

福才哥走过来，用手抱住黑姑姐姐的头，用另一只手去擦黑姑姐姐的眼泪。他说：“不会的，我保证……你要死了，我也不活了。”我对他们的一哭一笑，总弄不明白。后来，黑姑姐姐和福才哥又对我说：“今天的话，阿狮是不能到外面说的啊！”我点点头。

那一天，我看见福才哥和黑姑姐姐写了一大张的纸，说是合约。我那时才刚上一年级，什么也看不懂。黑姑姐姐叫福才哥念给我们听，她说要叫我做证。其中当然是一些比如“不能没有良心，不管遇到什么困难，都要在一起；不能老是盯着广播员小青看，不能和她说太多的话；福才哥一个人的时候，不可以自己去广播室”等等。黑姑姐姐听福才哥念完，脸上露出了幸福的笑容。

后来，我长大了，想起这件事才知道，对一个女人来说，男人的承诺，才是她真正幸福中的幸福。一个女人，当她选择了一个男人之后，她会为他生，为他死，为他疯狂。然而，苍天总是不公啊，总要制造一些悲剧，让人们去寻找一些无望的永恒……今天，我真想说：“黑姑姐姐，你为什么不叫福才哥写上，‘不管发生什么事，我们都要活着啊’，只有活着，才能永远在一起啊！”

黑姑姐姐那天被踩水车的人发现，并从池塘里捞出来的时候，我正好放学回家，我拨开人群进去看了一下，吓得好几天没敢睡觉。我背地里偷偷地哭了好几天，我不敢和阿爸阿妈说。

那天，找到黑姑姐姐尸体的时候，杀猪叔大喊大叫，三步两步跑到老队长家里，说黑姑姐姐是福才哥给害死的，要老队长赶紧去大队派民兵来抓人。老队长知道这事和福才哥有点关系，但他也知道不会是福才哥害死黑姑姐姐的，只是他现在也没有别的办法，只好跑到大队里，叫支书派来两个民兵，先把福才哥送到派出所再说。

那边福才哥才被送到半路上，又听人说黑牛、黑豹哥看见姐姐死了，也不分青红皂白，抄起扁担木棒，就把五海伯给打晕死过去了。也不知道又是谁，到镇上报告了派出所，派出所又派人开了一部吉普车，把黑牛、黑豹哥给抓走了。

这下可好了，黑姑姐姐死了，五海伯受伤了，福才哥、黑牛哥、黑豹哥都被抓到派出所了。黑姑姐姐的尸体放在池塘边没有收拾，杀猪叔老夫俩妻哭得死去活来、寻死觅活的；五海伯躺在医院的病床上，不停地呻吟却没人照顾；三个年轻人都在派出所里不知道怎样了。老队长这时急得走来走去，实在没有办法了，只好把父亲、大伯、老九叔还有一些后生们都找来，赶紧布置任务。

老队长先安排大伯和老九叔去处理黑姑姐姐的丧事。大伯负责安排一些办丧事的人事管理，老九叔则安排一些丧事的日常开支。大伯叫人到镇上的棺材铺去买了一口白棺材，把黑姑姐姐的尸体先装殓起来，停放在池塘边上，再用塑料布围了起来，叫一些人先守着灵。在我们这里，一般没到五十岁就死亡的人，都叫夭寿死，是不能用大红棺材的。而死在外面的，意外死的人，也不能搬入宗室的厅堂上，所以大伯只能叫人买了一口白棺材，把黑姑姐姐先装殓了，就地放在池塘边上，然后再安排几个年轻人到山上去挖坑。

之后，老队长又安排富贵哥和小由哥，到医院去照顾受伤的五海伯。大伯母和几个妇人，则安排去杀猪叔的家，帮忙劝慰两个伤心的老人。当这两拨人员安排妥当之后，老队长又对父亲说："二兄弟，你看下派出所里面有没有熟人啊？"

父亲心里很乱，一下子答不出话来，沉思良久。却听母亲说："有啊，正好木匠兄弟的儿子有成，听说最近也调到派出所里来了，当了什么干事的。你没听木匠上次来我们家说，不久有成可能还要提起来当副所长哩！"

父亲接过话头，说："这倒也是，上次木匠来我这说过。不过，"父亲停了一下，又说，"不过我们之前都一直麻烦过有成，也没有报答过他。我也只和木匠有点交情，有成最近我可是很少接触过的。只是偶尔他回家，会托木匠给我带一点东西，说是孝敬我这个当叔叔的。我平时又没有什么东西送给人家，就是到了番薯出的时候，送他们十几二十斤番薯什么的，我都自己觉得不好意思了，怎么还能去麻烦人家呢？"父亲掏出烟盒子，先给老队长送过去，让他卷了一个红烟炮子，自己也卷了一个。老队长掏出火柴来，先给父亲点上烟，再给自己也点上了，两个人就在那抽起闷烟来。

母亲接过话头说："这有什么的，以前咱们不是经常让他帮忙办事吗？以后有机会再报答嘛！现在得先想办法去放人要紧啊！"

其实我想，父亲为老九叔和青山哥的事去找有成，那是人命关天的大事，不去也得去！现在队里的这种事，说大也确实不大，可是说小，也确实有点棘手。有成之前也就是一个司机，见了面好说话，可现在人家是派出所的干事了，大小也是个官，父亲这时想为这件事去求他，空着双手还真走不出这个门。

老队长听了母亲这么一说，也对父亲说："也是！二婶子说得是啊。二兄弟，看来就只能走这一步棋了！"

父亲沉吟了一下，终于把手上的烟头给扔了，说："看来也只有这样了，我这就去镇上了。"

母亲叫来爱国哥，对他说："爱国啊，你先去借部自行车，带你二叔去派出所放人。"爱国哥"哎"了一声，就跑出去了，过会就借来了一部自行车，站在一边等着。

老队长在口袋里摸了一会儿，摸出一包有点皱巴巴的香烟，递到父亲的手中，说："到所里用得着！"

20.

父亲接过那包香烟，看了一下，说："是'乘风牌'的啊！哪来的？""上次去看老首长的时候，从他桌子上摸过来的。"老队长笑了笑，又说："我一直都不舍得抽呢！"父亲顺手把烟插进口袋里，坐在爱国哥的自行车后架上，让爱国哥载着，往镇上去了。

父亲出去了整整一天，晚上就和爱国哥回来了。这边老队长和大伯他们，也把黑姑姐姐的丧事给办好了，就等着父亲他们回来，了解三个年轻人在所里的情况。父亲回来的时候，脸上充满着笑意。老队长赶紧迎了上去，笑着说："二兄弟，看来这事是办成了，看你高兴的样子！"

父亲一进门，也并不急着回答，他先是喝了一口茶，一边叫爱国哥拉着自行车去还，一边和老队长、大伯和老九叔他们扯开了。"成了，成了，所长说明天就会放人的！"

父亲又掏出那红烟盒子，给大家递了过去，老队长他们都用手推开了，说自己身上带着呢，然后从口袋里掏出各自的烟盒子，一人卷起一个炮筒子，点上了火，都开始抽起来。很快，满屋子里就云烟缭绕起来了。只听父亲接着说：“我和爱国到镇上，心想‘我和有成又不是很铁，不如先去找一下木匠，叫他先跟有成说说话，透透气，这事才会好办’，所以我就叫爱国先带我到木匠家里。”

父亲吸了一口烟，又从鼻孔里吐了出来，接着说：“可巧啊，有成媳妇桂枝也在家呢。木匠就叫有成媳妇桂枝到街道办事处先给有成挂了个电话，说我们有事要找他帮忙。有成媳妇桂枝回来之后，就对我说‘叔，有成叫你们赶紧去，他说他在那等你们呢’。我这一听，真是高兴啊，这事想来办得七八分妥了。我叫爱国赶紧送我到派出所，才到门口，就看见人家有成早就等在所门口了。我赶紧下车，正想掏出你给的‘乘风牌’香烟，谁知人家有成比我的手脚快多了，早就从口袋里掏出一包香烟来，给我和爱国一人一支，并说‘叔，看您老这么远跑来，挂个电话不就行了，剩下的事我全给您办了’。”

父亲又吸了口烟，说：“你说人家当兵的，又是一个有文化的人，说话多好听，都说起‘您’来了，太会做人啦！哪像爱国他们这些年轻人，整天没事，动不动就粗话连篇的。”父亲一边吐着烟圈，一边看了爱国哥一眼。只见爱国哥不好意思地低下头，大伯也觉得很不好意思，笑了一笑，老队长和老九叔也都笑了。

父亲又接着说：“我一看人家出手的烟，想掏烟的那只手又从口袋里赶紧抽了出来，你们说人家抽的是什么牌的香烟啊？”父亲又抽了一口烟，并不急着说，故意卖了个关子。

老队长说：“我这‘乘风牌’的香烟，可是从老首长桌子上摸过来的，一包要二毛多钱呢，还有比这更好的啊？”

“那当然！”只见父亲故意又抽一口烟，就是不说。然后伸手探进上衣口袋里，摸出老队长给的那包“乘风牌”的香烟，递还给老队长。老队长接过那包皱巴巴的香烟，看了一看，又认认真真地装进口袋里了。

那边爱国哥早就憋不住嘴了，说：“队长伯，是‘大前门’的，一包要五毛多钱呢！”父亲回头，瞪了爱国哥一眼，有点生气的样子。爱国哥赶紧低下头，用手挠了挠头。

老队长若有所思地说：“一个派出所的小干事，抽的烟竟然比老首长的烟还要好！我真是见了世面了！”

母亲接过话茬子，说：“我就说嘛，早叫你去找他了。人家有成的老丈人，现在可是县里一个有名望的大官呢！”

父亲本来让爱国哥这一插嘴，心里就有点不快，谁知母亲又这样一说，他就更不高兴了，说：“什么他老丈人什么官啊？这是我和木匠的个人交情！和有成他老丈人有什么关系啊？不想说了……”母亲笑了笑，不再说话了，她知道父亲一辈子，也没做过什么大事情，今天去做了一件值得张扬的事，本来就不该搅了他的兴趣的。她用手碰了一下坐在身边的大伯，起身到一边忙去了。

大伯赶紧接过话茬子，说：“二弟，你再说说，那后来呢？”

“后来啊，”父亲又吸了一口烟，说：“后来有成带我去找派出所的所长。我向所长如实反映了这里的情况。我说：‘我们都是自家人，没什么过节上的事。根据我们判断，黑姑是自杀的。福才和黑姑在谈恋爱，是不可能去害她的。再说了，黑牛和黑豹兄弟俩平时也比较鲁莽，看见姐姐死了，头脑一下子转不过弯来，打伤了五海。这事，我们可以回家协商解决，希望所里不要追究。’”

父亲把烟头一扔，接着说：“也多亏有成在一边帮忙解释。你们看看，我这木匠老朋友的儿子真会说话。他说：‘所长您看这事也就是个家庭纠纷，是吧？没必要把它看得那么严重，是吧？您看这样好不好，就叫我这位叔叔写个担保状，先把这人给放了吧！’你瞧，这所长怎么说的？‘是啊，本来就是家庭纠纷嘛，写个担保就行，有成，这事你安排了，明天放人！’”

父亲嘻嘻哈哈，越说越得意。又从口袋里掏出烟盒，向大家示意了一下，大家都说自己有，几个人就又掏出红烟盒子，各自卷了一个红烟炮子，塞到嘴里点上火，满屋狼烟地又抽了起来。父亲边吐烟圈边说：“后来我觉得自己的字写得也不是太好，就叫有成帮忙写了一个。有成写完了，问我：‘叔，您看看怎样？’我看都没看，就在上面签上了自己的名字了。然后，又按上手印。你们说，都是自家的侄儿兄弟啦，人能放出来，我个人一点得失算得了什么？所以，我连看都不看，就在上面签字按手印了！”

老队长和所有的人都很感动，觉得父亲这事办得很好很妥当，让大家心中的一块石头落下来了。其实，父亲这一辈子，几乎没有做过什么大事，就这一件事，让他一辈子津津乐道，经常和我们说起。

后来，在大家的协调下，五海伯也没有追究黑牛、黑豹哥的责任。杀猪叔也在大家的劝说下，醒悟到自己对这件事的处理过于偏激，是自己害死了自己的女儿。他虽然无法从失去爱女的痛苦中解脱出来，但觉得应该和五海伯握手言和了。一件过往的仇家旧事，又是因为两条命的终结而化解了，这样的代价的确太惨痛了。

21.

虽然大家把黑姑姐姐给埋了，但黑姑姐姐自杀这件事，却给大家留下了深深的不可磨灭的痛楚，那痛是刻骨铭心的。特别是福才哥，自从黑姑姐姐死了之后，整个人变了样子，一整天都沉默寡言的，见人只是嘿嘿笑着打招呼，也不去镇上学习农科知识，也不上广播室去讲稿了。偶尔出去喝一点小酒，就喝得人事不省。

五海伯也拿他没有办法，整天唉声叹气的。母亲去找了几个媒人来帮忙说亲，人还没进门，就被福才哥给轰了出来。从此，就再也没有媒婆敢上门来了，福才哥也因此没有结婚。后来到了四五十岁，五海伯去世了之后，在母亲的劝说下，才和一个带着一个孩子的寡妇，一起凑合地过了起来。当然，这也是后话……

那一天，母亲把我拉了过去，在我身上所有的口袋里一阵乱翻，我知道坏事了，看来今天是有挨打的份了。母亲从我的身上搜出了半盒火柴来，脸一下子变得严厉起来，她大声地问道：“你跟我说，你偷火柴干什么用？出去外面放火烤地瓜，是不是？”

我的嘴巴一阵嗫嗫嚅嚅，不敢说话。母亲这下子火起来了，她说：“你偷火柴干什么啊？我就觉得奇怪了，这几天我在灶头上放上一盒火柴，跑来烧饭的时候，转眼间就看不见了，原来是你偷走的啊。你告诉我，你偷火柴干什么？”

我还是闭着嘴巴，不敢说出话来。母亲见我不说，再也忍耐不住了，起身从竹扫把上折下一支小竹条来，大声地叫喊起来：“你到底说还是不说呢？你偷火柴到底要干什么？”

“我——”我看见母亲真来火了，心里开始害怕起来了，动了一下嘴唇，想说，又合上了。我确实是不敢说的，爱国哥说了，这事是不能说的，说出来就会出人命的。我想起黑姑姐姐跳塘的事，就越是不敢说，虽然母亲不住地责骂我，但我咬咬牙，最终还是忍住了。

可母亲这时再也忍不住了，她咬着牙，用那小竹条用力在我手上狠狠地抽了两三下，嘴里不忘骂道：“你今天要是不说实话，我就打死你！看你偷我的火柴到底干什么用？我一包火柴才买几天，就都一盒一盒没了，让你全偷光了。你要是偷出去随便放火，到时出了火灾，我就把你扔到火堆里去烧烤！”

母亲的竹条抽在手上，虽然不会出现很大的伤害，但痛起来，却是连到心里的，我忍不住激烈的疼痛，把两只小手缩到了背后，用劲地咬了咬嘴唇，终于还是忍不住了，大声地哭叫了起来。就算这样，我还是不敢说出话来的。

母亲知道我倔，也知道我被打了还不敢说，肯定有什么严重的事情在后面，就越发放不下心来了。一只手从我背后将我的小手拉出来，另一只手又扬起了竹条，在我的手上，狠命地抽打起来了：“你今天要是不说实话，非把你往死里打不可！”

在母亲强大的体罚之下，我终于还是屈服了，一边哭一边说：“我……我偷火柴……是……是放火柴枪的！”

“什么？你放火柴枪？你哪来的火柴枪？那东西是你玩的啊？会伤人的！你怎么会有火柴枪啊？是谁给你的？”母亲见问出个名堂来，哪里能再轻易放得下啊，她连珠炮似的，继续紧追不放。

“是……是爱国哥，给……给我的！”我用左手搓着右手，又用右手搓着左手，我那被打的手，实在是太痛了，痛得让我不住地搓着手，一边呜呜地哭着。

“爱国怎么会做这个东西给你啦？那么大的一个人了，还这么不懂事，这是要耗火柴又会伤人的！你要打到别人的眼睛，那可怎么办啊？到时，我把你的眼珠子挖下来，赔给人家……”母亲对我们的教育向来是很严厉的，容不得我们随便做坏事。虽然母亲手中的竹枝条停了下来，但我知道，她是不会就这样轻易放我走的，她又接着说：“你说说看，为什么爱国会帮你做这个东西？”

我盯着母亲手中的竹枝条，害怕极了。我知道今天如果不说，无论如何也过不了这关的。终于，我还是说了，我说：“我那天看到爱国哥和婉玉姐姐在溪边的龙眼树下相好了……他叫我不要说，还说，会像黑姑姐姐那样，会出人命的……我还知道，是婉玉姐姐让爱国哥害阿爸，害阿爸从水车上摔下来的……爱国哥说了，要是我能保密，他就送我一把火柴枪，还送我一包火柴……爱国哥真的送我一把火柴枪，还有一包火柴……后来，那一包火柴用完了，我就到我们家灶头上拿。”我一把鼻涕一把泪的，一边哭一边说着。

母亲终于扔掉了手中的竹枝条，将我抱了起来，用手帮我擦掉脸上的眼泪，她说：“阿狮乖，不哭了啊，不哭了……听阿母的话，你把火柴枪给我，不要玩那个东西的。你没听说过啊，隔壁村的一个小朋友，就因为玩这个东西，把别人家小朋友给打伤了，去医院住院了，还花了不少钱呢！”

我一边抽泣一边点点头，说：“我不玩了！”就跑到灶角的草堆里，摸出了那把火柴枪，递给了母亲。

母亲又说：“爱国哥和婉玉姐姐什么时候好上的？”

“我不知道！我前些天去摘龙眼的时候看见的，他们说不能说的，说了会像黑姑姐姐那样，出人命的！”

“嗯！守信用是好孩子，可是有些事情还是要说的。你黑姑姐姐这事要是早说就好了，也就不会出人命了。阿母到现在都还在后悔呢，为什么会碰巧你大舅家有事呢！走吧，我们找你阿爸商量去！”母亲把我放下来，一只手拉着我，又看看我的手，说：“还痛吗？阿母不该打你的！”她说着，就流泪了。

我摇摇头，手是痛的，但心却是温暖的。母亲几乎不打我，在我的记忆里，这次是打得最凶的一次，因为我偷了家里的火柴，而且偷了差不多整整一包。母亲是怕我偷出去外面到处放火什么的，但她却没有想到，我有一把火柴枪，她也没有想到，我会知道爱国哥和婉玉姐姐他们相好的事。

母亲带我去找父亲，父亲刚好从田里回来，肩膀上扛着一把锄头。母亲没等父亲放下锄头，就把父亲拉了过来，把我说的话跟父亲说了。父亲沉吟了半晌，说道：“难怪几次给他介绍对象都给推了，原来背地里却唱这出戏来！”父亲放下锄头，把它靠在墙边立着，又从口袋里摸出红烟盒来，卷了一个红烟炮子，点上火，抽了起来。他对母亲说：“可这事是有点麻烦啊！”

22.

母亲点了点头，接过话头又说：“是啊，真是有点麻烦！阿哥就爱国这个单丁独苗了，裁缝又是只有婉玉这一个女孩子，老早就说要留下来招女婿的。这可怎么好呢？裁缝肯定不会同意的！”

父亲也点点头，说：“是啊！叫阿哥把爱国给他，那也是不可能的。我们家也就爱国和阿狮俩兄弟了……走，我们去找阿哥商量一下吧！”

父亲走在前头，母亲拉着我的手，三个人一起往大伯家里走去。正巧，大伯和爱国哥都在哪里。大伯看见我们走过来，赶紧叫爱国哥泡茶，自己随手拿出两个矮凳子，招呼父亲和母亲坐下。父亲给大伯递过红烟盒，大伯推了一下，从自己口袋里掏出一个红烟盒来，两个兄弟各自给自己卷上一个红烟炮子，点上火了，抽了起来。这时爱国哥端了茶具，泡了一壶茶过来。父亲用手示意爱国哥坐下。爱国哥顺手从背后拉过一条矮凳子，在父亲和大伯中间坐了下来。

父亲吸了一口烟，然后吐了出来，对爱国哥说：“爱国，我问你一件事，你要照实说，不能撒谎的！”爱国哥咧嘴一笑，不知道发生了什么事，只是冲着父亲点了点头。父亲又接着说："爱国，你是不是和婉玉相好上了？"

爱国哥听了这话，脸色一下子难看起来，他用眼睛看了我一下，我不好意思地低下头，用手触摸小手上的伤痕。爱国哥沉默了一会儿，终于还是说了："是！我要娶婉玉的！"

"可是你知道你裁缝叔就她一个女儿啊，是要招过门进去的，他是不可能同意让你娶过来的！"父亲说。

"我不管，他不让我娶过来，我就让她招过去！"爱国哥活生生地说出这话来，话还没说完，大伯就一巴掌打到爱国哥的头上，狠狠地说："你这盖头盖脸的愣头青，这话你也说得出口，我可就你这么个独根苗子啊。你阿母当年为了生下你，年纪大了难产了，差点就死去了。你这样的话都敢说出来？再说了，只有那不三不四的男人，才让人招入门呢，我们家哪比别人差了，你又哪个地方比别人笨了？不行，不行，从今天开始，你要是不和她断绝关系，我就不认你这个儿子了！"

"你不认就不认，反正我和婉玉说过了，我们一定要结婚的，不行我们都像黑姑那样，都去死！"爱国哥霍地站了起来，他和大伯一样，都是火暴脾气。平时有事没事，父子之间总有架吵。

大伯也气呼呼地站起来，说："我养你这么大，有什么用啊？我到时死了谁来给我收尸啊？这种话你都敢说……给我滚出去，我早没你这儿子早清净！"

"出去就出去，我在这家里就没有受过好气！"爱国哥话没说完，就要往外走。

父亲用手在爱国哥屁股上打了一下，说："你给我坐下！"人说"父子是冤家"，平日里，爱国哥就爱和大伯吵架，但却不敢对父亲怎样。他听到父亲叫他坐下，只好顺从地坐了下来。

大伯却气得有点上气不接下气，只听他嘴里一个劲儿地骂。母亲用手拉着大伯坐下，说："大哥，你别急啊，慢慢商量嘛！"

大伯坐下，只听母亲又说："你们父子俩就爱吵架，不要吵了，我看这样吧，改天我和大哥去裁缝那说说看，看看成不成，再走下一步棋。”母亲说完，又转过头来对爱国哥说：“‘死’的话，是不能乱说的，以后再乱说就掴嘴巴！又不是不让你们相好，说什么‘死’啊？凡事都有个解决的办法，像黑姑那样死了，那才是真的傻呢，没听说过‘死皇帝不如活乞丐’吗？人死了不但害了自己，也害了别人。你看看福才，现在都变成什么样子啦？你以后再跟我说这个‘死’字，你就不是我们戴家的子孙了。”

都说“父子相欠债”，爱国哥和大伯虽然经常会吵架，但碰到父亲和母亲，毕竟是叔婶的关系，再不听话也要懂得一点礼节，总有三分惧怕。所以，爱国哥听母亲这么一说，也就不敢再胡乱说些什么了，在那低着头。母亲说一句，他就点一下头，说一句，他就点一下头，一边用茶壶，给几个老人倒茶。

父亲接过话头，说：“阿哥，看来就只能这样了。晚上裁缝回来的时候，我们一起过去他家说下，看看怎样，下一步再说吧！这棋啊，是一步一步走的，走一步看一步。走完了这一步棋，就会有下一步的棋要走，放心吧！”

大伯点点头，说：“看来也只有这样了，晚上去裁缝那，好歹先摊开了说，成不成，咱们再做一个打算吧！”

晚上，母亲拉着我，和大伯一起往裁缝叔家里去了。裁缝叔家就住在新大厝里，和祖厝只隔着一条小巷，因为房子大，出了祖厝门口，也要走一二百来步的路程。裁缝叔住在新大厝正对门的右大房里，我们进房时，看见裁缝叔脖子上挂着一条布尺，戴着一副黑边的老花眼镜，伏在缝纫机上，吱嘎吱嘎地缝接着衣服。裁缝婶和婉玉姐姐也坐在边上，帮忙缝着袖口和衣里。

裁缝叔看见我们走进来了，连忙打起招呼来，说：“哈，大哥、二嫂来了啊，坐坐坐，我缝完了这裤脚就停下来。婉玉，快去泡茶来，给阿狮也拿一块糖果来！”裁缝叔边说边忙着，却见婉玉姐姐赶紧起身，往内边走去了。

大伯和母亲赶紧说：“你先忙着吧，不急，我们就坐一会儿，等你忙完了，有事要和你商量呢！”

婉玉姐姐泡过一壶茶来，并给我送来了一个糖果，说：“阿狮，甜着呢！”我当时可高兴了，拿过来就剥着吃。

裁缝叔坐在那里，“吱吱嘎嘎”了好一会儿，后来觉得不好意思了，就起身，停了下来，走过来和大伯、母亲一起泡茶。因为裁缝叔总是很忙，有时忙得顾不上和人家坐下来聊天，所以裁缝叔的家，经常是没有人来光顾的，除非要做衣服的时候，才会有人来他家里。

裁缝叔和大伯、母亲坐下了，闲聊了没有几句话，就有点儿急不可耐的样子，他那种想要过去做事的感觉，让母亲有些不自在了。母亲知道裁缝叔忙，就直接把话说开了，她说：“裁缝兄弟，今天是无事不上门啊，有件事情想和你商量商量！”

23.

母亲的话没有说完，婉玉姐姐就害羞得把头扭了去。我想，她是知道大伯和母亲来这的意图的。只听裁缝叔说：“二嫂，你有什么事就直说吧，我这也就是要给人家赶几件衣服的，说完了我再去忙，没什么事的！”

“看你忙的，真的不好意思，打扰你上工了。”母亲看着裁缝叔，又说，“其实也没有什么别的事，婉玉今年也有二十二岁了吧。俗话说‘男大当婚，女大当嫁’，我们家爱国也有二十四岁了，我是想！”

母亲的话还没说完，只见裁缝叔早就噌地一下站了起来，说：“不行不行不行……我们家就婉玉这么一个女儿了，我是要留下来招人的，嫁给你们家爱国，那是绝对不行的。”婉玉姐姐听到裁缝叔这么一说，扔下手中的衣服，扭头就走到别的房间里去了。我知道，婉玉姐姐听裁缝叔这么一说，肯定是不高兴了。

那边裁缝婶也赶紧迎合说：“这怎么行啊，我们老两口就这么一个女儿，是要留下来招人的，你们也是知道的，怎么就打起她的主意了。再说了，我们家婉玉可是清清白白的姑娘，怎么会和你们家爱国有来往呢？这话你们可不要乱说啊，到时候坏了我们家婉玉的名声。”

只听裁缝叔赶紧接过话头说："就是啊！我们家婉玉乖着呢。你们要给我想想啊，我就这么一个女儿，还要留下来养老送终的呢，怎么可能嫁到你们家去的呢？"

母亲和大伯坐在那，等他们夫妻一阵唠叨说完，也不去插嘴。稍后，等裁缝叔他们不说话了，母亲就接着说："裁缝兄弟，也不是我们乱说话的啊，我们家爱国和你们家婉玉，真的是相好了！"

"乱说！"裁缝叔一听急了，在房子里急急忙忙地踱着方步，"你们别乱说话，我们家婉玉是绝对不会的！"

"真的，不信你问问阿狮，他都看见了！"母亲用手拍了我一下，说，"阿狮，你说说，是不是真的！"

我点了点头，说："是真的裁缝叔，我那晚在龙眼树林里看见了，爱国哥叫我不要乱说，还送我一把火柴枪。婉玉姐姐也说了，说她还要给我做个小袖套。还有，爱国哥说将来要叫婉玉姐姐嫂子的时候，她还会给我包一个大红包呢！"

"嗨……小孩子可不能乱说啊！"裁缝叔看看我一个劲地说话，真是急死了，没等我说完，说急不可耐地制止了，说："小孩子说的话，怎么能当真呢？不要乱说了，不要乱说了，我们家婉玉才不是那种不三不四的人呢，谁像你们家爱国！"

大伯听到裁缝叔说爱国不三不四，有点想火了，却被母亲制止住了，后来才没作声。母亲一笑，接过话头来，又说："裁缝兄弟，你要不信，你可以自己去问一下婉玉好了。"

裁缝叔和裁缝婶这会真的急死了。只见裁缝叔光光的额头上，渗出一把汗珠来，在他那光光的头顶上，越发显得清晰如黄豆一般的。他在那屋里不停地走来走去，大房很大，裁缝叔不断地在那转着圈走。后来，只听裁缝叔冲着外面叫了起来，声音很大："婉玉，婉玉……你给我过来啊。哎呀，我的小祖宗，你怎么能这样啊，你跟我说这事不是真的，好不好啊？"裁缝叔这时的声音，真的像是要哭出来似的。又听他念念叨叨地说："我们家的祖宗啊，你是怎么了啊，怎么会做出这种伤风败俗的事呢？"

那边裁缝婶赶紧跑出房子，朝婉玉姐姐的房子里奔了过去，像是要叫婉玉姐姐过来问上一问，可是过了许久，却只有裁缝婶自己一个人走了过来，嘴里不停地说："怎么办啊？怎么办啊？这可怎么办啊？我们家可就这么一个女儿啊……怎么可能随便嫁给爱国呢？"

裁缝叔一把拉过裁缝婶，问道："出什么事了？婉玉她说是真的吗？有这一回事吗？"

只见裁缝婶点了点头，说："这可怎么办啊？我可只有这一个心肝宝贝的女儿啊，有好多家人托人过来问过的，我都没有答应的啊……这怎么可能呢？"裁缝婶没有正面回答，只是哭哭啼啼的。

"那也不行！"只见裁缝叔突然从慌乱中醒来，他那慌乱的脚步，突然如此坚定起来。他踏着坚定的步子走了过来，对大伯和母亲说："就算是真的，那也不行。大哥，我可跟你说了，爱国要是把婉玉给糟蹋了，我就跟你没完，我这条老命就死在你们家里！"

一直在一边没有说话的大伯听裁缝叔这么一说，火气就上来了，他说："这小孩子家的事，我哪管得着啊？你跟我没完什么啊？真要有了，抱个孙子我们都有份，还死在我们家里了！"

母亲知道大伯的脾气不好，怕又吵起来了，赶紧接过话来说："裁缝兄弟，我们也是堂亲家啊，不就隔着这几步路远吗？干吗就说那么难听的话呢？将来要是婉玉嫁过去了，不也还在这里吗？还不是一样能够回家照顾你们两个老人？再说了，年轻人的事，那也不是我们老人家能做得了主的啊！愿不愿意，你也得问问婉玉啊，怎么可以一手包办呢？"

"哼，我们家的事，谁说我不能做主了？我们家婉玉就只听我的！不行，不行，就是不行！'嫁出去的姑娘泼出去的水'，这怎么会是一样的呢？到时候我们两个老鬼生病了，谁来照顾我们啊？我们死了，谁来给我们披麻戴孝、拿幡子啊？不行，不行，就是不行！"裁缝叔差点跳起来，突然把脸转向了大伯，像恍然大悟地对他说："大哥，他们要是真好上了，你就把爱国给我吧，好不好啊？至少你们家还有几个女儿的，可以常去走走，你们未来也有依靠的！"

"放屁！"大伯没等裁缝说完，就噌地一下站了起来："裁缝你放了个大屁，我生的儿子能给你啊？你算什么东西？你就是有万贯家财，我也不稀罕，人家说了'万银买不到亲生子'，你当我是傻瓜啊？你生一个儿子给我看看……哼，谁叫你自己没用，一个儿子都养不活！"大伯本来就不喜欢裁缝叔那小家子气，听到他这么一说，一口气哪里咽得下去，坐也坐不住了，大喊大叫起来。

大伯这话一说，说到裁缝叔夫妻俩的痛处了，只见他们老两口一听，呼天抢地地哭起来了。那边婉玉姐姐听到，赶紧从那屋子里跑了过来，再也不敢倔了，抱着两位老人，也跟着一起哭起来了，说："阿爸、阿母，我不嫁了，我一辈子就伺候你们到老！"

24.

母亲这下尴尬了，她用力地拉了一下大伯的下衣摆，示意大伯坐下来。大伯这时也觉得自己说过嘴了，不好意思地坐了下来，掏出红烟盒子，卷了一个红烟炮子，划了个火，低头抽起闷烟来。母亲站起来，走到裁缝叔他们一家三口中间，不好意思地说："裁缝兄弟，我那阿哥是有点不会说话的，你们就别再搭理他了，这事我们以后慢慢商量，慢慢商量啊。不急好吗？不急好吗？其实，我觉得我们都是堂亲家的，也就那两三步路远，你们家和他们家不都是一样啊？别说生病了，就是你们二位将来百年了，我叫爱国给你们披麻戴孝，拿个幡子什么的，那也是应该的啊。"母亲转过脸来，拉了一下大伯，对他说："大哥，你说是不是呢？"

大伯勉强地抬起头来，虽然有点尴尬，又也有点不情愿地说："那是，那是，女婿半子嘛！儿子我一半，你一半！"

"我才不稀罕你那一半呢！"裁缝叔来气了，得理不饶人，他说："你们走吧，走吧！我们家婉玉不嫁了，不嫁了，你们没听说吗！"裁缝婶没有说话，只是在那里掉眼泪。婉玉姐姐转过头来，对母亲和大伯说："大伯、二婶，你们先回去吧！和爱国哥说了，就说我不嫁了，我这一辈子就守着阿爸、阿母，我谁都不嫁了，呜呜呜——"话没说完，她就跑到自己的房间里，把门关了起来，又呜呜地哭起来了。我想，婉玉姐姐那天晚上，肯定是一个人哭得好伤心的。

母亲这时更觉得尴尬了，她把大伯从凳子上拉了起来，然后对裁缝叔、裁缝婶说："裁缝兄弟，婶子，我看这样吧，我们改天再来商量，好吗？总会有个办法的！"

只见裁缝叔斜着眼，看了一下大伯，说："和他没得商量！你们没听我们家婉玉说了？我们自家的女儿，胳膊还会往外拐吗？除非叫爱国过来……哼，我还不一定要呢！"

大伯这时又想发火，但他还是忍了。他不敢再任性说话了，他知道这样只会越搞越糟的，故而大伯忍了，这是在求人啊！他抱起我，跟着母亲的脚后跟，一起走出去了……

入秋时节，天气有点微凉了，一勾梳月儿挂在了西边上。我们三个人走出来的时候，只见爱国哥早就等在外面了，见了我们，就一个劲儿地追问道："怎么样了，阿爸？怎么样了，二婶……成了吗？"

只听大伯没有好气地说："你找没人啊？怎么找也别找裁缝家的女儿，让我在这丢人现眼……回家去！"

爱国哥愣在那里，不敢说话，却也赖在那里，不想回去了。

母亲只好说："爱国，你先别着急啊，回家睡觉去，慢慢来，总会有一个好办法的！我就不信，这死裁缝真会把女儿养起来顶门了！"母亲历来自信，也从不服输。

但爱国哥却没有跟着我们一起过来，而是抱着头，在新大厝的大门外面蹲着。那一天晚上，我们也不知道，爱国哥一个人在外面，待了多久，哭了多久……

母亲和大伯回家之后，父亲和大伯母也都在家里等着了。他们看见大伯没有什么好脸色看，就知道是碰到硬钉子了。大伯母赶紧起身泡茶，大伯坐了下来，一脸不高兴的样子。他从身上掏出那个红烟盒子来，也不问父亲要不要抽，就自己卷上一个，划上一把火，抽起了闷烟来。大伯吐了一口烟，才说："哪家姑娘不能找，偏偏找裁缝家的女儿？一个又酸又臭，小气得要死的人！”

母亲劝说道：“阿哥，你也别这么说人家，慢慢来总是会有法子的。这孩子家的婚嫁，谁又能说得清楚啊？明天叫爱国把婉玉找过来，我这边自有办法的！两家都是堂亲家的，嫁过来嫁过去，这有什么不一样的？我就能看准裁缝的弱点，我看这个法子准行！”……

父亲也掏出那个红烟盒，卷上了一把，忙问道：“你有什么法子？这裁缝谁不知道是个远近闻名的酸臭石头？明明那钱像沙螺壳，藏得一屋子，不拿出来抵工分，还想分稻谷！”父亲很少说人坏话，今天也忍不住，背地里说起了裁缝叔。

母亲神秘一笑，却不急着说。她对大伯说：“明天先把婉玉叫过来，我问一问再说，看看这孩子有没有真心，要有真心，这事准能成。不早了，我们回家睡觉去吧！”母亲示意父亲，拉起我，对大伯和大伯母说：“阿哥、阿嫂，我们先回去睡了，明天叫爱国偷偷把婉玉给我叫过来，我先问问看再说，只要孩子是真心的，这事准成！”

大伯和大伯母回了一声，说：“嗯，好吧，那你们走慢点啊，明天我叫爱国去把婉玉叫过来！”

第二天，爱国哥真把婉玉姐姐找过来了，母亲叫他们俩坐下来。然后，母亲很认真地盯着婉玉姐姐看了许久，看得婉玉姐姐很不好意思地低下了头。后来，母亲又转过头来，认真地看了看爱国哥，把爱国哥也看得不自在了。

爱国哥问母亲，说：“二婶，您老看着我们干吗啊？”

母亲先不答应，过了一会儿才说：“我在看你们是不是一对小冤家？不是冤家不聚头啊！”

“二婶怎么这么说啊？我们是有心相好的！”爱国哥有点难为情，用手摸了摸后脑勺说。

“真的吗？”母亲故意不相信。

“那当然是真的！”爱国哥斩钉截铁地说。

“我看不像吧？从头到尾，就你爱国一个人说话，还不知道人家姑娘是不是有心的呢？”母亲故意把话说得很白、很慢，并拿眼睛斜看了一眼婉玉姐姐。

婉玉姐姐低下了头，不敢正眼看着母亲，她怯怯生生地说：“二婶，其实，我……我好难为情啊！”

“你咋啦？”母亲故意不理，装得漫不经心的样子说：“你咋难为情了？你是不是和爱国在闹着玩的？”

“我……我……我不是的……二婶，怎么这样说人家了！”婉玉姐姐说。

“不是吗？那你咋晚不是说不嫁了吗？”母亲又说。

“我……我其实——”婉玉姐姐还是说不出话来，她不敢正视母亲的眼睛。

这时，爱国哥早就忍不住了，他说：“二婶，你就别问了好吗？婉玉是喜欢我的，我确信！”

“没把你当哑巴啊！”母亲一听爱国哥又说话了，她就火了，说，“我问你了吗？”她瞪了爱国哥一眼，又拿眼睛斜看了一下婉玉姐姐，接着又说：“我在问人家婉玉姑娘呢！”

爱国哥这时再也不敢说话了，他把嘴巴翘得老高，把头扭到了一边。只见婉玉姐姐慢慢地抬起了头来，怯生生地说：“我……二婶……我……可是，我阿爸阿母……他们也是很苦的呢！这您是知道的！”

“我是问你呢？又不关你阿爸阿母的事。我是问你要嫁，还是问你阿爸阿母要嫁呢？”母亲那劲一上来，不依不饶的。

25.

婉玉姐姐又低下头了，她说：“爱国哥刚才不是都说了吗？”

“他说什么了？我没听见啊！爱国说他的，你说你的。我要的是你亲口对我说的！”打小，我就知道母亲的认真劲，母亲在办事的时候，从来什么事都不会有一点含糊的。并且，她想做的事情是一定要做到周密、慎重，做到成功的！

只见爱国哥伸出手，拉了一下婉玉姐姐的衣袖，鼓励她说：“你就说啊，和我二婶说实话！”

婉玉姐姐终于还是抬起头了，她确实羞羞涩涩的，停了好久好久，才轻轻地说了一声：“喜欢！”脸一下子红得像猪头似的。

母亲一听，猛地站起身来，一副就要走人的样子，说：“我不管了，你们自己看着办吧。喜欢不喜欢一个男人都说不清楚，还要人家拉袖子，你们这哪是什么冤家啊？真是‘小孩子盖河蚌厝’！”

“二婶，你别走，我们死都要在一起的！”母亲还没站直，爱国哥和婉玉姐姐就都急了起来，一边一个拉着母亲的手，异口同声地说：“二婶，我们要在一起，你可要帮帮我们啊，我们听你的！”

母亲微微一笑，又坐了下来，她说：“喜欢就要真心喜欢，就要勇敢说出来，要敢于付出。姑娘家的，我哪不知道你会害羞呢？可在这紧要关头，我要的是你们的真话啊！”

爱国哥和婉玉姐姐都点了点头，母亲又说：“我这里给你们两条妙计，第一条要是行不通，就走第二条！”母亲叫爱国哥和婉玉姐姐把头向过来，在他们的耳朵边说了一些话。她说话的声音很小，我没有听到，只见婉玉姐姐听完了之后，一脸为难地说：“二婶，我不敢啊！我阿爸、阿母都很可怜的，我们不能这样做啊！”

“不做就算了，这事我管不了了，你们像黑姑那样吧！”母亲没听完，就使横起来了，一脸怒气冲冲的样子。

只见爱国哥拉了拉婉玉姐姐，说：“婉玉，你就听二婶的吧，我二婶没错的，又不是真的……再说了，这件事要不搞得像是真的一样，你阿爸阿妈肯定是不会害怕的，那样，我们就真没戏唱了！”

婉玉姐姐沉默了好久，还是没有答应下来。母亲终于又忍不住了，她站了起来，一副要走出去的样子。只见婉玉姐姐伸出手，拉住了母亲，说：“二婶，那我就听你的了，但你不能让我阿爸、阿母他们太难过了，我怕他们支撑不下去，会出事的！”

“不会有事的啦！”母亲说，“你们只要听我的，我可以向你们保证，我会一直守在他们的身边，保证不会出任何事情的！”

婉玉姐姐终于还是点头了，她站起来了，顽强地站起来了！她拉着爱国哥的手，给母亲揖了一个躬，就一起走出去了，他们先向裁缝叔的家一起走去了。

我后来才知道，母亲让爱国哥和婉玉姐姐先去给裁缝叔下个跪，说只要答应他们结婚，他们愿意承担两家的传承。但后来爱国哥说，当时裁缝叔任由他们两个年轻人跪求，始终没有答应。并且扬言，如果婉玉姐姐不和爱国哥分开，他们老夫妻就不活了。我听爱国哥后来陈述说，当时婉玉姐姐真的怕二老出事，都快要动摇了，决定屈就于两位老人了，但是，后来是爱国哥把她硬是拉了出来，也不和裁缝叔道别，就朝外面走去了，任裁缝叔怎么叫嚷，也不回头。

第二天，我放学回家之后，看到池塘边聚集了很多人。老队长、大伯、父亲、五海伯、老九叔、杀猪叔、铁匠叔，还有母亲她们一些妇女们都在。富贵哥和小由哥他们一些年轻人，手里拿着一条长长的竹篙，在池塘里胡乱搅着。裁缝叔和裁缝婶一对老夫妻，坐在池塘边的泥地上，哭得死去活来的。我钻进了人群里，没有看到什么，但大家都在说：昨天晚上，爱国哥和婉玉姐姐双双跳塘了，是小由哥他看到的。小由哥还说："都捞了半天了，可就是什么都没捞到，不会是让大鱼给生吃了吧！"

我听到这话，终于忍不住心里的巨大难受，"哇"的一声大哭了起来。母亲这时站在我背后，在我的胳膊上又用力一掐，痛得我更是狼声虎叫地，"呜咽"得上气不接下气起来。大伯和大伯母也在那里，一边哭一边拭着眼泪，不过，我老感觉他们两个人没有像裁缝叔婶那么伤心，只是"啊啊"地哭着，好像是装给人看的。虽然这样，但我和裁缝叔婶三个人的声音，却已是呼天抢地的，很大声了。一下子，感染了许多人，那哭声顿时连在一起，好不凄凉啊。

可是，这一帮人在那里捞上大半天了，也没见捞出一只死鱼活虾来，更别说捞出一个死人来了。裁缝叔和裁缝婶却几次哭得晕死过去了，母亲赶紧叫小媳妇们送来米汤，又把他们给灌醒了。

裁缝叔婶一醒过来之后，母亲就走过去，半蹲下身子对他们说："人死不能复生了，谁知道他们年纪轻轻的，就这么烈性啊！当初要是顺着他们，不就没这事了吗？”

只听裁缝叔又哭了起来，说：“我要是知道会是这样的结果，我宁肯自己死了，也会成全他们的啊……我的心肝啊，我的宝贝啊！我的老祖宗啊，你死了，让我们两个孤寡老人，怎么活啊？”

母亲突然也忍不住了，感动得两行泪水落了下来。不过，她还是劝慰他们说：“可是事已至此，你们也不要太伤心了，要好好照顾自己的身体啊！”母亲说着，又拿湿手巾帮他们拭泪。

“没有了婉玉，我们活下去还有什么用啊？我们老两口这一生省吃俭用的，还不是为了这个宝贝女儿？如今她没了，我们还不如死了算了！婉玉啊，我们也不活了，我也要去跳塘了，呜呜呜——”裁缝叔一边哭，一边就往塘边走了去。母亲赶紧叫富贵哥和小由哥他们几个年轻小伙子，无论如何把他们给架住了，一点也不敢放松。

正闹得不可开交，这时候突然有一个人拨开了人群，朝这里狂奔而来，她抱住了裁缝叔和裁缝婶，没天没地地哭了起来：“阿爸、阿母，你们是怎么了？你们的命好苦啊……女儿不孝啊！”

大家定睛一看，原来是婉玉姐姐和爱国哥。裁缝叔和裁缝婶看见自己的女儿没死，差点儿就要把她给活吞下去了，一把抱住她，痛哭起来。爱国哥也跪倒在那里，一口一声地叫着：“叔、婶，只要你们让我和婉玉结婚，我就一定不会让你们受委屈的，我会像伺候亲生父母一样伺候你们一辈子的。”

26.

裁缝叔一把抱住爱国哥，大哭了起来。大伯和大伯母也哭了，这次是真的哭了，旁边的所有人也都掉了眼泪。

母亲也忍不住哭了，她走到池塘的岸边，一把一把地掉眼泪呢。我听见她说：“黑姑啊，你敢做这样的事吗？你为什么不和婶婶说呢？你要敢做这样的事，就不用死了！”

很快，爱国哥和婉玉姐姐的婚事就这样定下来了，母亲说了，就定在国庆节那一天。其实，后来长大了我才知道，这出闹剧就是母亲一手导演出来的。有一天我故意对母亲说："阿母，你当时是不是也太残忍了一点？我都相信了，手也很疼，心也很疼！"

我那时只是想和母亲说一句玩笑话，没想到母亲却拉下脸来，随口就给我一顿教训："哼，你懂什么？这事不这样做能行得通吗？你裁缝叔是出了名的尖酸人，谁能劝得动他啊？现在又是谁好了？你爱国哥去上海，发财了之后，你看看，把这家里的房子装修得像皇宫似的，又在上海买了一大栋房子。把你裁缝叔老两口接到上海去住了，家里就扔下你大伯他们老两口子，守着那空洞洞的大房子。生个儿子有什么用啊？还不如生女儿哩……

"现在，又是谁享清福了呢？还不是你裁缝叔和裁缝婶！人家说养儿防老，其实养儿子就是不中用，还不如女儿呢！你说你在省城里上班，做个小小的什么国家干部，叫我去一趟我也住不下你那小房子。我在家里自在点，没事儿到你几个姐姐家里住上几天。你大伯不也是那样的，都是偶尔跑跑女儿家住的吗？叫他们去上海住，能住得惯吗？儿媳妇哪能像女儿呢？"

母亲的一席话，让我觉得很是难堪，我把头深深地埋了下去。是啊，儿媳妇哪能和女儿比呢？我爱人算是很通情达理的女人了，虽然她一直叫我把母亲接过去住，但自从母亲去年去过一次之后，怎么叫她也不去了。不管怎么说，母亲还是习惯和自己的女儿住在一起。有一次，她偷偷地把我叫到一边，说她很想吃冰箱里的龙眼，说能不能给她几个吃。我顿时把嘴巴张了好久没能合上，我说："阿母，冰箱里的东西都是咱家的啊！你爱吃什么就只管拿啊，没了，叫儿媳妇给您买去啊！"

你知道我母亲怎么说："我以为是买给咱们家小乐吃的……我哪敢动啊？"小乐是我儿子，她的孙子，才刚四岁呢。

我那时感到事态严重了，说："阿母，我们这里所有的东西都是咱们自家的，想吃就吃，想用就用，龙眼就是买给您和小乐吃的！我们也吃的，您说小乐能吃那么多吗？”

“那我就能吃很多啊？”母亲一听，又不高兴了。

那晚，我把这事和爱人说了。爱人也是很紧张的，她说：“这事都怪我，那天我买龙眼过来，赶着要去上班，随手放在冰箱里就走，没和她老人家交代一下。下次，我一定会注意的，真是对不起啊，老公！媳妇毕竟不是女儿啊！”爱人的言下之意，也让我为难了。

我一时又无语了。后来，爱人每次买了东西回来，都要对母亲交代一番：“妈，我买了东西放在冰箱里，您要记得吃啊！”

母亲听完之后，总会说：“嗯，我也吃不了多少的，老了……哪能吃得了多少呢？留给咱们家小乐吃吧！”母亲在我这，就这样住了个把月吧，后来她老是吵着要回家，我也没有办法，和爱人商量了一下，最后，还是送她回家了。

岳父岳母倒也是常来我们家小住些时日的。但他们来时，却住得很自在，不管是对妻子和我，他们总是大大咧咧，从不拘谨，我也感觉很是悠然自得。但我其实很不理解这其中的缘由，我觉得，在中国，所谓的女主人，才是真正的一家之主，大家都应该看这位女主人的眼色。所以，尽管妻子很通情达理，处处小心，但母亲更小心，她总是觉得，还是回到老家里，自己当家做主人更好。

母亲见我低下头了，觉得她说话过火了，有点不好意思，她说：“阿狮，阿母说话是有点过火了，其实我也知道你做个小官不容易。你媳妇也是很孝顺的，可就是我住不惯城里啊，鸡窝似的。电梯坏了，还得爬上好几层楼哩，哪有在家平地里住得舒坦啊？”

我抬起头，尴尬地笑了笑。母亲又说：“做官就是不能贪财啊，做官不管做大的还是做小的，都要做得正、做得直。你看有成他老丈人吧，现在被关起来了。”

我不知道有成哥的老丈人是谁，但我却知道有成哥。我问母亲：“有成哥现在在哪呢？还在所里当副所长吗？”

“还在所里。”母亲说了。

“又升了吗？”我问。

“哪啊！自从他老丈人倒了，他副所长也出问题了，被免职了！现在也老了，还能做什么呢？有一份工资领就不错了！”

我又一时无言，觉得这世事，总是有些无常的……其实，有成哥确实是一个好人，他和木匠叔一样实实在在的。只是，他娶了桂枝这样一个大后台，该上时他也上了，这回该下就下吧！

爱国哥的婚事就定在国庆节的那一天。母亲和大伯都想节俭一点，但裁缝叔却说，他就这么一个女儿，婚事是一定要办得热热闹闹的。不但要办得热闹、隆重一些，还要让全大队的人都知道，他裁缝嫁女儿了。因为裁缝叔在镇上做手艺，所以他也要让全镇上的人都知道，他裁缝嫁女儿了。虽然两家相隔只有一百多步的路，但按照裁缝叔的意思，还是要雇两部手扶拖拉机的，载着新郎、新娘和送亲的人们，还有新娘家陪嫁的物品，从新大厝出发，然后再转到镇街道的各处，再转了回来。母亲当时很是生气，说：“裁缝鬼真有钱啊，拿着钱在使性子呢！”

父亲站在一边，却说：“这事裁缝好不容易能答应下来，花一点钱，却也没什么事的！算了，不要再计较太多了，‘钱银’这东西，会来会去的！”

大伯那时手头也确实吃紧，跑了东家又跑了西家，才把爱国哥结婚的费用给凑齐了。虽然这样，但我看到大伯他们夫妇俩，也是天天乐呵呵的，他们真的很高兴的。我跑到爱国哥的新房里去看了一下，新床新柜新桌子，还有新枕头新棉被，所有的东西都是新买的，一屋子里，红彤彤的，太漂亮了。

我问母亲说：“阿母，将来我要是‘娶某’（娶媳妇）了，也都有新床和新被子吗？”

母亲笑了，她说：“我们阿狮将来要是‘娶某’了啊，肯定会比现在更多、更漂亮的！”我乐了，哈哈大笑起来了。

27.

爱国哥结婚的那天，大伯去雇了两部手扶拖拉机。在车头车尾上，都扎满了红花和红绸子。在第一部车的后厢中间，放着两把小靠背椅子，那是新郎和新娘坐的。送亲的男女则坐在车厢的两边上。在前头驾驶员的边上，坐着富贵哥，他是专管放鞭炮的。另外的第二部车里，放着裁缝叔给婉玉姐姐的嫁妆。我去看了，有一部“凤凰牌”双骨的自行车，还有一部“蝴蝶牌”的缝纫机，都是上海造的。还有皮箱和七七八八的桶啊、盆啊、罐啊什么的，装了满满一大车子。

听母亲说，裁缝叔还给爱国哥和婉玉姐姐一个人买了一块上海牌带夜光的手表，还给每个人都打了一条金项链。母亲当时感慨地说：“你裁缝叔啊，真的是太有钱了！在当时，能陪嫁上一件大件的，就不错了，他是全都有啦！村里厝边头尾都说啊，‘爱国娶到某家财’了。”我那天看见两部手扶拖拉机，突突地冒着黑烟，载着新郎、新娘和嫁妆，在一阵阵鞭炮声中，从新大厝的大石埕上开了出去，然后在外面转了一个大圈子，一个多小时之后，才又转了回来。

回来的时候，爱国哥一手持着红纸伞，一手拉着婉玉姐姐的手，从古大厝的大门走了进去。母亲早就安排好了杀猪婶，在大门口放着一个小火炭炉，然后架上一小把稻草和红花刺，等新人走来的时候，就点起火，然后让新郎、新娘从小火炉上跨过去。随后，杀猪婶还抓过几把盐米，口中念念有词，朝新郎、新娘和看热闹的人群中撒了出去。她念的是什么话，我那时候听不懂，大概都是一些吉利的话，我当时没能听见。因为我们一家人和大伯一家人是新郎的家属，都只能关在房子里，不能和新郎、新娘对面相看，怕冲喜了，影响以后的和气。我那时还小，就爬上窗户，从里面偷偷往外观看。

新郎和新娘进了大厝的右边房，那是大伯的另一间房子，一直是爱国哥住的。新郎新娘进了新房之后，接下来是叫新娘出来请茶。

请茶先从大伯和大伯母开始，新娘依顺序叫“爸和妈”。然后新娘再给两位老人送上见面礼，而大伯和大伯母则要给新娘包上一个大红包，以示互赠。大伯和大伯母喝完了喜茶之后，就轮到父亲和母亲了，礼数当然也要和前面一样。然后，接下来是各房亲戚朋友，按照大小亲疏，一个一个轮流来吃茶，并互赠礼品。

轮到我的时候，因为我是小弟，所以得先捧茶给婉玉姐姐喝，然后叫她一声“大嫂”。婉玉姐姐接过茶喝了，然后再倒一杯茶给我喝，又在我口袋里装上一个大红包，还给我一块布料子。我回家拆开大红包一看，是八张崭新的一毛钱人民币，当时乐了好几天哩！

内亲请完茶之后，接下来就是外亲了。先从爱国哥的大舅、大舅妈开始，然后是二舅、二舅妈，再后是三舅、三舅妈。紧接着是大姨父、大姨妈，二姨父、二姨妈……长辈们都能得到新娘的见面礼，一般是一块布料。但也要给新娘包出一个高于见面礼的大红包，以示回赠。所以，一般长辈们那时都会半开玩笑地说：“哈哈，出钱买了高价面料……喝了高价的茶啊！”

当然，那个时候如果能得到一块布料，也会小心地收藏起来的，自己舍不得做新衣服。等亲戚朋友办喜事的时候，拿去当贺礼，所以，常常有时一块布料要转上好几个圈，也说不定哪天，还会转到你家里面来的。

请完茶之后，婉玉嫂子就是我们家里的人了。爱国哥扶着婉玉嫂子进了新房，然后自己走了出来，开始招待客人，陪他们喝酒吃饭。酒食吃到一半的时候，新郎、新娘还要伙同父母，到每一个桌上给大家敬酒。因此，如果不是好酒量的话，一般都是会喝醉的。后来，只得在新郎的家中，找上几个会喝酒的人，跟在新郎一家的后面，帮忙喝酒，撑一撑台面。

酒食在中午十二点之后开始，中午这场酒席散场之后，晚上还要再加办几桌酒席，请中午没时间过来喝酒的人，还有一些堂亲家帮忙的人，晚上也是一定要上桌喝酒的。喝到十点多，等客人们都散去之后，堂室宗亲的后生们就开始聚伙闹洞房了。

只见富贵哥和小由哥，还有黑牛哥他们，从外面搬来一个大石磨盖，不管爱国哥怎么阻拦，愣是要往爱国哥的新房里面抬，并扬言，如果婉玉嫂子不出来给大家唱一首歌，就要把那石磨盖搬到他们的床上去，让他们晚上不能睡觉。

爱国哥这时哭笑不得了，只好去求婉玉嫂子出来，请她给大家唱一首歌。婉玉嫂子这时一脸红晕，大概也喝了一点点小酒，羞羞答答地走了出来，说自己不会唱歌，请求大家不要为难她。那些后生们哪里肯依，都一个劲儿在那里叫嚷着，说要是不唱歌，今天晚上是别想进新房里睡觉了！

婉玉嫂子扭扭捏捏，老是把脸转向房子里，就是不唱。富贵哥和小由哥他们哪里肯依？卷起袖子，抬起磨盘盖，就要往新房里面闯。爱国哥慌神了，赶紧对婉玉嫂子说："婉玉，你就唱一首吧，要不今晚是过不了关的了！"

婉玉嫂子转过头来，说："那也得说个歌名啊！"一边说，一边又不好意思地把头转了回去。"那……富贵哥，你们就说个歌名吧！"爱国哥也不好意思了起来，他嘿嘿地笑着。

"《望春风》！"黑牛哥率先嚷嚷了起来。

"对！就《望春风》，《望春风》——"大家也跟着附和起来。

"唱首别的吧？"婉玉嫂子说，"唱这歌好怪难为情的！"婉玉嫂子说完，脸就红起来了。"是啊，唱首别的吧！唱这歌好难为情的啊！"爱国哥也为婉玉嫂子求饶了，他不好意思地用手抓抓脸。

"不行，就得唱这首歌！"黑牛哥又嚷嚷起来了。

"对，就是要唱《望春风》！"富贵哥也跟着叫起来，小由哥也跟着叫起来，结果，大家都跟着叫起来了。

爱国哥看看没有办法，只好对婉玉嫂子说："婉玉，要不，你就随便哼上两句吧！"

"什么随便哼两句啊，一句都不能少，少了一句，就是不依。唱得不好了，也是不依，就要抬石磨上你们的床！"富贵哥大叫起来。

"抬石磨，抬石磨——"大家也跟着附和起来，接着又卷起袖子，装着要抬石磨进屋的样子。

28.

爱国哥只好又央求婉玉嫂子说："婉玉，你看这……不唱不行啊，还是唱吧！"婉玉嫂子只好点点头，说："好，那我就全唱了！小由你给我记了，哪天你结婚，我就整你，跟你媳妇没个完的。还有你黑牛……富贵哥你结婚躲过了，要不也让你有好看的！”

富贵哥说：“你没看我结婚的时候，爱国是怎样整我的。他叫我们两个抱着跳舞，要不就不让睡觉，还找来一把大锁，把我的新房给锁住了。你今天唱歌，算你赚大了，大家说是不是啊？”

“是！是啊！哈哈哈哈——”大家都乐了起来。

婉玉嫂子终于还是拗不过大家的，她清了清嗓子，唱了起来：

“独夜无伴守灯火／春风对面吹／十七八岁未出嫁／想着少年家//果然标致面儿白／谁家男子弟／想要问他怕害羞／心里弹琵琶”；“想要郎君做夫婿／意爱在心里／等待何时啊君来采／青春花当开//听见外面有人来／我开门来看下／月亮笑我傻大呆／我让风骗出来！”

婉玉嫂子唱着，大家也跟着唱。那边，五海伯实在看不下去了，他扶着烂醉的福才哥，回去睡觉了。杀猪叔夫妻俩也感觉很不自在，抹了一下眼角上的泪水，来叫黑牛哥他们回去睡觉了。

父亲和母亲悄悄地走了过来，对大家说：“别再闹了，都回去睡觉吧，明天，还有一部分人得去车水灌番薯哩；还有一部分人得去收稻谷呢……你们看看，你们看看，今年怎么又旱成这个样子了呢？”一边，又转过头来对爱国哥和婉玉嫂子说：“你们也回去睡吧，我这还等着抱侄孙子呢！”

爱国哥和婉玉嫂子不好意思地应了一声，进了新房，关上了门。我看见他们新房两边的门沿上贴着一对喜联，那是老九叔写的：

上联是：真爱真心连理蒂

下联是：有情有义鸳鸯结

横批是：幸福美满

老九叔说，现在新人结婚，不要再写那些什么“齐眉、并肩、百年好合、永结同心”的啦。要写，就写点有新意的东西。爱国和婉玉是成功、自由恋爱的一对新夫妻，他们有情有义，可喜可贺啊！当然，写新婚联，也不能全部没有一点婚喜之气，所以连理并蒂，鸳鸯同结，还是要有的。我那时真的很佩服老九叔的，觉得他简直是我们宗亲家里的一个大秀才了。

大伯和大伯母因为应酬太多，酒也喝多了，人也累了，所以早早就撑不下去了，他们也去睡了。只留下父亲和母亲相对坐在一块八仙桌边，因为结婚热闹，我也没睡，就在母亲的身边坐下。只听母亲说："福才和黑姑要是能结成一对，早就该有孩子了，现在应该会到处乱跑了……唉，一个想不通，大小两条人命啊！"

父亲也应着说："是啊，要是他们俩没出那事，是该有个不小的孩子了，不知是男孩还是女孩？管他呢，那肯定是会叫叔公、叔婆的了，可惜啊……唉，大好事的，咱们不说这些了！"

我坐在母亲身边，说："阿爸、阿母，黑姑姐姐那时最爱唱《望春风》的了！她教我唱过这首歌的。我会唱，可是小姐姐（我家最小的姐姐）听了，却说那是黑歌。她说学校老师说这种歌是不健康的，小孩子不能唱的。阿爸、阿母，你们说这歌是黑歌吗？为什么不能唱的歌，都这么好听呢？那些大哥哥、大姐姐为什么都爱唱这首歌呢？"

母亲笑了笑，说："小孩子家的，说了你也不懂，将来长大了，就什么都会知道的！"父亲没有说什么，掏出他的红烟盒子，卷了一个红烟炮子，抽了起来……也真是碰巧了，我记得那一天晚上，天气很好，还有月光，月光透过天井，照在石板上，很白。那光，盖过了昏暗的煤油灯，非常非常的洁白。

我还未操办结婚之事，父亲就已经过世了。有一天，母亲从她柜子里拿出一封发黄了的信件，递给我说："阿狮，你看看吧，这些字写得像蚯蚓似的，你阿爸生前也认不得啊。现在你读完大学了，有了工作，又成家立业了，你拿去看看吧，看看上面写了些什么？"

我接过信，问母亲："阿母，这信是从哪里来的？好像放很久了！"

"有十数年了吧，是一个从南洋过来的人捎来的，据说可能是你阿公在南洋那边的后人写的，我们也看不懂！"母亲说。

我接过信一看，全是英文，但我能看得懂，正是我阿公的后人写来的。信中的大意是这样说的：

说他是戴某某的儿子，叫戴思乡。父亲叫戴某某，阿公叫戴某。阿公原来是个闽南人，早年跟人出来南洋打工了，后来又在南洋做点小生意。因为离家太远了，付不起太多的路费，所以最后没能回家，只能偶尔给家里寄一点钱。再后来，因为一个人在外实在太孤单，就在南洋找了一个伴，结婚生子了。

阿公早年在南洋很想念家乡，年轻的时候就想回家了，但因为没钱，完成不了心愿。后来积攒了一点钱，又因为身体不好，已经不能漂洋过海了，所以再也没办法回家了，就病故在了南洋。

在病故前，他交代儿子戴某某，将来一定要回家探望亲戚。他说在家乡，还有一个大嬷，有三个亲哥哥的，无论如何，都要回去寻根问祖。

我看完这信之后，把大意和母亲说了，说这个戴某，就是阿公的名字，这个戴某某，是阿公在南洋和番婆生的一个儿子，是我的四叔。这个写信的人，是四叔的儿子，叫戴思乡，他是我的亲堂哥。根据信上所说来看，我的这个亲堂哥，论年龄，应该和爱国哥差不多的。我知道，在祖辈的那个年代，许多外出做工或者做生意的华人，都因为路途太远，需要漂洋过海的，无法回到故乡来，在南洋，他们又重新组建家庭了。我的祖父也不例外，但是，他们的心，都还在故乡里，都怀念着家乡的亲人！

母亲听完之后，便又急急忙忙地问我说："真是冤孽啊！这么久了，到哪去找啊……信中有没有提到你阿嬷给阿公的香囊？"

我说："有！他说是阿嬷给的，后来又传给了四叔，再后来就传给了思乡哥了！"

"那就是了！那就是了！现在还能找到他们吗？你阿嬷可是交代过，说将来一定要找到他们，让一家人好好团聚的！"

"只要有这个地址，应该是不会有很大问题的，我会努力去找的。但现在也有不好说的因素，比如这封信实在写得太久了！"我看了一下上面的邮戳，有十几年的光景了。那时，我还是小孩子呢。我问母亲："阿母，为什么这信都寄来了十几年，到现在才拿出来呢？这十几年间，有可能物是人非了。要是搬迁了，或者更换地名了，那就不太好找了！”

29.

母亲说：“当时，你父亲也看不懂信上说什么，你又还小，又怕让人知道我们有海外关系，搞得像你老九叔一样，谁还敢拿出来让人看啊……别说拿出来，想藏起来都感觉害怕，当时你阿爸就说了，要不干脆烧掉算了！还是我不让他烧，幸亏没烧啊！”

我点了点头，觉得母亲说得是，又说：“阿母，有这封信，就肯定会有希望了！这地址还在呢！我得赶紧写上一封信，按照信上的地址寄出去看一下，只要不是搬迁了，那是一定能够找得到的。”

我很快写了一封信，按照原来的地址寄了出去，并复印了一张阿公当年寄过来的老照片，一同放在信封里寄了出去。另外，我一边打电话给爱国哥，把这事跟他也说了，因为他有生意上的关系，经常会出国，所以，我希望他能有机会按照上面的地址去找找看。

几个月后，爱国哥给我打来了电话，他说他去了那个地方，也找过了，但都说没有一个叫戴思乡的人，兴许是搬走了。爱国哥生意特别忙，没有多打听就回来了。

因为这事，我一直责怪爱国哥，说他是“钱甘鬼”，没有一点亲情观念。爱国哥后来委屈地说：“小弟，我在那住了一个星期好不好，花了好几万块钱哩，人家都说没有了，我有什么办法嘛？我又不像你会说英语，跟谁‘叽歪’去啊？”爱国哥虽然委屈，却也不抱怨，他又说：“阿狮你要不信，哪天我们一起去，路费哥哥出！说我什么‘钱甘鬼’，我是那种人吗？”

我笑了，心想也是，只怪自己太急了，爱国哥确实也尽力了。他就认那么几个大字，能把生意做到国外去，已经是很不错的了，还能怎么样？后来我又说：“也许他在那里有一个本地名吧？或者真的搬迁到哪了也不一定啊。就这样吧，等我有机会出国的时候，我也去那个地方找找看，人家那里人怎么会用中文名呢？肯定有当地名字的，你应该找个当地华人或者会说汉语的人问一问！”

只听爱国哥说：“还是读过书的人聪明，看来我这一趟钱是白花了！好吧，就当出国旅游一趟了！”

就这样，时间又过去了一年多，说实话，像我这样的小人物，哪有太多的机会出国啊？

有一天，我收到了一封来自中国香港的信，我打开一看，心都快要从胸口里跳出来了。原来，那封信是我那南洋哥哥戴思乡寄来的。

我拆开信封一看，真的是我的南洋哥哥来信了。信上说：他们现在已经举家搬到香港地区了，这封信是经过多次转递，才转到他们手中的。信上还说，希望能有机会和我见一个面。信中还夹着一张和我这张一模一样的阿公照片复印件，并留下了他们在香港的地址和电话号码。

我迅速拨通了他的电话，接电话的对方讲着一口流利的英语。我的英语虽然不是非常熟练，但还是能够应付得了的，通过对话，我确信对方就是我的堂哥。他问我为什么不在信里留下电话号码。我说当时也想，就是怕时间太久了，可能会有什么其他状况，所以不敢贸然在信上留下我的电话号码。

紧接着，我们通过QQ视频，看清了对方的长相。是的，镜头中的人，虽然比我黑了一点，比我老了一点，但不管怎么样，长相和眼神都和我有很大的神似，我们在QQ里约定了见面时间和地点。

我真是太高兴了，竟然有这么奇迹的事情发生，真是得来全不费工夫啊。我迅速拨通了爱国哥的电话，把这件事情和他说了。他听我说完之后，马上对我说：“阿狮，那我们是不是马上就去办理出境手续，我要和你一起去香港。”我说是的。

几天后，我们在香港的机场顺利见面了。我们的对面，走来了一个人，因为我们曾经视频过，所以我能够清楚地认出对方来。我自然而然地迎了上去，和他紧紧地拥抱在一起。我知道，这就是我的堂哥戴思乡。爱国哥没有和他见过面，所以他有点陌生，他站在我的一侧，很是激动的样子，却并没有说话。我赶紧转过身来，一只手拉着爱国哥的手，另一只手拉着思乡哥的手，给他们两个人，一一引见了。

我说："思乡哥，这就是爱国哥，是大伯的儿子……爱国哥，这就是我们日夜思念的思乡哥，是四叔的儿子！"

思乡哥放下我的手，和爱国哥拥抱在一起了，他说："好想啊，几十年了，我听父亲说过，阿公去世的时候，他才十几岁哩，才刚刚懂事……后来，是我奶奶把这些话给留下来的。"

我问："二奶奶现在还健在吗？"

思乡哥摇摇头，说："早就过世了！"

"那四叔呢？"我又问。

"前些年也过世了……他老人家临走之前，我在香港做生意，他叫家人无论如何把我叫回去，说有事要交代。我回去的时候，他给了我一个香囊。说'这个香囊无论如何不能丢，将来还要认宗呢'！"思乡哥说着，从口袋里掏出了一个香囊，眼泪就掉下来了。

我也跟着掏出一个香囊，爱国哥也掏出他的香囊。三个香囊举在空中，沐浴着温暖的阳光。这是数十年之后，它们的第一次见面。很快，我们三个人的三只手紧紧地握在一起了。之后，我们又抱成了一团，哭了。

后来，思乡哥又说了："父亲当时还说，当年阿公也是这样交代他的，让他一定要寻祖归宗！"我听他说话，眼泪一直流着。爱国哥也站在那里，一直陪着掉眼泪。他不懂英语，看见我们在那叽里呱啦的，一脸的疑惑，不住地拉我，说："阿狮，你们在说什么话啊？我一句也听不懂！"

我正要翻译，却听思乡哥说："我会说汉语普通话，也会说闽南话的。父亲在我们很小的时候，就送我们到汉语学校去读书。家里交流，我们也是讲闽南话的。我们那个地方，一大部分人都是闽南人，平常交流，也有用闽南话的！我父亲说了，你们一定要会讲闽南话，这样才能找到亲戚，闽南话是我们的乡音，我们的根！"

听思乡哥那一口流利的闽南话，我有些目瞪口呆了，不知是感动，还是怎样的，我的眼泪又不住地乱淌着！爱国哥却乐了，赶紧过来拉住思乡哥的手，说："早说嘛！早说嘛！我还以为你们在讲神仙话呢，叽里呱啦地说个不停。”

“是啊，我怎么就不知道你会讲闽南话呢？”我也颇感惊异，用手擦着眼泪，说，“思乡哥，你为什么不用中文写信呢？”

30.

“中文，我当时不太会中文！”他摊摊手，有点尴尬地笑了，说：“我们当时的汉语课程是有限的，不像现在这么普及，我怕表达不清楚，以为英语是世界性语言，没想到家乡也有许多人不认识英文！”思乡哥乐了，又说：“汉语普通话是来香港学的，闽南话是从小父亲教的，父亲是阿公教的……我们那地方的人，都会讲一些闽南话！”

“你是说你们那地方的人，都会讲一些闽南话啊？”爱国哥不解地问。“我去了好多天，用普通话找了一两个人问了，要知道那里会说闽南话，我早就到处问去了！”

“你这都不懂啊？还做什么生意呢！闽南话在东南亚很流行的！”我总爱嘲笑爱国哥，觉得他也只是一个土豪而已。

“是吗？”爱国哥也不怕我嘲笑他，反倒觉得长知识了。

“是啊，之前我们闽南人到外面打工、做生意的人很多，所以就在一个地区、一个地区形成了自己的群集，在这样的群集里，我们当然是要讲闽南话的，老乡嘛，总是要抱成一团的，才不会让人欺负。”思乡哥说着，笑了，又说，“后来，随着汉语普通话的普及，我们也开始学习汉语普通话了。现在，我们的下一代，一般都会懂得多种语言——英语、本地语、汉语普通话、闽南语！”思乡哥笑解释说。

“原来是这样啊！”爱国哥终于略有所悟了，“我去那个地方住了一个星期，问了你的名字，可是没人知道，这是为什么啊？”

“哦，你去过了啊！”思乡哥说，“我在那有个本地名，在香港又有个英文名。我们从那搬走了很多年了，所以提起‘思乡’这个名字，肯定是没有人知道的。这倒是我疏忽了，我没有把这些别名写在信上了！”思乡哥抱歉地说。

“这就难怪了，我还问过了不少人的。阿狮竟然骂我是‘钱甘鬼’！”爱国哥说着，看了我一眼，我笑了。

“其实我小的时候，也不是经常住在那里的。我随父亲到处做生意，所以，一般年轻人几乎都不认识我的！”思乡哥又说。我还想再说什么，思乡哥却请我们上车了，他说：“我们一起回家再说吧！”我和爱国哥上了他的车，思乡哥开着车，往他香港的家开去了。

车上，爱国哥听我这边一个哥那边一个哥地叫着，动心了，他说：“思乡，你是哪一年生的啊？是我叫你哥，还是你叫我哥呢？”“哦！我是1953年的，属蛇的。你呢？”思乡哥说。

“那我得叫你哥了，我属马的。我还以为我比你大呢。”爱国哥抓了抓头。虽然他是大伯的儿子，却是大伯最小的儿子。而思乡哥呢？他却是四叔的大儿子。所以，思乡哥其实还是大爱国哥一年的。我笑了，说：“爱国哥，现在你不再是老大了，哈哈——”爱国哥又抓了抓头，也笑了。我们一起笑了……

那一晚，我们在思乡哥的家里，三个兄弟一起喝酒喝到了天亮。然后，我们又睡了一个大白天。第三天，我和爱国哥向思乡哥辞行了，临行之前，我们邀请了思乡哥一定要回家看看。我说：“现在香港回归了，来去很方便的！”思乡哥说：“是啊！今年年底，我一定带上家人，一起回家过春节！”我们三个人三双手相握着，分别时，泪水不断地涌出来。就要进候机室的时候，思乡哥突然问道：“我听阿爸说，家里有三个大哥，是不是三伯没有生男孩子，还是他家的孩子没有和你们一起过来呢？”

听思乡哥问起，我先是愣了一下，又说了：“这几天我们三个光顾着玩，都忘了提起这事了。三叔在新中国成立前去了台湾，听说他在台湾也有家有室的，我们早几年也托人去找过他们的，不过到目前为止，一直没有消息！”

“唉，是这样啊！那三伯还在吗？”思乡哥又问。“早几年，我很小的时候，就听那边过来的人说他不在了。后来，我们还去东溪边引过魂呢！”爱国哥接着说。“是啊，这事我也是知道的，当时我很大了！”

“既然前面有人过来捎信了，应该是能联系得上的啊！”思乡哥感慨地说：“去台湾，我也托人问一问！”

“嗯，我也是这样想的！”我说，“可能是三叔去世之后，后人都不知道我们家的地址了，或者是三叔的后人也都搬迁了。我们这边当时只知道他去了台湾，也没办法打听他们的地址。后来，我也去过了一两次台湾，就是不知道他们的后人叫什么姓名，也没有个明确的地址，这么大的一个台湾省，真的是不好找啊！思乡哥在台湾有生意往来吧？确实是应该顺便托人问一问的！”

“是啊，”爱国哥也接着说，“我也去过好多次台湾了，比阿狮去过得多了，就是没有姓名，也没有地址。要是有个姓名、地址的话，我想，肯定也是能够找得到的。思乡哥如果有人的话，也不妨托人问上一问！”爱国哥也跟着说。

“那是，那是，血浓于水啊！”思乡哥说。

“现在，上一代的人几乎都没了，新一代的人又都不记得以前的事了。所以，现在要找三叔他们家的家人，肯定是有点为难的！”我说，“因为老九叔的事，大家都害怕了，所以后来就没人再敢过来找亲了，也没人敢过去台湾认亲了。只要一提起这事，都推说没有或者早就死了，所以过了这些年，现在想找，也就难找了。我前几年也登过了报纸，把阿公、大伯、父亲和三伯的名字都登在了一起，结果，还是没有任何消息！”我有些暗淡地说。

思乡哥点点头，若有所思。他说：“我有时间去台湾，也问一问，我们一定要找到自己的亲人，让一家人团团圆圆，有往有来！”“我过些时间还要去一趟台湾，我也再去找找。”爱国哥说。“不知道他们那边有什么信物没有？”思乡哥又问。

“有，我听母亲说，阿嬷做了四个香囊，阿公一个，大伯、父亲、三叔都有。只是三叔当时不知道有没有传下来。”我说。

“肯定会有的！大阿嬷（我奶奶）给的东西，阿公都传给我阿爸了，我阿爸又传给我了，三伯肯定也会传给他的后人的，我相信！”思乡哥说完，伸出他坚定的一只手。我也伸出我坚定的一只手，压在他的手上，说：“肯定会有的，我们相信！”爱国哥也伸出他坚定的一只手，压在我们的手背上，说：“我也相信！肯定会有的！”

31.

时间很快就到了年底，思乡哥带着一家人回家过年了。其中有大嫂，还有两个侄儿、侄女，他们都读高中了。我和爱人去年回过了一趟家，原本计划今年是不回家过年的，但因为思乡哥要回来了，所以我和爱人孩子，就一起踏上了回家的路。

我们一到家里，母亲早就在那收拾好房子了，我笑着，说：“阿母，到时候我们去宾馆开几个房间吧，让思乡哥他们一家去住就行了，人家是做生意的，是现代人，谁还留住在我们的家里啊？”

“你这孩子啊，你怎么那么快就忘本了呢？自己的家人回家了，不住在自己家里，还去宾馆开房，这哪叫回家啊？这是旅游！你敢和我打赌吗？你思乡哥要是回家住你们开的宾馆，我就输了；要是住咱们家自己的房子，看你有什么话说？”

母亲这时已经八十岁了，看她那样子，身子骨还是挺好的，我只是怕她劳累了，所以才这样说的。当然，之前爱国哥也说过了，思乡哥要是回来了，就去宾馆开房给他们一家人住，他还说：“阿狮，你就别担心了，这些钱我出，你那几块钱工资还不够我一餐饭呢！”你看看，土豪就是土豪吧，爱国哥确实有点钱，所以一张口，总有那么财大气粗的样子。

其实不管是我们家还是爱国哥的家，都新盖了房子。爱国哥的家更盖得像一座小皇宫似的。我因为当时父亲母亲还在家里，所以在我们家的旧仓库后面，盖了一栋三层高的小楼房。房子是够住的，但爱国哥都这样说了，我也就只能依他了。

那时，大伯和大伯母也都过世了，所以爱国哥有时也很少回家的。平时他们都住在上海，家里的房子也都是空闲的，春节要回来的时候，才叫人帮忙打扫一下。后来觉得放久了，没有人住也不好，硬叫秀珠姐姐回家过来住着，平时，也好打扫一下卫生。再说了，祖上和父辈的亡灵，每年还是要回来烧祭的。秀珠姐姐是爱国哥的大姐，爱国哥每年都会给她汇一些钱，让她帮忙看一下房子，也烧祭一下祖宗。

我听母亲这么说，心里真有点儿不好意思了。现在的生活是好点了，但却也不要那样摆阔，何况家人回家了，当然也是要住在家里的。爱人听了，赶紧放下肩上的小包，帮母亲打理起家务来了。

只听爱人说："妈，您老都八十了，身子骨还这么好！比我们年轻人好多了。"爱人那是套近乎，讨母亲欢心。

母亲一听，乐了，说："你们年轻人啊，没做过什么粗重的农活，当然比不上我们了！看看你们现在，上班开车，回到家里在什么跑步机上跑步。要是我啊，我也不买车，也不买跑步机。我就走路上班，晚上回家也不用跑步了，你们看看，这可是一举好几得的事啊。不用花钱买车又买油了，也不要花钱买什么跑步机了，身体也硬朗了，钱又省下来了，不是吗？"

"是啊，是啊！"爱人偷偷地笑着，她现在是越学越乖巧了。她就是一个劲儿地应付着母亲，说："妈，您说的话就是在理啊！城里人就是那样子，老爱乱花钱，又花不是地方！"

我在一边偷着乐，只见爱人转过身来，瞪了我一眼，说："还笑！妈说的可都是真话，就你怎么越来越糊涂了？这叫低碳生活，咱妈的思想可是最先进的呢！要是我啊，将来退休了，也肯定回到咱们的家里，每天早晨去溪边散步，晚上拿着麦草扇子，躺在靠背椅上数星星，你说现在在城里，到处是霓虹灯，哪去看星星啊！"

我又是抿了一下嘴，不敢再笑了。其实，这生活也真是的，这样一个老人家，她又是怎么懂得那些年轻人的生活呢？又是怎么也懂得批评这些，批评那些不管不顾的假低碳生活呢？是的，母亲可能不知道"低碳"的含义是什么，但硬是上班坐车，回家上跑步机，这种似乎是相互矛盾的生活，她当然是无法理解的。

只听母亲又说："我们那个时候踩水车啊，天天在太阳底下锻炼，比你们踩单车锻炼还要累，还要有效果。我们那是劳动，是有收获的。有一次大旱啊，我和你阿爸连车半个月的水车，没有歇过一天。晚上困了，就找个草地上躺下睡一会儿，露水很重，一觉醒过来，头发和衣服都沾湿了。我们那时总说，要是能把溪水引上来多好？现在有了‘水轮泵’，能抽水灌稻子了，人却闲了。农闲的时候，闷闲得慌哩，真想回到过去，回到从前，去感受一下踩水车的生活！”

“是啊是啊，妈您是劳累惯了，闲不住了……看妈您这身子骨，准能活到一百多岁的！”爱人又在拍妈的马屁了。

“我才不要活那么多岁呢，老了让人伺候还不如早点收藏起来（去世）。”母亲说，“我只想活到你们找到三叔家的孩子，这样，我就完成你奶奶交给我的任务了。到那个时候啊，我就可以去向你阿嬷和阿爸报到了！我就告诉他们，就说他们的心愿都完成了。到那时，我再活下去，就没有意思了，不是吗？人活着，就是要做一些事情的，事情都做完了，就应该收藏起来了！”

妻子想笑，又不敢笑，只好奉承地说：“妈！您别老这么说，您老健健康康的，说这些话干什么嘛！阿狮一直在托朋友找呢！您就放心了，会找到的。您看，思乡哥不是就要回来了吗？”爱人一边帮母亲的忙，一边陪着母亲说话。

我的心，这时候真是有点酸酸的。觉得母亲之所以健康，就像是为了等着看到她的侄子、孙子都回家了。有的时候，我常想，让母亲为了这个期盼，多健康地生活上几年，是多么好的事啊。可是，有时候我也常想，母亲都这么老了，我真怕她不能见到她的侄子、孙子了。万一哪天她真老了，把我叫过去说：“阿狮，你怎么还没有找到你的兄弟啊？”到了那个时候，我真的就不知道怎么回答她了。

父亲要走的那一年，我刚好大学毕业分配了工作，母亲打电话叫我回家，说要不回来，恐怕是再也见不到面了。我刚好和爱人在谈恋爱哩，我给她打了一个电话，说出我们家这种情况，并毫不犹豫地请求她跟我结婚。她听了，也没有来得及征得他家父母的同意，就答应了，和我一起到民政局去办理登记手续了。

然后，我们又一起买了飞机票，一起赶了回家。一进家门，我们就都哭了……母亲出来把我们俩拉了进去。

32.

父亲已是垂垂老矣，只听他用微弱的声音对我俩说："傻孩子，你们哭什么啊？人迟早要死的！我叫你们回来，只是想传给你们一个香囊。这是你阿嬷的吩咐，你是一定要找到你亲兄弟的！"

父亲的话还没说完，母亲就从她的一个箱子里取出了一个香囊来，递给我。父亲又说："人老了，就是要收起来藏着的，要不然会拖累子孙的。阿爸也想看到你们结婚的日子，但是等不到那天了啊……阿狮，你给父亲卷一个红烟吧，我要抽一个炮烟！"

我帮父亲卷了一个红烟，点上了火，先把那烟抽红了，然后递到父亲的嘴上。父亲用力吸着，然后吐了出来。我把那烟从他嘴里取了出来，只听他又说："有了工作之后，就结婚吧，不要拖了。我们家就你一个人读书，吃政府的头路，你可要珍惜啊！"

我点点头，又把烟头塞到父亲的嘴里，说："阿爸，儿媳我都给您带来了，我们已经登记结婚了，就差还没办酒席呢……你可要等着我们啊……我们想热热闹闹地办一场婚礼！"我把爱人叫过来。她走过来，跪在父亲面前，叫了一声："爸！"忍不住眼泪掉了下来。

父亲笑了，说："好孩子，不哭！人都是要死的！看到你们相亲相爱，我真的很高兴！"父亲又对我说："臭小子，怎么就不和我先说一声呢？忤逆了一点吧……都结婚登记了，呵呵！结婚登记了就好，就好啊！……办不办酒席，那都没关系了……我高兴！"

"不是的，爸！"爱人替我解释说，"我们是听说您身体不好，才决定登记结婚的……阿狮说要让您看到他的儿媳妇……您会好起来的，爸！"爱人动情地说，她又哭了。

父亲又是笑了，笑得很安详。他劝慰说："都别哭，高兴点！我知道，你们都是很孝顺的孩子……你们可要记住，不管官大官小，都要做一个好官。过去的官很不容易；现在的官是很享福的，不要对不起政府，对不起天下的老百姓啊……我，我很喜欢你这个儿媳的，真的！”父亲微笑着，尽管很虚弱，却感觉有说不完的话。

父亲的话说完后，就说他困了，想睡一会儿。第二天早上，他没有和我们打招呼，就一个人悄悄地走了，我们一家人都哭了起来。

所以到今天，我无论如何也不想站在母亲和爱人的身边，听她们说起有关台湾兄弟的事，我怕有个万一。这个万一，是千斤万钧的，是我们这一代人承载不起的历史责任。如果真有这么个万一，那我就实在是愧对祖宗、愧对先人了！

思乡哥在大年二十七就到家了，爱国哥和我开车去接他们。一路上，爱国哥说：“思乡哥，先到家里去看一看二婶吧，晚上我会送你们去住宾馆的。”

“我们家没有房子吗？不是说改革开放了，家家都有新房子了吗？”思乡哥有点纳闷了。他说：“咱家要是没有房子，回头我汇些钱过来，得好好盖一座漂亮一点的房子了！”

“不不不……咱们家有的是房子，哪会没有啊？爱国哥是怕你们住不惯乡下，特别给你们安排在宾馆住。”我接着说。

“不不不！我能住得惯的。我这是回到咱们自己的家啊，回咱们的家，怎么能去住宾馆呢？我不住宾馆，我要住自己的家。”

“我是怕你们住不习惯哩！农村家的，哪有宾馆里那么方便？”爱国哥接着说。

“不会、不会！我就要住在咱们的家里！”思乡哥坚持不住宾馆，一直和爱国哥左右推说着。过一会儿，他突然又说：“两个兄弟，是不是我住你们家里，会给你们造成不方便呢？我这做哥的，怎么就没有想到呢？好好好，如果是这样的话，那我们就住宾馆吧！”

“不不不……没有的事啦，没有的事啦！”我终于又说话了，我说，“其实，爱国哥就是怕你们住不惯的。我阿母就和我打过赌啦，说你们一定不会去住宾馆的，一定会住在自己家里的……爱国哥，你说是不是呢？”

“是是是……是啊！阿狮说得是啊，我们怎么会不方便呢？我就是想把你这位贵客招待好啊！”爱国哥说。

“嗬，我这是什么贵客啊？都是自己兄弟啊！是自己兄弟，就要住在自己家里啊！”思乡哥笑了，他又说：“事实上，除了爷爷，我和父亲都没有回到过家乡。这一次，是我带着父祖的心愿，第一次把这个香囊，又带回家里。虽然我从来不知道故乡是怎样的，但我从小就接受了乡情的教育，有些东西一直在我们的思想中、血脉里。人是有遗传基因的，我这一路回来，所看到和感觉到的，和梦中都是一样的。我不知道这是什么原因，总之，这次我回来了，就是感觉没有一点儿的陌生！到今天，我才知道什么是乡土，尽管，我从来未曾来过，但祖父生长在这个地方，我眼睛里所看到的一切，都仿佛是祖父曾经经历的场景！”

听完思乡哥的话，我的眼圈一片湿润。我看到思乡哥和爱国哥都在拭眼泪。是的，正如我第一次和思乡哥视频那样，对话框里的他，让我看起来一点也不陌生。我的第一感觉告诉我，他就是我的兄弟，一脉相传的兄弟！

我们带着思乡哥一家人一起进了家门，母亲老远就迎了上来，她一看到思乡哥，就拉住他的手，老泪纵横地说：“孩子，回家了啊，回家了啊……我的眼睛虽然花了，但老远一看，就是那么的熟悉。你那身材和那脸型，还有那走路的样子，看看，都和他们兄弟是一个模子刻出来的啊！”

思乡哥也哭了，哭得很厉害。他一把拉住母亲的手，叫了一声：“二伯母——”就泣不成声了。像一个跑丢了刚被找回家的小孩子……他哭着说，“阿公，我们回到家了……阿爸，我们回到家了……您让我做的事，我都做了，我带着您的香囊，回到家了！”我们一家大大小小，都哭了。

我怕母亲承受不起，就劝她不要哭了，我说：“思乡哥都回来了，就是要高兴的啊，还哭什么呢……”

母亲一听，点点头，擦了擦眼泪，抬起头来，说：“是高兴的事，是高兴的事！不哭，不哭，大家都不能哭啊！来，我们大家一起来，做元宵，滚元宵，元宵圆又圆，我们大团圆……”

那天晚上，我们一家人都聚在一起，快快乐乐地说着话，吃着汤圆。听母亲讲着过去的故事。那一晚，母亲特别高兴，我觉得她年轻了许多，虽然头上全是白发，但脸色却是红润的，特别好看！

33.

思乡嫂也是华裔，两个孩子一男一女，都十七八岁了，进修过中文，喜欢说汉语，他们和爱国哥的两个孩子，相互间分享着各自不同的生活阅历，大家聚集在一起，一点也不感觉到陌生。大大小小的十几个人，从八十岁的母亲，到五六岁我的儿子小乐，全家人热热闹闹、无拘无束的。

那一晚，我们聊得很晚，还唱着歌呢，听母亲絮絮叨叨地说起她和水车的故事。思乡哥却不知道什么是水车，他说他们那边没有这种水车，要我带他去看下。我说现在也找不到了，等到将来有机会了，我一定会带他去看的。末了，婉玉嫂子还说起她和爱国哥当年结婚的事，大家都说母亲的为人处世很是厉害，真是有勇有谋的。母亲笑了。思乡哥也笑了。一家人都笑了。

婉玉嫂子又说："二婶，我阿爸、阿母都说了，要是没有你，他们是享不了这清福的！"

只听母亲说："你阿爸真是个咸又涩、十里八乡都找不到的怪人……要不是你和爱国，我才不管这事呢！"母亲是一个不会拐弯抹角的人。我知道，说起爱国哥和婉玉嫂子这婚事，会让她想起黑姑姐姐，她心里肯定会一阵难受的，这话就出口了。倒是让婉玉嫂子又不好意思了起来，她把头低了下去，好久都不敢抬起来。

只见爱人在母亲的衣服上拉一下，说："妈，吃个汤圆，团圆呢！我听阿狮说，爱国哥和婉玉嫂子结婚的那天晚上，还唱了一首《望春风》呢……婉玉嫂子，要不要再来一个呢……听说你唱歌真的好听哩！"爱人会打圆场，赶紧调和起来。

我笑了，觉得妻子真会做人。她和母亲不太一样，善于注意别人的情感，不喜欢让别人难堪。我碰了一下爱国哥，只听他说："现在？哪还敢唱啊，都老腔荒调的，不让人家笑死才怪呢！”一家人听了，都哈哈大笑起来了。

第二天，母亲带我们和思乡哥一起到古厝里去拜祭先祖。母亲先点了一大把香，然后给我们每个人分了三支。我们跟着她跪拜在祖宗的灵堂前。只见母亲口里念念有词，我不知道她在说些什么，但大家都很虔诚地伏下身子，等她把话说完。后来，她先站起来了，然后，才叫我们也跟着站了起来。她一转过身，对我们兄弟几个说：“你三叔的灵位就在这里啊，他会保佑你们找到在台湾的兄弟的！”我们兄弟仨点了点头，一起给祖先的灵牌磕了三个响头。

过了年之后，思乡哥就要回去了，我们也要去单位上班了，爱国哥和婉玉嫂子要去做他们的生意了，我们兄弟仨又要分手了。思乡哥说：“阿狮，你可别忘了，什么时候看见了水车，一定要告诉我，我想去看看那东西。我想看看，咱们家的水车，是个什么样子的！”我点点头，说：“一定，一定！”

两年的时间又很快过去了，小乐也早就上小学了，他长得和我当年一样，什么事都好奇。幸好妻子像我母亲一样，总是将他带在身边，善于开导，我才不用分心去看顾他。但是，尽管时间已经过去了两年，我们却还是没有找到我们在台湾的兄弟。八月中秋的这一天，我受委派到了香港，参与了一项与台商合作开发的洽谈公务。我们住宿在一家宾馆里，同行的还有几个同事。公务谈判就要进入尾声时，一切都进展得非常顺利，我们都感觉自己轻松了起来，最后几个人约定了一下，就到一家酒店里去喝啤酒，高高兴兴地庆贺了一番。两杯啤酒下肚之后，几个人也都感觉轻松起来了。

回来的路上，我的同事小李突然对我说：“戴总，有一件事情我险些给吞吃了……请原谅我迟了告诉您！”我问：“什么事情啊，是公务吗？”

“嗨，不是公务啦！您看我把这事都给忘记了。”小李打了一个啤酒嗝，又说，“我也不知道这件事和您有没有一些关系！”“你就说嘛，有什么事？别总爱磨磨蹭蹭的！”我确实是有点不耐烦的，把头稍稍往边上一扭。小李这家伙，业务工作上还算是可以的，就是喝酒后说起话来，有时总是漫无边际地绕来绕去。所以，此时在我的心里，总有一点儿不想搭理他了。

“是这样的，这次和我们谈判的，有一个台商，虽然很少露面，但我总感觉他就是这个谈判代表的幕后头人。有一天，他说他也和您一样姓‘戴’，叫什么‘戴唐山’?”小李说。“不会吧？我看过对方的资料，没有一个和我同姓的，叫什么戴唐山的?”是的，我确实看过对方谈判代表的姓名，没见过有和我同姓的人。

“是这样的，”小李又打了一个酒嗝，说，“是这样的，他用的是英文名字，资料上当然是不会显示了！可是有一天他主动问我：‘你们这次带队的那一个人，我看了他的资料，也是姓戴的，对吧?’我说：‘是的，他就是我们的戴总啊!’他又问我：‘他是哪里人呢？中国姓戴的人可不少啊!’这个嘛，戴总您说，我能乱讲话吗？我就说：‘我也不知道啊!’可这家伙就这样不放过我了，一定要请我吃饭，打听您的消息。您说我这一个不小心的，要是泄密什么的，我不就成间谍了吗？所以我赶紧向您汇报一下!”小李今晚是喝多了一点，说话总是吞吞吐吐，一字一顿的。

我听了，心都快要跳出来了。很想马上让他带我去找那个人，但我还是耐住了性子，等他把话说完，才问：“他住在哪里？为什么我没有见过他?”我觉得这事真有点奇怪了。

先头谈判是各个部门之间分开进行的，只有到了最后的签约谈判，才会再进行一两次的集中讨论。对方选出的谈判代表，显然都不是最高的决策者。而这个最高决策者，在谈判的最终，也就是在明天或者后天，才会和我面对面进行最后的决断。所以，我对对方的每一个工作成员，也并不是全部了解的。而他们的最高领导人，也和我一样，在没有最终的确定之前，是不会和我面对面地进行洽谈的。这只是一次初级阶段的谈判，彼此之间还是有一些保守的。虽然在谈判的资料上，我们都把最终的确定者写在了上面，但没有到双方初级谈判进入到成熟阶段时，我们都不会和对方进行最终接洽的。

34.

“这人就住在某某宾馆里，明天对决的时候，他就会露面的。”小李说。我继续问：“为什么你能见到他呢？而我却不能呢？这人年龄到底有多大呢？”

“因为有一次我在谈判结束之后，去餐厅用餐。我看到他在和几个手下吃饭，凭他们对他的尊敬，我断定他是这次谈判队伍中的头。这人大概有四五十岁吧……他看见我了，就走过来主动和我打招呼，并打听您的情况。我当然不能说了，他说他想请我一起吃饭！”小李说着，看我的表情有些变化，他有点惊怪地看着我，说：“戴总，您怎么了啊？我没有接受他的邀请，也没有泄密的……我敢肯定，他就是想了解您，想了解您的弱点，好在明后两天最后对决时，做到全面性的成功！”

我有些忍不住了，也有点不耐烦了，说：“你现在可以马上告诉我，他的住处吗？我也想事先了解他一下。”我对小李说。我不能没有领导原则，但同时我也忍不住有寻找他的渴望。所以，我只能先对小李撒个谎了。

小李一脸茫然，跟我说了这个台商的地址。我让小李先回去休息，对他说：“小李，知己知彼，我们没有时间了，我得通过相关部门，马上去了解一下这位戴先生的情况！”我根据小李所提供的地址，叫了一部车，很快就找到了这家宾馆。我向服务生了解了这位戴先生的房间号，说有一位戴姓的同乡，想和他叙叙旧，并通过电话征得他的同意。果然，一听说是姓戴的同乡，他同意我上楼去找他了。

我敲了一下门，很快，就有人出来开门了。在门一打开的瞬间，我们两个人同时都愣住了。可能此刻，我们都发现对方的脸型和身材，是那样的相熟。我们一个在门外，一个在门里，激动地相望了很久。但是，我们毕竟都没有任何理由，说明面前的人就是我们的什么人。终于，在理智的压制下，我们几乎都在同一个时间里清醒了过来。只听这位先生说：“是您找我吗？请到屋里面坐吧！”

我点了点头说：“是的！”然后随他进门。紧接着，我迫不及待地说：“您是……您是戴先生吗？我听说您找我的同事，打听过我的！”“是的，我是！我也想问您，您也是戴先生吗？”那位先生顿时也感觉特别亲切，他也跟着询问起我来了。

“是的，我也是……因为听说您在打听我。刚才见面，第一感觉您就跟我的一个亲人很相像！”我有些激动地说。“我也是！我也觉得在我们两个人之间，有一种莫名其妙的亲切感……我感觉，您也好像很面熟，好像在哪里见过似的！”这位先生也有些激动了，他控制不住自己，他说：“只要是碰到姓‘戴’的人，我都要打听一下，问问是不是我在大陆那边的亲人！”

我从身上拿出那个随身携带的香囊，问他：“您找的是这个吗？这个，您有吗？……我的阿公叫戴某。还有，我的阿爸叫……我的大伯叫……我三叔去了台湾，叫——”“我，我有……我也有一个！我阿公叫戴某，我阿爸叫……我大伯叫……我二伯叫——”他接过香囊，迅速转身，从他那随身携带的皮包里，也拿出了一个香囊。然后，他把两个香囊举了起来，停留在我们两个人的视线里，双手，颤抖了起来。“这是，这是我阿爸传给我的香囊……和你的这个，是不是一样的？”他不仅手在颤抖，眼泪也流下来了。

“你是我哥，你就是我的亲哥啊！”我激动得哭出声来，张开双手，将他紧紧地抱住。“你是我的兄弟啊……你是我的亲兄弟啊，我可找到你们了！”他也忍不住放声大哭起来，眼泪唰唰地落下来了，张开双臂，将我紧紧地拥抱着。

我们的泪水将对方肩膀上的衣服弄湿了一大片。是的，造化有时总会作弄人的，然而这个造化，却作弄了我们几十年。唐山哥招呼我到他的小客厅里坐下来，向我讲述起了这些年他们的往事。

原来，三叔到了台湾之后，当了几年兵，后来复员了。复员之后，就和当地的一位高山族姑娘结婚了，再后来，就有了唐山哥。在台湾过上几年之后，三叔也想念家乡，可在当时的情况下，想过来根本是不可能的。后来，他听说老八叔曾托人给家里送东西，三叔也准备联系这人帮忙，也给家里面送点东西，报一声平安，可是过不了多久，一切音信又没了。三叔也不知道是什么原因，反正音信全不通了。他不敢打听家人的消息，久而久之，老家在哪里，家里都住些什么人，因极少提及，在后一代人思想中慢慢地淡忘了。

后来，三叔突然因为中风去世了，没有和谁交代一声，就这样走了，只留下那一个香囊，传到唐山哥的手里。唐山哥对我说：“父亲给我取名叫‘唐山’，就是让我记住家乡。其实我当时只知道我们的老家在福建闽南，却不知道在闽南的哪个地方。因为很多联系的人都中断了，后来，我通过多方查访，也没有任何的结果。再后来，我们一家人都搬到美国去定居了，虽然现在出入境比较方便，却越来越没能得到关于家乡的任何消息了！”

我告诉唐山哥，这么多年来，我也一直在寻找他们的下落，但苦于没有任何线索。先前过来传话的人说，三叔找了个高山族的姑娘。所以父亲就在我出生之后，给我取了一个名字叫“高山”。好让我永远记住亲人的地方。再后来，我先找到了在南洋，现在居住在香港的思乡哥。我告诉唐山哥，思乡哥现在就住在香港的。不过今天晚上太晚了，我们得明天再去联系他了。但现在，我得先给爱国哥打个电话，让他明天也赶来香港，我们大家一起见个面。

唐山哥点了点头，我给爱国哥打完电话之后，他问我：“爱国明天会来吗？”“会的，一早的飞机。”我和唐山哥说。这一晚，我就和唐山哥住在一起，一直聊到了天亮。

35.

第二天，我赶回了办事处。小李一见我，就紧张地问：“戴总，我不是故意的，我没有泄漏任何秘密啊！”我拍了他一下肩膀，说：“这不关你的事，专心安排我们今天的谈判计划吧！”

是的，“亲兄弟，明算账”，为了不影响双方的谈判计划，我和唐山哥约定了，先不暴露我们之间的关系。毕竟，我们都是代表双方复兴集团来执行此次谈判的，我们没有任何私心。在原则上，我们都有各自的主张和立场。我和唐山哥说了，等谈判结束之后，才会公布我们之间的关系。是的，一切工作进展得很顺利，没有丝毫的个人私情插在里面，但却有了一份情感在不断地升华着。双方的最后签字，由我和唐山哥执行，我们在一片欢呼声中结束了这一次双赢的谈判。

我和唐山哥面对众人站了起来，先由唐山哥宣布：本次海峡两岸共同开发合作的谈判项目取得了圆满成功！之后，他又说："两岸一家亲啊，今天，在这里，我还要和大家说，我找到我在大陆的亲人了，我找到我的家乡了！"掌声，一阵又一阵的掌声。他含着热泪，激动地拉起我的手，说："现在，请我们这次的合作甲方，戴高山先生，也就是我的亲兄弟，给大家讲讲话，大家鼓掌！"

我在一阵又一阵的掌声中站了起来。我激动，我哽咽，眼泪禁不住地流了下来，我真的控制不住我自己。我抱着我的唐山哥，许久没有说话。过了一会儿，我才从理智中清醒过来，我说："亲爱的朋友们，来宾们，同事们：这一次，是两岸双方的又一次成功合作，我代表甲方，感谢大家的支持与帮助！同时，在今天，在这里，也是我们失散几十年兄弟团聚的日子！我相信，在未来的日子里，会有更多的双方合作在等待我们；也会有更多的兄弟姐妹真诚地团聚；会有更多的孩子找到自己的母亲；也会有更多的游子回到自己的故乡！我真诚地祝愿，两岸一家的合作，永远、永远！谢谢大家！"顿时，台下的掌声雷鸣般地响起。

我往下看时，只见同事小李在那里犯傻呢。当他看见我在看他时，猛然地醒悟过来，冲着我笑了，把手掌拍得十分卖力。

会后，我和唐山哥走出了会场，思乡哥和爱国哥早已等在外面了。四个人的四双手、四双眼睛和四颗心一起激动了起来。我们紧紧地拥抱在一起，让眼泪像春潮一样地流淌着。最后，我们一起回到了思乡哥的家里，打开了一瓶又一瓶啤酒，猛灌起来。

我哭着打电话告诉母亲，说我们找到台湾兄弟了。母亲一听，也激动地哭了，她说："好事、好事，佛祖保佑啊，戴家人终于团聚了。阿狮啊，你可要把人都带过来给我看看啊！"我对母亲说："唐山哥现在可能去不了的，他得办手续呢！"

那边母亲又说："对啦，阿狮！你不是说明年我们族里要收族谱吗？叫他们那个时候一起过来啊，我要把他们的名字，都填上族谱，他们都是我们戴家的了孙啊！"我说："是啊，阿母！我一定把这事告诉他们，和他们一起约定下一次见面的时间！"

母亲那边又说了："你是最小的，这个我就不说了。他们中间谁又是老大呢？""是唐山哥啊，是他最大的！他比思乡哥还要大一岁呢。他是1952年出生的，属龙的！"

"这就巧了，真是我们戴家祖上的风水显灵啊！"母亲一高兴，又扯起了往事，她说："你阿嬷那一百个鸡胗，没有白费啊！"我说："阿母，那是封建迷信，你可不要相信啊！"

"是啊，你就少来教训我吧！我没读书，难不成你爸也不读书吗？"母亲不服，她说："这我哪不知道啊！你阿爸在的时候，就常拿着《三国》和我说事。他说，这《三国》的开篇啊，说过这样的一句话：叫什么'合久必分，分久必合'，这点道理，我也是懂得的！还有什么大势所趋啊……民心所向啊！哈哈……大势所趋，民心所向！"母亲在电话的那一边，竟然乐得哈哈大笑起来了。

我有感于母亲的通情达理，和三个哥哥说了，他们都笑了。我又和唐山哥、思乡哥还有爱国哥他们说："阿母说了，明年我们族里要收族谱啦，让我们大家一起回去，好好庆贺一番！""嗯，这是好事。我正好有一些事要回家办理哩，年底恐怕是没空回去了！收族谱是什么时候啊？"唐山哥问。

"正月初十'天香'的那天。"爱国哥说。"哦，那就正好了……"思乡哥也说："我那个时候也刚好有时间，我们一起回去吧！"

"阿母说了，不管有没有时间，无论如何也要在这个时候回去一趟的！"我又说，"思乡哥你之前不是说过了，要去看水车吗？到了那一天，我带你到'闽台缘博物馆'去看。我之前去那里看过，那里有水车模型呢。虽然没有真的那么长，却是一模一样的！"

"哦，还真有水车啊！"唐山哥若有所思地说，"在台湾，以前也用水车车水的，我阿爸那时也车过水呢！""真的啊？我去了好多次台湾了，都没碰到过这种水车的。”爱国哥接着说。

“现在哪还有啊，都是过去的事了！”唐山哥笑了，“都什么年代了，还要用水车车水吗？”唐山哥、思乡哥、爱国哥，还有我，我们都笑了。爱国哥真是土豪，这事都不懂。

“狮弟，你说‘闽台缘博物馆’真的有水车啊？”思乡哥又问。“那是当然，我前些年去过的。”我说，“那里有个水车模型，是旧水车保留下来的，一节一节的，就是没有那么长。在那里，还有一幅巨幅的爆破图画，叫‘同文同种同根生’。到那时，我们几个兄弟一起去看看，看看两岸同胞同根、同源、同种的文化。在那里，我们一定要照一张全家福的……

到了收族谱的那一天，青山哥、福才哥、富贵哥、家富哥、小由哥，还有黑牛哥、黑豹哥、胜利哥，他们都会一起来的……到了那一天，我们将是一个最大的团圆日子！”我充满激情，絮絮叨叨……感觉这一天就在眼前了。

第二章　家庭婚姻

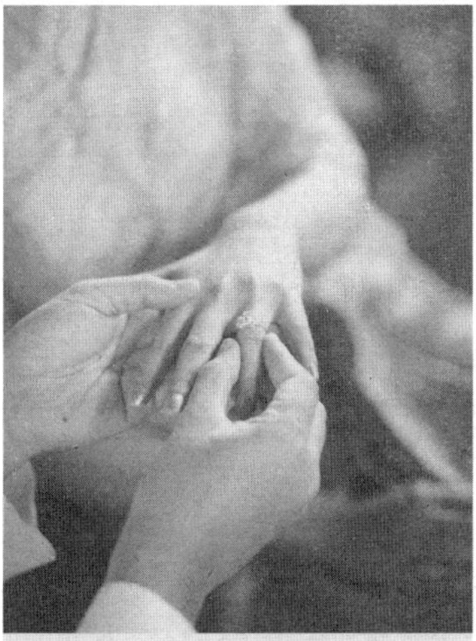

年　生

1.

年生是大年三十那天出生的，所以叫年生。年生的爸爸妈妈原来是这个小山村里一对普普通通的农家夫妇，后来进城里打工了，再后来怎样，年生不知道。他只知道爷爷奶奶告诉过他，说他的爸爸妈妈去很远很远的地方打工，很少回来。

所以年生能认识爸爸妈妈的，只有一张他小时候和爸爸妈妈合影的照片。那时他还很小，让妈妈抱在手上，还不会认人。所以他自打懂事以后，就没有见过爸爸妈妈。

爷爷奶奶常说，年生的爸爸妈妈去很远很远的地方打工，不能回家和他一起过年。别人家的孩子都有爸爸妈妈在身边，但年生没有；别人家的孩子也有爸爸妈妈外出打工的，但逢年过节或者一两年间总要回来一次。

年生今年已经八岁了，但他心中的爸爸妈妈，永远只是那张睡觉时挂在床头，上学时放在书包里的他和爸爸妈妈合影的旧照片。

所以每年春节到来的时候，他总是问爷爷奶奶：爸爸妈妈为什么还不回来啊？他们什么时候才会回来啊？于是，爷爷奶奶总会说："爸爸妈妈说今年要回来的，可是买不到车票，还不知道能不能回来呢！年生，让爷奶奶再催一催好吗？"

年生是个听话懂事的孩子，他总是点点头，然后一直等到春节来临。有时他会接到爸爸的电话，说："年生，爸爸买不到车票，不能回家了！"

有时他会接到妈妈的电话，说：“年生，听爷爷奶奶的话啊，好好读书，妈妈今年没有钱回家过年了！等妈妈有钱了，一定回家看年生的！”

就这样，自打懂事起，年生就一年又一年地，一个春节又一个春节地等着爸爸妈妈，等着他们回家过年。可是，爸爸妈妈就是从来没有回过家、过过年啊！

慢慢的，年生对爸爸妈妈的期盼，也如春节一样，想它来的时候，总是那么急急切切的；可慢慢的，年也过去了，年一过，他就知道什么是空盼了！再接着，学校要又开学了，思念的味道也随着那一条山间小路慢慢地走向远方。

年是过去了，可年生思念爸爸妈妈的感情却是越积越深的。他很想像其他小朋友一样，在春节的时候和爸爸妈妈一起出去游玩，走走亲戚串串门。可他不知道，他的爸爸妈妈什么时候才能回家！

别人家的孩子都有爸爸妈妈，他们过年的时候都会回家，可是年生的爸爸妈妈依旧只是一张看得见的旧照片。

2.

学校又开学了。太阳公公还没起床的时候，年生就已经起床上路了。因为他还要走十几里的山路，再蹚过一条小溪才能走到学校里。

早早的，年生的爷爷奶奶为他准备好了午餐，并放在爸爸寄来的保温瓶里。中午放学的时候，年生就坐在学校的课桌上吃饭。吃完饭后，他开始做作业，等待着下午的课。他和许许多多的同学一样，很认真地读书，上完下午的课后，他又急匆匆地往家里赶。

年生赶去上学的时候，总会带上一个装过化肥的编织带，把它藏在路边的草丛里，放学回家的时候，他会去采割一些青草，然后背着回家。年生自己养了好些小动物，一个一个活蹦乱跳的，很可爱。小兔子有白色的，有灰色的，都是红红的眼睛、长长的胡子；小竹鼠也是有白色的，有灰色的，整天吱吱地叫个不停。

年生总是对爷爷奶奶说，他养这些小兔子、小竹鼠，是想让春节回家的爸爸妈妈补补身子骨的。他说，爸爸妈妈外出打工很辛苦很累的，吃不上好饭，睡不上好觉，他想让他们春节回家能尝一尝家乡饭菜的味道……

虽然年生每年开春总要养下许多小动物，准备给春节回家的爸爸妈妈补补身子骨，但每年春节到来的时候，他总是盼不到爸爸妈妈回家。所以，爷爷奶奶就会说："年生啊，有邻居家想买几只小兔子、小竹鼠，我们先把它们卖了好不好？"

年生看着那一些小动物，就会噘起嘴巴说："不！不卖！我等爸爸妈妈春节回来！"可是，后来爸爸妈妈还是没有回来，春节却过去。过了春节，看着那一窝又肥又可爱的小兔子、小竹鼠，年生流泪了。再养下去，只会浪费草料，他只能听爷爷奶奶的话，把这些长大了的小动物卖掉，然后再买一些刚出生不久的小动物，继续把它们养起来。

一年又一年过去了，年生养了许多小动物，也卖了许多小动物。爷爷奶奶把卖小动物的钱，给了年生，让他买学习用品，剩下的，年生就会存起来，说春节爸爸妈妈回家了，给他们买新衣服。

年生总是期盼着，可爸爸妈妈总是在春节快来的时候，打一个电话回家，说几句不能回家的话，然后，他们把电话给挂上了。所以，每次，年生听到挂电话的声音，就会落下眼泪，电话在他手中久久地没能放下来……

3.

这一天，又是放学回家的时候，年生跟在一群同学的身后，他拉开很长很长的一段距离，不紧不慢地往家里走着。他浏览着山村小道两边的野花，春天来了，这里的野花竞相开放着。傍晚时分，归林的小鸟叽叽喳喳地唱着山歌，远处再远处的山头上，有一个即将落下的、红彤彤的夕阳，散发着柔柔和和的光芒。

临近家的时候，年生拐入一条十分熟悉的山间小道，那里面有一条小小的水沟，流淌着清清的泉水；小小水沟的两边长满青青绿绿的野草，年生就是在这里为自己的小动物们割草的，然后他把一整袋的青草背回家，喂养它们。

老师一再交代，说这么远的山路，同学们上学或者回家，都要结伴同行，不能一个人自己走。可年生为什么自己一个人走呢？这事还得从开始上学的那一年冬天说起。那一年冬天，让年生好好伤心了一阵子，也让爷爷奶奶好好伤心了一阵子。

那天下午，学校为同学们开了一个寒假预备会。意思是说，春节就要到了，学校就要放假了，出外打工的父母也都回来了。孩子们要和父母团聚了，学校希望孩子们孝敬父母，好好珍惜这来之不易的十天半个月，让辛苦已久的父母有回家的感觉，让分开已久的自己得到爱和关怀。老师把这些父母在外打工的孩子称作“留守儿童”。

会后，孩子们都很兴奋，许多孩子们都喊叫起来，说：“爸爸妈妈要回家了，我们可以见到爸爸妈妈了！”当然，年生也很兴奋，他也跟着同学们一起叫嚷起来。他和大家一样，就等着春节，等着爸爸妈妈回来。所以，在一起回家的路上，他们还是一个劲儿地叫嚷着：“爸爸妈妈要回家了，我们可以见到爸爸妈妈了！”

大家叫嚷着，兴奋不已。突然，其中一个稍大的孩子对年生说：“年生，你别跟着瞎叫好不好？你爸爸妈妈不会回来的！”

“为什么啊？我爷爷奶奶说会回来的！你骗人！”年生不服。

“谁骗你了？你爸爸妈妈几年前就离婚了！”又一个孩子说。

“没有的事！你们乱讲！我爷爷奶奶说我爸爸妈妈在很远很远的地方打工，因为买不到车票，所以没有回家过年。他们没有离婚，你们乱讲！”

“你爷爷奶奶骗你的！你爸爸跟一个当地的富婆跑了，你妈妈嫁到外省去了！你说你爸爸妈妈买不到车票回家，可为什么我爸爸妈妈能买得到车票回家呢？”又有一个孩子跟着叫嚷起来。

“不是的，不是的，你们骗人！我这里还有爸爸妈妈和我合影的照片呢！你们看……”年生从书包里拿出那张旧照片，用双手举过头顶。“你们看，你们看，这是我和爸爸妈妈的照片，我爸爸妈妈是因为买不到车票才没回家的……”

4.

年生哭了。他不相信他们说的话是真的。每次，他想爸爸妈妈的时候，就会从书包里拿出那张旧照片来看；每次，别人问起他爸爸妈妈的时候，他就会把那张旧照片举过头顶，告诉人家，这是他和爸爸妈妈合影的照片……

“都过年的老皇历了，拍这照片时你还没穿开裆裤呢！”这次孩子们都不听他的了，一个劲儿地叫嚷着：“你爸爸和妈妈离婚了！”“你爸爸跟富婆跑了，你妈妈又嫁人了！”“你再拿一张你和你爸爸妈妈的合影看看！”“你没有吧，我们就有……”

他们就这样一路叫嚷着走回家。年生的双手举起那张旧照片，跟在他们身后，一路走一路哭着。

年生走到自家的大门口，奶奶正忙着洗衣服呢。她一听年生的哭声，赶紧跑过来一把抱住他说：“我的乖孙孙，你今天是怎么了？是谁欺负你了？跟奶奶说，奶奶叫爷爷去找他们算账！不哭，乖孙孙不哭啊……”

年生把头埋在奶奶的胸口上，说不出话来，却哭得更厉害了。奶奶用手紧紧地抱住他的头，嘴里不住地安慰着说：“不哭，不哭啊！我的乖孙孙不哭啊……”

爷爷从内屋里赶了出来，见年生手里举着那张旧照片，伏在奶奶的胸口上哭个不停，他一切都明白了。他走过来抱住年生的头，说：“乖孙孙，不哭，不哭啊！是谁欺负我们的乖孙孙了，你告诉爷爷，爷爷找他们算账去……”

可是年生依旧哭个不停。他不肯说话，就只顾哭着哭着……这回哭得让爷爷受不了了，他脸色铁青，双手握拳高高举起：“是谁？是谁欺负我的乖孙了？我去找他算账……”

爷爷拼命挥舞着双手，向外面走去。他看见奶奶放在洗衣盆上的捣衣棒，一把提起，奔向门外，口里不停地叫嚷起来：“是谁？是谁乱说我们家年生了，老子今天非敲破他脑袋不可！是谁？是谁给我站出来！小兔仔子！是谁家的野孩子……”

爷爷举着捣衣棒，满村满里地挥舞着，狂叫着：“是谁乱说我们家年生了？老子非敲死他不可……”他的吼叫声像一只饿坏了几天的狮子，逢人就吼：“是谁？是谁乱说我们家年生了！老子非敲死他不可……”

爷爷走回来的时候，整个身子摇摇晃晃的，像是一个支撑不住的老架子。他的脑袋低垂着，口里喘着粗气，那支拿在手上的捣衣棒，差不多撑到地上去了。他用另一只手摸着年生的头，口里有力无气地说：“乖孙孙，不哭，不哭啊！你有爸爸也有妈妈的，你还有爷爷奶奶保护着呢……以后谁再敢乱说乱叫，爷爷非敲死他们不可……”

年生还在哭着，奶奶用手在他的背上轻轻地拍着……

爷爷说完，随手扔下那支捣衣棒，踉踉跄跄地走进他的房间，随后又把门关上。爷爷人累了，爷爷心也累了，他躺倒在床上，呜呜地哭了起来……

5.

后来，年生不管上学还是回家，都一个人走着。早晨，他一个人静静地在山间小路上走着，闻闻野花野草的香味，听听小虫小鸟的歌声，看看朝霞朝露的颜色……黄昏，他也是一个人静静地在山间小路上走着，闻闻新泥新果的香味，听听小鸡小鸭的歌声，看看炊烟暮霭的颜色……

他一样好好地读着书，一样每天带回一大袋青草，他养的小兔、小鼠比别人家的还肥还壮……可就有一样，他原本快快乐乐的性格变了，变得不爱说话了。

想起爸爸妈妈的时候，他不会再问爷爷奶奶：爸爸妈妈什么时候回来啊？他会在夜深人静的时候，从书包里拿出那张旧照片，一个人静静地看着，然后偷偷地哭。他会悄悄地对着照片上的爸爸妈妈说：“爸爸妈妈，你们怎么还不回家啊？年生想你了，我喂了好多好多的小兔子、小竹鼠，就等你们回家呢！让你们补补身子骨，我不让你们为我累的……”

又是一年的冬天到来了，学校一样开了一个像往常一样的寒假预备会。孩子们再次高高兴兴地叫嚷起来，只有年生一个人默默地、早早地离开了。

他背着小书包，自个儿先往家里赶回去了……

年生回到家里，看见爷爷正在劈柴，奶奶正忙着做饭，他没和他们说话，把那一大袋青草放在兔窝的一边上，背起书包，静静地走进自己的房间里。他把书包放在桌子上，把鞋子脱了，然后爬上床去，用手把棉被拉上，把脸也盖上了……

这时奶奶走进来了，她在年生的床沿坐下来，伸出那双满是皱纹的、粗如砂纸的手，摸了摸年生细嫩的额头，轻轻地问道："乖孙孙，你是怎么了？是不是感冒了？"

"没有啊，奶奶！"年生将棉被从头上拉下来，睁开眼睛，对奶奶说："奶奶，我没事的！就是有点儿困了，我想一个人静静地睡一会儿……"

"乖孙孙，是不是想爸爸妈妈了？奶奶待会让爷爷给他们打电话，让爸爸妈妈今年一定回家过年！"

年生不再说话了。他把被子一拉，又盖到头上了，两行泪水从眼角慢慢地滑下来……

奶奶转过头，用手拭了拭自己眼角的泪水，用另一只手拍了拍年生身上的被子，不忍心地说："乖孙孙，你好好睡吧！奶奶这就出去，让爷爷给爸爸妈妈打电话！今年，无论如何得让他们回家一趟，来看看我的乖孙孙……"

6.

奶奶走出年生的房间，随手将他的房门给带上。奶奶向爷爷那走去，对爷爷说："老头子，你养了个好儿子啊，今年无论如何得把汉阳给我叫回来……"

爷爷放下手中的柴刀，长长地叹了一口气，一只手从衣袋里掏出一包香烟来，抽出一支含到嘴里；另一只手又伸到另一个衣袋里，摸出一个打火机，啪的一声点上火。他吸了一口烟，狠狠地说："汉阳今年再不给我滚回来，就当老子没生这王八羔子了……"

奶奶赶紧折回房间里，拿出一部手机来。她弄了好久，总算把号码拨出去了。接通后，她把电话递给爷爷。

只听话筒那边传来一个男人的声音：“喂，谁啊？是谁啊？哦，是爸啊！爸，快过年了，您老身体可好吗？我妈的身体可好吗？对了，还有年生呢！年生长高了吧？书读得好吧？还算听话吧？”

“不好，都不好！我不好，你妈不好，年生也不好，也不听话……”爷爷一脸火气，满嘴里都是不高兴的话：“我问你，今年你到底回不回家呢？你还有没有我们这两个老鬼呢？什么？你生意忙？你不回家了？好！好！好！我告诉你，今年你要不回家，就当老子没生你这儿子……”

爷爷的脸涨得通红通红的，脖子上暴起一条一条的青筋。他握手机的手在颤抖着，口里喘着粗气，好久好久，他终于忍不住了，冲着电话里大喊一声：“汉阳，你给老子听着，你这臭小子！今年你要不回家过年，老子就不是你爹了……”

爷爷的话还没说完，手机就啪的一声关上了。他坐在那把老旧的木椅上，只有出气没见进气地“呼噜、呼噜”着。那边的电话铃声再次响起，这老头子就是不接。后来老太太实在看不下去了，她伸出手来，去把那电话给接了。

“喂！汉阳啊，我是妈啊！今年你总得回一趟家吧？你就是不看我们这两张老脸，也得回来看看你的儿子啊！那可是你亲生的儿子，你自己身上掉下来的肉啊……”

只听电话那边传来声音说道：“妈啊！您又不是不知道，我是不能回家的！我这一回家就全完了，几年的青春和心血，就白白地扔在这里了！妈，不是儿子不孝顺，不是儿子不想您二老，也不是儿子不想年生啊！可是妈您不是不知道，名义上虽然我是一个公司的老总，可经济上却是她在把持着！她每个月就给我一些零花钱，就像给我发工资一样！可我还是尽量地多给您二老寄上一些钱，怕您二老和年生会受苦……

“儿子心心念念都想回家看一看您二老啊，都几年没和您二老见面了……”电话那边传来爸爸的呜咽……

7.

“我知道，她控制我是怕失去我！她是爱我的，是怕我回家就不回来了……这里的人鬼灵精怪得很！再说了，我也不能没有她啊，结婚这么多年了，我和她是有感情的……我的一切都是她给的，没有她，我就没有这一切——金钱、地位、财产、名誉——一切的一切——花天酒地的生活——楼房、名车，出入高档酒楼……妈啊！您知道为了这一切，我是怎样拼命地忍耐的吗？”

奶奶双手颤抖着，对着话筒说：“儿啊！难道这些都比亲生儿子还重要吗？难道失去那里的荣华，我们家就没有几亩薄地养家糊口吗？我们不要那些，你回来吧！”

“不！妈，我不能回去！我回去这几年的青春和心血都白费了……妈，在这也有我的家啊！有您的儿媳妇，有您的小孙子！我不能放弃这里的幸福和家啊……虽然她限制着我，却给我无尽的幸福和满足……我们之间，也有爱情、亲情和感情啊……”

“可是你也要想想年生啊，他从两岁开始，就没有爸爸妈妈啊！几年来，他只能从照片上看到他的爸爸妈妈，你们这样对待孩子公平吗？”

“为了年生的将来，我更不能放弃这里的一切，您知道吗？妈！我现在每个月都为年生偷偷存下不少钱，将来我要送他出国留学，要为他在城市里买上最好的房子，让他成为真真正正的城市人，让他超越他的父亲，拥有自己真正的幸福……妈，您不知道啊！我并没有自私啊！我所做的一切，都是为了年生的将来……”

“可是妈并没有叫你一辈子回家住啊！妈只是想让你春节回家一趟，回来看看年生，他需要一个父亲啊！”

“可是妈，我不能回家啊！我不能让她知道我结过婚，还有一个儿子。让她知道了，我就彻底完了！我的朋友和商友也会讥笑我的……再说了，春节我有那么多的客户要应酬，有那么多的生意要打理，我哪有时间回去呢？妈，您要理解我啊！您要是没有钱我再给您寄，我给您二老和年生多寄点钱回去好吗？好吗？……

“妈，有了钱，就什么都有了。咱们以前穷怕了，我确实不敢再回到那穷山沟沟里去了……我到死都不会忘记，那一天一块红苕的日子。早上上山，到晚上饿着肚子，还要硬往山下打一担柴火下来。妈，我现在有房、有车、有公司了。我有钱了！我不可能再回到从前了……”

奶奶听累了，她把电话放在身边的桌子上，让里面的声音在那里叽叽喳喳地叫喊着：“妈，您听到吗？您有在听吗？我这样做都是为了大家的幸福啊！为了让你们过上好日子，让年生将来拥有别人没有的一切幸福生活，我忍气吞声……”

爷爷终于听不下去了。他起身，伸手去挂掉桌上的电话，并把它扔到一边去了。他扶着奶奶，慢慢地走进屋里了……

8.

夜就这样慢慢地消沉下去。奶奶走进年生的屋里，见年生已经睡熟了，就放心地退了出来，并顺手把房门带上……

爷爷和奶奶躺在床上，闷不作声直到大半夜。突然，爷爷捅了捅奶奶的背说：“老婆子，要不你打个电话给年生他妈妈吧，让她今年好歹回来看一看咱们年生！”

奶奶有些生气了，她翻身坐了起来，说：“我可没那老脸，自己的儿子做出那种丢人现眼的事，还好意思去求别人家？当初英姑说要孩子，你们愣是不给，说人家养不起！现在好了，你养得起，养得起还要求人干吗……要打？你自个打！”

爷爷不吭声了。过了好久，他又说：“当初也是怕孩子拖累了她，人家年纪轻轻的，有个孩子就怕是嫁不出去的！这事都过去几年了，好歹她是年生的妈妈啊！让她回来看一看年生，她应该是不会拒绝的吧？我这做爷爷的，怎么好意思打呢？”

“你不好意思！我倒好意思了？儿子好像是我一个人生的……”奶奶又冲爷爷急起来。

两位老人又是一阵沉闷。后来奶奶起身了，她抓起电话机，把号码弄了出来，就打了。“喂！是英姑吗？哦！是英姑啊！是就好，是就好啊！我，我，我是……我是年生他奶奶啊……”

奶奶接通电话后，怯生生的，不知怎么说好。倒是英姑听说是奶奶，就热情地说起话来：“哦，是妈啊！妈，快过年了，您可好吗？我爸他好吗？年生他好吗？”

“好，好，好！都好，都好着呢！”奶奶听到英姑叫“妈”，热泪盈眶。那边爷爷听了，也坐了起来，他老泪纵横，不住地用手去拭眼泪。嘴里絮絮叨叨的，在那点头附和地说：“好，好，好！都好，都好着呢……”

“妈，您这么晚打电话，是有事吗？是不是年生……”

“是，是，是有点小事！是年生，是年生有点小事……”奶奶语无伦次。

“年生怎么了？”妈妈听说年生有点小事，声音明显急促起来。她有些紧张了，在电话那边急急地追问着，以为年生真出什么事了，“妈，年生怎么了？出什么事了吗？妈……”

“没有！没有！年生就是想你了，想你了！你看我，老是说话吞吞吐吐的，没有个分寸……是这样啊英姑，妈是说，这么多年了，你能不能回来看一看年生呢？他最近情绪总有些不好，估计是想爸爸妈妈了。几年了，你们母子俩都没有见过一面啊……”

只听电话那头传来呜呜的哭声，年生的妈妈哭了。这边奶奶倒是过意不去了，她不住地劝说着、安慰着年生的妈妈……终于，电话那头的她才止住哭声，说：“妈，您也知道，那年汉阳做出那种事来，让我整个心都碎了！为了他的前途，我选择了退让。我为他保守秘密，把年生也让给了他，这是割我的肉啊……

9.

“本来，我和汉阳外出打工，是为了把年生更幸福地养大，我真的没想到会是这样的结果。他去给老板当司机，竟然成了老板的情夫！他还骗人家说他没有结婚，并让我帮他隐瞒，最后逼我和他分手。那一段时间，我天天想到的只有死。可我知道，我和他名义上结婚生孩子，却没有登记手续，他不要我，我只能认贱了……

“后来，你们又把年生也给抢走，我心碎了！我知道我没有牵挂了，我可以死了……

“我走到一座高桥上，从那座高高的桥上跳下去，身子一下子就轻飘了起来……是我今天的丈夫拼命把我救起的，为了感恩，我应该嫁给他。当时我很委屈，但后来才知道，我竟然是那么的幸福！他虽然是一个打工仔，却比汉阳对我好上百倍千倍！妈，是我的命好啊！我又遇上了贵人，只是，苦了我心肝宝贝儿子年生啊！

“妈，您也知道，女人嫁鸡随鸡，嫁狗随狗，我现在也是别人家的女人了！我有自己的老公和孩子，过年我得跟他们一起回家啊！我也想过回去看一看我的年生，可我的孩子也在家里等待着我啊……我和老公都是穷打工仔，就是想再跑一趟咱家看看年生，这两份路费我们也承受不起啊！”

奶奶觉得自己很羞愧，她没有说话，手里拿着手机，静静地听着，时不时地对着话筒“嗯，嗯，嗯”地说着，两行老泪早已经流了出来！爷爷坐在身边，不住地拭着眼泪。

终于，奶奶开口了，她说：“英姑，是我儿子没良心，对不起你！我和你爸想了好久，才给你打这个电话的！年生长大了，他不能没有爸爸妈妈！以前小的时候，我们骗他哄他，他就抱着那张照片看，可现在我们哄不住了。他每年都养了许多小兔子、小竹鼠，说过年爸爸妈妈回家，让他们补补身子骨，爸爸妈妈为了他外出打工，很累很辛苦的……”

奶奶的话还没讲完，话筒那边的妈妈又是一阵呜咽……

这时，话筒里又传来一个男人沙哑的声音，他对奶奶说：“大伯母，我是英姑家的。这样吧，我做个决定吧：今年我们去您那过年，给您二老祝祝寿，看看年生……”

“这可使不得哦！你们家也有老父老母，也有孩子啊……”奶奶一听，悲喜交加，不知如何是好。

“没事的，妈！”话筒那边又传来英姑的声音，“妈，您听我说，我这老公太直太傻，可是有责任心。他说到的事，就会去做的，他现在正给家里的爸爸妈妈打电话呢。我家公公婆婆也通情达理，他们会同意的……”

爷爷双手捂住那张老脸，把头往后一仰，呜呜地哭了起来……

接着，那边又传来英姑的声音：“妈，您告诉我爸吧，我家公公婆婆同意了！我们明天就去买车票，今年就和你们一起过了，我也想年生啊……”

10.

一夜的感动如春风化雨，爷爷奶奶高兴得睡不着觉了。可是第二天早上一起床，奶奶却发现年生不见了，他要去哪也没说一声啊！要说去读书嘛，可今天是星期六啊！

奶奶慌慌张张地把爷爷叫醒，拉着他走进年生的房间里。被子叠得好好的，书包也好好地放着。爷爷在桌子上拿起一张纸条，是年生留下的，字写得很工整。

爷爷奶奶：

原谅小孙孙没有告诉你们，我去找爸爸妈妈了。我带上两只小兔子和两只小竹鼠，是一公一母一对的，我想让爸爸妈妈补补身子骨。他们打工很忙又不能回家，可是我放假了，我能去找他们的。

我有爸爸的地址，那是他给我寄礼物时留下的！我也有钱，那是我每年压岁钱攒下的；还有卖小兔、小鼠的钱，我都攒上了！我要去找我的爸爸妈妈……

别人家的孩子都有爸爸妈妈，他们都回家过年了！我也有爸爸妈妈，我要和他们一起过年！可是爷爷奶奶说我年纪还小，不能一个人出门！爷爷奶奶是怕我不认得路，但我能认得去车站的路，我到车站会问叔叔阿姨要坐哪一班车，我不会把自己弄丢的！因为我是年生，是一个长大了的男孩子，我能找到我的爸爸妈妈的！

爷爷奶奶，你们要帮我照看好那些小兔和小鼠，我找到爸爸妈妈，会和他们过一个年，照一张相再回来！我要把这张照片拿到学校去，跟同学们说：我有爸爸妈妈的……

爷爷奶奶，你们不要为我担心，小孙孙已经长大了，我能找到我的爸爸妈妈的！

年生去找爸爸妈妈了，他一个人去的！不对，和他一起去的，还有两只小兔子和两只小竹鼠呢！

爷爷奶奶超快地把这事报告给老师和警察叔叔，让他们帮忙把年生找回来。他们想对年生说："妈妈就要回来了！"当然，那么小的年生是买不到车票的，如果他去车站买票或者向叔叔阿姨问路，就一定会有好心人把他送回家的。只要年生回家，这个春节，他就可以见到他的妈妈了……

可是年生的爸爸呢？他的爸爸应该是见不到的。不过年生千万不要在山中迷路了，那可怎么办啊？还好，有两只小兔子和两只小竹鼠陪伴着他呢……

那伤心的老柳树

1.

离婚两年多了，我一直独住着。

前妻的妹妹楚每个星期都会带着儿子来和我团聚。儿子叫冬儿，这小家伙很喜欢爸爸，所以每个星期，我们总得找个地方好好地坐坐、走走、玩玩。大部分的时候，是楚把儿子带给我，然后她一个人去办自己的事，几个小时之后，她再回来把冬儿带走。

但今天，她把冬儿带给我的时候，却专门在公园里找了一个地方坐下来，说她有事想和我聊聊。对楚，我也是疼爱有加的，她说要聊聊，肯定是有什么心事。所以，我就依她了。

我们在公园的石椅上坐下来，后面是一排排密密的修竹，前面正对着一片湖水。这个地方，我们也叫“西湖”，由几片水区连着几个小岛，空气特别好，因此，到这里来游玩健身的市民也特多。所以，真要找个说话的地方，就只有这竹林区了。这地方四面环水，就一座小桥连接外界，随便找个石椅坐下，都能看到很好的水天一色风景。

儿子冬儿就坐在我们俩中间，他今天没说话，就听我们讲话。小伙子十岁了，在她母亲的照顾下，长得特好，书也读得很不错。每次他过来，我除了陪他玩一会，我还得抽出一个小时的时间，辅导一下他的作文。

只要儿子过来，就算我再忙再累，都得停下手中的工作。和他一起出去走走，说说话，逛逛公园，或者带他到少年宫和小朋友玩玩游戏。那时，我总会觉得很轻松，一切的工作压力和精神烦恼都没有了。

有时，我会问他妈妈好不好？这时，他就不大想说话了。再问急时，他就抹着眼泪说：“妈妈老是哭。半夜也哭的，把我哭醒了好几回，可我就是不敢说话啊！”这时，我也会无语，偷偷地背过脸，抹去含在眼角上的一滴泪水。

前妻也一直未婚。她一个人要上班又要带儿子，我知道她很累的。可除了周末让楚带儿子给我，她平时从不让我去接儿子上下学，我们之间，自从离婚之后，已经两年没有见过一次面了，电话也不打。按她的话说，她不让我接儿子，是怕我会带坏儿子。

所以，每次她让楚把冬儿带给我的时候，就好像叫她来监视我似的。但楚却并不那样，她把冬儿带给我之后，总是说：“姐夫（她还是这样叫我），我出去玩一下，你和冬儿自己玩。姐姐要是问起，你不要说我们没在一起，她想知道你和冬儿说些什么，免得你把冬儿带坏了！”我苦笑，也不解。儿子是我的，我怎么会带坏他呢？她让妹妹把儿子带给我，难道还要让她监视我不成？这就是我的前妻，没有一件事我能让她放心的。

虽然我心中有些困惑，但我只要看到儿子，就把一切的愁绪都抛开了。是的，我没有时间和精力来想这些所谓的对错问题。只要我每周能见到儿子，能和他亲近一下，我的脑袋就不想再思考问题，就停止所有的工作。因为这个时候，我的眼里、心里就只有儿子。儿子是我的未来！而没有儿子的时候，我把所有的时间都交给文学创作了。

我是一个自由撰稿人，可能在我没有成名之前，我是为了生活而写作的。但现在，我却是为了爱而写作的，为了我的精神开阔而写作的。这两年来，我只想把我的心、我的爱和我的思想通通交给亲爱的读者们。

我想让他们了解我，支持我。这是我的快乐，也是我的动力。除了亲情和感情，我没有更多的奢求。钱这东西，没有的时候，确实很重要，可等你够花了，你就觉得它只能买到一些日用品，其他的，什么都不是。

在我的书中，有我虚拟的生活故事；可在我的生活故事里，却没有我真正的书。可能有很多读者了解我，但他们或许只了解我的书；也可能我自以为了解生活，却只能写出自己生活之外的书。我曾经用书拯救过多少灵魂，却拯救不了自己的空虚和家的破碎——不过，这也是生活啊！它不是虚拟的，而是真实的！

它真实地告诉你——生活不是写出来的，而是过出来的！会写书的人，不一定会过生活；而会过生活的人，也不一定会写书！

2.

母亲和家里人总对我说："若若（我的小名，学说话的时候，总是说'若若'），都离婚两年多了，人家也不来看你一眼，再找一个吧！张家有一位姑娘，你也认识的！人长得好，就是因为读研了，比较大一点。人家愿意委身于你这二手男人，不就是看上你的真才实情吗？别以为自己是什么了不起的大作家啊！"

母亲的话我向来是听的，但唯独这件事，我一听就感觉耳朵生火，辣辣地痛，心里像翻倒了五味瓶。她说多了，我就对她说："妈，这事您不用管好吗？我的事情我自己能处理好，我们不是有冬儿嘛，他是您的孙子啊！"

母亲听到这里，保准又会流泪的。她说："就算你不考虑自己，总要为我考虑一下吧？你天天写文章，日日打键盘，这一日三餐的，这衣服，这房子，是谁帮你打理的啊？妈都这把年纪了，还能再帮你几年呢？还能再侍候你几年啊？"

我无语，很是不忍。我知道，这是我的错，我考虑过为母亲找一个小保姆的，但她就是不肯，没几天就把人给辞了。按她的话说，在这世界上，除了母亲，就只有老婆才伺候得了我。是的，这话我能听得懂。我是一个很麻烦的人，吃的，睡的，用的，穿的，我都有些讲究。正如我的作品，非得把它修改得让我找不到一丝破绽，才肯放手。

而母亲懂得我，因为我是她的儿子。这一辈子，我就在她的手心里捧大的。当然，在这个世界上，还有一个人很懂得我的，那就是我的前妻，现在一直还在恨我的前妻。我们从初中时就开始偷偷摸摸地恋爱，二十年的时间，她熟知我每一寸肌肤，每一根毛发。她就像小时候我的母亲一样，温暖地呵护我，让我感觉不出什么叫作饥寒。

当然，我还有一位女网友，那是一个一直叫我哥的女人，一个看过空间照片，有过视频，却从未见过面的女人。她没有拉过我的手，碰过我的头发，却读懂我每一篇文章每一个字。这样的女人，按照当今的网络说法，那叫红颜知己啊！

可这样一个让我揪心的女人，却在去年年初桃花烂漫的季节去世了。她要走的前几天对我说，她想看看我。那个时候，我们已经有一年多的时间不视频了。我和前妻离婚的原因，就是让前妻知道，我和一个网络女人偷偷地视频了。所以，她不想再让我伤心了，她说，那是她的错，她想静静地在我视频里悄悄消失，她要忏悔的。

所以，自打我和前妻离婚后，有一年多的时间，我们只是在网络上聊聊天。再也不会因为工作烦恼的时候，要求对方打开视频，看一看那曾经亲切的脸庞了。

她当然知道我是作家，她读过我的书，很喜欢我写的文章。她还吹牛地说："我只要看到你昨天写的文章，就能知道你明天要写什么。"所以，我们经常打赌，我让她看完我今天写的作品，然后明天再问她可能我会写什么，叫她先发送过来，我再把我写好的文章给她看。结果，她总是能猜想得八九不离十。她这样对我敏感，让我感到惊奇和欣喜。

有一天，我问她做什么工作？她告诉我，说她是一个家庭主妇，没有工作，有时闲着没事，就上上网、聊聊天。于是我说，这样日子不好过吧，并且和她开玩笑地说："那你爱人肯定很会赚钱的！"

她说："是的，我爱人对我可好了！"然后，她开心地笑着，那脸色非常阳光美丽。再后来，当我们越聊越熟的时候，我顺便叫她帮我处理一些文件。她也很乐意地接受了，她说："这样的生活感觉很有意思，比没事情做好！"

她真的非常聪明能干，只要我说一下我的想法，她就能把文件做得和我感觉的差不多。并且，后来帮忙帮多了，我觉得过意不去，就开始给她打去一些酬金。开始时她不接受，后来我告诉她，我请别人帮忙，是一定要付酬金的。于是，她就不客气地收下了，并且对我说："谢谢你，作家先生！我确实是付出劳动的，这是我的劳动所得，我为我能有工作收获，感到无比欣慰！"

想起这些，都是我们那一段时间十分开心的事情。我感觉在前妻的贴心关怀下，我的生活已经很幸福了；可是，这位女网友却在精神上给了我意外的支持，我非常感谢她，这位女网友的名字叫梅。

那段时间，我感觉自己精力充沛，有好多的故事要写。当时，我乐意给她更多的工作让她支持我，同时，我也愿意给她更多的报酬让她更有信心。我不知道我为什么会这样做，但我每次看到她的工作成绩，每次看到她热情的笑脸，每次看到她收到酬金之后给我的感谢，我就有另外一种意外的精神力量，支撑起这幸福之火。

我知道，这是前妻这二十年来不能给我的。虽然我并没有任何想法，但有时不免责怪自己，发现自己原来已经在精神上出轨了。这让我又想起作家与生活——我们总是在书上奉劝世人一定不要出轨，哪怕是精神上的、情感上的出轨——而我们自己呢？也在出轨。甚至，我们出轨得更加严重。这就是生活，生活和作品有时总有那么的不同！

3.

所以，我的生活也是经常处于矛盾之中，让我不能自拔。我知道，在精神世界上，我深深地迷恋着梅。

那天，梅说要看我，当我打开视频的时候，在我对面，我看到一个化疗之后的女人。她的头发掉光了，用一块粉红色的布料包着，脸上瘦得没有一丁点肉。但是，她还是精心地打扮着，涂着口红。在电脑前，我依稀能看到她那清秀的轮廓和美丽的大眼睛。

她勇敢地朝我微笑着，脸上充满着幸福的温暖。她张开嘴，叫我一声："哥！"此时，我的意识突然模糊，虽然我清楚地知道，那是我许久不见的梅。可她怎么会变成这样呢？她原先的美丽去哪了？这都是为什么呢？她的神采和风韵呢？她病了，是什么时候病的？她为什么不让我知道呢？她不是每天都在帮我处理文件吗？她不是每天说着鼓励我的话吗？

我全身的血液一下子往上涌起，突如其来的感觉，让我无法承受。当我想问她为什么的时候，我的嘴巴还没张开，头一下子就栽倒在电脑的屏幕前了。

我醒过来的时候，发现自己躺在医院里。母亲见我醒了，高兴地惊叫起来。她老泪纵横地告诉我，是一位不知名的女子打电话给120说我晕倒了。母亲还责怪我说："你不要天天写得那么晚好不好？若若，你肯定是太累了，身体支持不住了。"

我没有直接回答母亲的话，我的脑海里只有梅，梅的病情，是我没有想到的事啊。在我心目中，那美如天仙般的女人，才不到一年的时间，竟然让病魔折磨成那个样子。我依稀记得，她请求我视频的时候，曾经告诉过我，说她病了，而且病得不轻！那时的她很想看看我，也想让我看看她！她还说，就是有点掉头发了，叫我一定挺住，别吓着。

我开始以为，她是和我开玩笑呢！和前妻离婚一年来，她总是时时鼓励我，叫我不要灰心。她说她想和前妻解释一下，但是我制止了她。我知道前妻的性格，不知道则罢，要让她知道这个网络女人是谁，别说她听不进解释，就是把人吃了都有可能。她每次和我说话的时候，总是那么俏皮，那么让我开心。以至于我一直以为她过得很快乐，很健康。

可那天，我不是恐惧于她化疗之后的容貌，而是不能接受她让病魔折磨的事实，在我心目中，她是那样的美丽和单纯。她病成这样，还在鼓励我，希望我能从离婚的阴影走出来。为了我的快乐，她竟然用那么大的爱心，忍受着病痛的折磨而自己扛着。所以，当时我不能原谅自己，我的血往上涌，一下子晕死过去。

在我和前妻离婚的日子里，我的情绪非常低落。我满脑子里都是前妻这二十年的好，因此，我从来没有真正关心过梅，倒是她拖着不久于人世的身体，一直在鼓励我，希望我从离婚的阴影中解脱出来。所以，每每想起这些，我就不能自已，我觉得我竟然是那么的自私，那么的残忍，那么的麻木不仁。

我清醒过来之后，第一时间就让母亲拿电话给我。当我打通她的电话之后，我竟抑制不住地泣不成声起来。她也哭了，声音非常虚弱。不过，她还是用细弱的声音安慰我，让我不要哭。后来，我们都忍不住只顾着哭起来，没有说话。再后来，我听到一个男人的声音从话筒里传出来，他说："哥！我是梅的爱人，对不起啊，她身体扛不住了，我先挂了啊！"

关于她的爱人，我一直没有机会和他说话，但在平常的日子里，梅会经常提起她的丈夫。她说他们是很幸福的一对，嫁给这样一个男人，又会关心又会体贴的，让她的生活充满幻想，感觉无忧无虑。所以，我能感觉到他们的幸福，在我心里，别人的幸福，一样是我的幸福。可是我没有想到，这样一个幸福温暖的家庭，眼看就要没了。

我和母亲说明了原因，并对母亲说："我想去看她！"虽然我并没有去过他们的家，但我相信我能找到他们。

"可你要休息一下啊，若若！"母亲不是不让我去，是怕我身体虚弱。她拉着我，硬是不让我下床，她说："你真要去的话，也得再过几天，等你把病养好了再去！"

我此时头昏脑涨，拗不过母亲。过一会儿，她又问我："若若啊，你知道她的住址吗？"

"我不知道，但我有她的电话，我可以问她住在哪里！"我的两只眼睛发直，对母亲说，"在一个很远的地方，但我能找到她的！"我知道这个世界很小，我也知道她在我心目中的哪个地方，但肯定不会是天涯海角。

母亲点点头，她对我说："你去看她是应该的！可是这路途太远了，你又刚病倒。等过几天身体感觉好一点，再去好吗？"

我木然地点点头，长长地吁出一口气。我知道以我现在的身体根本没办法出远门，我只能望着窗外的阳光愣愣地出神，眼泪又止不住地流下来。

后来的日子，我在医院里昏昏地躺着，也不知道又过了几天。有天早上，一阵手机的铃声急促地把我震醒，我没来得及细看，就伸手拿了过来，直接打开听了。

话筒里传来一个极其微弱的声音，让我的神经骤然紧缩，是梅！听到她的声音，让我全身震颤起来，我迫不及待地告诉她："过些天我就去看你……"但是，我的话还没说完，就听话筒里传来断断续续微弱的告别声："哥，不……必了……妹妹……我……走……了！你……保重……啊！"

紧接着，一声凄厉的男声撕裂了清晨的宁静，并从话筒里传了出来。再接着，我冲着话筒喊着梅的名字，没有回音……话筒里，一屋子的男声、女声，大人、小孩子的哭声传来，没有人回应我……我扔掉手机，捂着脸号啕大哭起来。

母亲从隔间疯狂地赶了过来，在离我几步远的地方，呆呆地站住了。紧接着，她那双皱纹深深的老眼，两行泪水不住地流淌出来。

4.

我的半生一直在写着别人的生活，却无论如何也写不了自己的生活。半个月之后，我收到一封来自远方的信件。信是梅的丈夫写的，我直接打开，上面写道：

哥：

见信好！

容我代她叫你一声"哥"吧！

两年前，她得了不治之症！当她知道自己的病情之后，一度很灰心。她没有信心活下去了！但我经常安慰她，并特地在她病床上，安置了一个活动的桌子。我把电脑搬到她床上，鼓励她聊聊天玩玩游戏，这是我做一个丈夫所能做到的事了。因为我还要上班，要生活，要支撑她的医药费。我不能陪她，但我不想让她一个人的时候，感到孤独无助。

后来，她没有玩游戏，而是在网上看你的文章。她对我说："老公你看，这人的文章写得特好，都写到我心里去了！看他的文章，我就知道他是一个热爱生活的人！我注意到了，他每天都写，而且每天都有好多的文章发表出来。”

我靠着她坐下，用一只手挽住她的肩。多少日子以来，她没有这样快乐过。她告诉我：“这几天我都在看他的文章呢！我想啊，我就是一辈子坐在床上看他写的文章，我也愿意！可是，我又能活多久呢?!”她的话没说完，两行眼泪就从她清瘦的脸颊上流下来。

我紧紧地搂着她。我告诉她：“好老婆，你很快就会好起来的！我们能天天在一起，一起欣赏他的文章！”我伸出手，把她眼角上的泪水拭掉，让她把头偎在我的胸口。她说：“我不想拖累你的！可是后来我想，要是我死了，你再找一个女人，那我可就亏大了。所以我不能死！那作家在文章中写道‘爱，能给人战胜困难的勇气’！所以，我要爱，我要和你在一起，享受这人间最美好的爱。”

每天，在我下班之后，我总要陪她看看你的文章。那天，她又告诉我说：“他的故事里，有一个男人的妻子病了，再后来死了！就像我一样，可是那个傻瓜男人，从此就不结婚了。”

“不，你不会死的！你不会像故事里那个女人一样死的。那是小说，不是真的！”我不想让她说到死。每次她说到死，我就心如刀割。

她又说：“我要是死了，你是不能哭的，也不能像那个男人那样犯傻。你要找个好女人，找个像我一样关心你、爱你的女人。可是我现在就想吃醋了！可是我知道，我不想你一个人孤孤单单过一辈子。可是我没有给你留下一儿半女。可是我要那个让我很生气的女人，为你生下一大堆孩子……”她接连说了几个“可是”，让我忍不住心酸起来……

哥，你知道吗？那时我真的喘不过气来啊。我对她说：“你不要说了，不要说了……”然后我就哭了，哭得好伤心。

她抱住我的头，安慰我说，她再也不说死了！她告诉我：“那个写文章的人，我能看懂他心里想写些什么。他前天写的文章，我看了，就能知道他明天又要写什么！真的，我猜得很准的，我就像他肚子里的蛔虫……”她说完，笑了。

她笑了，我就高兴。我告诉她：“那我以后就不看他的文章了！你每天给我讲他故事里的下一回，让我也猜猜，好不好？我也想知道，你猜的故事到底准不准！”

“好！那要是我说准了，你是不能白听的。你得背着我在屋子里转上二十圈，行不？”

“行！”我说：“别说二十圈，一百圈我也转！”

我看着他的信，泪水不住地往下滴。我感觉心里有着无尽的伤痛，我没有办法一口气读完，放下信纸，捂住脸，呜呜地哭了起来。

这一夜，我无法入眠，我的眼中都是梅的影子。我听到她一直在叫我哥呢，我看到她无助的身影在天地之间游走着。她是那么好的一个女人，那么可爱温馨的一个女人，又是那么单薄瘦弱的一个女人……她让我几次在梦中哭醒。后来，我打开电脑，我从她空间的相册里，找出她的相片，细细地回味起来。

一个可爱的女人，背后是花，更远的背后，是青山绿水。她的笑，如同阳光，又如同鲜花，如同生命，在春天韵律里，在幸福甜蜜中，慢慢流淌……

我不知道，此时此刻的她，在那个人们称之为天堂的地方，是不是感觉到温暖，感觉到甜蜜？或者是感觉到孤单，感觉到忧伤呢……

5.

我的心情是压抑的，整个脑子里空荡荡的。我再次从抽屉里面取出那封信，继续慢慢地细读起来……

哥，你写得真好啊！让我们有了希望。

我对她说："我要是能写出他那么好的文章，该有多好啊，我愿意每天为你写上一章！"

她笑了，指着我的鼻子说："谁叫你笨啊！你要真能写，我就不会生病了！"

我搂着她的肩膀，她突然对我说："老公，那个作家的生活是不是真像他所写的那样凄美？他的妻子死了，然后一个人孤零零地天天在创作中解脱呢？"

"不会吧！"我向来不喜欢悲剧，所以我也不想我们所热爱的作家是个悲剧性的人物。我告诉她："他是个知名作家，应该生活得很美好的！明天，我想办法叫我的朋友帮你弄一个电话，你自己打一打，问一问不就行了！"

"哦！不可以用电话的，那样不礼貌！再说了，人家可是名人，不会让别人打扰的！要是能有个QQ就好了！我加上他，就说我是一个中学生，想让他帮我提高提高写作水平，他肯定不会怀疑的！"她说完，狡黠地笑了。

哥，我花了几千块钱，才通过许多关系，为她找来你的QQ！确实，名人难找啊！可是后来，她给你发了许多许多的信息，你都没有回复一个。我知道，你或者很忙，或者你的QQ不是用来聊天的。所以那一段时间，她生你的气了：骂你不得了了，哼，不就是一个作家嘛，也不关心一下老百姓的死活！

可是有一天你终于回信息了。你说："哈哈！我也是乱写的，没有什么水平啊！不过你真想提高文学水平，除了经常写，估计也没有别的办法了！"

那天晚上，我下班回来，她简直高兴死了。她说："那家伙给我回信了。他说他有个贤惠的妻子，一个听话的儿子。我真为他的幸福而高兴呢，原来小说都是假的！"她抱住我的脖子，激动得都想哭了。

她还跟我说："老公，你知道我怎么跟他说的吗？我告诉他，我是一名高中学生，喜欢他的文章，想了解了解他的人生经历。我还跟他说，我看过他很多作品，并且说出我的读后感。你猜怎么了？他竟然有些汗，对我大为夸奖呢……”

我为她的快乐而感动。谢谢你，哥！因为你，她获得了新生的勇气，生命的活力。后来，她每天动不动就麻烦你，心情不好的时候，她就邀请你聊天，谈生活谈人生谈感受。当然，我知道，你也很乐意有这么一个聪慧的小伙伴，在你工作累了的时候，陪你说说话、聊聊天，谈谈文学和人生。

你们之间有一个默契。她夸口说，她看了你今天的文章，就能知道你明天想写什么。后来你不信了！你们开始打赌了。你把每天写完的稿件发表后，让她看，再让她把你明天想要写的大概内容，写了下来，第二天发给你，看看你们的思想是不是一致的。

真是巧了，她告诉我说：“老公，那个大作家的思想火花，总是和我一样，真有意思。”她趴在我背上，快乐地说：“真的，他说他不相信我是一名中学生，说我骗他的。我说我是中学生，他就是不信，还说：‘哼，你骗我，再骗我就不理你了！’”

她突然忧郁起来，说：“我不能让他看到我的，看了就露馅。可是如果我不告诉他真相，他以后不和我聊天怎么办呢？”

我拍了拍她的手说：“虽然我们看过他书上的照片，却没有见过他的真人！你要高兴，我们和他看看视频，露馅就露馅呗，谁怕谁啊！”

我知道她爱我，但也好奇，可我更愿意她能从你那得到更多快乐。只要她快乐了，我就快乐。医生常对我说，只要她心情好，她就有战胜病魔的勇气。所以，只要她能从对你的恶作剧中得到快乐，就能延续她的生命！所以，我鼓励她，让她勇敢和你交流。因为我知道，自从开始读你的文章，和你交流，医生告诉我说：“奇迹出现了。”

晚上我回家，她把和你视频的事告诉我，笑得死去活来。她说，打开视频的那一刻，你呆住了。好久好久没说话。她还告诉我，你后来说了一句：“天上掉下一个林妹妹了！”再后来，你笑了！你说，你早就怀疑她不是一个中学生了。

因为我们经常看你的照片，所以不感觉突然。可是我知道，哥，你肯定感觉很突然的！

后来，你问她有关家庭的事。她告诉你，她有一个很幸福的家，一个温暖体贴的爱人。你乐了，说：“你真幸福！”她告诉我，说她那一刻真的很幸福，能和一个崇拜的作家面对面谈话，那是她的快乐！她后来对我说：“老公，他还问我脸色为什么那么苍白？我告诉他，说我在家里上班，从不晒太阳呗！老公，我不想让他知道我病了。我不想让我的朋友为我担心，因为我已经太让你操心的了！”

我握着她的手，告诉她：“这是我应该做的。谁叫我爱上你呢？亲爱的，只要你有信心，我们就有生活的勇气，我们就能战胜一切困难。医生昨天和我说了，我们出现奇迹了！”我把她搂到怀里，在她单薄的后背上，轻轻地拍着。

再后来，哥，你让她帮你处理一些日常稿件，她就有工作做了，她每天都做得很开心。哥，你给我们的工作报酬，都用在她治疗的费用上。她曾经很自豪地说，虽然她是一个病人，却可以通过自己的劳动，换取报酬，给自己治病。

天已经大亮了，我的眼睛却是潮湿的。我看不见太阳的光芒穿过我家的玻璃，只看到一个瘦弱娇小的身影，在我眼前微笑着。她叫我“哥”，并在我亲切的回应中，慢慢隐去，最终只留下一缕阳光。

我披衣走出房间，迎上初升的朝日。初阳如血，朝霞如醇，我的心却如一支初秋的残笛。我想吹起生命的乐章，但在落叶萧萧的秋天里，却凄婉得难以成章。风一吹来，数滴露水落下。我知道，不肯离开的生命，终究会在一阵风之后，潇洒离开。

6.

我还在想着那一封信，脑子里一片茫然的虚空。我那时确实隐约觉得她可能生病了，却不敢说破。所以我每时每刻，都想让她从我这儿得到快乐。与其说是她知道我第二天要写些什么，不如说我从她的言语中，理解到她的想法，或许，这算是我们之间的一种默契吧！

为了她能够快乐，我愿意跟着她的感觉写。并且，女人敏感的心性，让我的小说章节，更加趋于完美。是的，我真心地感谢她！但是，我却无法挽救她的生命。

我信步走着，许多晨练的人来来往往，从我身边擦肩而过。有认识我的人开始和我打招呼。但我却有一句没一句地应着，此时，我的心里还在念着那一封信：

哥！我知道，在精神上她已经有所依托了。她用一种圣洁的心，爱上你了！虽然有时我会觉得失落，感觉有些不知所措，甚至疯狂地想吃醋。但我知道，只要她的心有所支持，我就能安心照顾她的生活，甚至她的生命。我爱她，胜过爱我自己！

哥！有时我确实疯狂地吃醋了。我要是能写出你那么好的文章，我一定不花几千块钱去找你的QQ，让她加你。有时我真想让她把你删除掉，真的，好多次我都有这种想法。一想到这些，我就睡不着。我在床上翻来翻去的时候，她总问我："老公，你怎么了啊？"

我无语，总是想搪塞说："没有什么啊，我不困！"但我说不出来，却哭了。

她抱着我的头，说："亲爱的，你这是怎么了啊？是不是因为我生病了，你伤心了？你怎么哭了啊？你一哭，我也要哭了！"

不，我不能这么自私！我擦掉眼泪，对她说："我不哭了，你也不能哭！"我把手伸到她的脸上，感觉到她的泪水流出来。我用手拭着她的泪，用牙齿紧紧咬住自己的嘴唇。

我不能让她哭，我说："你不要哭，我也不哭，我们都不哭，我只是不困啊……"

她用手帮我擦掉眼泪，说："你白天上班那么辛苦，哪会不困呢？你是为我的病担心了！你放心吧，我感觉最近已经好多了！对了，你不是说医生说我们已经出现奇迹了吗？我现在还不想死，我要好好活着，我有好多好多事情可以做的，我能挣钱看病。对了，哪天病好了，我还想帮你买个车，让你上班不要去挤公交车。"

她扳着我的肩膀，用手在我的后背上轻轻地拍着，说："好的车我们肯定买不起的，为了我的病，我们已经倾家荡产了，但我想帮你买部经济车，反正，有车就行……"

我再次哭了。我在胡思乱想些什么啊？那时，我发现自己竟然有些不太男人的样子！她把手伸到我的脸上，轻轻地触摸着，她感觉到我的泪水时，不安地摇着我的肩膀，再次呜咽地说："说好了，我们不能哭的，你怎么又哭了啊？不哭好吗？不哭好吗？我真的能好的，是医生说的，你也说的！我病好了后，我们还想要一个孩子的！"

我疯狂地转过身来，将她紧紧地抱住，终于，我们泣不成声了！

哥！我知道你们之间的兄妹之情，原谅我胡思乱想。我很想告诉你，她是个得了绝症的人，虽然我们看到了希望，但依然很受伤。但我没有告诉你，她也不让我告诉你。哥！她要在你面前清清纯纯地做个女人，一个健康的女人。

她确实很喜欢你，甚至在她的心中，或许有一种说不清的爱。但我知道，那是纯真的爱，是用她生命给你的爱。我不知道这个世界上有多少情、多少爱，但是，你们的真情和爱心，让我信任，让我感动，也让我感激。

哥！原谅我不信任你们。有天我打开过你们的聊天记录，我终于发现，我原来竟是那么小气的一个人。哥，虽然我不能容忍我的女人如此喜欢你的文字，但我却发现，世间总有一些人，只有她才能读懂你，只有你才能让她读懂。当她帮你修正错别字，帮你复制文稿，帮你转发文章，帮你回复读者问时，她的生命已经有了一个自己的世界，她在为这个世界的幸福而辛勤地工作着。

在她的心里，你是她文学天地的启蒙者；在你的心里，她是你精神家园的小主人。而在我心里，你是她生命的守护人，她是你事业的支撑者。

哥！我每天下班回家，总要和她分享你们一天的成功和喜悦！不只是她，我也融入你们的生活之中，融入你们的故事和诗意里。我不是一个旁观者，我也是这个故事的主角。我想和你一起，让她的生命，燃起熊熊热火。所以，有时，我会和她说说我对故事的看法，然后，让它融入一个共同的世界，让我们的读者，有更深的体会。

我已经把开始的担心和醋意，分解成一杯幸福的美酒。我爱我的妻子，也爱我妻子崇拜的作家和朋友。我们一起筑造着一个幸福之巢！

其实，有很多次，我总是问她一些关于家庭和身体的情况，她都能轻巧地避开和化解。慢慢的，我只能三缄其口了。随着默契工作的深入，我们渐渐忘记了各自的生活，而更注重于我们文学世界的创作。因为她，我开启了更多智慧和灵感之窗。

我曾经说过，我是一个作家，写过许多人的生活，却总是写不出我的生活。

初秋的早晨，天气有些冰凉。我双手抱肩，走在公园的湖畔上。晨练的人越来越多，他们来来往往地奔跑着，充满朝气。生命需要热情的动力，那是热爱生活的人们通过劳动获取的。这种动力，需要辛勤，需要勇气，需要不懈地追求和努力。

7.

当然，生活也不是一帆风顺的，它总有挫折，总有不如意，总有让人意想不到的事故发生。对此，我们依然还要认真对待，就算我们到了灰色的秋天，我们依然还有金色的瓜果；就算我们到了白色的冬天，我们依然还有红色的梅花。

虽然有些事情总是让人无可奈何，但是只要我们能够面对，只要我们热爱生活，生命依然有着无法取代的奇迹发生。

只是，生活一样会有另外一个突然降临，像灾难一样，扑灭一场生命之火。

哥！那天她收到你的书，看到你在后记里对她的感谢，她抱住我，泪流满面了。

我看到她生命的火光，一天比一天旺盛起来；我看到她病弱的身体，一天比一天健康起来。她能起床了，她能为我做饭了；她还能唱着歌，打理我们的家园。虽然有时总是显得有些气喘和劳累的样子，但她的生命是快乐的，是充满火光并可能迅速燃烧的。

她开始写日记，记录我们的生活；她记录每天的工作，也记录你的思想。然后，她把日记放在床头，在我每天上班回家之后，缠着我，让我看，让我们一起重新分享幸福的春天。从那时起，在我每天回家的时候，不是痛苦，而是欢乐。她的病情明显好转了，甚至连医生也觉得不可思议。我们的生活，步入金色的阳光里。

于是，我每天盼着回家，盼着她缠着我看她的日记，盼着和她分享生活的喜悦。是啊，离开了死，离开了病魔的恐吓，我们的生活，时时刻刻充满阳光。

可是，哥！因为那本书，听说你和嫂子开始产生矛盾了。是她告诉我的，后来你们竟然闹到离婚了。嫂子说你在书上无缘无故感谢一个陌生的女网友，真是醉翁之意。后来还听说，嫂子竟然到银行，查证了你给我们汇款的账单……最后，嫂子终于忍无可忍地认定，你在外面养了一个女人，她逼着你和她离婚。

她还把孩子要走，让你和母亲回到过去相依为命的日子。

知道这个消息后，她好几天不再说话了，见了我总是哭。她抱着我的肩，说那是她的错！如果不是因为她的自私，这个世界原本不会有任何改变，所能改变的，只是一个病人死了，一个作家依然幸福地创作着。她的情绪开始低落，她又想到了死。她说如果她死了，就不会破坏你们幸福的婚姻。

虽然后来，她每天还是鼓励和支持你，但她再也不敢和你视频了。她怕看到你忧伤的眼睛，怕让你看到她罪恶的感觉。她每天想了很多，都是关于她的罪。很快，她的病情又迅速地恶化了，她拒绝治疗。后来我求她，并说："如果你这样，那么作家哥哥就会更加伤痛的！"在我的劝说下，她开始接受化疗，最后头发掉光，她已经无法回到从前了。

但是，她每天还是给你发出快乐的信息，她希望你能够得到快乐。后来，她只能继续躺着，最后不能上网了。但她要求我，让我每天跟你保持联系。她把她想说的话告诉我，然后，再由我通过信息传递给你。

终于有一天，她知道自己将不久于人世了，她请求我，为她打开视频。她想最后再看看你，也想让你最后再看看她。我为她打扮了一番，帮她画了眉，点上了唇红，我在她没有头发的头顶上，用一块粉红色的布料遮盖起来，然后，我递给她一面镜子。

她在镜子中看到自己，伤心地哭了。她没有勇气面对你，她告诉我，要是有一点点头发在上面，该有多好啊！后来，是我鼓励她，让她面对现实！我告诉她：真心朋友是不会在乎你的美丑的！她信了，又说："我要不看他一眼就死了，我就对不起他的信任；我要在这个世界上突然消失，我就是一个骗子……"我哭了，拼命地哭……

哥，对不起！原谅我们事先没有告诉你！但我们还是没有料到，当你看到她的时候，竟然晕死过去。可是哥，你知道吗？那一天，她也差点撑不下去了。如果不是看你趴在桌子上不再抬头，为了救你，她从我手中硬是拿过电话报警，那天她就会走的！

哥，原谅我告诉你这个不好的消息。在几年前，我就想到这一天了。可是，是你让她有继续生活下去的勇气。为了你，她快乐地生活了两年。她说，她够本了，她知足了。哥！我是不是也该知足了？

哥，我该谢谢你啊，并向你深深道歉！我们太自私了，伤害了你的家庭！

我止不住地泪水狂流！我知道这封信里，曾滴落过他多少的泪水。我也清楚地知道，在这封信里，滴落过我多少泪水。她是不幸的，因为她最终没能战胜病魔；她也是有幸的，有两个真心的男人，为她落下这许多的泪水……

8.

母亲一直说服不了我再婚。后来，她把姐姐们都叫来了。终于，在她们的狂轰滥炸之下，我答应和那研究生姑娘交往。

有一段时间，她下班经常来我家帮母亲收拾家务。母亲乐得嘴都合不上了，逢人就说："瞧，这姑娘啊，人长得好，心眼也好！还是研究生呢！在外企上班，工资可高呢！"

母亲是真乐了，可我开始时并不以为然。不是人家不好，而是我一旦投入创作中，就把整个人交给了作品，对任何外面之事，一概不管不问。她是一位十分理智的姑娘，来到我们家，见我在创作，就自己走出我的书房，到外屋忙去了。有时，我甚至没有回头和她打一声招呼。直到她要走时，才会再走进来，和我说一声再见。

所以母亲总是责怪我，说：“你怎么能这样啊？人家来我们家里，帮了那么多忙你都不闻不问一声，就让人走了。我小时候是怎么管教你的啊？就算是外人，你也得起身和人坐坐，泡泡茶啊，不是吗？”

母亲责怪时，我总是无语，尴尬地和母亲傻笑着。但是，从此我就记住她的话了。

这位姑娘叫玲。确实长得楚楚动人，又是智商型人物，我感觉，她是一个体贴人的主儿！但我一直没有和她正式交往，这其中有诸多原因。

一是我太忙了，我每天都有好多稿件要及时处理。自从梅去世后，所有的稿件都只能由我一个人处理。关于我的怪癖，朋友们是知道的，不是我十分信得过的人，我不会把工作交给他们去做的。其实，我也觉得自己好辛苦，可文字不是一般工作，没有相当心灵相通的朋友，是无法帮助你处理的，否则可能会造成帮倒忙。

二是自从前妻和我离婚之后，加上后来梅的去世，给我的打击太大了。我一下子不能接受这样的现实，心态一直调整不过来，所以整个身心全部投入到文学创作中。家务有母亲操持着，虽然母亲已经年老了，但她从小参加体力劳动，身体还是很硬朗的，所以，是母亲让我少去了许多后顾之忧。

每个星期，我都抽出一个班的时间陪着儿子，那时我觉得生活过得十分有滋有味的。虽然母亲总是念叨着，虽然玲总是来我这，但是，我却一下子改变不了我原有的生活，我一直是一个十分恋旧的人。但是，自从母亲这样说起，我就开始感觉有些过意不去了。我也是人，不是什么无情动物，更不是机器，我不能让一个好人无缘无故地为我等待着，也不能让自己没有一个温馨的家。

我一想起这些，就本能地从口袋里掏出手机来。我给玲打了一个电话，恳求她晚上能出来陪我走走。

前妻已经两年多不见我一面了，偶尔会打个电话，说话总是冷冰冰的，说要看好冬儿，不要教坏他。听她这样讲话，我的心顿时就凉透了，一点儿再继续往下交谈的兴趣都没有。我只能和她说：“你放心吧！我自己的儿子还会教坏吗？没事我就挂了……”

我们似乎开始形成可怕的对立，只要接上电话，本想说两句关切对方的话，都因为听到对方不冷不热的声音，而心凉得戛然而止。明天和将来会怎样，我们已经无从知道。

所以每次，我就是这样把手机挂了。前妻向来比我固执，正如她爱上我就爱得无怨无悔一样，她恨起我来，也是照样恨得无情无义。这让我非常伤怀，人这东西很奇怪，二十年来的恩恩爱爱，只为了这样一个误会，两个人的心，从此就有了深深的隔阂，说话也就不那么自然坦荡了，三句话没完，就燃烧出浓浓的火药味。

因此，自从玲走进我的生活，我就不能不开始有一些感动。特别是母亲说的那句话，让我觉得对不起人家，不管明天怎样，今天，我们总得对人家有所表示。

有时，爱情的开始，总是出于双方之间的怜爱。玲对我很有好感，这我是知道的，可是，我却对她有些冷淡，这让我于心不忍。我觉得或许我应该重新开始新的生活。所以我想，这个起点，我应该从玲开始。

是的，我想，我是应该淡忘过去，重新开始我新的生活。尽管过去是那么不容易忘记，尽管太阳每天依旧升起……

9.

傍晚，一下班玲就径直来到我们家。我停下手中的工作，和她一起走进厨房。母亲早已为我们准备好了晚餐，三个人围着桌子一起吃饭。

我没有说话，倒是母亲和玲都忘记了吃饭，一个劲儿在那唠叨着。母亲的话很多，玲在那一直很礼貌地回应着。说到高兴时，她们都笑了。在她们娘俩亲切的交谈之间，我倒突然间成为一个多余的外人了。

其实平时和母亲一起吃饭，我也是一声不响的，因为我的脑子里，还有没完没了的故事情节，我只是应付一下自己的胃，然后又回到我的电脑前，开始我下一轮的创作。有时，我也知道这样不好，会弄坏身子，可是我没有办法让我脑中的那些故事戛然而止！我得让它们趁热打铁，才能让每一个环节好好地磁性地粘在一起。

母亲见我吃完饭，就赶紧催促玲说："闺女，都是我不好，净唠叨。你赶紧吃饭吧，若若吃好了！快吃快吃，就等你吃好了和他一起出去走走呢！"

玲见我吃完饭，就有一些不好意思地放下碗。她站起来，对母亲说："我已经在公司里吃过了。阿姨，晚上我就不帮您收拾碗筷了，我先和若若出去走走……"

玲叫我的小名，竟然和母亲一样，叫得如此亲切，这倒让我有些难堪了。我的脸一红，把头转向一边去。

母亲只想着让儿子有个家，听玲这样一说，就马上附和说道："好好好！有吃就早点出去早点回来！我收拾，我收拾……"

我知道玲没吃饭，就转过头责怪母亲说："妈！您是越老越糊涂了，现在才几点？人家下班就赶过来了，哪有吃饭！"我回过头对玲说："不急，我等你吃完饭再走啊！"

玲不听我的，只是拿眼睛瞪了我一下，小声地说："一餐饭不吃就会饿死啊？"又回过头对母亲说："阿姨，别听他的，我早就吃完饭了！"玲说完，用手拉了一下我的衣袖，说："走吧走吧……"

母亲笑了，望着我们的背影，说道："好好好！走走走！哈哈哈……我们若若比妈妈会关心媳妇啦……"

玲的脸红了起来，我也苦笑地摇摇头。她拉起我的手，拿起包就往外走。两年多来，我第一次感觉耳根有些发烫，跟着玲的脚步往外走去。现代女性，扒上两口饭就能顶上老半天，都在减肥呢！走就走吧！

和玲一路走着，我们几乎是漫无目的的。一路上看着风景，一路上看着这世界匆匆忙忙的行人，我一直无话。倒是她先开口了，说："其实你要结婚了，真的！都两年多了，你还等什么呢？"她转过头来看我，眼睛里有那么多真情的怜悯。"人家说我是个老姑娘，其实现代女人 30 岁还不算老吧？我就有这样的自信，所以并不急着结婚！可我看到你那样工作，就想为你做点什么。所以我想，和你结婚，算是我的责任吧！"

她的率直和天真让我笑了。后来她也笑了，有些幽默和自信地笑。她甚至差点说："这是组织的决定……"

我对她说："其实，我写了许多小说，自以为能够了解女人。可是写了那么多书，却怎么也想不到，竟然连自己的老婆都了解不透，这到底为什么？我一直不能理解，她为什么不听我解释呢？其实，那只是一场误会啊！"我仰起头，长长地吁了一口气，继续说："两年多来，她从不见我一面，也不给我一个解释的机会！只是每个星期让楚带冬儿给我，让我们父子见面，在她的心中，我就有那么可恨吗？"

玲无语。她肯定不想听我答非所问的话，更不想听我对前妻的怀念。她静了很久，一直默不作声，仿佛就是对我刚才的言行产生抗议。直到我们走到公园湖边的那棵老柳树下面，她才和我一起坐下来。这里很幽静，这棵老柳树不知道有多大岁数了，记得当年修建公园的时候，留下许多古树，这棵老柳树，就是其中之一啊！

玲这时拉过我的手，放在她的双手之间。她说："我小的时候，就常来这棵老柳树上捕知了，下面还有一个深深的水潭，二十多年过去了，这棵老柳树还在啊！"

我把另一只手搭在公园的靠椅上，说："是啊！当年建公园的时候，对这棵老柳树是留还是弃，很多人有不同的看法。后来，市政府决定让公民投票，以确定这棵老柳树的去留，我那时比你大一点，我也投了保护老柳树一票，现在想来，我那时是做对了的！"

玲问我："你当时就很有环保意识啊！或者是这棵老柳树给你留下什么故事呢？我当时要是有你这么大，我也会投保护票的……"

她一脸的天真，让我于心不忍！我有一段和前妻的故事，是关于这棵老柳树的！那段往事藏在心里，却不敢对她说出来！刚才她的沉默，让我无论如何不能再给她我想前妻的思想负担。我用力握住她的手，尽管这段往事很想说出来，但始终还是没有说出来。

我知道她也是一个真情的女人，一旦爱上，不能容忍还有第三者来打扰她的专一。所以我把话锋一转，指着那一湖清澈的湖水说："是啊，我是一个环保主义者。我不能容忍我童年和少年的记忆，从这片土地上消失。你看那一湖明净的水，是多么的清，多美啊！小的时候，我们经常来这里玩，那时，这里到处是沼泽和泥坑，杂草丛生。不过那个时候，有好多好多的小鸟和野鸭，还有好多好多的小鱼和泥鳅！我和同学们一放学，就会跑到这里来摸泥鳅，真的好刺激啊……”

“是啊，是啊！”玲高兴得手舞足蹈起来，她说：“我妈经常拿着一个小棍来找我，抓到了就会打屁股。那个时候啊，我妈说我上辈子一定是个男孩子！可好玩了……”

“是啊，是啊，我也是！我爸抓到我时，就会把我按在泥地上，挥起他的大巴掌，就地解决一个痛快……”

我们说到高兴时，都乐得像个三岁孩子。玲站起身来，拉着我的手，边跑边笑地朝湖那边奔了过去……

10.

前妻的名字叫紫。

这个晚上我终于睡不着了。在那棵伤心的老柳树下，我想起了我和前妻少年时的一段快乐往事。

那个时候，我们经常背着大人偷偷跑出来谈恋爱。所以，只要有时间，我们就会偷偷地跑到这一片沼泽地躲起来。那时经常偷着家里的火柴，两个人逢上星期天，就会有一天溜到这里来，玩个热火朝天。

那个时候，紫生火，我去挖泥鳅。泥鳅会钻洞，所以只要在水边找到一个小小的洞口，顺着那个洞口慢慢挖下去，总能抓得到一两条小泥鳅。泥鳅只有一根肠子，用削铅笔的小刀剥开它的肚子，把那一根小肠子拉掉，放进水塘里清洗清洗，然后用竹枝串起来，放在火上一烤，不到一会儿，香喷喷的味道就会传得老远。

挖泥鳅是我分工做的事，洗和煮泥鳅却是紫分工做的事了。我们俩分工到位，从不争吵推诿。只要挖到一大把泥鳅，我就算完成任务了，就可以找几片大荷叶垫在地上，然后再把一片荷叶盖在脸上，躺在老柳树的树荫底下，呼噜呼噜地大睡起来。紫把泥鳅烤熟后，就会拿出一只，揭开我脸上的荷叶，靠近我的鼻子。那香味传来，很快我就醒了。

我们管这个叫小夫妻过日子。她总是对我说："这辈子，我算是伺候定你了，你要再敢去找别人，就会有你好看的，我绝不会原谅你！"

闻到烧泥鳅的香味，我就会爬起来。睁开睡意惺忪的眼，用手抓了抓头，对她说："你说什么啊？我找谁了啊？不是让你伺候着吗？"这时，紫就笑了，很甜！

紫的书读得很不好，所以她经常带作业来让我帮忙。有时我们还会带上一把米，砍上一小节竹筒，然后加上一瓢湖水，煮起竹筒饭来。那饭好香好香，我们一边吃着烤泥鳅，一边吃着竹筒饭。那个时候，我们是幸福的、快乐的，我们真像是一对小夫妻。

这老柳树下幸福的日子，让我们深深地怀念着。可是，让我和紫为这棵老柳树投上保护一票的，还有一段铭心刻骨的往事。

那一年暑假，我和紫跟往常一样来到老柳树下。紫正在生火，我把上衣脱了，到老柳树下的小湖边，开始挖起泥鳅来。一个不小心，我的一只脚踩空了，身子迅速地滑了下去。我大叫一声，慌忙之间一只手抓住岸边的水草。我是一个旱鸭子，父亲从不让我学游泳，生怕我会溺水出事，现在想起来，我觉得父亲的做法是不对的。

那天，我一只手抓住岸边的水草，身体暂时得到控制，但是，我知道这些水草支撑不了多久，如果继续再往下滑，我就没命了。

这棵老柳树下的湖水很深，那年夏天，曾经有一个同学掉下去溺死了，所以大人和小孩子都不敢再来到这里，说会让水鬼抓去，溺死在湖里。也正因为没人敢来，这里才成为我和紫两个人谈情说爱的好地方。

紫听到我的叫喊声，迅速跑了过来。她看到我的身体已经滑落到水里了，两只手抓住岸边的水草，只露出一个小脑袋在外面。水草是禁不住拉扯的，这些我们都知道，如果不能及时施救，我马上就会再沉下去，直至溺死。紫突然跪下来，向我伸出一只手，但还不够长。她哭了，忙乱中她迅速地站了起来，脱下她的上衣，一只手抓住上衣领，然后又迅速跪下身子，将下衣摆甩向正在下沉的我。

我一只手抓住她的衣服，另一只手抓住水草。因为受力明显分开，水草不再让我扯断了。这时，我的理智慢慢地恢复。我喘着粗气告诉正在哭的紫说：“你不要哭，不要着急……你快趴到地上……用一只手抓住衣服，用另一只手抓住岸上的水草……”

当时的理智告诉我，凭借紫的体力，是不能把我拉上来的，青春期之后的我，迅速长到一百来斤，而当时的紫虽然也长得很高，但也就七八十斤重，凭女孩子的体力，别说把我拉扯上来，不让我带下去，就算是阿弥陀佛了。

紫只顾着哭，听我这么一说，她点了点头。把整个身子趴在地上，然后腾出一只手，抓住岸上的水草。我们对望着，我看到她满脸的泪水和汗水，将一张脸模糊得一塌糊涂。看她的神态，我笑了。我告诉她：“你不要哭啊，不要哭！我没事的，真的没事……”

我们相对望着，歇息了大约一分钟。我冲着她笑，后来她也笑了，泪水、汗水和鼻涕把她那张原本清秀的脸折腾得惨不忍睹。

我们冷静之后，都有了力气。我告诉紫，让她趴着不要动，只要抓住衣服和水草就行。她点点头，开始向我传递出鼓励的微笑，我也对她报以自信的微笑。我告诉她，我往上移动一点，她就往后后退一点，这样才省力。她明白了，冲我点点头。

于是我开始一只手抓住紫的衣服，另一只手迅速腾出，抓住上面的水草，然后稍稍放松那只抓衣服的手，示意紫的身体向后挪动。紧接着，我继续往上抓住另一把水草，然后再放松那一只抓衣服的手，让紫的身体继续往后挪动。

终于，我的一只手能抓到岸了，我们终于成功了！这是我和紫的智慧，也是我们协调的证明。当我抓到岸上的水草时，我奋力一跃，终于爬上岸了。紫趴在地上，见我跃起，激动和放松让她一翻身，仰面向天躺着。那只穿着内衣的胸部，直指蓝天，一起一伏地张弛着，让我的眼睛无法挪开！后来，她奋力一跃，一把将我拥抱在怀里。

第一次，让我们的青春波动着活力。我的胸部，感觉到她正在发育胸部的温暖。她那只穿着一件小小背心的胸部，让青春和快乐努力往前拥挤着。那一刻，我们都哭了，哭得像两只疯狂的小野兽。

11.

紫没能考上大学，但我却考上了。所以，在这四年间，让我们有说不出的痛苦。好在学校就在省城，离家并不算太远。因此，紫总是背着家人，过一小段时间，就会偷偷地跑过来看我。她总是怕有人会缠我，整天疑神疑鬼的。一到下课时间，她就会给我打电话。晚上放学回宿舍，前脚还没进门，后脚她的电话就跟到了。

不过，一直以来，她总是那几句话："我好想你的……知道吗？""要早点睡的……知道吗？""你晚上不能跑出去的……知道吗？""我不允许女生进入你宿舍的……知道吗？""衣服不想洗你就放着，我过两天就过来洗……知道吗？""你要是背叛我，看我怎么把你吃了……知道吗？"我接她的电话，总是只有"嗯嗯嗯"的份，她的话好长好多，多得让我像掉入蜜缸里。等接完她的电话，我就甜甜地睡着了，一夜安静。

毕业后，我被安排在家乡的县政府办公室上班，后来，当上了副县长秘书。工作好，前途远大，工资也高。但是，紫只能在家乡当工人。所以每次到县城看我，她就赖着走不回去。第二天要走的时候，她就哭，让我一夜心情十分难受。冬儿出生后，她就不能经常来县城找我了。于是，我就每个星期回家。可是第二天早上要赶过来上班的时候，她老是抱着我，不让我走出门。所以，每次我总得提前一个小时起床。

我知道，紫很爱我，我也爱她！但是，生活不能只有爱情，生活还有更多的事情要做。

最为痛苦的是，她总是担心我会让人勾引走。她总觉得县城里的那些女子，一个个都长得比她好看，比她妖媚。每次回家，她总是说："你叫我怎么放心啊？你看你们那办公室一起照相的姑娘们，哪个不比我漂亮啊？穿着工作服，皮肤白得像雪花似的，那眉毛画得多细、多弯啊！照片都那么好看，人整天在你面前晃来晃去的，你不花心才怪！”

对她的怪想法，有时我会觉得好笑，但多半时候我觉得自己是多么有价值，是一个人见人爱的抢手货。不过，我总是理智地知道她的苦心，总是安慰着她。我知道她有某些自卑，怕让人瞧不起，更怕我哪天会变心，将她扔下！

她每次去看我，总有说不完的话，看到那些在县政府宿舍楼进进出出的姑娘媳妇们，她总要说话的：“你们县政府就专门找那些漂亮的姑娘小媳妇。为什么啊？你看冬儿一生出来，我的脸就黄黄的。再说我天天在工厂上班，又不能打扮。一冒汗，整个人就像个花脸婆，你在这里久了肯定要花心的！”

听她说话，我的心里就会掠过一丝苦笑，我说：“不会的，放心好了！”我总是安慰着她，好让她安心。其实紫很美，就是不爱读书，所以一到工厂上班，加上生了冬儿，慢慢地，手也粗了，脸也黄了。可是对我来说，女人的外表，永远只是一种摆设，我更喜欢她的率真！所以我总是故意说她：“谁叫你不好好读书啊？你要好好读书，找个坐办公室的工作，不就可以打扮得漂漂亮亮的吗？”

“这全都赖你，谁叫你老帮我做作业啊？谁叫你老让人家天天想着你，没有心思读书了？”她不服，拧了我一下耳朵，咬牙切齿。之后，她又说：“我以为跟着你就可以做太太了，不用上班不用做事了。现在我后悔了，这都赖你，都赖你……你现在把我整成黄脸婆了，你一定要负责任的。将来我要吃你的穿你的，不再上班了！”

我笑了。真是啊！我当时怎么就那么愿意帮她做作业呢？我们当时谁也没有想到这个结局！我把她搂了过来，说：“是赖我啊，全都赖我……”

“本来就是嘛，人家可聪明呢！告诉你，我现在是我们厂的生产标兵哩，上次你们领导去我们工厂视察，还是我给他们介绍新产品呢！”

我搂着她，没再说话了。是的，紫是个聪明贤惠的女人，只因没能考上大学。当然，这些事全都赖我，从我们开始谈恋爱的时候，她就像一个真正的妻子一样，关心打理我的学习和生活，而把自己的学习和生活全都放一边去了。

她永远是个好女人！家人尊重，朋友关心，邻里称道。我们结婚后，她再苦再累也要宠着我，让我睡好、吃好、穿好、工作好。就是有那么一点，我绝对不能对别的女人有非分之想。当然，在这方面，我也算得上是一个正人君子。

后来，我在一些报纸杂志上发表了几篇豆腐块文章，我告诉她，我想辞掉县政府的工作，做一个自由撰稿人，专心写作。我当时的想法，只是不想让她天天为我操心，我想，两个人能住在一起，她就会放心的。其实，当时开始说起这事的时候，她并不同意，她觉得那样好的工作，不应该放弃，她只是心里有些担心我，并不想影响我的事业。

后来是我一再坚持，她才勉强同意了！我说我是想好了才做决定的，两个人住在一起，这样才算一个完整的家。虽然我清楚地知道，一开始的几年里，我们的日子会过得很苦，但只要她愿意，我不怕苦。所以我告诉她："在我没有成名之前，你会很累的，因为稿费可能会很少，生活一定会很艰苦！但我相信，我们能够做得更好的！"

紫说："我已经伺候你十多年了，这一点苦，我还会怕吗？只要是你决定好的事，我一定会支持你的！"她把头靠在我的肩膀上，对我说："想干就干吧？只要天天能在一起，再苦再累，我也愿意……"

我的辞职当然是遭到很多人反对，亲戚朋友，同事领导。他们都说："不要辞职，你的前途一片光明……"但是我坚持了，就像我坚持和紫恋爱十年，然后结婚生了冬儿又过十年。可是我没想到，在我事业不断成功的今天，紫却离开了我。

12.

我是让紫逼着去签离婚证书的！

尽管我一再解释，她就是听不进去。所以我至今总是懊悔，我当时没有事先和她商量好这事，是我的过错。然而我也知道，从内心里，我是担心她会吃醋的。因为她一旦吃起醋来，我总是无法应付得了。这些年来，她一直把对我的爱，看得比什么都重要。

我告诉紫，梅只是一个帮我处理文件的网友，我付她工资，她帮我处理文件，这是正常的工作雇佣关系。她却说："哼，你当我是三岁小孩子吗？你每个月都向她支付一大笔钱，你是在雇佣小三吧？"那段时间，她哪里听得下去？肝火正旺着呢！她又说："上中学的时候，三班那个黄小小，不也是想拿钱雇佣你做作业吗？我瞧准了就是美人计，还不让我给逮着了。两个人跑到芋沟里，抱着就亲！哼，还雇你做作业呢！"

紫这么一说，倒让我想起了这件往事。顿时，我感觉耳根火辣辣的，不敢正视她的眼睛。是啊，高一的时候，黄小小就一直喜欢我，她几次想和我约会，都让紫轻易给搅黄了。我那时只把黄小小当作一个好朋友，后来，她实在没办法了，就说她想请我帮她做作业，只是商业性的交易，前提是给我丰厚的报酬。因为紫向来管得严，所以她叫我不能让紫知道。

我当时家里的经济环境比较差，母亲几乎没有给过我零花钱，有时实在没办法，紫会向家里撒个谎，抠几块钱和我一起花花。而黄小小家里当时很有钱，她父亲是个包工头，专门给附近人家承包工地搞建筑，改革开放后的几年，到处大兴土木，黄小小的父亲就是在这个时候捞上第一桶金的。

当时，学生们利用课余时间打点零工赚点钱，也是很正常的。所以我决定和黄小小做成这笔生意，利用傍晚下课时间，帮她做作业辅导功课，但地点不能在她家也不能在我家，她说那样紫会碰到的，到时我们的合作就宣告黄了。因为客户是上帝，所以我只能听她的！更何况，向来都是紫给我钱花，这次我也想挣点钱给她花，好做一个真正的男人。

在我们乡下的山地里，种着一大片一大片的芋头。六月天的时候，芋头叶子长到一米多高的样子，再加上培上土的畦高，人一猫腰往里钻，就什么也没看到了。黄小小随便拿上一个小本本和一本书，就拉着我的手，往芋头沟里钻了进去。我跟在她的身后往前跑着，最后，终于分不清东南西北了。我们在一畦芋头沟里坐下，直喘着粗气。

稍息过后，黄小小拿起书本，开始漫不经心地问起来。我跟她讲解，却感觉她的心思没在书本上，一句话也听不进去，只是拿着那双火辣辣的大眼睛瞅着我。最后，看得我实在不好意思了，我只好把书本放下，把头往下一低，两只眼睛看着对面那一丛一丛的芋头。

我们就这样耗着，不说话。后来，黄小小把书本扔到一边，猫起腰来对我说："若若，那紫有什么好的？她们家没有钱，也没有势。哪像我们家，我不读书照样做生意过日子！"

我不说话，从身旁拔起一棵小草，把它掐成两半，抿着嘴唇把头压得低低的。不管怎么说，我看到紫就会心跳加剧，可我看到黄小小，就像我看到我的手和脚一样。我也说不清楚为什么，并不是黄小小不好看，而是我对她没有那种触电的感觉。

黄小小见我总是低着头不说话，就急了，说："紫有什么好的呢？你看看我，看看我的身材，我的脸蛋，哪不比紫好看？你再看看这，看看这，我的胸比紫高多了！"

黄小小半猫着腰，把她的胸部推到我面前，又说："你看看这，书呆子。"

我不敢抬头，也不敢说话。黄小小就说："好，你不说话就表示默认了，今天你得抱一抱我！"

我怯生生地抬起头，眼中感觉她那两个前胸白茫茫的就像大兵压境，有一股排山倒海的气势向我逼来。我不敢再看，只能再次低下头说："紫对我好！"

黄小小一听，来火了，她狠狠地说："她能对你好，我就不能啊？你这书呆子，将来娶了我，我就会把你当牛做马啊？真是！"她在我面前半弓起她的身来，对我说："可我就是喜欢你啊！不行，我和紫是公平竞争的，我凭什么把你让给她！"

我不敢抬头。她的那两个乳房在我面前起伏着，样子看起来比紫还要嚣张还要威武，是那种有营养丰满型的，我甚至听到她的心跳声，在胸腔里不断地加剧着。这让我的心也上下不停地突突直跳起来，感觉快要晕死过去的样子。

13.

我胡思乱想着，初春的冲动让我本能地再次偷偷把头抬起来。我好奇于她那一起一伏的青春力量，如大海的波涛阵阵袭来。但当我的眼睛撞上她的前胸时，羞涩和恐惧再度袭上心头。我感觉惶恐和压抑，发现此时的我像落入陷阱中的小小猎物，在她面前，我只有顺从的份，只有被猎杀的命运。

我正惶恐着，把头再次深深地埋下，有一种想要逃开却又逃不开的感觉。

黄小小突然把我的头抱住，往她那两个乳房中猛烈地撞了过去。此时，我能感觉到她的心跳声，并感觉到自己仿佛就要被撕成碎片。我知道自己马上就要成为烈士了，我的心跳超出正常的心律。我不知道自己还能做些什么，浑身的力气已经没有半点了。只有一种预感，知道黄小小很快就会把我推倒，像多米诺骨牌那样把我推倒。

我想叫喊，但鼻孔中只有喘着粗气的份儿，我甚至感到她的胸部有一股无法抗拒的强大磁力，把我吸引住，使我不自觉地向她贴近。甚至猛然张开双臂，自觉地抱住她的双腿，我不知道此时，我的所作所为，是不是出于那种人们所说的原始冲动。总之，那个时候，在她强大的压力之下，我几乎无可抗拒地跟着她的感觉走。

这时，我突然听到有一个声音传来："黄小小，你卑鄙！你给我住手，你个不要脸的东西，你抢我的男人！"在我还没有清醒过来的时候，就见一个女孩飞身而至，将黄小小一把推倒，拉起我的手，往外狂奔而去。

我感觉自己没有方向，就像刚进来的时候那样没有方向。但是，我却知道，拉着我的手这一前一后两个女孩子，她们的方向感却是十分明确的。

紫把我一口气拉到那棵老柳树下，像只发怒的狮子，冲着我大喊大叫。我不知道她都叫了什么，只见她声泪俱下，苦大仇深地控诉着，样子十分恐怖。后来，她抱着脸，不由自主地滑跪下来，双手抱住我的双腿上，把脸贴在上面，哭声哭得凄厉。

我傻傻地站着，不知所措。自从和紫恋爱以来，我们从来没有发生过类似不愉快的事件。我不知道，该怎样来处理这种事。事实上，我只是想赚黄小小那几块钱，至于后来所发生的事，我无法自圆其说。我也不明白为什么我会突然伸出双臂，把她抱住。紫疯狂地哭着，用拳头在我的身上拼命地捶打着，我都没有任何反应，依旧只是木然地站着。后来，我听到紫说："你要再和那贱女人一起鬼混，我就从这儿跳下去！"

说完她猛然推开我，朝那深塘边奔去。这时，我的感觉迅速复苏，我一把拉住她的手，将她紧紧搂在怀里，另一只手抱住她的头，跟着她大声地痛哭起来。

接下来，我不能离开紫半步，除非上课和晚上睡觉，其他的时间，我必须在她的眼皮底下生活。活动、打篮球，她在一边看着；在学校食堂吃饭，她在一边坐着；她把自己的照片传上我的空间，想告诉所有的人，我是她的；我们参加劳动，她一定要我和她抬一个筐；我们早读晚读，她就坐我身边看我……

我那时超傻，所以我才能读好书。紫和黄小小她们都非常聪明，所以她们都读不好书。半年后，黄小小退学了，因为他们家的生意忙不过来，正缺人手。再说了，她那么精明能干的女孩，还怕不能找到饭吃吗？所以她觉得读书已经没有任何必要了。

黄小小走的时候，我也不知道什么时候在我的书桌抽屉里，放上一支钢笔和一小撮头发，并且写了一张她有多爱我的纸条。我没让紫知道，一直偷偷地藏了好几年。

后来，有一次我们同学聚会，她跑过来跟我和紫说："我们小时候真不懂事啊，现在想起来好好笑哦！"我知道，她嫁给了一个当官的男人，现在可以说是有钱有势了，所以，她并不把曾经的过去，看成是一种爱情。

我当时心一酸，冲着她淡淡地笑了，说不出什么滋味。倒是紫回敬她说："这不好笑吧！我可是一直爱着这个傻若若啊！可是你呢，你却没有吧！"黄小小当时有些轻蔑地冲着紫笑道："好啊，那我祝福你，爱情的成功者！"说完，她把我们俩扔下，一转身和别的同学谈笑风生去了。在她的身后，永远簇拥着一大群追捧者。

紫当时也有些委屈，她拉过我放在桌上的手，说："我的好若若，相信自己！有些东西，她永远不可能拥有的！"

同学会那天，我们回到家里，我把珍藏几年的那支笔和那一小撮发丝，偷偷地扔了。

我知道自己不是做官的料。加上紫对我的守护和爱，我终于辞去了副县长秘书的职务，回家专心写作了。

走的时候，县长对我说："真可惜啊！我很想好好培养你，可你却要走。我已经向上级领导提交报告，打算调你下乡当个副镇长……"

"不，县长！"我说，"我更想成为一名优秀的作家，不是镇长……"

14.

我感谢紫，是她让我有了信心。同时，在这几年中，都是靠她在支撑这个家的。开始的几年里，我几乎没有什么稿费。冬儿又小，一家人全靠紫在支撑着。她为了多赚点钱，加班加点，在我们最困难的时候，她变得老了、瘦了。最让她受不了的是，有一天她遇到从奔驰车里走出来的黄小小。她想低头走过，可黄小小却叫住她。

那个晚上，她抱着我大哭，用手捶打着我的背，她说："你怎么就那么没用啊！让我给人羞辱了一番。"我无话可说，搂着她的肩，安慰着她，但那一刻，内心里却有一股想要爆发的无名之火。我告诉自己："若若，你要不努力，会对不起许多人的！"

"你知道人家怎么说吗？'哟，这不是紫吗？两年没见我差点认不出来了啊？哟！怎么又瘦又黑，脸这么黄啊！我还以为是四五十岁的老太婆呢！啧啧，这是怎么了啊！'"紫呜咽着，又说："人家可是一身珠光宝气啊，故意拉着我的手亲呢！她还说：'有啥困难要说嘛，都是十几年的老同学了！我知道爱情很重要，可是没有面包也不行啊！'我那时真想找个地缝钻进去啊！你这没用的、没良心的东西，呜……"

一个晚上，紫都在哭着。我没有说话，只是用力把她抱紧。那个晚上，我知道所有口号都无济于事，我只想让她哭个够。可是第二天，她依然早早地起床，为我们做了早饭，然后，去上班了。

有时，我让她去买一点化妆品，她说："等你成功了！"她看着我，说："你成功了，我就不上班。我想通了，我不用化妆品，是为了能更年轻。小小也就乳房比我稍稍大一点，她没一样比得上我的……"

我笑了，嘴上笑，心也在笑，我感觉自己很甜蜜。这女人啊，总得找个敌人让自己无缘无故地难受。但在我心里，确实，紫永远比小小美，不管是内心，还是外表。她虽然看起来憔悴了一些，但一样有信心和活力。

不过后来，听说小小的丈夫犯错误了，下来了。这不是讲故事，是真的。我也猜出终于会有这一天的。我还在市里的时候，就有所耳闻。我对小小的丈夫也并不怀恶感，把他当领导看待。一来，他比我岁数大多了；二来，他是领导。他曾经因为我是小小的同学，还十分关照过我呢！如果他没和小小结婚，或许是一个好官吧！

但是，我却知道小小的性格，她的欲望非常强烈，不管对什么，她都有一种没有得到不肯罢休的欲望。小小后来炒房了，她的生意越做越大。她让弟弟去申请法人资格，实际上她是这家房产公司的后台老板。她利用职权撒下天罗地网，很快，她就成为远近闻名的富婆。

但是，法网恢恢，没过多久，她就树大招风了。她被拘留了，丈夫被捕了。紫也听到这个消息，她问我知不知道。我说："偌大的新闻，我怎么会不知道呢？"紫没有说什么，我知道，她不会恨人，更不会幸灾乐祸，她只会同情。包括我当时的心境，对小小，也有一点老同学的怜惜。其实，人嘛，总有一念之差。正如她当时为了我，争不过紫，我也对她产生过失败的同情。我和紫都是这个世界上最善良的人。

车到法院，我跟着紫走进去。但在离婚室门口，我不进去了。我对紫说："你为什么就不能听我解释呢？"

"还解释什么？"紫胸部起伏着。她从口袋里掏出银行汇款单据，移动电话记录。她说："除了网聊视频，这些都代表什么呢？你们去哪开房你会告诉我吗？好，你要想解释，你把你那几次去参加所谓的笔会、文学会的证据拿出来，让我知道你们在哪个宾馆开房！"她急起来，开始有些歇斯底里，在法院的离婚室口门叫嚷起来。我没办法，只好捂住她的嘴，拉着她往里面走。

我知道，这是紫唯一的缺点，只要是因为我的事吃醋，她总是控制不住情绪，所以，每当这个时候，我就忍着不再说话。当我拉着她，走进法院离婚室签完字后，她整个人就瘫倒了。她走不出那间办公室，是我连抱带拉，把她拖上车的。

一路上，有不少记者围观。第二天，我们的“光辉形象”就上报了。我成了反面人物，有的读者扔我的书，有的读者在微博上骂我；当然，也有支持我的，更有不少女性向我展开爱情攻势。但是，我除了写书，除了接收梅的鼓励，就是把自己关在房间里，等着周末楚带冬儿过来找我。两年多来，我只有写和发表文章，从不外出也不参加任何笔会。

15.

我想让自己成为古人。二十年来的感情禁不起一点风吹草动，我觉得我之前所写的一切，不但欺骗了读者，也是欺骗了自己。我得重新审视一下自己和这个世界，是不是我们都在痛苦中失去了自我？

但是，在母亲和姐姐们的围追堵截下，我开始和玲交往了。虽然我常常想起紫，但两年多来，她不见我一面，也从不给我一个机会。

紫的冷漠让我些许改变对她的看法，我不知道继续等待于这样的世界是否正确。随着玲的介入，我开始和她经常出去走走。玲是个乐观豁达的人，她既有紫的贤惠和热烈，也有梅的睿智和冷静，她更有自己的执着和果敢。因此，在随后的交往中，我开始慢慢让她给吸引了。我觉得她上得了厅堂也入得了厨房；出门高贵，入门温柔。她能理智地处理情感，又能幸福地享受生活。所以，我开始在心里计划起我们的未来。

那天，我和玲又一起出去了。我们来到江边，看着夕阳。黄昏的夕阳美丽极了，映着初冬缓缓流动的河水，清澈，闪亮，让人温暖。玲双手拉着我的右臂，把头靠在我肩上，她看着亮闪闪的湖水说：“光有七色，声有七音，周有七日，家有七事；还有，人有七情，命有七坎，物有七窍，味有七觉……为什么上帝就喜欢七呢？那爱情呢？有没有七？”

我顺着她的眼光望去，看着那粼光闪闪的江水，顺口说道：“在爱情的故事里，有七个可爱的小矮人……”

她转过头来看我，说：“你真聪明！《白雪公主》的爱情故事里，还真的有七个善良的小矮人……这说明啊，爱是善良的，没有善良的爱，就不是爱情！”

我笑了，玲虽然不小了，但没有结过婚的女人，永远还是一个小姑娘，她的善良天真，让我深深地感动！我说：“是的，爱的基础就是真、善、美……”

“嗯。”她突然若有所思，对我说，“若若，我爸我妈上次有跟我说过，叫我带你去我们家里，想正式见一个面，我说我还没有心理准备呢！这事就落下了，现在你准备一下，什么时候去我家？”

我深思良久，一时回答不出来。我开始喜欢玲了，却依然放不下紫。每次冬儿来，我都要问一下她的情况。说到她母亲，冬儿总是低下头不说话。我知道，再说又要哭了。我拒绝不了玲的热情和年轻，但却放不下和紫曾经的过去，她至今未婚，让我莫名其妙。所以我想，她应该不至于对我无情，可是，她又为什么不见我呢？

玲见我无语，终于忍不住了。她有点愠怒地说：“每次说到正经的事，你就不说话，肯定又是想人家了。人家对你好你去找她啊！都两年多了，面也不见一个，自作多情……”

她猛然甩开我的手，独自朝一边走去了。我望着她的背影，突然觉得某种愧疚上了心头，不知道是什么滋味。我赶上前去，一把抓住她的手说：“别小孩子气了！你说哪天嘛，我都依你……”

玲不回头，她嗔怪地说：“说了你又反悔，不见就算了吧！”

“不，不是的！”我依然有些矛盾，语无伦次地说，“玲，是我不好，你安排吧！我最近不是很自由吗？你说哪天就那天吧，我都依你……”

玲转过身来，笑了。她的笑很甜很清纯：“每次都要人家恼了你才答应。那后天周末吧，你说好不好？”

我傻了！周末冬儿要来，不管刮风下雨。我又沉默了，一时说不出话来。

“又怎么了？”玲这回又恼了，眼里似乎有些泪水，正打算一颗颗像断线的珍珠一般，从她眼睛里飞洒出来。

我感觉彻底崩溃了，赶紧说：“你怎么又哭了啊？后天就后天吧，别哭好吗？”我知道，这回玲是真伤心了，她忍不住地哭了出来：“为什么总要我求你……我就那么贱啊？人家都是男的追女的，就算我嫁不出去，也犯不着这样吧……”

我的心像翻倒了五味瓶，自己算什么呢？一个“贱”字从一个文化人口中说出来，让我感到无地自容。一个离了婚的半老男人，怎么能和人家黄花闺女比呢？但我却说不出理由，心里一句话卡在喉里。最后，不得不蹦出来：“是这样的，周末冬儿要来啊！我……”我“我”了许久，才说：“那我打个电话给楚，叫她周日再送冬儿来吧……”

“别打，我们改周日吧！”玲听我这么一说，也猛然清醒过来。她止住哭声，责怪起自己来：“你别怪我好吗？我忘记了那你是和冬儿见面的日子……”

“没事的，怎么会怪你呢？我这就打电话给楚。”我把手插入口袋，掏出手机。

玲按住我的手，破涕为笑。她说：“别打！你说过要听我的，现在我改变主意了，周日去我家吧，好吗？”

我点点头，心中却有着无数说不出的滋味……

16.

我知道，玲是个通情达理的女人，所以我为之感动，我开始慢慢融入她的生活之中。周日，我去拜访了玲的父母，我们在一起吃饭。

两位老人家特别喜欢我，不断地帮我夹菜，他们这样子，倒是把我搞得有些腼腆了，脸不住地发热，眼睛都不敢往上抬，好像第一次相亲的小伙子。我知道我的性格有些拘束，不是十分相熟的人，开始见面都会有一些腼腆。倒是玲很机灵，她说："爸、妈！你们怎么这样了，都什么年代了，还兴这个啊？"

只听老爷子说："哎！你这姑娘怎么就这样说话啊？不管时兴不时兴，我老头子今天见了姑爷，高兴——哈哈——高兴……"

老妈妈在一边也笑了，一边帮腔道："这姑娘家的，你爸高兴——高兴……"

面对这两位老干部的热情，我不得不说话了。我说："叔、婶！谢谢两位老人家了。玲怕我尴尬呢！还是我自己夹吧，我的手够长啊！"

"嘿！一家人，怎么就尴尬呢？来来……"老爷子一高兴，又帮我夹了一个大红虾。"对啊！你刚才叫我什么了？嘿，我可想听你叫一声'爸'啊！哈哈……"

我低下头，真有点不知所措了。老爷子性格很开朗，可我们这不是还没有……我终于又不敢说话了，低着头只顾吃。

玲见我这样，又嗔怪了，说："爸，你怎么这样啊！不讲卫生又不讲礼貌……"玲在那假装生气，让老爷子求饶后，才松开那绷着的脸。

这餐饭我吃得特别不轻松，真有点大汗淋漓的感觉。不管怎么讲，毕竟是第一次在她家吃饭，随便不得。她们一家三口大大咧咧，我却味同嚼蜡，这太可怕了！

隔天，我和玲又去了公园。我把我的感受告诉她，说我好像经历了一场巨大的战争，我当时的心脏有些无法承受得住考验，尽管我表面装得很自然，内心却像地火，不住地扑腾燃烧，以致烧到了脸上，像抹上一把辣椒。

玲笑了，笑得死去活来。她说："我爸和我妈在你走后，突然拉着我问个不停'糟啦，糟啦，不会把人家吓坏了吧？平时我们仨在一起吃饭，太不严肃了，今天也不想想人家第一次来！可不要把人家吓坏了，说咱们家没教养！'"

我听她说，也笑了。稍后，我冷静下来，对玲说："咱们先不要那么急好吗？"

“怎么又不急了？你一会这样一会那样，叫人家怎么猜你的心思？”玲又不高兴了。在她家里，她护着我，为我打圆场，在这里，她却一点也不给我面子，说：“你就不急，不急……当人家是没地方嫁了，你要心里一直有她，那你去找她好了！”

她的脸一绷紧，我又紧张了，我的一生最怕女人不高兴。我拉过她的手，说：“我毕竟是一个离过婚的男人，我有一些问题，得让你先考虑考虑。我不懂得顾家，还有一个十岁的儿子。”

“这有什么好考虑的？”她有些轻描淡写地说，“我又不痴不傻，不聋不瞎，你儿子都十岁了，当我没看到啊？我要没准备，就不会上你的贼船！”

玲的直接和畅快，让她瞬间变成一个大大咧咧的主妇而不是一个有文化的淑女。我苦笑，点点头继续说：“我怕我懒散，不爱做家务，你上班又很忙，会让你累的。”

她又说：“这算什么？我爸吃完饭把碗一扔，屁股在沙发上一坐，就拿起报纸。他也不做家务啊，都是我妈包揽了。我又不是不会做家务，我们家的家务都是我妈和我做的。我爸下班回家只关心国家大事！其实啊，这是我们家妇女的光荣传统！”她说完又笑了。

我也只得笑了，一时无语。后来，我又告诉她：“我天天写作很晚的。”

“这可不行！”她转过身来，拿着眼睛瞪我，说，“写作是要有时间规定的！不准超十二点，将来我要限制你的，十二点之前你得停下来陪我，这样才不会忙坏身体！”她又转过身去，望着那一湖碧水，慢慢悠悠地说：“写作时间得我安排，当然，我现在已经是准太太了，你得开始接受我的时间限制！记住‘身体是革命的本钱’。”

我再次苦笑，很幸福的那种感觉。我知道她有多好，多让我心动。可是，我……我竟然无语了……心里一阵阵的感动，眼睛湿湿的。我一直不敢接受这个事实，不知道自己有何德何能，能让这个女人为我挂心！

我把另一只手搭在她的肩上，望着那一湖碧透的湖水，我说：“一个心灵明净的人，就是一湖碧透的水。她让人产生清澈，产生博大，产生爱的悠远……”我随口说出这些话，像是在朗读一首诗。

玲扭过头看我，她说："我就是你这一湖碧水。夏天，让你感觉清凉；冬天，让你感觉温暖……你是围着我的柳岸，从今天开始，我已经无路可逃了，我要在你的怀抱里，静静温柔地躺着；也要在你的怀抱里，兴风作浪，肆意地发泄我对你的爱和不满……"

玲此刻的话语呢哝，也像是一首诗。我知道，当一个人幸福的时候，他们随口说出来的话，多半就是一首诗。因为，幸福让每一个人变成快乐的诗人。

17.

我们又是一阵幸福的眩晕，感觉美好的春天就要到来了。这又让我想起了紫，我的神经紧缩了。我不得不违心地告诉玲：紫，一直没有再婚，我不理解为什么？

玲沉默了。许久，她转过身来，说："或许我能理解为什么，她一直还深爱着你对吧？要是我，或许我能冷静地思考，而不是离婚……"

"我不知道！但我一直很想知道！签完离婚协议书后，她就瘫软了，走不出那间办公室！"我说，"每次想到这场景，我就不能自已……"

"就算是这样，可是两年过去了，你就不能放下她，好好面对我吗？或许我和她不一样，第一我不会轻易说离婚；第二假使我错了，我也不会放弃改正的机会。可是她不是我，所以我有我爱的另一种方式！你从来没有向我讲述过你们离婚的全过程。"她说，"是的，你们曾经很恩爱，但现在已不是曾经，我很想知道为什么？"

我看着她的头发，把事情的前因后果说了一遍……但是，我不知道我所说的，是不是紫所想的和她所感受的？

玲似有感慨！她转过身来，望着我说："其实，你这人确实很可爱的！我也不知道为什么，走到你面前就什么都依你了。我是一个有主见的女人，但遇上你之后，我就没主见了。我想问许多为什么？这些年来，不是没有人追求过我，就是我找不到这种感觉。"

她又说："许多男人走到我面前，我不会触电，不会有为他生为他死的梦想！但和你在一起，我就怕你从我的生活中走开，你要走了，我真的会不知所措的……

“很多事情本来我都想好了，包括我要不要嫁给你。可只要在你面前，我就想问你一下，我的这事那事做得对不对？我甚至会问你，我到底该不该嫁给你？在我心中，这就是男人的感觉吧。虽然我有主见，不奴性，也不用依靠你，但我就有那种想靠着你的感觉。

“我把这种感受跟我妈说了。她笑了，她说：‘傻孩子，你找到心仪的男人了！当初我对你爸就是这感觉……’我和你在一起，就有想说和说不完的话！你说说，我哪点不如你前妻了？身材？脸蛋？厅堂？厨房？智商还是情商？”

她默默地望着我，想让我回答，而我却无话可说。我和她四目对视了一会儿，最后羞愧地把头扭开。面对这样的女人，我的心中只有羞愧，只有自责。

是的，我可以这么说，她是一个非常优秀的女人。年轻、漂亮、有活力，为人坦诚；工作、家庭、人品、学历、身高……这些，都可以算得上是百里挑一。这段时间，我确实不断让她征服着，以至于不能自已，只要有一天没见到她，整个身心就会有一种失落的感觉。我甚至写不出东西吃不下饭。

但只要想起紫，我又觉得自己是在婚外恋，另外一种负罪感油然而生。

不是我不爱玲，是紫有恩于我。两年多来，虽然有过许多误解，但我亏欠她太多！她要不嫁，我怎么可能再娶呢？

所以我想不明白，我想不明白的事就一定要想明白。二十年来，我们的感情不是一张离婚证书就能说得清楚的。

我一直觉得我有愧于紫，没有她的支持，不会有我今天的成绩。但此时，我一样觉得我有愧于玲。没有玲的介入，我很难从过去的阴影中挣扎出来。我在矛盾中显然已经无法自拔，我愣愣地想着，竟然不能说出一句话来。

玲拉了我一下，说：“是不是我让你为难了？是不是我逼你了？”

“不，不是的！”我转过头面向她。虽然我语无伦次，不知道怎么做答，但我还是说出了我的真心话。不，我绝没有这种感觉，只是我很矛盾。我甚至可以马上和玲结婚，因为我是个离婚的单身汉。但因为紫，我做不出任何决定……

玲又说：“我不会逼你的！我们的事情我都依你，暂时缓缓可以！我想，我还是能等得起的！不过，不管紫是什么原因不结婚，我们都会结婚的！我爱上你了，你也是！我和紫之间，只剩下公平的竞争，我会用我的生命，去争取我想要的幸福！”

是的，玲说的没错。每一个人都有权利寻找他们的幸福，但爱情有时会自私到忘恩负义吗？不管会不会，如果哪天在玲与紫之间让我做出选择，我将如何选择呢？当初我拒绝母亲的再婚建议，就是为了不让自己陷入这种绝境中。

但今天，我已经拒绝不了玲的真情。

我望着玲，思绪混乱。最终，我还是只能貌似理智地说：“不，紫不会再爱我了！都两年多了，她不见我一面，这不是她曾经的行为……”

18.

事实上，真正和紫离婚的原因，我确实并没有和别人说过。当然，这事的责任在我。当紫看到我在书上对一个女网友大谈感激时，她震怒了。她冲着我吼叫起来：“我跟你快二十年了，没听你说过我一句好话！为了一个女网友，你竟然为她做了这么多！你们之间到底有多少不可告人的恶事。”

是啊，对于紫，一直以来，我只有理所当然地享受她的关心和爱护，我甚至从来没有对她说过一声感激，更没有让她的名字甚至“我爱人”出现在我的作品中。这让我好生奇怪，我不知道是不是因为我们一直偷偷相爱而导致的结果！

她的性格相当泼辣，只要跟你急起来，就不会听你解释的。她对我好，但更担心别人也对我好，所以她总是想方设法让我高兴。我爱她，所以事事总是依着她。在男女关系上，我不能有一点点不轨的行为，比如我和她上街多看一下别的女人，一回家，我就只能一个晚上听她讲课。要是和不太相熟的女性说上话，那我就得玩完了，所有的行动都要受到限制。好在我并不喜欢太多交际，只会静静地写点文章。

当然，和梅在QQ上深聊，是我思想的出轨行为。我觉得在紫的二十年监护中，思想得到了一点解放。我突然感到我的空间有莫大的开阔。然而，我也清楚，紫一直以来对我不放心，是因为那两次事故。一次是我差点掉到深塘里淹死，她怕了，她不容许我有半点闪失；一次是我被黄小小勾引了，她怕我再上贼船。

所以，有时我一直怀疑我是不是一个好男人。

正因为如此，紫开始监视我！自从她看到我在书上称赞梅的时候，她就要求我交出QQ密码！但我知道，我对梅的感激，是出于对一个朋友所应有的感激。因为梅在工作上，给了我很大的支持！

所以后来紫会突然间登录我的QQ，看看有谁冒犯她的男人。只要对话稍微出格，那边的电话立马打来。而且，晚上就是没完没了的纠缠，让你只能吃饭不能睡觉。当然，说得最多的话，就是“你不能背叛我的”“你知道我有多爱你吗？”是的，我知道，我当然知道！对她爱的行为，我自然很习惯；听她的就行，的确我也爱她。

后来，她登录了梅的空间，看到如此年轻漂亮的她，她更是受不了了，这让她的精神彻底崩溃。她天天要求我离婚，不管我如何向她解释，她都不认可我们的朋友关系。

紫的性格，我素来理解，她是一个不到黄河心不死的女人，一旦认定了的事，她就不会轻易改变。正如我们从小开始的二十年感情，她就要想尽办法守护着。她不让哪个女生多看我一眼，否则的话，就会找机会和人吵架。这让我这二十年来一直感动着，也一直压抑着。我融入她无穷无尽的爱护之中，不敢有丝毫的行为和思想出轨。同样，我也沉浸在她无尽的爱护之中，让我感受此生的知足。

大概，这次是她吃错药了吧，她把离婚诉讼书传到了法院，让我无论如何要在上面签字。一向对她极少说不的我，无奈之下，只好在离婚证书上签上自己的名字。本来以为这只是权宜之计，没想到，这样一过就是两年，我没有结婚，她也没有。

我们之间，似乎只有儿子为我们做一条纽带。只要抛开儿子，我们就无话可谈。一谈她就上火，她一上火我就压抑，最后关了电话。早先，母亲也和她有些沟通，后来，这种母护子的感情，也慢慢让她产生反感。因为我知道，不管怎样讲，母亲总会对儿媳妇说："不会的，若若应该不是那种人！"自然，做儿媳妇的也会讲："妈，我也希望他不是那种人，可这些事实让我怎么接受？"

是的，紫的手中确实有很多我和梅的"事实"，但这些"事实"，却只有我和梅知道。因此后来，大概母亲也说服不了儿媳妇了，儿媳妇也听不进母亲的，此事也就慢慢罢了。紫和母亲，慢慢也就不怎么沟通了。

有时我会突然感觉，觉得紫对我的爱，虽然很热烈，但同时也很痛楚。在我们二十年的爱情中，在今天，我突然有所感觉！我觉得，她对我的感情，也是很累的！她整天担惊受怕，二十年如一日地呵护我，所以，当她发现了梅之后，她的精神和毅力，才会在瞬间崩溃。所以，这二十年来，我几乎是理所当然地接受她爱的馈赠。

今天，当我和玲在一起时，我才突然觉悟，觉得这二十年来，我对她的关心确实少了，在我心中，只有事业和文章……

我正想着，玲接过话头说："不，她是爱你的！可是今天我也一样，我也是爱你的！"她看了看我，微微地苦笑了一下，带着些许无奈的神情，继续说："你要是背叛我，我也会跟你没完的……"她的话没说完，两行泪水已经流下来。

我的神经突然间就要崩溃了，我扳过她的脸，为她擦掉泪水。她倔强地用手把我的手推开，甩手向远处走去……

19.

我和母亲说，我准备和玲订婚，让母亲和姐去玲的家里，商量一下结婚该办的事宜。并且，我还让她们看看什么日子会好一些。

是的，已经两年多了，紫不见我一面，也不给我任何消息，我只知道，她和我一样，到目前为止，还是单身在过日子。我觉得，她是不会再给我机会的。所以今天，当楚带着冬儿来和我团聚时，我就决定将准备结婚的消息告诉她。顺便，我希望她能告诉她姐姐紫，并代我转话，希望她也能找到一个幸福的家。

之前，楚只要带着冬儿过来，就自己先跑到哪去玩了，过些时间，再回头过来带走冬儿。但今天，楚却不跑了，她说她有事情想问我。此时，我的右手搭着冬儿的肩，楚坐在冬儿的右边，脸上，似乎有点杀气腾腾的样子。她们姐妹都是一个样子，让我突然觉得又做错了什么。于是，我问她："楚儿，有什么事要说呢？"

她也不正眼看我，只是把眼睛望向前方，不紧不慢地说道："姐夫，你找女朋友啦？"她的话里，充满着尖酸刻薄。

"是啊，我妈老在催，有人介绍了一个姑娘，叫玲……"我听这话，变得有些尴尬和愧疚，低下头，本来想说的话，竟然说不出来了。

"哼！我就知道啊，有些人眼里就是喜欢年轻漂亮的，抛弃了我姐姐，找个当官家的闺女了吧？一个研究生老姑娘，是吧？哼！有钱有势啊！不就比我姐姐年轻几岁吗？她能比我年轻吗？现代人真是忘恩负义……"

嗬，都是一个娘生的！这个前妻妹一旦发起威来，嘴巴比她那姐姐还不饶人。对她，我更是无话可说了。想了老久，才说道："楚儿，说什么啊？也就公园走过几回！犯不着这样说话啊？"我很不明白，此时我竟然说出违心的话来。我想，我大概又是做错什么了。打算和她说结婚的事，又闷到肚里，一脸羞愧，把头转向一边。

"啊？就公园走几回？还犯不着什么啊？都到人家家里叫爹去了，过几天就要订婚了，还说公园走几回。啊？我姐对你怎样？你是不是白眼狼啊你？"楚儿转过头来冲着我，开起了机关枪。"她把你从头到脚都侍候透了，你不好好爱他，还去找女人？有钱了是吧？成名了是吧？没良心的！你就没有想过你没出名之前，还是我姐姐养活的！为了让你三餐吃饱，她每天在工厂里加班加点，养老养小。你坐电脑前敲出名了是吧！网上找个不行，现在又找一个当官人家的女儿了。

“哼，我可告诉你，你真没良心的话，我就让冬儿不叫你爹！我姐咋啦？你为什么不要啦？她黄脸婆不是你给累的？还什么作家写什么文章嘛，都是骗人的……”

“楚儿，你少说两句不行吗？是你姐姐硬要我离婚的啊？”我有些忍不住了，感觉此时真是没脸见人。

“哟！我为什么要少说？嗯！你不随便乱交女人，我姐姐会和你离婚吗？把你当心肝宝贝爱都来不及！哼，那老姑娘想结婚，也不问问我！就算我姐真不要了，也轮不上她呢，我还没嫁人呢？我比她年轻多了！”

我真是有些哭笑不得了。我知道她们姐妹一说话，准没让人插嘴的份，骂一下也就好。不过，今天楚儿确实太过分了，把所有丑话家底都搁在这儿了，让我心里有些生气，正想说她，楚儿又重复说：“没那不要脸的女人插上一腿，我姐姐会和你离吗？”

“你住嘴！”说到梅不要脸，这回我真火了！听到这话，我如铁锥钻心，她怎样骂我都行，就是不能用那样的话伤害已经故去的梅。梅没有做错什么，一切都是我的错，我愿意承担所有的过错，但是她不能这样污辱梅。

我浑身发抖，气得说不出话来。楚儿没有见过我这样发火，她突然呆住，害怕了。她惊恐地站了起来，委屈而又胆怯地看着我，说：“不是吗？姐夫！”

20.

冬儿也胆怯地看着我，把嘴一抿，想哭又不敢哭出来。我对楚向来是很疼爱的，没有冲她发过火。或许之前，我们没有任何矛盾。所以她那嘴巴向来也是很甜的姐夫长姐夫短地叫着。今天，她骂我挖苦我，是为她姐姐出气，这我也能理解。可是听到她那样骂梅，我的心就一下子碎了……

楚见我发火，真怕了。她有点抖抖瑟瑟地说：“不是吗？姐夫……那种女人就不是好女人，你因为她才和我姐姐离婚，你还护着她……”

“不是的，她不是坏女人！”我意识到自己失态，用缓和的声调让她坐下。我对她说：“梅半年前就去世了！”

“死了？为什么？”楚惊讶地坐了下来，她突然安静了许多，稍稍低下头。不过，听我说梅去世了，她又好似怜悯好似好奇好似痛快的样子。她坐直身子，又怯怯地问道：“怎么就死了啊？反正她就不是好人，勾引人家的丈夫，死了活该……”

“她是好人！”我哭笑不得。于是我和她讲起，有关于梅生前和我之间的故事。楚静静地听着，开始是好奇，后来是怜悯，再后来是悲怆，她一边听着一边拭着泪水。我的故事讲完之后，楚已泣不成声了……我面仰向天，咬着牙，泪流满面……

“其实故事很简单，就是从前有一对恩爱夫妻，先生在网上和一个女子上网聊天，女士生气了和他离婚了，后来才发现这其实就是一个美丽的错误！”楚擦了擦眼泪，定了定神突然俏皮地对我说！我听了，露出一丝苦笑，算是破涕为笑了。

她也笑了，继续说：“不是吗？姐夫！”

“是的！”我点点头说。

楚又接着说：“那就是说本来就没有这回事，那对从前恩爱的夫妻还是一对恩爱的夫妻，不是吗？他们还有一个十岁的儿子，叫冬儿，很乖很听话不是吗？”

“是的！”我的思绪很乱，一直顺着楚儿的思想在回应着她的话。

“那也就是说，梅和玲都只是从前这对恩爱夫妻的一个小插曲？对吗？”楚继续说。

我骤然感到事态严重，血脉贲张……我无语又无神。楚儿伸出她的手，在我右手的衣袖上拉了又拉说：“是不是嘛姐夫……”

冬儿也拉着我的手指头，说：“是不是嘛爸爸……”

我依然无语。心中有无数说不清的纷乱绞在一起。玲是个好姑娘，这不容置疑。数月的交往让我怎能伤害于她。而两年多来，紫却连一个面都不让我见，只是叫楚每个星期带着冬儿和我团聚。应该说，在我的心中，爱情的天平已经有所倾斜了。

虽然，这二十年的情感，不是两年时间就能忘记的。可是两年的时光，也确实消散了许多。现在让我想起紫来，她的面孔，似乎有些模糊了。而最近总是和玲在一起，我的脑中似乎都是她的影子。我不知道怎么回答楚和冬儿的话，我是一个人，我会忘记一些事。但是，我也是一个人，我会怀念一些事，更会记得恩情。

楚见我没说话，她有点生气了，再次拉一下我的衣袖说："姐夫！你不能没良心的好不好？你知道为什么我姐姐不让你去接冬儿吗？她说你没有时间，要写书，不能让你去接！你想过吗？两年多来不论刮风下雨，她总要和我一起带冬儿来看你！"

"和你一起？"我有些不解，"我从来没有见她来过啊！"

"你没有良心哪里能看得见呢？"楚又横了起来，"她每次都和我们一起来的，把冬儿放你这我就走了。可是姐姐她没走，你们父子俩走到哪里她就跟到哪里！每次回家就是哭，你不信问一下冬儿是不是这样的？"

楚用手捅了一下冬儿，大声说道："冬儿，快和爸爸说，是不是这样的？"

"是的，爸爸！"冬儿抬起头望着我，眼泪汪汪，说："妈妈每次回家都要哭的，我晚上也睡不着的！呜……"

"那……现在你姐在哪呢？"我说。

"她就在后面的竹林里。姐——姐——"楚回头，朝后面的竹林子叫了起来。

我也跟着她转身，朝她叫的方向望去——后面，是一片竹林，没有看到人影。我迅速起身，朝那竹林方向奔去。

远远的，我看到紫的背影，朝另外一个方向奔去。她一边跑，一边用手拭着泪水……

叶灵家的房事

序：

这几天，叶灵感觉很烦，总是吃不下饭。有时，她会在半夜里让噩梦闹醒，整个晚上无法入睡。

她感觉自己空落落的，没有半点滋味。可要说原因，她自己也觉得纳闷，不知道是谁，无端地在她的 QQ 空间里，留下——最近，请注意一下你的老公！

1.

她自己也说不清楚，这是无聊的游戏，还是善意的提醒？她和老公周永结婚十几年了，虽然没有像书上说的那样轰轰烈烈，却也相濡以沫，和和睦睦。他们总是相互尊重，没有红过脸，更不会因为一点小事而大吵大闹。

可叶灵从书上也看到了，一生不吵架的夫妻，似乎是那种没有激情、平平淡淡的夫妻。双方因为生活平淡而有外遇，那也是经常发生的事。叶灵有时想到这些，就想和周永吵上一架，因为她确信，有一点风波的夫妻，才会让对方更加珍惜。

但是，凭她的个性，她和老公周永是永远吵不起架来的。何况，老公周永也是一样，绝对没有理由也不可能和她吵架。周永是一个细心的人，只要发现她有一点不高兴，就会想着法子去哄她。所以叶灵常常很矛盾，她不知道要不要相信书上说的那些话。

何况，如果叶灵和丈夫感情不好，那更是不可能的事，她只要想到丈夫晚上的温存，那本来平静的心，就会忍不住加快跳动的速度。一想到这些，叶灵就会有些安静，不再胡思乱想了。但是，又是谁会在QQ上给她留下这样的留言呢？她感到百思不解。

一直压抑的疑问让叶灵再也忍不下去了，在一次晚饭之后，她问周永："你经常一个人在外，我也没有盘点过你的行踪，你说说看，你到底有外遇吗？"

周永听叶灵这么一说，往口里扒的饭送到一半就停住了。他忘了咀嚼，拿眼睛奇怪地看着叶灵，说："你是怎么了？怎么会突然间问起这个问题呢？"

叶灵没把别人在她QQ上的留言告诉老公，只是冷冰冰地继续问道："你跟我说实话，有，还是没有……"显然，此时的她并不相信周永的表情。

"你这是怎么了？"周永咽下那口饭，继续盯着叶灵的脸色看，没有正面回答。

"到底有还是没有？你只要和我说实话！"叶灵并不搭理周永的反问，还是冷冰冰地重复着这句话。她也不看周永，低头有一口没一口，漫不经心地扒着饭。那感觉，似乎有一种委屈在心里说不出来。她之前从不怀疑自己的男人，可是对一个细心的女人来说，谁看了这样的留言，都会不自觉地感到心烦意乱，没有主意。

"没有，绝对没有！你这是在瞎猜什么？真的没有！"周永放下筷子，十分坚定地说。

"真的没有？谁信？"叶灵并不相信周永的回答，她此时的脸还是冷冰冰的。几天闷在肚里的疑问，让她不敢相信眼前这个一起吃了十几年饭的男人。"我不相信，绝对不相信！"她像是在回答，也像是在喃喃自语。

"我要有那事，这个手指头让你剁了！"周永对叶灵的无理取闹，开始有些生气了，他伸出食指，放在叶灵的面前，话中带有些许激动的喘息声，说："你怎么就突然间有这种想法了？你告诉我，是谁在乱说的呢？"

"有人告诉我的！"叶灵忽地站了起来，不再理会周永那根手指头。她一转身，头也不回地走进了睡房，碗筷也不收拾了。留下周永一个人在餐桌边上傻傻地坐着。

2.

一夜无话，两人各睡各的，这是晚春时节他们夫妻之间发生的事。

结婚十几年了，叶灵没有怀疑过周永，这并不是因为叶灵是个没有疑心的女人，而是周永的为夫之道，让叶灵感到放心，没有任何可以怀疑的念头。这也是叶灵家一直风平浪静的原因，夫妻间的生活，只要双方值得信任，自然是不会有什么架好吵的。

可是一个匿名的空间留言，让她真的有些不知所措了，在她心里埋下不信任的种子。虽然她一再告诫自己，她的男人是那么的值得信任，但女人的过度敏感和天生担忧，让她的心像一个起伏的皮球。这个世界并不太平，别人家发生的事很让叶灵感觉恐惧，甚至把自己等同于那些书上看到的、生活中听到的失败婚姻的女人。

是的，女人有天生的敏感和过度的担忧，这让叶灵产生莫大的恐惧。自此，隔三岔五，叶灵总要和周永无故地闹腾一番，最后背靠背地睡了。这让周永实在无可奈何，最终，他们之间只有越来越多的担心和猜疑，再也没有任何结果了。

两口子吵闹，很快让细心的婆婆发觉了。问清事由之后，婆婆对叶灵说："你就放一百个心吧，咱们家永永我最清楚，他一定不会做出那种对不起你的事。不过啊，这男人咱们还是得防着点！能让男人变坏的，都半是因为他们身边有钱了！只要把男人那一点点小钱给弄没了，他再怎么坏，也坏不出这个家门！"

婆婆说这话的时候，感觉特别轻松，一点也没有怀疑的态度，只有自信和坚定。这或许是老人家的阅历深吧，她的自信让叶灵感觉到有些安然的宽慰。

大概，姜还是老的辣吧！叶灵觉得婆婆的话有些道理。于是她问婆婆，有没有什么办法可以不让男人变坏的？婆婆神秘一笑，附着叶灵的耳朵旁，悄悄地说道：让他再去买一套房子……

一听说再买一套房子，叶灵有些苦笑起来，她说："妈您在说大话啊？咱家哪有钱啊？就那一点点存款，还不够首付的一半啊？"

"傻丫头，有钱买房子那还叫好主意啊？就是因为咱们家没钱才要买啊！"婆婆笑了，那笑笑得很是神秘，让叶灵感觉有些模糊不清。

"这是为什么啊？"叶灵不解，一脸疑惑地望着婆婆。

"你想啊，"婆婆微笑着说，"咱们先把首付给付了，接下来每月的按揭，让永永去还，永永有了压力，哪里还有心思再花钱到女人的身上啊！"

婆婆管周永叫"永永"。叶灵虽然也觉得婆婆说的话有些道理，但她还是下不了决心，因为她手头确实没有多少钱，连首付的一半都还不够，她哪敢动买房子的念头啊！叶灵摇摇头，无奈地对婆婆说："妈，这样不行的，我们哪有那么多钱啊！先别说首付的一半都不够，将来每个月的按揭，都会让周永承受不起的……"

婆婆见叶灵心疼周永，又笑了，她说："看来真是对好夫妻啊！我就说嘛，恩爱夫妻！还没开始买房呢，就心疼起老公来了，我们家永永确实找了个好媳妇，会心疼人！放心吧，灵儿，咱们家永永绝对不是那种人！"

婆婆的话让叶灵感觉耳根有些发热，她不好意思地把头低下，喃喃地说："妈，我就是担心嘛！谁知道他在外面有没有女人啊？"

婆婆又是一笑，她说："灵儿啊，咱们家永永这边我敢给你担保，绝对不会有任何问题！至于买房子的钱嘛，"婆婆稍微停住了一下，又提醒说，"这个你就放心吧！不用担心的，咱们家不是还有一栋老房子吗？找人给卖了，凑足首付的钱还是有余呢！"

3.

是的，老家确实还有一栋老房子。那是周永父母年轻时建下的，现在周永的父母还住在那栋老房子里。

早先，叶灵听公公婆婆说，他们想让周永把那栋老房子和他们现在住的小房子给卖了，再凑一点钱买一套大房子，好让一家人都住在一起，生活上也有个互相照应。

可周永却说，那栋老房子留下了他的童年，他不想卖掉它。再说了，父母现在还算年轻啊，他们还可以照顾自己。虽然叶灵也答应说让公公婆婆过来一起住的，但周永是个理性的人，他知道这婆媳间，一旦住久了，矛盾就会多少闹出一些来。

老人们也有他们的生活习惯，虽然住在乡下的老房子里，但平时总是来来往往，卖掉老房子一家人住在一起，日子久了，这种亲密感就会慢慢变淡。

周永不是不孝顺也不是不想换一套大房子和老人们一起住，他是想保住这种亲情关系，让适当的距离留下美好的回忆。再说了，他们小小的三口之家，住在现在的小房子里，也感觉安安静静的，暂时，他不想给自己带来太大的压力，更不想打破这种安静。

所以，因为这事得不到周永的支持，公公婆婆也就不敢再提了。

叶灵和周永结婚那年，夫妻俩凑钱买了一套小房子，只有两室一厅。他们从老房子搬出来之后，父母也时常过来小住一段时间，那种感觉融融洽洽的，既保持了三代人的亲情，也不会因为代沟影响他们的生活，那才真正是天伦之乐呢！可现在孩子长大了，小伙子自己占去一个房间，再也没有地方腾给老人住了，于是老人们白天偶尔来一下，不敢过夜就走了。如果把老房子卖了，那肯定得再买一套大房，要不老人是没有地方住的。

叶灵不是个小气的人，她也想拥有一套更大的房子。当然，如果老人愿意卖掉那栋老房子，再帮他们买上一套大房子的话，她愿意把现在这套小房子留给老人住，这样的话，老人们就能和他们一起住城里了，相互之间虽然还会有一些距离，却贴得更近了。

听婆婆这么一说，叶灵觉得这是一个好主意。于是，她试探性地问道："妈，要是咱们把老房子卖了，您二老住哪呢？和我们住新房子还是住小房子呢？"

婆婆也是个明白人，只听她说："我们就住你这吧！你们买了大房子，这小房子不也是空着吗？把老家的老房子卖了，搬到这边来住。我们老两口也喜欢自己住啊，安静！"

叶灵觉得婆婆的话说得句句在理，老房子是老人年轻时盖的，二老在的时候，自然是他们名下的财产。现在他们为了让叶灵能买上大房子，把老房子给卖了，自己这栋小房子，让给老人住也是应该的。再说了，将来这小房子的产权也是他们夫妻的。

叶灵觉得婆婆很是关心自己，感觉心里十分温暖。为了他们夫妻和睦，老人竟然同意把老房子给卖了，这让她感动不已。无论如何，她打定主意说服周永，让他再按揭一套大房子。

主意已定，叶灵对婆婆说："妈，那就这样定了吧，我去和周永商量商量！"

婆婆见叶灵答应了，别提有多高兴了。她笑呵呵地说道："好好好！永永要是同意了，你就打电话告诉我，我让你爸帮你们张罗买主去！"

就这样，一个一箭双雕的卖房买房计划，在婆媳之间就定下来了，只等周永点头。

4.

晚饭后，天气还有些微凉。叶灵见孩子走进自己的房间，把门关上了开始做功课，就和周永早早地上床了，两人靠在床上看着电视。他们也不争台，谁先看上就跟着谁后面看。稍后，叶灵推了推周永说："咱们再去按揭一套大房子吧！"

周永一听，扭头看了看叶灵，突然感觉有些陌生似的，许久才说："你最近是怎么了？是不是头脑又发热了？买房子？买什么房子啊？咱们家那点钱还不够首付的一半呢，你又不是不知道！买什么房子啊？再说了，咱们家的孩子不是还小嘛，房子还能住啊！买那大房子干吗呢？前年我们才刚刚还完这套房子的按揭，现在家里就剩那几块钱，你又想买什么大房子了？真是鬼迷心窍，我可不想做一辈子房奴！"

周永没头没脑地数落，让叶灵感到十分委屈。她想大哭一场，但还是忍了下来，她把脸拉得长长的，从鼻孔里出气说：“哼，我就知道人家的良心嘛！心里就想着外面，咱们家儿子还小啊？是不是外面还有一个更小的？你就等外面那个小的长大了再买吧！”叶灵一委屈，又想起了那一句留言，心里一气，口没遮拦地什么话都给倒了出来。

“你，你……你这是无理取闹！什么外面里面的啊？”周永听叶灵这一说，知道她又扯事了。最近一段时间，他让叶灵这些话给激了，只要一听这话就来火，更无处解释，所以他干脆不再理她，身子一缩往下一躺，再把棉被一捂，转过身把背扔给了叶灵。

周永的动作让叶灵再次感到莫大的委屈，她本想再发一通火数落他几句，但女人的灵性让她突然有了理性的选择。她灵机一转，伸手把周永的肩膀硬是扳了过来，说道：“你要是能证明你在外面没有女人，那你就给我再买上一套大房子。你要不买，就是准备给狐狸精小儿子买的！你看着办吧……”叶灵一火，又用力一扳。

周永无可奈何地转过身来，他哭丧着脸对叶灵说：“你有完没完啊？不是我不想买个大房子，你说咱们家哪一点钱，能买得起大房子吗？你最近脑袋是不是烧坏了？”

“你敢不买？你要不买就是外面有女人！你个没良心的……跟你这么多年就没过上好日子，谁知道你外面有几个女人啊……”叶灵哭着闹着，眼泪哗啦啦地流下来，女人们一旦认定了的事，多半是不用脑子处理的。她不依不饶，一次一次地刺激着周永……

看着泪流满面的叶灵，周永终于妥协了。他无可奈何地对叶灵说：“你让我怎么买啊？至少，我们得有首付的钱对吧？哪里弄钱去？你要能弄来钱，我就依你！”周永伸出一只手，把叶灵的头抱过来，用另外一只手帮她擦去眼中的泪水。他知道叶灵平时胆小怕事，更怕负债。可她不知道，当一个女人过敏于自己的感情时，她会变得大胆而勇往直前的。

周永这么一说，倒让叶灵心里有些安静了。她其实不想让周永承担这么大的压力，毕竟，孩子确实还小，如果不卖掉老房子，他们这几年的日子，将会过得很滋润。可是女人往往是比较感性的，稍有风吹草动，就会心潮澎湃，不管那QQ留言是不是真的，她都得做个最坏的“万一”准备，她不能让别的女人把身边的男人抢走。

再说了，这房子迟早还是要买的，趁着年轻能够打拼，为将来早早准备着，也不是一件坏事。至少，房价从来就没有落下过，等到将来，说不定更买不起了。

叶灵感觉周永是答应了，就顺水推舟地说道：“这可是你说的，钱我去弄！钱要弄到手了，你可不能反悔的！”

“有钱我反什么悔？”周永有些苦笑，他心想，叶灵夸下这海口，最多也是回娘家借个三两万的，根本就是杯水车薪。他冲着叶灵微微一笑，说：“你要真能弄到首付的钱，按揭的那一部分，我就不用你操心了！”

“真的？说话算话？你可别反悔！”叶灵突然破涕为笑，向周永伸出一个小指头说，“拉钩！”

“拉钩，一言为定！”周永也笑着伸出一个小指头，钩住叶灵的手。是的，半老夫妻了，他突然感觉今晚又回到了从前，情感上又年轻了一二十岁。

周永的心头一阵激动，顺势把叶灵抱了过来……

5.

叶灵把周永同意买房的消息告诉婆婆，两人商量定了：暂时不把卖老房子的事告诉周永，等到找到买家，再让周永去谈价钱。终于有一天，婆婆把买家带来了，她让叶灵打电话通知周永，说过来谈谈价钱。

突如其来的消息让周永有些不能接受，听说要卖掉老房子再买新房子，他有些生气，死活不肯同意。他说，那老房子留下他整个童年和青春，无论如何，这段感情他是放不下的，买新房子的事，等过些日子攒足钱再说，反正现在不急。

他此时有些心烦叶灵，竟然是想用卖老房子的钱来买新房子。于是就责怪叶灵说：“你说弄钱？就是想卖掉这老房子啊？有这个必要吗？”

叶灵不说话，她只是拿眼睛瞅了瞅婆婆。但听婆婆说："永永，这事不怪灵儿，是我想把老房子卖了的！"

"妈，我们卖那房子干什么啊？之前我说过多少次不想卖了……我们不卖老房子不是还能住啊！"关于卖老房子这事，周永的脑袋总是转不过弯来。

他想，家里的老房子还能住啊，这里的小房子也能住的，本来十分宽松的生活氛围，为什么要因为一套大房子而把老房子卖掉，然后再花上十年八年的时间拼着老命来还按揭呢？对于喜欢慢生活的周永来说，他无法接受这种挤压。他感觉面前这两个至亲的女人并不能体谅他的压力，只是因为别人有大房子自己没有而产生虚荣心。

周永一会儿看看母亲，一会儿又看看妻子，他有些不能理解，发现眼前这两个非常熟悉的女人，突然间变得陌生起来。

他说："妈！我们现在有房子，能住，为什么一定要让自己那么辛苦去生活呢？将来有钱了，我们可以回去把老房子翻修一番，在乡下过个世外桃源的生活，多好！为什么一定要把老房子卖了，跑到城市这种逼仄的地方来承受压力呢？"

周永继续说："我从小就在农村长大，虽然现在生活在城里，但我更向往过去的农村生活，我很希望为自己的将来留下一点点旧日的念想，这点，请不要剥夺我！"

由于周永不同意，卖老房子的事，一下子就卡住了，这让叶灵和婆婆都感到意外，一下子没了主意！但事已至此，婆媳之间因为各有打算，只好横下一条心了，不管周永同不同意，她们都决定要卖掉这老房子了。听周永那一番感慨，婆媳俩一使眼色，又说话了。

婆婆正色地说："永永，我可是住了一辈子乡下的人了，现在更想住到城市里，热闹！有个地方玩！你不就怕我们两个老鬼拖累你吗？想把我们扔得远一点眼不见心不烦吗？"

"妈，您这……"周永听到这话，倍感委屈又哭笑不得。

只听叶灵也说："在城里再买上一套房子，什么都省心！你也不想想，就咱们这一点点破工资，想回家再盖上一栋别墅，这辈子你大概是不可能的了！再说了，咱们也不能老是让爸妈自己住在乡下啊！看来人家还是别有用心的……”

“你们这是……”周永无语。他虽然想争辩，但一张嘴说不过两个意志坚定的女人。

在母亲和妻子强大的压力下，周永不得不考虑自己所面对的事实。特别是叶灵最近的胡搅蛮缠，让他感觉无法再说出一个“不”字。女人是爱自己的，自己也是一样的。才缓和几天的夫妻生活，对周永来说特别甜蜜，他不想让自己的婚姻再次跌入这种无聊的旋涡之中，尽管他心里不愿意，但他觉得有责任也有义务为自己的家庭承担压力。

由于婆媳的软硬兼施，周永终于放弃了自己的观点，同意和买主洽商卖老房子的事。事实上，他自己也很清楚，虽然有些东西他不舍得，但在物质文明的今天，那一点点精神上的东西，实在是安慰不了自己的。更何况，老房子也确实老了。自己什么时候能够有钱翻修，那也是想也不敢想的事了。

在周永的介入下，老房子的价钱很快就谈妥了，买主是邻居老蔡家的。什么时候一手交钱一手交货，就等着老蔡家把钱凑足了。

6.

既然老房子要卖了，那确定得再买上一套大房子。所以周永和叶灵最近一段时间频频出双入对，到处挑选房子。夫妻俩像新婚的那一阵子，一下子又年轻活跃起来。两个人不是今天看广告，就是明天找房地产商；一会儿打电话，一会儿又出去看房。

叶灵觉得，这些天来，她真的很幸福，像和周永再结上一次婚，脸上时时挂着笑容。

其实人生就是这样的，总得有一点压力才会带来一点乐趣。尽管周永开始的时候是迫于两个女人的死缠烂打，但现在看来，他也想通了。这几天和叶灵到处找房子，他觉得自己的生活又有了方向。尽管将来可能会累一点，但起码现在，他们夫妻俩是快乐的。

他们总是一前一后地步入房地产公司，脸上充满阳光地让人吹着捧着。顾客就是上帝啊，顾客是衣食父母，平日里在公司为人打工，在老板手下低三下四的委屈，这些天来，都因为让别人捧上天而全部释放出来。无怪叶灵那天从房地产公司走出来时，拉着周永的手悄悄地说道："咱们要是天天买房子，那该有多幸福啊！"

是啊，要是天天买房子，那该有多幸福啊！可是在这个世界上，又有多少人能不为房子的事发愁呢？

两个人正幸福地在路上走着，突然，周永接到父亲打来的电话，他说让他们夫妻周末过去一趟。老人的意思是说：这房子要卖了，一家人总得坐下来，最后再聚上一个晚餐，算是告别仪式吧。老人还说，让周永也打电话告诉妹妹和妹夫，让他们也一起过来。毕竟，大家好歹都在这个老屋里长大的，一定要办个热热闹闹的告别晚宴。

周永觉得老人的主意实在不错，想得周到。本来，他就不舍得卖掉那栋老房子，但是，在母亲和叶灵的推动下，他最后还是下定了决心。不过，房子要卖了，这感觉还是有点不怎么好，父亲的主意让周永多少找回一点温暖和宽慰的感觉。他理解父母，是的，如果不是为了子女的幸福，二老也是不舍得把自己辛苦打拼的老房子轻易地卖掉啊！

周永和父亲通完话，就赶紧给妹妹打去电话，说二老让他们夫妻俩周末去老房子那边聚上一聚，说老房子打算卖了，想重温一下往日的温馨。

尽管要卖老房子的事已经说了很久，但这消息还是让妹妹感觉有些突然，她问："哥，这是啥时候说的事啊？这么快啊！我怎么一点也不知道呢？爸妈他们都同意了吗？"

"爸妈都同意了，要不哥哪敢卖呢！妹妹，你也是知道的，哥一直以来都不想卖掉这老房子的，可爸妈坚决要卖！是他们找来买主才让我去谈价钱的，我一开始说什么也不同意！一想起我们曾经生活的日子，心里总有一些不忍，我确实不舍得卖啊！"

"是啊，我也不舍得啊！从小到大，我们都在那老房子里长大的，那份情，无论如何都是割舍不下啊！”妹妹也有些激动和不忍，她回答说。

周永听妹妹这么一说，更是感觉过意不去。他实在不想卖掉这栋老房子，这是有感情的老房子，他们兄妹从一出生，到各自成家立业到城里发展，这期间的大部分时间，都是在乡下的老房子度过的，为了一套城里的大房子而把父母的基业给卖了，对周永来说是不现实的。他觉得自己可以通过一段时间的打拼，再来买一套新房子，这样对他来说比较充实。至少，那是靠自己的汗水打拼出来的。而卖掉老房子再买新房子，这显然是一种寄生！

再说了，要卖掉老房子这件事，他也没有事先和妹妹通一通气，内心里觉得有些对不住妹妹。给妹妹打这个电话，周永此刻的心里也有些不踏实，他觉得自己有点像做贼似的，毕竟，这老房子是父母的基业，要卖总得和妹妹也说上一声。

不过，现实的生活让周永也认识到，光凭他们夫妻的工资，想要再买上一套大房子或者回家把那栋老房子重新翻建，几乎也是不大可能的。既然说要卖了，就不要再去想这些了。

此时的周永也不知道妹妹是怎样想的，他只是觉得自己在这件事情上有些虚空和愧疚。不过事已至此，他只能对妹妹说：“妹，你晚上和妹夫一起过来再说吧！”

“好的，哥！”只听妹妹在电话那边应了一声，说道：“我们会准时到的！”

7.

当晚，一家人聚集在周永家的老房子里，父母为他们摆上一桌上好的酒席。这一餐，多少让人感觉有些温暖。有那么长的一段时间，周永一家人都为各自的家庭和事业在打拼着，有多久没有聚集在一起好好吃上一顿饭了。

所以父亲今晚特别高兴，母亲也是满脸笑容的。老头子频频举杯，招呼着儿子、女婿干了一杯又一杯。

到后来，大家都开始有些不胜酒力了。老人和兄妹俩回忆起老房子的那些陈年往事，说到心酸处，竟然都动起了情。二老此时的心里有些不忍，眼眶红红的不断用手抹着眼泪。周永看在眼里，疼在心里，他也有些禁不住地黯然神伤。本来高高兴兴的气氛，突然间像来了一股寒流似的，一下子给冻结住了。

倒是妹妹觉得气氛有些不对，就问起了是哪家要买这栋老房子的？周永这才回过神来，告诉妹妹说，是邻居老蔡家的。

于是父亲接着说："老蔡的家境也不是很好的，几个孩子大了都没地方住，咱们家便宜一点卖给他们，也算是对他们有些帮助了。"

周永连连点头说："是啊！老蔡家也是很辛苦的，早年没老伴，孩子又多！"

妹妹也点点头，算是理解了。后来，妹妹又问起了这栋老房子到底卖多少钱。周永叹了一口气，最后伸出两个手指头说："就这个数！"

妹妹见哥哥伸出两个指头，就说："才二十万啊？哥，这个数可是少了一点！光地皮就得值不少了！"不过后来她想了一想又说："反正，都是老房子了，少就少一点吧，老蔡家也是不容易的，这些钱肯定要凑很久才能凑足的！"

周永点点头说："是啊，老蔡家收入不高，要凑足这些钱也是难为他们了！这不，就等他们凑足了钱，把合同签了，爸妈就搬到我们那去住了。这几天，我和你嫂子都一直在找新房子呢！卖了老房子，得再买一套新房子啊，这么多人哪里住得下去啊！"

"是啊！我那家就更挤不下去了，这么多年来，我们老的少的一起住，一家五口人才两间小房子，客厅都没有，上个卫生间有时还得排队，这种日子什么时候才能熬到头啊？哥哥这边还算好些，至少还有这栋老房子呢！"妹妹说到此，似欲言又止，不住地叹气说："嫁给他这么多年了，没有一天不为房子这事操心的！"

"是啊！妹妹的住房条件比我这还困难啊！"周永说完，看了看妹夫，只见妹夫不好意思地低下头。大家此时都觉得尴尬，不好说话，只好继续喝酒。

稍停一会儿，妹妹看了看二老，又看了看哥嫂，终于鼓起勇气说："哥，这老房子是卖了，可也算是咱爸妈名分上的一点财产吧，不知道咱爸妈要怎么处置这些钱呢？我们家的住宿条件可比哥还要紧张多了，哥哥这边能不能……"

妹妹的话才说到一半，就没再说下去了，她自己觉得不好意思开口，又见妹夫偷偷地拉了拉她后背下的衣服，示意她不要再说下去了。

听妹妹这么一说，叶灵和周永此时更加尴尬了。妹妹的话没说完，他们也不知道妹妹的弦外之音是什么？是不是想和他们分得一半财产呢？

是的，按照法律程序来讲，这老房子是父母名下的财产，妹妹肯定也有她应得的一份。可如果按照乡下的规矩来说，嫁出去的女儿泼出去的水，农村家的房产，都只留给儿子，哪个女儿敢回娘家来争执呢？再说了，农村家的老人多半和儿子生活在一起，周永的父母亲虽然自己住在乡下，但也不例外。

周永沉默了，叶灵此时更不好说话。她是儿媳妇，在这个家里，有关父母财产的事，得让他们兄妹去说。她看了二老一眼，发现二老的眼睛此时也是躲躲闪闪的。叶灵把眼珠一转，又看了看周永，只见他从口袋里掏出一包烟，取出一根递给父亲，一根递给妹夫，留下一根给自己。然后，他掏出打火机帮他们点上，三个男人各自抽起了闷烟。

叶灵没有说话，她再把眼睛转向妹妹，看看妹妹的脸色。只见妹妹说了这话之后，也只顾着低头吃菜，再也不见她说什么话了。毕竟，乡下的这些规矩她也懂，只是弦外之音是什么，她没说出来。而妹夫呢，他是外家人，只顾低头吸烟，他更没有发言权。

一家人就这样沉默着，许久，谁也没说话。一场本来温馨的聚会，以欢乐开始又以沉闷持续，三个男人只顾抽着烟，三个女人只顾吃着饭嗑着瓜子。

8.

终于，还是老太太打破了沉默。她说：“你们兄妹都是妈身上掉下来的肉啊，按理说，我不能厚此薄彼是吧？”她说话的时候，偷偷拿眼睛瞅了一下周永和叶灵，生怕得罪了他们。又把眼睛递给了老头子，示意他也开口说说话。

叶灵此时感觉婆婆有些虚伪了，不是因为这点财产，而是因为她一直唆使自己买房子，结果妹妹却在这个时候说出这种话来，难道这其中还有一些故事可讲吗？叶灵没有说话，只是在心里琢磨着，看着事态发展。其实，她想让周永买房子，不是为了把这老房子卖了独吞财产，而是怕周永“有钱就变坏”了！

老头子也是一个明白人，见老太太说话了，就故意吸了一口烟，假装干咳了两声，也跟着老太太的话尾说道：“永永，你妈说的这话也在理啊！你们兄妹俩都是我们的孩子，这房子卖的钱，是不是也应该给你妹妹一份呢？”

老头子话没说完，妹妹突然接过话头说：“爸、妈，我也不是那意思！只是……”

“你不是那意思，那是什么意思呢？”周永此时感觉自己无论如何有那么委屈，他猛吸几口烟，然后把烟头掐在烟灰缸里，有点愤愤不平地说。

他还没听妹妹把话说完，就打断她的话说：“爸、妈，凭良心说，妹妹是应该分到一半家产，我这做哥的也不是那么小气。不过，我只想问问爸妈，自从我们兄妹成家立业后，二老是不是和我们一起过呢？是不是一切的开支费用，都从我们这出的？妹妹有时过来，是给你们一点钱，但那是做女儿的本分，不是做儿子的责任，爸妈您说是不是呢？”

“是是是！”老头子和老太太听到这话，感觉周永是生气了，他们连连点头说是，又拿着眼睛瞅了瞅妹妹，想看看她有什么反应。

妹妹此时也感觉很为难，她真不好话说了。在农村，家业都是传男不传女的，这个她知道。婆家也有姐姐，哪敢对上一辈人的家产吭上一声啊？她原来结婚的时候，也是公公婆婆把老房子卖了，再帮他们买了现在这套小房子，那时候姐姐家非但没说话，还支持了他们。只是，目前的条件让她感觉自己的压力太大了，一家五口人挤在那两间小房子里，孩子小的时候没有关系，现在大了，实在很不方便。

其实，妹妹刚才说那句话的意思，就是想让父母把老房子给卖了，大部分钱先给哥哥买房子，自己看能不能也借上一点，再把自家现有的小房子也卖了，这样就可以应付首付了。可她没想到话还没说完，周永一听就生气了，父母也误以为她也想要一份家产。这误解一起，火气一上来，恐怕是越解释越糊涂了。看来，这事现在想解释也是解释不清楚了。妹妹觉得此时不好再说话了，只好把头往外一扭，把眼神移开。

周永见妹妹没有说话，又说："妹妹，妹夫！也不是做哥的没良心，不分给你们钱，爸妈这样说话，让哥感觉委屈了！这样吧，这老房子卖了，钱都归你们，但从今往后，二老就由你们俩带回家去，我这十多年也算尽义务了，你们看行吗？"

叶灵见周永越说越离谱，就用手拉了拉他的衣角，不想让他再说了。

但此时周永越说越生气，哪管得了那些，又说："你们看一看这周围十里八乡的，哪个做女儿家的敢回家和兄弟争财产啊？"

让周永这样一说，二老此时更是吭不了声了，这老祖宗传下的老规矩，他们也不是不清楚，你要说封建旧习俗嘛，可家家这条规矩还是得照守啊。

妹夫只是低头抽烟，在这种情形之下，他觉得最为尴尬，也只能用手碰了碰妹妹，让她不要再插嘴了，有没有无所谓的。

但被哥这么一数落，妹妹又不得不解释说："哥，其实我也没那意思！嫁出去的女儿泼出去的水，我哪敢和哥争家产啊！可你看看我现在的住房情况，自己都住不下去了，还能把爸妈接过去住啊？不是我不养二老，是实在养不起啊，我们家也有两个老人啊！"

"对！你这么一说就对了，谁家没有父母呢？又是谁家的女婿放着父母不养，养起了老丈人家的呢？哥要是放下父母去养你嫂子家的父母，你会同意吗？"此时的周永，他是真生气了，更容不得妹妹再解释什么，拉起叶灵的手就往外走，一边走还一边说："都是你惹的事！回去，这房子咱们不卖了，谁要钱谁去卖！”

一场本来温馨的亲情聚会，成了不欢而散的结局……

9.

几天后，老头子给周永打电话，试探性地问道：“永永，这老蔡家的在问了，他说钱是筹齐了，可我们什么时候交房子呢？”

叶灵刚好就在周永身边，只听周永说道：“爸，这事您和妈决定就行了！这老房子是二老辛苦建的，理应当由您来做这个主，我做儿子的哪有权利干涉呢？”

老头子听周永这么一说，言下之意就是他不再管这事了！他知道周永心里还在生气，就劝说：“永永啊，我们也没那样想啊，这房子现在还是你的，卖不卖得你说了算！你妹妹那边是比你困难多了，这话我们老两口也确实说不出口啊！现在你是一家之主，卖不卖房了还得你说了算啊！”

周永无言，他不敢伤害老人的心。妹妹家的居住条件也确实比他困难，是到了该解决的时候了。可是亲兄弟明算账，他周永也不是土豪，不是不支持，农村的风俗习惯本来就是如此，要不为什么许多人一定要生个带把子的才肯罢休呢？毕竟，嫁出去的女儿泼出去的水，将来能回家看看，就算是不错的了，谁家没有老人要照顾呢？

周永的心里也很清楚，很多老人那一点点财产，是捏在手心里的。等到他们老时，作为儿女孝顺的筹码，这样才能做到老有所依。虽然这话说起来有点难听，但却是一个事实，任谁也改变不了的事实。

周永理解父母的难处，也知道父母的真心，他们绝不会拿着那一点房产来和儿子做交易，只是他们心疼女儿。毕竟，都是自己家的孩子，有困难，作为父母的能支持，哪有不支持的道理呢？但是，父母的这一点房产，也不是周永一个人的事，他还得尊重叶灵的意见，在这个家里，她也算是一个应该尊重的人物吧！

周永想了一会儿，还是对父亲说：“爸，这事我也不能生气，更不敢生气，妹妹那边的难处我也知道，做哥哥的，能帮上忙的，哪有不帮的道理？关键是，到现在我也不知道怎么解决了，她要多少，多少才能帮她呢？就算我能同意，可是叶灵这边我也说不过去啊！她自嫁到咱家，什么也没计较过啊，我把这事给做主了，心里也过意不去啊！”

停了一会儿，周永又说：“妹妹家的住房条件确实是比我差，但要帮忙也不能用这种方式帮忙对吧？那天她说话的样子，好像是在明码要价和我分家产啊！如果这样，那我就不介入此事了，一切由二老做主。话都说到这份上，爸您说让我怎么处置？房子是您二老辛苦建的，您想卖就卖，想把钱给谁就给谁，总之，我不会再介入这事，也不要一分钱！”

周永越说越激动，有些气喘吁吁的样子。

父亲在那边说：“其实这事都是我们不好，没把事情先说清楚。你妹妹当时也没那意思，是我们误解了。永永啊，这事要怪，你就怪我吧！”

“爸，我哪敢怪您啊！老房子卖不卖，您和我妈商量吧！”周永稍停了一会儿，又接着说：“妹妹有没有那意思，也没什么关系！要是妹妹换作弟弟，那么钱一人一半，人一人一个，我一句话也不会说的！爸您说是吗？”

父亲在那边沉默了，说真的，老人的心里也很为难。做父母的手心手背都是肉，可是情理上他也不敢开口，毕竟，儿子和媳妇都是孝顺的，女儿女婿再困难，那也是外家的事，能帮得上忙的，那肯定是要帮的。可要是帮不上忙的，也只能自己想办法了。

周永见父亲那边没说话，也感觉自己说话过火了。他很想对父亲说，妹妹要多少就给多少，可是他想到了叶灵，又不敢把这话说出口了。就趁着父亲沉默的这会儿，他拿眼睛看了一下叶灵，他想看看她有没有什么表态？不过叶灵却没有抬头，只是装着什么也没听见似的，自顾地做着她手头上的活儿。

周永见叶灵没表态，也不敢再说什么了，就对着电话那边的父亲说：“爸，这事您和妈商量就好了，想怎么着就怎么着，您自个做决定吧！”

10.

事实上，周永把这事推给父母，并不是表示同意了，他是感觉很为难。

本来，兄妹之间这十万八万的，要说多也不多，要说少也不少。算是情感之上，支持一下也是应该的，周永的为人并不刻薄到这种程度上。但是，这中间有着一条千古不变的习俗传承，让他确实不知道如何逾越。给与不给，他都感觉为难。

所以，周永觉得，这事只能让父母做主了。父母要卖就卖，不卖就不卖。他们把房子卖了，给谁钱他也管不着。不管是一人一半，还是全给了妹妹，他都认了。这种事其实就叫作眼不见心不烦。见了，就烦了，感觉就不一样了。再说了，就算二老把钱都给了妹妹，他周永也绝不会不管二老的死活。只是人在外表上，都身不由己地想争上这一口气。

当然，周永的父母也并不偏心，父母支持儿子，哥哥支持妹妹，那也是分内的事。这一点，周永也是理解的。可偏在这个节骨眼上，叶灵最近一直在闹心，周永担心叶灵会因为这事再和他闹矛盾，所以他一直犹豫不决，没做任何表态，只能把这事推给父母。

当然，周永的父母也不敢做任何决定。他们不是做不了主，而是怕伤害儿子和媳妇的心。老人们的思想比年轻人更加传统，他们知道这栋老房子，是周永不可争议的财产。但是女儿的困难也让他们不敢袖手旁观，哪怕把房子卖了，借一部分钱给他们，也是一种帮助。但是，自家卖了房子，兄妹之间再说“借”这个字，似乎也不尽情理啊。

所以，老头子也是无解的，他把周永的话告诉老太太，向她问主意。老太太一听，又着急了起来。她本来确实向女儿承诺过，把老房子卖了的钱，会说服周永支持她一部分。现在事情闹到了这个地步了，她自己也感到很为难。她打电话对女儿说：哥哥像是不同意卖房子了，这事真不知道要怎么办才好！女儿接到电话后，一时间也没词了，就回母亲说：“妈，那就算了吧，我们自己再想想别的办法吧！”

可老太太一听这话就生气了，她说：“你个死丫头的，你有什么办法啊？你要有办法我还会唆使你嫂子让你哥卖房子啊？怪来怪去，就怪你那天不会说话！”

妹妹那边也委屈了，她说：“妈，你不知道那天我有多难开口！我要有钱才不说这话呢，丢人现眼！我哥也真是的，想借一点钱就像是挖他的肉！”

“你说话说得没头没尾的，别说你哥嫂听了有那种意思，我和你爸听起来都觉得有那意思，要不我们哪会说那种话，把老脸都丢尽了！这要是让别人传出去，不笑死才怪……”老太太数落着女儿！是的，她原先想卖掉这老房子，也是为了能借一点钱帮助女儿，她也不敢说让女儿分到一半家产。可这事偏偏就没说好，让儿子媳妇误解了。

妹妹也委屈了，她说：“妈您别老数落我，我知道那老房子是哥哥的，我哪敢和他争一分钱财产呢？就算他先支持我一半，我迟早还是要还他的不是？可卖老房子这事哥哥不说话，爸妈您二老也为难了不是吗？谁叫我是您的女儿呢？我要是个儿子，哼！我哥敢不分给我一半钱吗？真要敢，我就和他上法庭去！”

妹妹说的也是气话，倒是让做母亲的感觉好气又好笑了。她骂了一声说：“你这死丫头，这话你也敢说！”又说了：“你哥也不是不给你啊，就算他答应了，可还有你嫂子呢？你哥就算说卖了，也得你嫂子同意不是吗？人家是咱家里的老祖宗啊，你没见那晚上她一句话都不说！她不说话，肯定是不乐意的，你哥又哪敢说话啊！这事得慢慢来，你要让你哥卖掉老房子帮你，也不能把你嫂子的眼睛蒙上啊！”

“是啊妈！”妹妹认同了母亲的话，又说：“我早就说这事得从我嫂子身上打主意了！他们夫妻俩那么恩爱，只看感情不看钱！看来，妈您还是得再做一做我嫂子的思想工作吧，让我哥把老房子卖了，这样一箭三雕的事啊！你看——我哥，我，还有老蔡家的都有房子住了。可要是没有嫂子发话，我哥哪敢动呢？”

11.

老太太也苦笑了，她说：“看来也只能再打你嫂子的主意了！上次那事让你嫂子的魂都丢了……”老太太突然觉得说漏了嘴似的，赶紧用手把嘴巴捂上。

电话那头，妹妹感觉有些好奇，忙问道：“妈，您刚才说什么来着？说什么我嫂子把魂都给弄丢了？”

老太太赶紧改口说：“没，没什么！我是说你那天说的那句话，差点把你嫂子的魂都给弄丢了！”老太太心里想些什么，看来只有她清楚，她不敢告诉妹妹，只好把话盘开！

妹妹笑了，说：“妈，也没那么紧张吧？我嫂子平时也是大大方方的啊！就我哥怎么突然变得死心眼了啊？他老是抱着那老房子不卖！现在是经济社会了，卖了老房子买了新房子，那可是年年增值的事啊！虽说咱们家老房子让人感觉温暖，可回忆也不值钱啊！”

女儿在电话那边又说：“其实我哥现在也不宽敞了啊，侄儿长大了，十年八年一晃就过去了，到时侄儿结婚也得买房子，晚买不如早买！妈您说是吗？”

“是是是……”毕竟，女儿是妈妈的小棉被，母女俩这么一说，心都开朗了！

老太太刚刚放下女儿的电话，就急急忙忙地给儿媳妇打电话。无论如何，她得把这坏事一做到底，她得去说服儿媳妇，让周永一定把老房子给卖了，大家一起买新房。

老太太虽然年纪大了，但也不是没有听人说过，这几年房价年年见长。儿子周永和儿媳叶灵，倒是没有女儿那边的压力大。他们只注重婚姻感情，对经济动态不太敏感，如果不是上次叶灵的 QQ 上有人留言，她压不住性儿了，他们也没有动过想买房子的打算。这哪行呢？乡下的房子就算是留了下来，将来也值不了多少钱，可城里的房子就不一样了，别说现在住房紧张住不下去，就算住得下去的人家，有了钱还不是得再买，让它升值。

所以老太太想卖老房子，也不全是因为妹妹家住不下去了，她也想为周永他们的将来早做打算。只要再买上一套大房子，将来孙子的结婚问题也就解决了。

接上电话，老太太先和叶灵唠上一会儿，才说：“灵儿啊，老蔡家正问咱们家的老房子呢，永永那边怎么说了？”

叶灵听老太太这么一说，心里有些想笑，但她没笑出来，她知道公公把和周永商量的话都告诉了她，二老正愁没有结论呢，现在又想从她身上找突破口了。于是叶灵说："妈，这事周永也没和我说啊，我回来再问问他吧，让他和您打电话好吗？"

老太太赶紧接着说："好好好！灵儿啊，要好好做一下永永的工作，咱们也别说一半给妹妹，妹妹她也不敢要这些钱啊，咱们就算借给她行不行？妹妹一家老小五口，住那两间小房子，也确实不行啊！赶上有客人来了，连个插脚的地方都没有，咱们能帮得上忙的，也就这一点点了！哈哈，虽说嫁出去的女儿泼出去的水，可是妹妹有套大房子，咱们做娘家的人脸上也有光啊！你说是不是啊灵儿！"

"嗯，那是那是！"叶灵听婆婆这么一说，虽然感觉婆婆对妹妹的牵挂，让她听起来有些酸溜溜的，但也确实是个理儿。于是她回答说："妈，您就放心吧，永永回来了我就转告给他！妈的心意我能理解啊！"

叶灵虽然是个明白人，但心里还是有些不舒服。她确实能理解婆婆的心意，她也是个做母亲的女人。可是，自己的忙谁帮呢？要是把卖老房子的钱全部拿来买一套大房子，那压力就不会太大了！但她是个贤妻良母型的女人，从不干涉丈夫的决定，只是偶尔出出主意。再说了，老房子是公公婆婆辛苦盖起来的，她也不敢独自吞占，但这是男人家的事，似乎和自己无关！所以这一切，她都得等周永回来，再和他商量。

12.

在叶灵的心里，她只想着夫妻间恩爱，她是一个小女人，不大爱管男人家的事，如果不是因为那一句QQ留言，她才不会逼着丈夫去卖房买房呢！

婆婆听叶灵这一说，又笑着说："我就知道我们家灵儿通情达理！"

叶灵的嘴角向里一收，露出一丝微笑。她知道婆婆是在奉承自己，但她心里还是感觉很受用，很温暖！她们婆媳之间本来就相处得很好，一个是什么事都很随和的媳妇；一个又是会说甜心话的婆婆，这样一对婆媳，哪有争吵的机会？

叶灵心里一甜，就回说：“妈，帮助妹妹也是应该的，晚上周永回家，我再和他说说看，谁知道他最近怎么变得那么不近情理了！”

“好好好……”婆婆一听，高兴地连说了好几个“好”字。

叶灵挂了电话，突然感觉有些茫然。她是一个善良的女人，从来与世无争。可她也不是不食人间烟火的女人，她也有家庭压力。如果这事不发生，那也没什么尴尬的，关键是，那天妹妹把这事给挑明了，让他们夫妻左右为难，也让她百思不得其解。

所以，叶灵通过换位思考，也理解丈夫周永的心情，他和妹妹争执，完全是照顾他们夫妻间的情感。是的，有时一个一向大度的男人，会在某个时候为了一个女人突然间吝惜起来，这是有原因的，这是爱，是保护！想想自己，她也觉得可笑，她为什么会突然间怀疑起自己的丈夫不忠有外遇呢？这还不是因为QQ上的那句留言。

按照丈夫周永的举动，他肯定是不会背叛自己的。叶灵心里也很明白，最近经她这么一闹，也真真切切地感受到了丈夫的贴心。他让丈夫买房，他就买房；他让丈夫卖房，他就卖房。这是她以前从来没有感受过的温暖，就冲着他和妹妹争执房产的这一事例，就说明了他周永的心，是向着这个家的，是向着她的！

是的，说得自私一点，他们夫妻的情分竟然超越了兄妹间的感情，丈夫周永的胳膊为她决不往外拐，这样的老公还有什么话可说呢？说他有婚外情，那应该是不会的，叶灵自己想着，心也就越来越明朗起来了。

但是，为什么会有人竟然在她的QQ空间上留下——“最近，请注意一下你老公”呢？这实在让她百思不得其解，难道有人的玩笑竟然无聊到这种地步吗？而且，叶灵的QQ空间只对亲朋好友公开，如果不是关心自己的家人，谁又会故意开这种玩笑呢？

这样一想，让叶灵本来舒开的心，又紧缩了起来。她又感觉为难了，难道这是QQ病毒吗？叶灵苦笑着，她更愿意把这种无聊的事，推给现代科技所制造的病毒。但愿那是无聊的QQ病毒吧！叶灵在给自己增添烦恼，也在为自己解脱。事实上，婚姻和生活就是这样的，有时自己给自己增添烦恼，有时自己帮自己解脱。

晚上，周永下班回家了。一起吃过晚饭后，叶灵对他说："妈又打电话来了，说让咱们把老房子给卖了，妹妹那边实在是住不下去了！"

周永沉默了一会儿，看了看叶灵，才说："这事你看呢？我现在是有些乱了。妹妹家是住不下去了，我也想帮她，可是这种帮法好像不太对劲啊？我们是不是可以把钱先借给她，让她先买？可她为什么要打卖老房子的主意呢？你说这是谁的主意啊？"

"这应该是妈的主意吧？你妈就是心疼你妹妹了！"叶灵半开玩笑地说，"不过，你说先借给她钱也可以，让他们先买。反正，老房子留着，咱们暂时住得下去！"

"也是！谁家父母不疼爱儿女啊？"周永笑了，"别说我妈，妹妹我也疼爱，可这不能和老房子的钱扯在一起啊！这样吧，你就和妈说，妹妹要是想买房子的话，就把咱们家的钱先借给她买吧，反正，老房子要不要卖，我是不管了！"

"成啊，我听你的！不过妈可说了，她说妹妹其实不是想分卖老房子的钱，她是说借！话是这样说，可将来他们不还你钱又能怎样？反正，这是你们兄妹间的事，我管不着了！"叶灵虽然大度，可她心里也说不清这钱放在别人手中，是否会安稳？她说起这话像是在开玩笑，倒也让周永有些为难地信以为真了。

13.

当然，叶灵还是和以前那样，不想干涉丈夫的想法，所以她虽然是这样说话了，对这事也还是不置可否，她想让周永自己决定。

可是周永并不感觉叶灵说的话像从前一样。因为最近叶灵的情绪总是不对，对他的情感老是产生怀疑，这让周永更不敢得罪于她。夫妻间的这事不是谁怕谁的问题，而是把迁就和忍让当成一种尊重，这样才不会产生争执。因此，若此事叶灵没有正面表态，他就会感觉很为难，不知道叶灵心里怎么想，无法拿捏得准。

于是，周永说：“我不是让爸妈自己做决定了吗？老房子是老人家辛苦盖的，他想怎么处置，就怎么处置吧！”

“可是妈说你是这房子的主人，得你决定才是啊！我才不管什么老房子新房子，我只要你就行了！”叶灵见周永还是没有下最后的决心，心里就有一种温暖，越发感觉丈夫对自己的真心。她拿眼睛看着周永，只说这些个话，言下之意，她也什么都不管了。

这反倒让周永更加为难了，他现在更想听听叶灵的意见，得到她坚定的回答。但叶灵永远不是那种铁板上钉钉子的人，她心里想的不是这些，只要老公和这个家在，她就什么也不慌了，什么也无所谓了。

“我天天都是你的！我又没怎么样，这事怎么又扯到我头上来了？让你不要胡思乱想，你就会胡思乱想！”周永听叶灵这一说，心头又开始乱了起来。他把卖房买房的事放在一边，转过头来安慰叶灵说：“我说你是不是到了更年期了？”周永苦笑着。

“什么更年期啊？你脑袋坏了是不是？我才四十出头的人呢！”叶灵听他这么一说，真有些恼火起来，女人最怕人家说她老了。

周永见叶灵有些恼了，心里就乐了，又故意激她说：“我看就是的，要不最近你为什么老是这样子呢？这我可是书上看到的，更年期的女人就你这种表现！”周永故意说得很认真，嬉皮笑脸地看着叶灵的反应。

“你这人烦不烦嘛！”叶灵此时真恼了。不过这一恼，她倒是把思想转到了年龄上面来。她起身去镜台前看了看自己，左看右看，把周永给看乐了。

周永最怕叶灵把卖房买房的事扯到感情上，他是一个情感专一的人，别说没钱，就是有钱他也是顾着这个家的，对叶灵的好，不是嘴上说的，而是心上做的。他起身拉过叶灵的手说：“你能不能不要老想这些啊？要不是你一直逼我买房，我们也没有这种事啊！你心里有什么事就告诉我，别让我整天闷得发慌！”

叶灵看着镜子中间的两个人，心中一暖。周永站在她身后，双手抱住她的腰肢，说实话，像她这个年龄这样的身材脸蛋，确实算是百里挑一，也难怪周永痴迷。叶灵用手轻轻地掐了一下周永的手，微笑着，没有说话。

于是周永又说道："你一直是我的最爱！不管是年轻还是老了，你永远都是我的最爱！告诉我，是不是最近有什么烦心事了？"

叶灵觉得此事不能再瞒周永了，她说："有人在我的QQ空间里留言了，让我最近注意一下你！我也不希望这是真的，可是我一想到这句话就心烦！"叶灵把QQ空间里别人留言的事告诉周永，继续说："我也不相信，可心里就是害怕，晚上睡不着！"

周永听叶灵这么一说，紧压着的心完全放松了。他真有些哭笑不得，苦笑一下说："这事你也信啊？那网络上的事能相信吗？"

"网络上的事怎么就不能信了？我的QQ空间只有家人才可以进的啊？你说我能不担心吗？"叶灵感到无奈，她对这事也不能确定，就是心里郁闷。

14.

是的，周永此时也有些狐疑了，他说："如果是这样的话，那咱家有谁会这么无聊呢？"

"不知道！"叶灵摇摇头，她有些茫然地说，"所以我就担心啊，想让你再买一套房子！"

"可这和买房子又有什么关系呢？"周永还是不解。

"买了房子，你就没钱了，就会专心打拼房子的按揭，就不会去想别家的女人了！"叶灵傻傻地说。

"嘿嘿，这是谁告诉你的啊？你还真会瞎掰！"周永苦笑着，突然觉得女人都是没有脑子的动物，亏她叶灵能想得出来。

"是妈说的！"叶灵见周永不当一回事，冲着她苦笑，就有些不服气地继续说："不光妈那样说的，许多姐妹们也那样说，男人有钱就变坏，许多男人有了钱，都变心了！书上是这么写的，电影、电视也是这么演的！"叶灵振振有词地说。

“嘿嘿！那你想过没有？我有钱吗？我这样的人会有人要吗？”周永哈哈大笑起来，他说：“你也不想想看，我这大叔级的人物，还有哪个小姑娘会看得上我？”

周永摇头晃脑，不把叶灵的话当成一回事。他不理解，为什么女人们都会这样想。

“现在的女孩都爱大叔！”叶灵见周永鬼笑，恼了，在他的手上用力一掐。

这一掐，把周永掐得龇牙咧嘴。

是的，情人眼里出西施，十数年恩爱的夫妻生活，让人在QQ空间里留下这样的话，哪个女人不会胡思乱想？别说叶灵，就算是周永，突然让人写下这样的话，也会一肚子疑问，哪有不想不追究的道理？

叶灵还是觉得不解恨，转过身，又抡起拳头在周永的肩膀上一阵乱打！这一打，倒是把周永给打醒了，他抓住叶灵的手急急地问道：“你说，男人有钱会变坏，这话是妈说的？”

叶灵点点头，突然若有所思地对周永说：“这事你说会是妈吗？可是咱妈不会上网啊！难道这是妹妹写的？可她怎么会这样做呢？”

周永此时也不置可否，他的思维暂时停顿了下来。“你说你的空间只有咱家里人可以进入，除了妹妹还会有谁呢？咱们娘家会有谁这么干吗？”

“我都问过了，咱们娘家里没有人这么无聊的！”叶灵说。

“那就只有妹妹了？”周永说。

“妹妹也不会吧？她应该不是这样的人！”叶灵也说不清楚。“可除了她能有谁呢？”一想到家里最近为这老房子的事，叶灵也有些疑心，她又说上一句。

周永拿起电话，给妹妹打了过去。一接通，他就直截了当地质问道：“妹妹，不是哥小气，你要是有困难的话，直接跟哥提就是了，哥把钱先借给你。可你怎么可以拿哥哥嫂嫂的感情开玩笑呢，更不该拿老房子的事做文章啊！”

那边妹妹一听，开始有些奇怪，继而又有些委屈地说：“哥你这是说什么啊？我什么时候拿你们的感情开玩笑了？我怎么就拿老房子做文章了啊？这房子也是爸妈说要卖的，是你打电话告诉我的！你要不卖房子，那就不卖呗，反正大不了再挤上几年，我们也挤习惯了。再说了，你把房子卖了，先借一点钱给我，也没说不还啊！”

“那……”义正词严的周永听妹妹连珠炮似的反问，突然变得语塞了，他像是喃喃自语地说：“那……那又会是谁呢？”

妹妹并不理解周永现在说什么，她也感觉茫然，于是又问道：“什么谁谁啊？哥你在说什么啊？妈是说咱们把老房子给卖了，就有办法了啊？怎么会扯到你和嫂子的感情上啊？妈打电话给我，我只是建议妈说：嫂子的话你爱听，让她做一下你的思想工作，我哪敢伤害你和嫂子的感情啊？”

周永觉得妹妹确实不太可能做这种事，他沉默了许久，最后才说：“是这样的，前些时候有人在你嫂子空间上留言了，说让她注意一下我！所以你嫂子一直和我闹别扭，我以为是你和妈想让我卖老房子，故意在上面写的呢……”

妹妹一听，突然觉得好笑起来，她说：“哥你最近也太敏感了吧？我再穷也不能开这种玩笑啊！哥哥嫂嫂的感情这么好，就为了那一点房产我就想出这种事，也大可不必啊！不过这事该不会是妈吧？可妈又不会用电脑啊，这事到底是谁呢？”电话那头，妹妹也陷入狐疑之中，她絮絮叨叨的，也不知道说什么是好了……

听妹妹在电话那边絮絮叨叨，周永也沉默了。他拿着眼睛看了看叶灵，有些苦笑。摇摇头，只好把电话给挂了。

15.

是的，到底是谁这么无聊呢？周永和叶灵此时相依地坐在沙发上，良久无言。他们对此事也没有任何思路。只是叶灵突然觉得，她最近太错怪周永了。

而周永呢？也后悔那天晚上的冲动，他把妹妹的话给理解错了。是的，妹妹的住宿条件确实困难，她想让周永把老房子卖了多少支持她一点，这是可以理解的，可周永却误以为她想和他争财产，以至于让一场本是温馨的亲情聚会，变成尴尬的结局。

当然，如果说妹妹想分得一份家产，那也是应该的。知书达理的周永略懂得一点法律知识，知道老人的财产兄妹俩都有份。然而怪来怪去就怪那个QQ留言，没有那个QQ留言，叶灵也不会和他吵架；叶灵不和他吵架，他就会心平气和地听妹妹解释，这其中的误解也就能释然。可这一切都已经过去了，他不再去错怪妹妹了，只怪自己。

可这个空间留言到底会是谁写的呢？周永提醒叶灵说："让我们再想想看，到底还会有谁可能干这种坏事呢？"

"不知道！"叶灵也不清楚究竟会是谁。他们夫妻俩不约而同地走向电脑，想看个究竟。叶灵打开自己的QQ空间，让周永去看，那条留言提醒至今还没有删除。可是周永看来看去，也看不出留有什么痕迹。只有QQ名，却从来没有加过这个人，找到对方的空间，密码紧锁，并且，对方也消除了访问记录。

夫妻俩正挤在电脑前研究着，突然，十五岁的儿子探过头来说道："爸、妈，你们就别研究了，那留言是我写的。"

"你写的？"周永和叶灵同一时间都给镇住了，他们缓缓地回过头来，看着儿子，无不惊讶地问道："你写的？为什么呢？"

"为了爷爷奶奶和姑姑啊！爸，这事就怪你了，爷爷奶奶老想让您卖掉那老房子帮助姑姑，可咱们家有房子住，你就不帮姑姑家考虑了。爸，这事您有点自私了吧！"儿子突然像个大人似的数落着周永，一时间让周永和叶灵都感到无比惊讶。

周永苦笑了，虽然觉得儿子说的话有道理，但他有些不相信，屁大的孩子能懂什么了？竟能说出这样的话来？他摇了摇头对儿子说："嘿嘿，小子教训起老子来了？"

儿子却说："爸，这怎么是教训了？做人要讲道理啊！你看看老蔡叔叔家，他们有多挤啊？可就是买不起新房子！咱们把老房子卖给他们，这也是一种帮助对吧？爷爷奶奶年纪大了，让他们来咱们这小房子住，离咱们也近点，有事没事也有个照应，不是吗？还有了，咱们家老房子卖了，一半的钱支持姑姑家，姑姑把那套小房子也卖了，就可以买一套大房子对吧？表妹都那么大了，还和姑姑睡一起，爸您说这样能行吗？”

周永和叶灵静静地听着儿子讲话，他们突然觉得儿子在一夜间长大了。夫妻俩相视一笑，又问儿子说：“你这些话都是跟谁学的？”

“这是一箭三雕的事啊！我常听爷爷奶奶和姑姑在一起商量着呢，就你们不懂！”十五岁的儿子蛮有自信地说。

周永算是明白，原来儿子常听爷爷奶奶和姑姑背地里商量着这事哩，听着听着也就跟着有一套套的道理来了。常言说，“猪母近戏鼓边也学会打曲”，这小子竟然也学着大人的口气，和他说起话来了。周永苦笑着，又问道：“爷爷奶奶又说啥了？”

儿子歪了一歪头，满不在乎地说：“爷爷和奶奶说了，爸爸妈妈就懂得搞感情投资，一点也不懂得商业投资！”

叶灵一听，脸上一阵羞红，赶紧背过身用手捂住嘴巴，不敢笑出声来。周永却突然把头一仰，大笑起来说：“你这小子就这样和爷爷奶奶算计我们吗？哈哈，哈哈……”

“爸，这有什么好笑的？”儿子一脸正经地说，“这哪叫算计？奶奶说这是帮您开窍呢！姑姑也说了，她说您最不懂得经济学，没看房价年年上涨，等我结婚的时候，您那一点钱肯定还是买不起房子的！不如先下手为强，买房也是一种投资对吧！”

结尾：

周永突然止住了笑，用手握住下巴。他确实有些顿悟了，良久地望着叶灵。叶灵让她看得有些怪怪的，一时很难为情，也忍不住又笑了起来。他们一起把眼睛投向儿子，摇起头来，发现这个世界真是幽默，真是好笑。是的，孩子长大，人要老，世界要变了。他确实不能只懂得感情投资，多少也要知道一点外面的世界啊！尽管叶灵和周永并没有完全确信这是儿子的杰作，但事已至此，就算是两位老人或者是妹妹的指使，让他们夫妻掉进了套子里，但都是为了这一家人的好事，没有什么恶意，再去追究，也没啥意思了！

叶灵和周永又想说些什么，但儿子却不买他们的账，有些少年老成地说：“爸、妈，怎么又笑了啊？真不开窍！噢，房子卖不卖，不关我事了，我得去做功课了！”

望着儿子的背影，周永和叶灵又相视一笑，他们是幸福的。周永拍了拍叶灵的肩说：“瞧见没有？老婆大人，咱们的儿子长大了！看来，得为他准备新房了！我这就去给爸妈打个电话，说这老房子，咱们卖了！”

“嗯！”叶灵点了点头。她微笑着，甜甜蜜蜜的。看着儿子闪入房间的身影，他拉起丈夫的手，往自己的房间里走去。此刻，她感觉周永的手心里有一股暖暖的热流，像三月暮春的阳光，暖暖地、甜甜地，一直往心里闯荡着……

那一段古井往事

1.

我十八九岁那年，经常挑水去菜园子里浇菜。我们家菜园子要经过双儿家的后门，所以，我经常会看到双儿站在那里，像是有事没事的样子看着我，偶尔也会打一声招呼，笑一笑，然后，再走进她家的后门。

双儿是她的小名，她的真实名字，我倒从来没有过问。本来就是邻居，小的时候一起玩过，我们一般只记得对方的小名，那真名，却是不好过问的，怕让人感觉有那一种意思。所以在我十八九岁的那年，双儿也就十五六岁的样子，但却出落得水灵灵的，鹅蛋的脸，大大的眼睛，一副大家俊秀的样子。

因为她的名字中有个“双”字，会让人想到她或许是个双胞胎的女孩。确实，她是一个双胞胎的女孩，她曾经有过一个姐姐或者妹妹（是姐姐还是妹妹，我也不知道，所以只能这样称呼）。我曾清楚地记得，在我们儿时，有一段关于她的另一个姐姐或者妹妹的悲剧。所以，只要双儿在我路过她家后门的时候，不经意地走出来，冲着我微微地笑着，我就会还她一个同样的微笑，并不自觉想起那一幕可怕的悲剧往事。

2.

我们生产队的仓库前有一个大大的水泥埕，那是生产队农忙时晒稻谷的大谷场。在大谷场边的一个地方，有一口古井，井盘很低。原先，生产队是没有仓库的，后来，从一大户人家手中买来一片古大厝作为仓库。所以，在古大厝的一角上，也就是在大水泥埕中，有一口古井。

我的母亲和双儿的母亲是队里的晒谷社员。所以那年，在我还没上学的时候，我和一些同龄小朋友在谷场上，跑来跑去玩耍着。那个时候，双儿和她的姐妹还小，只是刚刚开始会走路的样子，所以她的母亲把她们也带到谷场上，让她们和我们这些稍大的孩子，颠来倒去地在谷场上跑来跑去。

农业社的时候，大人们没有上工就没有工分。那个时候没有计划生育，家里的孩子多，所以，为了维持生计，只要是家里没有老人看管孩子的妇女，大部分都会由队里安排到晒谷场，来看管稻谷。我的父亲是生产队的保管员，掌握着队里的仓库钥匙，所以我的母亲也是看管谷场的一员，因为父亲要到田里去上工，就必须把仓库钥匙交到母亲手里。

那个圆圆的小井台并不高，小孩子很容易爬上去。所以，为了防止小孩子不小心掉到井里，农忙晒谷的时候，细心的大人就会在井口上盖上一只簸箕，并不断交代小孩子，不要靠近那井边，更不能去看那井口。当然，井口盖上簸箕，还有另外一个原因，是怕扬起的稻谷灰被风吹进井里，使井水受到谷灰污染。因此，只要是早上一上工，那一口古井的井口上，就会早早被盖上一个簸箕。

那个时候，我大概五六岁的光景，所以母亲一看见我来到谷场上，就再三叮嘱，说不能到井边去，更不能趴在井口上看井，说井内有恶物，小孩子看了，恶物就会跑上来伤人。所以，自打我小的时候，就远远地离开那口古井，不敢去井口边张望。

双儿和她那双胞胎姐妹，刚刚好学会走路，也就两岁多的光景。所以我们这些较大些的小孩子，多半在谷场四周奔跑，并没有注意到她们。不过，有时要是她们哭了，我们几个大孩子，也会跑过去背背她们。

接近晌午时分，我们听说双儿的姐妹不见了，大人们到处在找呢！但找来找去，就是找不到人影儿。于是有人找急了，就说，会不会让人贩子给抱走了？可是，从早上到现在，根本没有看见生人来过啊！

后来，很多人都把目光投向那口古井，心里惦记着。但是，古井的簸箕依然盖着，并没有揭开的样子。再说，乡里人都有忌讳，所以没有人敢说——是不是掉到古井里去了。再后来，还是有人去掀开那盖在井口上的簸箕，往下面看了一看，然后回头对众人说："水井很安静，暗暗的，没有看见什么！"

于是，找来找去的人们，又有第二个人、第三个人去掀开那盖在井口上的簸箕，依旧都说："应该不会掉到井里去的，簸箕没有打开过，水井里的水也很安静，暗暗的。我看，我们还是再到别处去找找吧，不会掉到井里的！"

这话像是在安慰双儿的母亲。队里的人都很良善，谁也不愿意往那坏处去想。更有甚者，孩子丢失了，大家也只能安慰着，并且帮忙寻找着，没有人会有那种坏的心思，再来一个火上浇油。

双儿的母亲走过来走过去，也往井里看了又看，她更不相信自己的女儿，会掉入井里，因为才不到多久的时间，她还看见她们在哭，而且那一个盖井口的簸箕依然盖着。平时忙活的时候，她经常会朝这儿看一下，只要发现那簸箕没盖，她就会跑过去把它盖上，因为在这些看谷场的人当中，她的两个双胞胎孩子，是最麻烦的孩子，刚刚会到处乱跑又不懂得听话。

双儿的母亲再次从井口抬起头来，满眼失望地向四处张望。虽然她有一种很可怕的担心，但却不希望那是真的。所以，在大家的劝说之下，她们继续到处寻找。双儿的母亲找了一会儿，又折回井台，把头伸到那井口里，看了又看，眼中充满着可怕的绝望。

很快，双儿的父亲从地里赶了回来。他也把头伸向井口，看了又看，并问："这个簸箕一直是盖着的吗？"

大家忙回答说："盖着的，一直是盖着的！"

"没有松动过吗？"

"没有啊！早上到这会儿一直都盖着的！"大家又回答说。

"别处都去找了吗？"双儿的父亲又问。

"就是到处找，找不到啊，才会叫你回来的！"双儿的母亲一边哭着一边说着。

“那赶紧去找搭钩，捞捞看啊！”双儿的父亲急了，命令似地跟大家说。

已经过去了一个多小时，大家没有法子，听双儿父亲这么一说，就跑去找来搭钩和绳子，并且还有一支大竹竿。他们把搭钩和竹竿用绳子捆牢，然后叫一个有力气有胆量的男人，下到井里去捞捞看。

那个男人下井之后，很快，井底下就有声音传上来了，说：好像有搭到一个东西，不知道是什么，等会拉上来看一看。不到一会儿工夫，井底下那人又有声音传上来说：确实是捞到一个小孩子。

井台上双儿的母亲一听，叫了一声：“我苦啊！”就晕死过去了……紧接着，井台上的人，有的跟着哇哇地哭起来，有的摇头晃脑“啧啧”惋叹，有的抱着双儿的母亲叫苦连天。

孩子很快就让大人们捞上来，一下子，井台上就让大人们给围住了，我们小孩子只能在外面看着大人的后腿，大人们不让我们往里面挤。猛然间，又听有人急着叫道：“快，放到空地上救救看啊，说不定还有一口气呢！”

于是，大人们七手八脚的，抱着双儿那姐妹，跑到空地上，并迅速地又围成一圈，拼命地折腾着。这边的妇女们也围着双儿的母亲，又掐人中又叫人。

双儿的母亲后来是醒过来了，但双儿的那个姐妹，因为落井的时间太长，终于还是没能救活。双儿的母亲醒来之后，哭得死去活来的。她奔向那已经死去的孩子，抱起来就要往古井里跳，最后，让众人给拉住了。

那是我小时候遇上的最可怕的一件事儿。后来听大人们议论说，肯定是双儿的那个姐妹，爬上那个盖在井口的簸箕上，结果簸箕一翻，小孩子就掉到井里去了。那只是一转眼间的工夫，簸箕很快又返回原位，盖上了！所以大家都没有看到发生了什么，耽误了抢救的时间。于是，一场悲剧在人们的忙碌中宣告结束了。

3.

时间很快，几十年就这样过去了！我结婚并且生子，并且孩子们也长大成人了。双儿呢？也嫁得不知所踪了。农业社让改革开放的春风给融解了，那一片曾经老旧的仓库和大水泥埕，也坍塌并且长满野草，再也没人去管了。而那曾经淹死过双儿姐妹的古井，被当时的大人们，用铁皮封住井口，从此再也没人使用了。

但是，我依然能够记得，这段悲剧的往事。而且我也记得，在我十八九岁的那年，我经常挑着一担水桶，走过双儿她家的后门。双儿会在这时，恰到时候地走出她家的后门口，看着我远远走来的身影，冲着我微微地笑着。

双儿那时，还不懂得记忆。所以，她不会知道，也不会伤心她有一个姐姐或者妹妹，掉入到古井里淹死了。但是，十五六岁的双儿，应该知道，她曾经有一个姐姐或者妹妹，在生产队大水泥埕的那口古井里遭遇不幸。但那个时候，双儿也已经过了她应该悲伤的年段。所以，当双儿每次从她家的后门走出，冲着我微微笑时，那微笑里饱含着羞涩，并充满感激。那时的我，也会想起她另外一个姐妹的悲剧，并同样回报以关心和爱怜的微笑。

也因此，我对双儿的感觉，不但有一种朦朦胧胧的爱意，也还有那种曾经深痛的同情。我常想，要是她的姐妹没有发生那一场悲剧，现在，她们一对如花似玉的女孩，一定会站在一起，在她们家的后门口，对着我，对着每一个过路的人——善意地微笑着。

但是，如果并不会重来。那一段曾经的往事已经随着那一口古井尘封进了历史的烟尘，无法穿越。

双儿的微笑，给我太多的激动和感谢。在我曾经年轻的心里，激起过一层又一层的波纹。尽管她会让我想起那一场可怕的悲剧，但也会让我对未来充满深深的憧憬。不管怎样，她常常会有一种让我想要靠近的感觉，但我当时没有，后来也没有。

也或许，双儿是一个快乐的姑娘。她只是在我路过她家后门口的时候，对我微微地笑着，她当时没有，后来也没有，向我进一步走来。直到有一天，因为父亲的身体，我早早地结婚了；也直到有一天，双儿在不知不觉中，悄悄地离开我的视线，出嫁了。

4.

双儿后来嫁到哪里，我一概不知。她过得好不好，顺不顺心，我也不知道。只是随着时间的推移，年龄的增大，我常常爱回忆一些往事，并在不知不觉中想起她来。我确信，那时的双儿应该是很喜欢我的，但我们都没有说出来。

去年年关，我上街去买一点年货。远远的，我看见双儿向我面对面走来，她还是那样微笑着，对我来说，充满诱惑。虽然岁月已经匆匆忙忙走过了二十多年，我还是一眼就能认出她来。她的那双眼睛和微笑依旧没有改变，让我感觉恍若当年。我当时感觉，她是记得我的，所以她一路不避行人，径直向我走来。

我按捺不住心中的狂跳，不敢正视她，并迅速低下头来，想让她和我擦身而过。不想，她却快步赶上来，一把抓住我的袖口，对我说："看见我了还想溜？过来！"

这是我没有想到的，她的这一举动让我完全傻了。我的血压一直往上攀升，整个人儿不知所措，毛孔儿无限度地贲张着。这个扯着我走的女人，已经不是当年那个十五六岁、有很多羞涩的小姑娘了！她的成熟让我深深恐惧，并且到了精老的程度。我顺着她的牵扯，一路跟着她走上一座石桥头。

她让我在桥墩边靠着，然后面对着我，拿着眼睛直勾勾地望着我。许久，她无不动容地、怜惜地、又心疼地对我说："老了，老了！你老了，我也老了！我们都老了！"

我点着头，心里一直狂跳着。我像做贼似的避开她的眼睛，竟然说不出一句话来，不知道是恐惧还是激动。

"你看着我啊！"她轻轻地说，并且带有命令的口气。但我依旧无法抬起头来，我不敢正视她的眼睛，那带着成熟女人的眼睛冒着火花，让我的五脏六腑一起翻腾。“告诉我，你为什么那么早结婚？”她继续说。

“我父亲得了绝症，没有时间了！”我终于挤出一句话。

“那你为什么不和我说一声？”她说话时轻轻的，却带有一种威慑性的口气，好像我就是她的孩子，她可以随时对我发号施令。从头到尾，她的眼睛一直都在注视着我，好像要从我的脸上，重新找回过去的岁月。

我再次把眼睛挪开，感觉无法面对她。但心里也有一些怨气，我只好对她说：“我凭什么要和你说啊？”

“凭什么？”她先是一愣，后来火了。“凭你当年救过我的命，我的命是你给的！你救了我却扔下我，你到底还有没有良心？”她说着，哭了。她咬着嘴唇，并拿起拳头砸在我的肩膀上：“为什么当年死的不是我啊！呜呜……”

我再次被她弄得不知所措，木然地站立在桥墩旁，任凭她拼命地捶打，拼命地哭泣。但我确信她脑袋没有问题，她说：“我那时才刚刚十五六岁，我好想和你说说话，可就是不敢啊！呜呜……”此时，过路的人们都把眼睛投向我们，那时的我，真的感到无地自容。我伸出手，替她擦了擦眼泪，并且讷讷地说：“你别哭啊！你看人家都在看着我们呢！我……我，我当时其实也不敢说啊！”

她腾出手来，给自己抹着眼泪，继续说：“听说你结婚了，我几天没有吃饭，心想就死了算！可后来我就不想死了，我要找你算账，我想着有一天找个机会狠狠揍你，揍你个没良心的东西。就为了这一天，我一等就是二十多年。今天，我总算逮着你了，我得好好揍你……”说完，她又挥起拳头，在我肩膀上拼命地擂起来！

我现在是哭笑不得的，心里越发糊涂了。我抓住她的手说：“当时我心里有一点感觉，觉得我很喜欢你，又怕你不喜欢我，所以一直也没说！后来我爸病了，他怕死后没人管我，就叫我结婚。那时我什么也不懂，说结婚就结婚了！可这都是过去的事了，还扯什么啊？”我冲她笑了一笑，说：“就是有件事我老弄不明白，我什么时候救过你的命啊？都老太婆一个了，还乱说话！”

“什么乱说话啊？还老太婆！”双儿挣脱我的手，转身背着我，面向着江边。她一直用手擦着眼睛，似笑非笑的，又似哭非哭的。

我扭过头看她那样子，忍不住笑了。心想，这老女人，怎么就像是个小孩子一样啊！

“你还记得当年有个小孩子落入古井的事吗？”她问我。

“记得！”我重复地说，“我一直记得！可那个时候你那么小，怎么可能会知道呢？又怎么会说我救过你的命呢？”

“我当然不知道啦，是我妈说的！”她转过脸，和我并排靠在桥栏上。她不再哭了，脸上渐渐荡起一种幸福的笑容。可此时，对我来说，她的一哭一笑，让我感觉到她无论如何也不是一个成熟的女人。然而，站在我面前的这个女人，确确实实是一个四十来岁，非常成熟的女人啊！

她又说：“我长大了以后，有天我妈对我说起这事。她告诉我，原来我还有一个双胞胎的姐姐，掉到古井里没了。她说我很幸运，有一个小哥哥背着我，要不，说不定两个孩子会一起掉下去的！我妈还说，那个小哥哥就是你，每天挑着一担水桶，经过我们家后门口，去菜园子里浇菜……”

我依稀记得，我小的时候在大水泥埕，是背过双儿，但在出事的那天，我有没有背过她，我无论如何也想不起来。我只是对她那姐姐落入古井的事深怀恐惧，一辈子也不敢忘怀。但是，在那悲剧发生之前，我到底做了一些什么，我是真的不记得了！可能我当时吓傻了，或者我只是做了一件小孩子该做的事，不存在记忆也说不一定。但我能够记得的是，在我十八九岁的那年，双儿经常在我路过她家后门口时，远远地冲着我微笑，那笑容里充满着爱和感激。

但此刻，我却和她平行地，站在一个桥头上。如果她说的话是真的，那么，在小的时候，当我背着她的时候，我们曾经贴得那么近。但今天，当她捶打我的时候，应该是我们人生之中的第二次最近的接触。但我依然不敢相信，我们曾经有过这样的经历，在几十年前和几十年后，会以这样的方式再次面对着。

“我确实没有这方面的记忆了，说真的！在我的记忆里，只有后来发生的悲剧！”我继续用疑惑的口气对她说：“在我十八九岁的那年，我确实喜欢你，我也隐隐约约地感觉，你也喜欢我。但我们那个时候，都还小着呢，不懂得把握我们的爱情人生。我记得你有一个姐妹落入古井里，却记不得你所说的：那一天，我曾背过你，你的命是我给的！”

“是我妈说的，是她真真切切告诉我的。”双儿望着我，很真切很认真地说：“她说，她看见你一直背着我，在大水泥埕上走着。后来，她才想起另外一个孩子不在了，当大家开始找我的时候，已经出事了！所以，从我妈对我说的那天起，我就一直在我们家的后门口等你，我真想当面问问你可否记得这事！可是，直到今天，一晃就是二十多年过去了……”

“也或许那天我真的背过你！可那是小孩子家的事，我又怎么会救了你的命呢？”

双儿没有听我解释，继续说着她的话：“可是，当我每天看见你挑着水，走过我们家后门口时，我就觉得那是一种缘分，是上天有意把我交给你的。要不是你背着我，谁能保准我们姐妹不会一起掉下去呢？人家说双胞胎的孩子，就喜欢在一块玩！”

她现在说话，又恢复了原来的平静，这在我眼里，又是一个成熟的女人。桥上的行人来来往往，她的话让我突然有一种刺激，我觉得又有一股热血直冲我的脑门。

“不！”我突然暴怒起来，我一把拉过双儿的手说，“可如果当时我不背走你，另外一个双儿也许就不会爬上井台。你这一说，让我觉得我是一个罪人，不是什么恩人！”

“不，不是那样的，你不是罪人！你是我的救命恩人！”双儿也跟着我歇斯底里起来：“我懂事后，我妈说起有一个小哥哥背过我，让我逃过死亡的一劫。当我知道那个小哥哥是你，我就一直关注着你，见你那么聪明又那么勤快，我就慢慢有了想嫁给你的渴望，可是你却不等我，也不打一声招呼，就早早结婚了！我那时还小，还小啊，我以为你会等我的……”

5.

我不记得那天我们是怎样分手的，又是怎样各自走回自己的家中……

我只记得，我心神不宁，如果我当时没有背走其中一个双儿，或许，现在两个双儿都会对着我微笑，不管我们之间有没有这段恋情。因为故事的开始，就一直是美好的。

但是我知道，这个世界没有如果。庆幸的是，我们后来长大了，谁也没有找谁说出心中的爱，否则，或许我们会有一段恋情；甚至，我们会有一段婚姻。如果我们结婚后，我们知道曾经有过这一段往事，那么，双儿会倾其所爱地爱我，我却会用我的终生来消除内疚，这将不是一段美好而平衡的婚姻。

我记得，那天双儿对我说过：她是小双。妈妈说过，姐姐大双走到哪，小双就跟到哪！但就那一次，小双因为我，没有跟上姐姐大双。所以她一直在想：此生，她应该会是我的。

她还说，那天，她母亲看见她们俩都在哭，因为手头还有事儿忙着，没去搭理。后来，是我把她背了回来，还给她母亲。她母亲才突然想起，还有一个大双呢？

如果，一开始就有人下井，说不定大双还有救呢！可是，人们就是不愿往坏处想啊！

是的，几十年过去了，已经没有如果！在我的记忆里，只留下悲剧的结果；没有留下悲剧的过程。只有小双在她家的后门口，对着我微笑；没有我们后来的爱情。只有我们四十多岁后的这天，她拉着我的手，告诉我事实的真相；没有我们手拉着手走完人生的可能。在中国的命理学里，这就是阴差阳错吧？

这是我的一段古井往事。大双，没有了；小双，也嫁人了……

第三章 传说传奇

义存雪峰真觉禅师传奇

1.

那一年冬天，福州刚刚下过一场小雪。在闽侯凤凰山南麓的象骨峰上，积雪已将山峰染成了白头。象骨峰山脉延绵60余里，跨闽侯、罗源、古田、闽清四县，距福州77公里。它与鼓山、旗山三山鼎峙，环抱福州，合称福州“三绝”。

在凤凰山南麓的象骨峰间，立有一片丛林寺院，叫崇圣寺。寺前，立有一位须发皆白、圆脸微胖的老禅师，他面颊红润，眼光炯炯有神，凝视远方；在他的一侧，立着一位刚过而立之年、健硕尊贵的王爷，他脸有微须，轻轻飘动。在他们的身后两侧，各分立许多护卫军士及合十的僧人。远远望去，在白雪绿树之间，旌旗招展，威武壮观！

福州的雪并不会下得很大，只是一夜之间，第二天天就放晴了。此时，正是清晨，太阳的光芒暖暖地照射着，微凉刺痛的晨风吹来，虽有一些寒冷，却也让人感觉清爽自然，舒心而又清醒！白色的雪地，黄色的僧衣，以及那五颜六色的军衣军旗，和被白雪盖去一半的，或绿或红，或黄或褐的远山近树，装点成闽东暮冬时分独特奇异的雪景。虽不似北方的风雪铺天盖地，宏伟壮阔，却也可以指点江山，激扬文字！

“好美的一场雪啊！”那位王爷说道，“历来闽地少雪，可这么一下，却下得极美。这是我入闽之后，见过的第一场大雪啊，真是美极了！自从去年平定福州之后，如今的天下，已是太平了，真是瑞雪兆丰年啊！可喜、可贺！国师说是不是呢？”

只见那位大师面视前方的雪峰，若有所思。他将嘴唇微微一启，像是微笑，又似会意！之后，他侧过脸来，对那王爷说道：“每年冬天，象骨峰的顶端，时不时都会有积雪或是积霜，远远望去，若有云雾遮盖，又似有飘浮之感啊！只是多年以来，闽地战乱频起，八闽生灵多受涂炭。今我佛慈悲，委大王于重任，重整闽地，解救生灵，是为功德无量啊！”

“国师多有夸奖，虽小王率领河洛子弟及闽地军民，共建福建，此乃承佛祖之恩德，民意之所趋。是河洛子弟与八闽儿女共同的功劳啊，岂能由小王一人独占？自国师入主崇圣寺以来，弘扬佛法，普度众生，引导千万国民，诚佛修心，使得万民多修善道而少有浮躁，勤于耕作而少见是非。国师的功德，当是最大的无量也！”

那大师微微一笑，摆了摆手，示意王爷远望象骨峰，说道：“自古天地人合一，天意地理民心，不可或缺也。王爷治理闽地，当不忘怀有菩萨心肠。民可教，不可压。若非以民为本者，天下不足以归心也。佛家讲究因果，广布仁慈，大王亦须四海播撒恩德，心胸宽广，以纳百川也！”大师说着，指着象骨峰说道：“象骨峰虽高，但还需每年积雪，以期更高！民众虽小，却如那雪花，层层累积，可为高山增高，为国家添彩也！”

王爷顺着大师手指，望向远山。他双手合十，说道：“尊听国师教诲，小王心诚意会了！”接着，那王爷又说：“国师说过，象骨峰冬季常有凝霜积雪，小王本欲以山峰为戒，今日，莫若把崇圣寺改为雪峰寺？国师以为如何？”

大师一听合十，甚是欢喜。侧首对那王爷说道：“大王之意甚好，今国泰民安，四方盛世，愿我佛庇佑八闽长安，天下常瑞，就把‘崇圣’改为‘雪峰’吧！”他再度转向左后侧，对着众僧说道：“众弟子可曾记否？”

只听后面的僧众齐声应道：“谨遵王旨，谨遵师嘱！”

2.

行文至此，想必大家都能猜到那位大师和那位王爷是谁了。

公元893年，王审知兄弟攻入了福州，自此，福建一统。将军与法师的信念，或许有人会觉得有所不同，但纵观数千年的华夏文明，善义与正义，历来都是解除天下劳苦大众之疾苦的法宝。正如当年的唐太宗李世民，面对天下苍生的疾苦，他选择了玄奘与西天的佛法，用一颗最能融解生命的心，泽布天下——于是，天下太平，苍生有福。

公元894年，王审知迎请义存禅师，回到了崇圣寺，尊他为“国师”。继续他在雪峰寺40余年，弘扬佛法的传奇人生。那一年，义存法师已经73岁高龄了，而王审知时值而立之年，正是宏图大展的好时期。他们王家兄弟一路南来，带领河洛弟子，平叛息乱，开创了福建多年未有的盛世之治。如今，王审知效仿唐太宗，勤佛向善，使得八闽大地，佛光普照，一时间，闽地得以大苏大治，为后人留下经典的宗教治国之传世丰碑。

义存禅师回到崇圣寺之后，花了一年多的时间，对崇圣寺进行一番整理与完善，翌年冬天，义存禅师告别了王审之，继续他南行寻根守孝的弘法之路。

那一日，王审知是那么的不忍不舍，他看到国师的须眉皆白，年事已高，说道：“国师若是执意远行，容小王派些兵马随护，如何？今虽八闽平定，但仍有不少流贼窜匪，小股结聚作乱。国师身边若有几个身手较好的兵士随行，一可保护国师安全；二来国师年事已高，也可做个照应。望国师不要推辞才是，以让小王在福州能够安心处理国事！”

却见义存禅师笑了，他说道：“贫僧出生于一个礼佛世家，从小喜素惧荤，对出家人心存慈悲之心，早有仰慕。九岁本想出家，只因家人感觉年纪尚小，不忍于心。十二岁那年，贫僧随父去了莆田的玉涧寺，见了庆玄律师之后，再也不肯回家了。父亲拗我不过，遂让贫僧拜了庆玄律师为师。十七岁那年，贫僧终于落发，从此漂泊四海，哪见过什么凶险？自古人心向善，只要我佛慈悲，就算走遍天下，亦可平安是也！”

王审知听了，虽有所悟，但还是不肯相依，又说：“国师清苦，小王自然理解。只是我想，国师当以天下为重，万民为重！国师若平安健康，当是国之大幸，天下黎民之大幸，小王之大幸也！若国师不听劝阻，小王如何安得下心，忍得下心呢？”

只听义存禅师又笑道：“大王只管安心，贫僧对自己的身体尚有把握。这天下路，从来都是贫僧用脚丈量出来的。我这双脚只要能走上路，就有天下的路要走，就有世间的法要弘。贫僧自皈依佛门，走遍了大半个中华，四海寻师问法，离开父母已有数十载了。早听人说，父母已不在人世了，虽说早已出家，实乃不孝也。此次南行，贫僧的第一站当是故乡南安，托福大王平定八闽，如今贫僧也可抽空回去，为父母尽孝三年，以赎不孝之心！”

王审知无奈，却又不忍，便说：“国师已是古稀之年，小王愿以天下苍生，请求国师一路平安。南行之后，他日重回雪峰，为天下黎民诉求平安，为八闽大地带来吉祥！”

只听义存禅师又说：“此次回泉，尚有数位弟子随行。大王只管放心，他们会照顾好贫僧的起居，同时，正好也让他们体验世事艰难，感受苍生疾苦！”

义存禅师说完，挥手招来数位高僧，辞别了王审知，径往南安而去了。

3.

一路上风餐露宿，师徒数人来到了南安。进入洪濑之后，他们远远望见一座高山立于眼前。禅师甚喜，回首众徒说：“到家了，面前那一座山峰，叫杨梅山。为师的家，就在那山脚下面。儿时，为师的父母一心向佛，引导为师走上禅佛境界。今日望见此山，就如同望见父母，望见家乡的父老乡亲！愿我佛保佑，天下苍生平安，不被战乱！”

众徒合十静听。尽管禅师早已是佛家中人，数十年的修炼，让他少有牵念，但毕竟是久别故乡，回到了摇篮血地，义存禅师那双老眼，早已热泪盈眶了，让众位弟子感动不已。末了，义存禅师轻拭眼泪，回头对众弟子说：“众爱徒送为师至此，可以分开远游了！若有缘分，数年后我等还在雪峰寺重聚。非贫僧不带你们回乡，贫僧早已无家了！只是牵念父母，回来守孝三年！三年过后，贫僧必当再回雪峰，以查众弟子的修为！”

义存禅师说完，一转身向前走去。身后，众位弟子俯身跪地，磕了三个响头。而后，各自转身，往自己向往的方向云游去了。

义存禅师继续往前行走，日暮时分，他来到一条溪前。这里，是他熟悉不过的故乡了，虽然数十年世事变迁，但这条溪水不变。这里，正是晋江的上游，因它流于东边，故当地人叫它东溪。这条溪很宽，无法架桥，乡人出入时，都以渡船往返于两岸之间。义存禅师由福州而来，自然是自北而南，再由东往西了，来到他的故乡——洪濑。

此时，义存禅师立于东溪东岸的洪濑渡口前，准备由这里，摆渡前往西岸，那是他的家乡西林涧埕。行至此处，童年的往事历历在目。他想起十二岁那年，父亲带他去玉涧寺的情景。是的，那一年父亲拉着他的手，从东溪的西岸，乘船往东岸而来！从此，这个渡口他再也没有来过。今天，是他第一次踏上了回乡之路，这个渡口，也是当年不舍的父亲，含泪往返所渡过的渡口。他在渡口前站立了许久，仿佛正在搜寻当年父亲流下的泪水。在这一条溪水之上，可否溶入父亲那一路归来的泪水呢？

义存禅师想着，一股热流正在心头上奔涌着，以致他没有看到渡船已经靠岸，过来的行人已经踏上了路，而准备过去的行人，已经走上了船。却见船上的艄公朝他挥手，叫道："岸上的那位大师，可否上船往对岸行走？"

义存禅师此时猛醒，挥挥手说道："过去，过去！"之后，他快速赶上几步，一脚踩上了渡船，找一个安稳的地方站下。

一边，又听艄公叫道："船上的乡亲可站好了，渡船开摆了！"那艄公摆渡，不忘与大家说话，他见义存禅师慈眉善目，便问："大师来往于何处？可知福州有一位叫义存的国师？"

义存禅师笑了一笑，回说："施主如何知道有一位义存国师？"

艄公不服，回道："我往来此间，摆渡数十年，来往行人都要坐我的船。有到福州读书或做生意的人，回来都说在闽侯的崇圣寺里，有一位响当当的国师，叫义存，他可是咱们西林村人呢！姓曾，讳名叫勉。早年，曾受僖宗赐号'真觉大师'，还赐紫金袈裟呢。如今，他又被当今闽王封为国师。我当大师也是有经历的人，怎么不知有位国师呢？”

义存禅师立在船上，微微与那艄公交目一笑，不置可否。那艄公见义存禅师不答，也跟着微微一笑，又和船上的客人搭讪去了。他那长篙，一会高，一会低，带着滴水，一次次地插入水底，而后躬身，把船往前推送去。身后，留下一道水痕。

4.

过了东溪上了岸，义存禅师继续往前行走。那条乡间小路他一直是很熟悉的，从家到溪边，也就四五里地远。杨梅山就在右前方，远远望去，那山却是碧蓝的，有如一个汉子扬起了剑眉，故乡人都说，杨梅山的由来，是“扬眉”而非“杨梅”也。

义存一路行走，见乡道两边是一片绿色的田野，偶有乡人与他擦肩而过，打上一声招呼，却也不认识他。也难怪，几十年了，曾经的长辈多半作古了；同辈之间，也该是无存几多了；而小辈呢？当时还未出生呢，又有谁能知道他是谁呢？义存禅师一路而来，走得有些累了，他在路边找一块花岗岩，坐了下来，想歇一口气。

闽南冬季总是一片碧绿的，田野上的麦子已然长到了一尺多高。偶尔能看到有一二小孩蹲在麦地的沟里，拨着麦草或寻找着野菜。禅师看在眼里，喜在心里。自王审知入闽以来，福建的战乱不断被平定了，民生也得以缓和与生息了。

义存禅师会心一笑。在这里，他把目光投向了路的尽头，那里，有一片村庄。近暮时分，家家的房顶上已经冒出了青烟。那曾是他的家，有着幸福、快乐童年之家。

此时，从村口处，走来一位弯腰躬背的老人。他的肩上扛着一柄锄头，一头黄牛走在他前面。时是闽南的冬季，不是耕种季节，老人牵牛出行，是为了放牧，让牛在农闲时，长好身体，储备好热量，以期春耕时，能更好帮助村民发展生产。那老农显得苍老且佝偻，而那牛却看起来年轻又健硕，毛发橘黄光亮。在闽南，耕地多半为黄牛，所以，远远的那一道黄色亮丽，穿越过绿色的田野，慢慢走来，很是刺眼炫目。

禅师正看得出神，那一人一牛已离他越来越近了，不经意间，已走到了跟前。路过身边时，义存禅师慌忙站起，退到田埂的一侧，给这一人一牛让路。不想那牵牛的老头看见禅师，却不走了，用手拽住牛绳，将本因佝偻而低下的头仰起，细细看着义存禅师。这一看，让义存禅师有些不自然了，他启唇一笑，正想开口，却是那老头先叫了起来。

只听那老头瓮声瓮气地问道："你这大和尚，想也是见过世面的，可曾见过我们家义存和尚？他在福州当国师哩！"

义存禅师这心头一惊，心想，肯定是遇上家人了。忙问道："兄长是谁？贫僧就是义存啊！我就是曾勉啊！老哥是谁呢？"

只见那老头一把从肩上放下锄头，一手甩掉牛绳，抱住义存大哭起来："我是憨头啊！小时候我们在一起玩过的，突有一天你阿爸空手回家，说把你留在了玉涧寺。我那时也吵过我阿母，可她死活不让我去，没想你当和尚也当出头了啊！都成国师了！"

义存忙帮老憨头拭泪，动情地说："记不得谁，哪能记不得哥哥啊？只是我们都老了，这一别，都有六十余载了。我有那么大声名吗？怎么一到渡口就有人问起我来？"

老憨头拭泪，破涕为笑，拉着义存禅师的手，在那块石头上坐下："你名气可大了！听走福州的人说，你住在一家大寺院里，有数百间房子，一千五百个和尚。看看，做大官了，也不派人请兄弟去寺院坐坐，享几天清福？"

义存禅师一听，笑了，说道："哥哥啊，那可不是什么清福，这世间多有疾苦啊！你看，弟弟我出家这些年，还不是这身清衣素服！"

老憨头这才想起不对劲，起身绕着义存看上一圈，说道："怪了，怪了！去福州的人说你出门前呼后拥，怎么现在孑然一身，穿这等粗衣素服？肩上就一破袋子？"

5.

义存禅师起身立起，帮老憨头牵牛，往村里去了。一路上他们边走边聊，才知父母过世时，乡人把二位老人下葬在杨梅山，可位置在哪，时隔多年，老憨头也说不清了。

义存禅师在村里住上一夜，次日便带上一把干粮，径往杨梅山走去。那路实在难走，茫茫大山里，到哪去找一座小坟呢？

事实上，正如义存的禅悟之路一样，并不平坦。我们说过，路在脚下，有人很快走出捷径，有人依旧在世俗中徘徊。数十年了，义存禅师这份孝道之路，依旧不甚平坦，父母的坟地在哪呢？他一人在山中的树木草丛中，艰难行走着，有时，脚下根本没路了，只得往回再找。恰似他所经历的，每一条禅悟之路，曾有过去，也有未来！

二十四岁那一年，正值唐武宗会昌五年（公元845年）灭法，一时间，禅宗律法大受打击，许多信奉者被迫蓄发为民。一心问善的义存，不得不束起头发，更换儒服，和寺友隐居于山林之间，防止遭受迫害。就这样过了一段时间，义存禅师来到福州，去了芙蓉山参谒了宏照禅师。这宏照禅师见他气度不凡，以为肯定不同俗流，便留他在左右服侍，义存深感其德。于是，义存禅师开始了由持律转禅的悟道之路。

所幸，武宗灭法的时间并未持续多久，到了唐宣宗时，佛法又兴。义存禅师为寻求更大发展，开始他的北地之游，先后到安徽、江西等地。四十岁那年，他吃了德山一棒，方才豁然大悟。于四十七岁时返回福州芙蓉山，在灵洞石壁中静坐修炼。

之后，义存禅师携友登上了象骨峰，与诸友共建崇圣寺，历经前后六年，方才建成大丛林之势。再后，闽地战乱又起，七十岁之年，义存禅师再度外游至王审知平定福州，天下一统，方回闽侯，重整崇圣寺。并于一年多之后，踏上回泉守孝之路。

此时，义存禅师在杨梅山中，亦是寻访无路。在深山老林里，他的一颗孝心不知何处安放。左右之间，只得先找一块大石坐下，让自己喘息。这时，他突然听到远处有一声凄厉的叫声传来，侧耳倾听时，这声音又归于沉寂。此时的山林，唯有鸟鸣。直觉告诉他，在不远之处，肯定有人受伤了，他顺着声音，走过去看看。

义存禅师顺着声音寻去，看到远处石壁之下，有一片植被被压倒了一个洞。他朝那走去，往下的山腰处，一个乡民躺在那里，已昏死过去了。事不宜迟，义存禅师急忙解下水袋，将袋口接近那人的嘴边，将水慢慢灌了进去。

少顷，乡民醒来。虽然睁开眼睛，却不住呻吟叫唤，看他手臂时，才发现那人的手已经摔断了骨头。义存禅师急忙搜寻左右，终于发现乡民的柴刀就掉在附近。他走了过去，拾起柴刀，顺手劈了几根平直的小木棍，对那乡民说道："施主忍忍，一会儿贫僧为你将断臂接好。"义存禅师将那几根小棍子放下，又将袖袍撕成长长的布条，对那乡民说道："施主可忍忍，贫僧开始帮你包扎了！"

不过多久，义存禅师便将那乡民的手臂包扎好，对他说："施主莫急，稍息一会儿，便可下山了。只需静养数日，手就不痛了，过上十天半月，施主又可以上山砍柴了！"说完，他从包里取出一小瓶药，递给那乡民说："每日伤处数次擦拭，可消炎止痛！"

义存禅师转身离去，走了数步又回来，他蹲下身子问那乡民："施主能否下得山去？若是不能，贫僧这会下山，叫几个乡民抬你下山，如何？"

只听那乡民呜咽说："谢谢大师了，我可以下得山去！敢问神仙的姓名，日后遇见，定当再谢！"

6.

义存禅师微笑地摆摆手，立起身来，与那乡民作别，又往山里走去了。后面，他看见那乡民慢慢站起来，一手拾起柴刀，步履蹒跚地往山下走去了。这一边走着，一边念叨道："今日是不是遇上神仙了？好福气啊！"

眼看日影西斜，义存禅师根据老憨头的描述，已经找了一整天了，却不见父母的坟头。此时他的心中，不禁若有所失。他移步到一块山石前，转身坐下。解开那已剩不多的水袋，仰头喝上几口。他有些疲倦了，闭上眼睛，盘上双腿，想小眯一会儿。

突然之间，他看见眼前一匹白马奔来，那白马在他眼前来回跳跃，好像有事要和他说！义存禅师心中狐疑，从那石头上站了起来，跟着白马的身后，一路走去。那白马一路走着，一路回头看看义存禅师有没有跟上。看到禅师跟上时，它又低头往前行走。就这样，在不断回头又不断往前行走之间，义存禅师和那白马，已走到了半山腰。

后来，白马望着右面路边的一堆草丛，一阵嘶鸣。义存禅师跟了上去，拨开草丛一看，眼前便有一堆高土，土前立有一块石碑，一小段模糊而又亲切的字眼，映在他眼前。那正是父母的坟墓。义存禅师松了一口气，站起抬头，想谢谢那匹白马，那马却不知何时，已经不见了。义存禅师左右环视，也不见白马的踪影。情急之下，他想追上前去，脚却走不动了。睁开眼睛，发现原来自己入睡去了，做了一个小小的梦。

禅师立起，觉得梦中若有，世间便有。于是，他重整思路，顺着刚才梦中走过的路，一直往上走去。及至半山腰那一片草丛，才弯腰拨开杂草。你说奇也不奇，竟然有一块石碑露出，父母的坟墓，就在眼前啊。义存禅师一阵欣喜，双膝跪下，给父母磕上了三个响头。

禅师并不觉得奇怪，这和他年轻时四海修禅的经历如出一辙。那些年，义存禅师与岩头全豁禅师及钦山文邃禅师为友，一路同去江南，参遍了诸位禅德。

他曾三次到舒州投子山，参访了青原系第五代禅师大同；又曾九次到瑞州，参访了青原系第五代禅师洞山良价。其时，义存禅师尝未悟时，在洞山良价处做了一个伙夫。一日，义存禅师正在淘米，洞山良价便来试问于他。于是便有了以下这段公案：

山问："淘沙去米，淘米去沙？"师曰："沙米一时去。"山曰："大众吃个什么？"师遂覆却米盆。山曰："据子因缘，合在德山。"这段公案说，当年洞山良价觉得他与义存契机不合，却和青原系第五代的德山宣鉴禅师风格相近，于是，便推荐他参访德山宣鉴。

唐懿宗咸通二年（公元861年），四十岁的义存禅师，离开了洞山良价，前往湖南武陵的德山宣鉴处参问禅法。果然，二人一见如故。以下又是一段公案：

师问德山："从上宗乘事，学人还有分也无？"德山起来打之云："道什么？"师曰："不会。"至明日请益，山曰："我宗无语句，实无一法与人。"师有省。

这段公案的意思是：以我本来面目，还能悟彻吗？不想德山起来一喝，打他一棒，让义存摸不着头脑。第二天，义存请示德山，德山告诉他："本来面目，是佛性妙理，是不由语言文字，不由思维推理表达的离言绝相。所以，我无法用语言文字表达它，一经表达，它就不是本来样子了。"义存听了，省悟自性本真——此时豁然，如桶底脱相似。

故而，白马引路，并不奇怪。这梦，是他久寻父母坟地无果，突发梦醒的结果。

7.

义存禅师拜完父母，便寻道下山。他得请老憨头来帮忙，在父母坟旁搭建一座简易小庵，只要能够遮风挡雨，就行。他要在这杨梅山上，为父母守坟三年。

第二天，义存禅师与老憨头带上一些简易工具，一大早便往山上赶去。到了坟地，义存禅师又给父母磕了三个响头，起身后二人正想动手修建，突见山下涌来一群乡亲。一时间，义存禅师和老憨头不知何故，愣在那里！慢慢的，大家围了上来，是那么的亲切、虔诚与静默，他们凝重地望着禅师，许久，许久，都说不出话。

禅师放下手头的工具，笑着对乡民说："乡亲们，大家……这是为何？"

却见人群中闪出昨日那摔伤的汉子，有些激动，有些结巴地说："国……国师……昨天我还以为，遇上神仙了。后……后来，我和大家说我遇上神仙了，大家不信。后来，渡头老大也说，他看到一位大师，坐他的渡船过岸。我们把这事告诉乡亲了，都说，某某去过福州，曾远远见过国师与王爷出山……我……我们就跟他说了模样。他一听，就拍……拍大腿说——十有八九，十有八九啊……我们，我们这就赶来了，我们只是想看看国师！”

“真是国师啊！”只见人群中又闪出一个人，大声叫道：“是国师，是国师，我去福州见过的。从很远的人群后面，我看到了。大家快点跪拜啊……”

义存禅师此时倒是慌神了，忙走上前去，把大家一一扶起，说：“折杀贫僧了，折杀贫僧了！乡亲们，快请起，快请起啊！”

义存禅师热泪盈眶，双手合十，口念弥陀。他对大家说：“贫僧在外云游数十年，未对家乡做过什么贡献，感念父老乡亲对贫僧父母的关心和照顾，在他们百年之后，为其入土为安。本该是父老乡亲接受贫僧一拜的，何敢让大家行此大礼呢？今日贫僧上山，只是想为父母守孝三年，无他也！众位乡亲快快请起下山，家里还有农活要做呢！”

义存禅师说完，合十而立。众乡亲却不走了，都想留下来帮忙。禅师推辞不过，只得接受了。不过多时，一处可以遮风挡雨的草庵，便盖起。望着大家忙碌的身影，义存禅师双手合十，感动不已。

三年之间，义存禅师不但上山守孝，且时时刻刻不忘弘扬佛法。为乡民解决日常生活中的疑难问题，对乡民多有教化，还帮助乡民寻医问药，处处显得平易近人，深受厚爱。礼尽三年之后，禅师辞别众位父老乡亲，又回到了雪峰寺，受到王审知的亲自迎接。

后梁开平二年（公元908年）五月初二日，义存禅师圆寂，享世寿八十有七，僧腊七十载，戒腊五九载。王审知闻知寂讯，大为悲伤，掩面涕泪不已。后遣其子王延禀前去雪峰寺，主持祭拜仪式，并将义存禅师的舍利，埋于原先筑好的难提塔。义存禅师为后世留下的遗著有《雪峰清规》《雪峰语录》等诸佛法著，传世久远。

200余年后的北宋徽宗宣和二年（公元1120年），泉州教谕、南安籍人黄祖舜前来杨梅山，寻得义存禅师的父母坟，祭拜景仰，在坟前立有一块石碑，上书“雪峰父母坟”，并植柏树于坟旁。此后，“雪峰”之名，便在杨梅山附近的乡里传播。

又过百余年，到南宋淳祐三年（公元1243年），天赐和尚因追慕义存禅师之德，爱人之心，施及父母山川，他来坟旁创建一庵，自号“杌拙三筑”，为雪峰父母静修守坟。之后，天赐和尚再次募化资金扩建，世人称之为“白马坟庵”。

8.

此后数百年间，“白马坟庵”几经修葺扩建，蔚成规模，历代有不少高僧云聚于此，修禅说法。后世人称杨梅山的“白马坟庵”为“小雪峰”，而闽侯的“崇圣寺”为“大雪峰”。而义存禅师，人们总是尊称他为“雪峰祖师”。

对南安乡亲来说，义存禅师所留下的故事，最引以为自豪并口口相传的，大概是白马引路的故事。而杨梅山雪峰寺，又是因它而起的。雪峰义存禅师从小出家，并一生云游四海，对中国佛教事业的发展起了很大的推动作用，其声誉非常响亮。然而，由于长年在外，对本土乡民来说，留下的，却只是道听途说的传言。

纵观中国佛教历史，雪峰义存禅师的一生辉煌而特立独行，对中国佛教事业的贡献，也是早见经传的。最为精彩的，是他门下高僧辈出，为佛教的开枝发叶，推动极大。

《传灯录》所载的一千七百多个祖师故事中，就有一千二百多人出在福建，录属雪峰法嗣者，达到一千人之多，分为五十四支。其中云门宗创始人文偃——匡真禅师，就是义存的嫡传弟子。而法眼宗创始人文益——净觉禅师，则是他的三传弟子。两宗的佛教徒，都尊雪峰为“祖庭”，分别成为晚唐五代禅宗中的五宗之一。

此外，福州玄沙院的开山祖师师备、福州怡山长庆寺的中兴祖师慧棱、福州鼓山涌泉寺开山祖神晏、浙江绍兴越州洞岩寺可休，浙江绍兴信州鹅湖智孚等，皆出于义存门下。后来，他们各自拥徒说法，成就一方开山之祖。更有甚者，泉州承天寺也尊雪峰为“祖庭”。由此可见，雪峰义存在中国佛教中，其地位之高，影响力之大，是有目共睹的。

现引雪峰义存禅师（公元822—908年）的百度纪年纪事：

唐南安人。出生于长庆二年（公元822年）。据唐黄滔《福州雪峰山故真觉大师碑铭》载，其祖而下“皆友僧新佛，清净谨志”。12岁“从家君游莆田玉涧寺”。17岁落发。

唐会昌灭佛，义存蓬迹于福州闽侯之芙蓉山。

宣宗即位（公元847年），废除灭佛令，义存“北游吴、越、楚、梁、宋、燕、秦，受具足戒于幽州宝刹寺，讫巡名山，扣诸禅宗”。后到武陵参见德山（南禅宣鉴大师），宣鉴“出其徒数百，咸莫之测”。宣鉴对义存评价很高，云“斯无偕也，吾得之矣”。

咸通十一年（公元870年），义存住持福州雪峰山广福院，从此“天下释子，不计华夏，趋之如赴召”。据黄滔《福州雪峰山故真觉大师碑铭》载，义存于福州雪峰山广福院住持40年，“常不减一千五百徒之环足”。

中和二年（公元882年），唐僖宗“赐真觉大师之号，仍以紫袈裟俾延郊授焉”。

据《三山志》载，唐龙纪元年（公元889年），义存生前预造葬地，并自为序。

大顺二年（公元891年），闽王“雅隆其道……为之增宇、设像、铸钟，以严其山……时则迎而馆之于府之东西甲第”。

唐天复三年（公元903年），王审知刻义存自序于石碑，碑文云“《难提塔序》(天复三年)僧真觉自序：……虽然离散未至，何妨预置者哉！所以叠石结室，剪木合函，般土积石为龛。诸事已备，头南朝北，横山而卧。愿至时同道者莫违我意”。

梁开平二年（公元908年）示疾，王审知“走医，医至粒药以授师”。五月圆寂，俗寿87，戒腊59。义存逝后藏骨雪峰寺塔中。是时，因奔丧而“奔闽之僧尼、士庶仅五千人。闽王娣之……延禀如陈祭，是高斋焉”。

仙迹岩流芳

1.

话说太乙真人杨肃原本是一樵夫，后来学医悟道，精通岐黄之术，加之平日里济世悬壶，救助于乡里，遂声名远播。

某一日，来了几位差爷，说是福州王审知王爷府上的人，要请杨肃前往王爷府去一趟，但具体做什么，差爷没说。杨肃当时有些惶恐，自己是个行医悟道之人，从来没有害人之举，平日里也不勾官结府，横行乡里，为何王爷府还特地差人来请他呢？

杨肃见几名差官行色神秘，并未说明来意，也不给杨肃半点迟疑的时间，说走就走。他一个平民百姓，哪敢违抗？只得匆忙收拾行李，泪别妻儿，跟着那几个王爷府上的差官，一路匆匆忙忙，径往福州方向去了。

从南安水头到福州，一路车马食宿，也需两天时间才能赶到。坐在摇晃的马车上，杨肃想了很多，虽然一路上差官对他好生伺候，没有半点加害之意，但仍心有余悸，想起临行时妻儿不舍的眼泪，他思绪万千，此去王府，是凶是吉，谁也说不清楚。

早在光启元年（公元 885 年），杨肃随父杨安公、兄长杨逸及侄儿杨明珠跟随王审知入闽，他们的祖籍原在河南省的固始县，进入福建之后，先是居无定所，后来，他们在南安水头的朴里村定居下来，主营农耕，兼事渔樵，有了一个安定的隅所。

但是，杨肃是一个有上进心的人，生活稳定之后，他隐居于南安石井西北隅崎髻山中的一个岩洞下，苦读诗书，想着有朝一日也能功名成就。

后来有一天，他遇上一个道人，便跟着那道人学医问道，识别山中草药。因杨肃天性聪明，领悟力极强，又善于独立思考，不出一年时间，便将道人所传的精髓全部学会了，并在原来的基础上另辟蹊径。特别是对针灸之术，杨肃更是达到炉火纯青的境界。附近乡人若有染疾，每每找他问诊医治，几乎是药到病除。

杨肃平时乐于助人，又因山中草药丰盛，针灸之法精熟，故凡来求医问药的穷苦百姓，他都分文不取，加之医道高明，十里八乡只要有病有难的，都来求助于他，一时，杨肃名噪江湖，整个泉州府地，无人不知，无人不晓。

俗话说“人怕出名猪怕壮”，杨肃行医救人出了名，自然有不少官家富贾，想出大价钱请他去府中做专职医师，但都让他给拒绝了。自然，也因此多多少少得罪了一些官家富贾，背地里说他不少坏话。

他一江湖隐医，本来只想自己寻得一方宝地，和妻子儿女相守到老，此生足矣！不想这下可好，杨肃也不知道自己得罪了什么人，何故又惹上王爷府了，几个差官下来，也不多说话，便将他一请，就往福州去了。

2.

杨肃正想着，车已进入福州闹市，这是他离开泉州前往福州的第二天。他听到外面人声杂噪，便偷偷掀开车帘，往外面瞧去。天啊，福州城那繁华景象，让这个隐居乡下多年的道士大开眼界。他几时见过这么多的人这么多的车，在这么大的街道上来回穿梭呢？杨肃真是看傻了眼，他一直盯着窗外，渐渐地，把一切担忧都抛到九霄云外去了。

车在闹市中转来转去，也不知道转了多少圈，终于在一所大殿的门前停下了。几个差官将杨肃扶下来，并扶着他往府里走去。此时的杨肃浑身发麻，两腿打战，说是扶，还不如说是“架”。杨肃何曾见过这等架势：只见殿堂高大，护卫森严，刀枪明亮，旗帜飘扬。杨肃心里忐忑不安，周身的毛孔竖起。他感觉自己已经没有双腿，几乎不能行走了，而是由左右两个差官，硬是给“架”进了王爷府。

但是，事情并非杨肃想象的那么可怕，几个差官并没有把杨肃“架”入公堂，而是把他“架”入了后宫，找了一个又大又好的房间，让他住了下来。紧接着，又传来一对男仆女婢，端茶送水，好生伺候。

这让杨肃感觉十分纳闷，他不知道接下来会发生什么事，也不敢问身边那两个男仆女婢，由于旅途劳顿和心理压力巨大，他浑身疲惫，也不管将来会发生什么事，径直走向内间，找了一张床，侧身倒头便睡了。一边的男仆女婢，慌忙跟了进来，帮他脱衣去鞋。

杨肃一觉醒来，已是黄昏，但见男仆女婢还在身边，一边一个。二人一见他醒来，慌忙帮他穿衣洗漱，好生伺候。

一顿饱觉之后，杨肃的心开始有些安定下来，他小声地问那对仆女，这是什么地方？只听那男仆小心地回答说：“回道长，此乃王爷府也！”

于是杨肃又问：“可是闽王王爷的府所？”

男仆又说：“回道长，正是！”

杨肃又问：“那王爷唤小道来此，不知所为何事？”

只见那男仆一听，赶紧双膝跪地，小声说道：“道长别吓杀小人，王爷府家的事可不是小的随意打探的，小的是个下人，哪里知道什么事？更不敢随意猜测！道长饶了小人，可不要再问了！已是近晚，若是道长饿了，交代小人准备饭菜就是了！”

杨肃点点头，他虽是一山野村夫，却也读过不少书见过不少世面。他起身将那男仆扶起，笑了笑说：“呵呵，见谅，见谅！不问了，不问了！我倒是有些饿了！”

男仆起身立起，低头垂手，赶紧说：“小的这就去为道长准备晚膳。”说完便一倒身，退了出去。

此时杨肃心想，这一路而来，都见差官仆人小心伺候，也不见得有一点恶意，该不会有什么祸事吧？算了，这活一天便是一天的，现在有吃有喝，哪管得了那些闲事呢？心里这么一想，也就安静了下来，让童女们出去为他准备晚膳。

3.

酒醉饭饱之后，杨肃又是一夜好觉，把两日来的劳顿和惊恐，一扫而净。

次日大早，杨肃起床洗漱之后，早见一差官走了进来，双手作揖，进门便对他说：“杨道长，休息了一日，精神可好些了？”

杨肃赶紧回道：“谢大人关心，好，好些了！”

只听那差官又说：“王爷府内有一女眷，近日身体欠佳，特请道长前去看看！”

这话一出，把个杨肃一阵惊吓，诚惶诚恐，他平日里只为小老百姓看病，从未搭理过官府，又何曾为王公大臣把过脉？特别是王府女眷！杨肃此时骑虎难下，但他没有任何选择，他没想到，王府派人秘密将他接入福州，原来是为王府女眷看病。

事已至此，杨肃只能硬着头皮，跟着那差官一路而去，转来转去，竟然转入了后宫。

差官把杨肃引进客厅，让他坐下，朝内室唤了一声，说道：“杨道长到！”

只见从王宫内室走出一个老婆子，向那差官和杨肃欠了欠身，说道：“老奴在此，大人和道长吩咐便是。”

又听那差官说道：“婆婆，请您把女眷的病情与杨道长说说。”

杨肃欠了欠身，用手示意老婆婆，让她慢慢说来。

老宫女叙说过后，杨肃已然猜测出王府女眷所患的疾病，是一种乳疾。这可是一件十分难为情的事，如何帮她看病又如何医治呢？杨肃一下子为难起来。

自然，杨肃知道不能单凭老宫女的述说，就判断王府女眷确实是患了乳疾。并且，王府女眷的病情到底坏到什么程度，还得进一步诊断，方能对症下药。因此，他必须通过把脉和现场观察，才能最后确证。

杨肃沉吟了许久，他很为难，无法说，也不敢说。

这时，差官看出杨肃的心事，便对他说：“道长是否有些难处了？说出来与下官听听，若下官无法解决，亦可禀告王爷知晓，好歹商量一个法子！”

杨肃听差官这么一说，心里算是踏实许多，但又听差官提起王爷，又是一阵紧张。难道这女眷与王爷之间有什么瓜葛吗？他不敢多问，只对那差官说道：“官爷，咱们中医问症，讲究的是‘望、闻、问、切’四大诊法，如今小道只听得老婆婆的陈述，虽然心中对病人的症状有些大体了解，却因未能面见而无法确诊啊！”

此话一出，把那差官也为难得说不出话了。

杨肃又沉吟片刻，继续说道：“无法确诊就不能对症下药。若小道仅凭婆婆的述说而随意下药，恐怕对病人会有所伤害，不但治不好病，还有可能会出现反效果！”

差官此时也决定不了，他唤那老婆婆先行退下，而后又对杨肃说：“道长，此事下官也为难，待我禀告王爷，再做定夺！”说完起身，与杨肃回到住处，转身拱手告辞了。

4.

杨肃此时心情沉重，差官都不敢做主的事，说明此女眷必然和王爷有着密切的关系，若是医治好了，或许会有很大的封赏，万一有个三长两短，恐怕是连小命都保不住了。况且，听刚才那老宫女的述说，这女眷的病情已然相当严重了，若是不能及时确诊并对症下药，怕是没有多少时日可活了。

这一天，杨肃整天像热锅上的蚂蚁，寝食不安。他想起了自己的妻子儿女，顿时泪流满面。他十分清楚，若非王府医师对此女眷的病情束手无策，也不会大老远从泉州把他接到福州来。虽然杨肃觉得此病人还有一线希望，但他也知道，在众多医师当中，他也不是最有能耐的，何况，要为病人治病，少不了要搬上那“四大诊法”。

真是要命啊，杨肃当年和父兄随王审知入闽，一路战火烽烟，颠沛流离，总算在南安水头安上一个家，生活有了着落，能算得上是世外桃源的生活。却不想因医术高超而出了名，让王爷府招来为女眷看病。真是的，要是病人是个男的也好些，哪怕是王公大臣，当着人家的面“望、闻、问、切”，凭着自己的医术，也能医治个八九不离十。

可偏偏要看的病人是一个女眷，住在内宫，别说“望、闻、问、切”，就连房门都不会轻易让你走近的。并且这病，还病在不是地方，一个道士家的，怎敢去瞧呢？况且，这女眷是王爷家什么人也不清楚，换做一般平民百姓，解开衣襟瞅瞅，也就过去了，谁想这是王爷府的女眷，就算让你瞅了，治好病之后，也肯定是一刀给切了——王爷家的女眷，能向一般百姓露乳吗？传出去损的不只是一个女人的名声，而是一个王族的声誉。

杨肃越想越怕，发现不管是治好了还是治不好这王府女眷，自己都难逃一死。再想起这数年的颠沛流离，想起自己的妻子儿女，忍心不下，竟然用棉被捂住脸，哭了起来。

杨肃哭过后，心情略显平静。他知道，光愁是解决不了问题的，现在，他得想出一个两全其美的方法，做到既能帮王府女眷治病，又不损王族的声誉。

杨肃总算冷静了下来。是的，他不只是一个医者，还是一个才智过人的术士。不管将来如何，他都不会选择逃避，而是知难而上。

最后，他想到了用“悬丝诊脉”的手法，来为病人诊断并对症下药。当然，这活儿不是他杨肃开头的，在他之前的医圣孙思邈孙真人早就尝试过了。杨肃之前学医，听上代人对此有过论述，故心中早就有底，只是这么一急，就给急了出来。

想到这里，一道曙光在他眼前掠过，杨肃心中一阵窃喜，一下子就平静了许多。趁着今夜无法入眠，他把自己的思路前前后后梳理一番，等候明天那差官一来，便与他说出，拿去与王爷商讨。

5.

第二天一大早，那差官又赶到杨肃的住处。差官说：“王爷说了，病人是一女眷，让道长尽心想个法子才是，若是能医治好，其他的事情都好说！”

杨肃也不敢问女眷是王爷家的何人，只把昨夜的一些想法，告诉了差官。差官一听，十分欢喜，觉得这个办法非常可行。就辞别了杨肃，一边让下人前去准备，一边赶去王府里与王爷禀报。

这边杨肃的心中还是忐忑不安，虽然传说中先贤曾有试过，并且写得有方有谱，但自己这是第一次尝试，不知道能否真正为王府女眷把脉。但事已至此，也只能走一步看一步了。到此时，杨肃只想让自己冷静下来，好用心去把这件事情做好，其他的事，他已无暇考虑了。他坐到床上，双腿盘起，运气调心，很快，他就静了下来。

不到一会儿，那差官又找了回来，说已经禀告王爷并一切准备就绪，只等杨肃过去，好为王爷府上的女眷看病。

杨肃跟着那差官过去，还是在那个客厅里坐了下来，他让差官把那老宫女叫了出来，进一步了解王府家女眷的病情，并对她进行一番交代，让她一定照他的交代行事。之后，杨肃让老宫女进入内室，自己在房外隔着一扇屏风坐了下来。

紧接着，老宫女从内室拉出一条细细的丝线，交到杨肃手中。杨肃接过那条细丝，平心静气，开始诊脉。微微细弱的震动中，他发现这女子还很年轻，但脉象微弱紊乱，看来，这女子已经病了好些时日了，若不抓紧救治，恐怕性命难保。

杨肃唤出老宫女，在她耳边细说一番，让她再入内室，把这些话传给病人，并让病人说出她的反应。很快，老宫女又走了出来，在杨肃的耳边说了一些什么，杨肃点了点头，又附在老宫女耳边，细声地说了一番话。

如此，她进进出出。数次之后，杨肃点了点头，叫那差官过来说道：“大人，可与小道取些纸笔过来，小道已基本确诊了，可以开药方了！”

差官急忙交代下人，去取来一些纸笔，并亲自为杨肃研墨。小声地问杨肃说：“道长，病人的病情如何？”

杨肃边写边说：“大人，病情甚不乐观啊！不过还算及时，我先给她开几副药调理一下，待内气调正之后，再做几个疗程的针灸，一月之内，可以初治；三月之内，可以痊愈也！”

差官频频点头，却突然问杨肃：“这针灸之事，如何动得了手？”

杨肃胸有成竹地说：“大人，刚才我也试探过这位婆婆了，她是个略晓医理的人，只要按我的指点行事，应该不会出什么问题的！”

差官点点头，又对杨肃说：“也只能如此了！道长，您先开好药单，我让下人去置办，再将此事也向王爷禀报一番！”

杨肃点了点头，将药单给了差官，让他叫人去置办一些药材，并交代如何调理。接着，又叫过老宫女附耳细说一番，老宫女点了点头去了，杨肃这才返回自己房间。

6.

几副药下去之后，差官过来说，病人已经感觉精神好多了，希望杨肃再过去看看。

杨肃跟着差官过去，依旧如法炮制地从内室里拉出一条细丝，为病人再把一次脉。这一次，他发现病人的脉象已经正常许多，跳动开始有力了。他叫过老宫女，取出一把银针，对老宫女说：“婆婆，内室病人的命，可全在您老身上了！”

却见那老宫女急忙跪下，说道：“道长，老身只是一下人，若能救得王妃娘娘的命，老身就是万死也不足惜啊！”

听得“王妃娘娘”这一说，杨肃的脸色顿时发紫。在他心里，只是以为这王府女眷，是一个不同一般的王府家人，他万万没有想到，这王府女眷，竟然是开闽王王审知的王妃。这一吓非同小可，他拿银针的手顿时僵住了，久久没能回过神来。

老宫女见她说漏了嘴，再改也改不回来，就索性说：“大人，饶了奴婢吧，娘娘她真是个好人啊，一定要救活她！道长有事只管吩咐，只要老奴能够做到，万死不辞！”

杨肃此时总算缓过神来，不管怎么说，他眼前只有病人，没有什么王侯将相。他用手将老宫女扶起，对差官说：“大人，我得教会婆婆如何使针，请大人暂时回避一下！”

差官见状，知道杨肃要拿老宫女的身体做示范，教她如何使针，便屏退左右，将房门一带，在外面等候着。

杨肃先向老宫女示意身上的穴位，并让老宫女拿针扎他，当老宫女准确地把针扎到他身上时，杨肃又让老宫女拿起针，照自己的穴位一针扎下去，看看能不能扎出感觉？

就这样，几天下来，杨肃和老宫女身上，都扎满了针眼。看看时机成熟，杨肃再为王妃娘娘切一次脉，并交代老宫女，按他指定的几个穴位，进行针灸治疗。很快，王妃娘娘的病情就有了好转，一个月之后，就能起身了。

尽管这一个多月的劳顿，让杨肃有些体力不支，但他还是细心地跟踪每一个疗程。他每天为王妃切一次脉，再根据王妃的脉象，对老宫女进行针灸指点，试验到能够准确无误地把银针，扎入患者的穴位，达到治病效果，方才停止。

紧接着，杨肃再根据病人的身体状况，开出药方内服，以达到内外兼修的作用。

如此反复又过了一个月，杨肃和老宫女的配合越来越娴熟了，王妃娘娘的病，也基本治愈了百分之八九十，只剩下最后一个月的巩固疗程了。

此时杨肃的心里感到无比欣慰，这是他来福州之后，最轻松的一段时间。

忽一日，那差官又过来说，鉴于杨肃对王妃娘娘的救治有功，闽王决定私宴请于他，并由差官作陪，酒宴就安排在本府，杨肃有些受宠若惊，又推辞不得，只好答应了。

7.

当年，随王审知入闽时，杨肃做梦也没想到，有朝一日竟能和王爷一起饮酒吃饭，似这等礼遇的人，天下又有几人呢？王审知治闽，礼贤下士，心系百姓，他当然是有所耳闻的。但这也只是耳闻，今日轮到自己头上了，那算是目睹。这耳闻目睹的事实即将到来，杨肃自然万分感动，并略带有一些惶恐。

他是一名医者术士，治病救人是他的职业道德；但像王审知这等王侯，竟能在百忙之中私宴于他，这是何等荣耀？是他想也不敢想的事啊。杨肃让一仆一婢拿来衣物，把自己好生打理一番，然后对着镜子照了又照，看了又看，生怕在王爷面前出丑。

杨肃把自己看得没有任何破绽之后，才抬步出门，往王爷府安排的客厅走去，身后，一仆一婢相随。

远远的，杨肃早见大厅里灯火通明，还未进门时，就见一个侍者出来迎接。入得厅堂，但见那差官与一中年男子对坐。那中年男子身体壮实，面色红润，素衣素挂，三绺胡须飘逸，也不见戴官帽，只扎一方头巾，一脸和颜悦色，正和那差官笑谈着呢！

中年男子见杨肃进来，微微倾身问那差官："此人可是杨道长？"

那官差一转身，赶紧回说："禀王爷，正是杨道长！"说完赶紧起身，出来迎接。

及杨肃走近那素衣中年男子面前，那男子用手示意杨肃，微笑地说："道长请坐！"

杨肃一时迟疑，不知眼前这位中年男子是何人，忙一欠身，正想入座。突又觉得有些唐突，便用手拉了一下差官，小声地问道："那上坐者，何人也？烦请大人引荐！"

那差官笑了，说道："杨道长，不是说王爷私宴吗？上坐者自然是当今王爷了！"

杨肃一听，突觉两腿发软，赶紧"扑通"一声倒地跪下，磕着头说道："王爷在上，恕小道不知，冒犯了，冒犯了！"

只听王审知哈哈大笑，示意那差官将他扶起。说道："道长请起，本王素衣相见，就是想不让你有所拘束，何必大礼？请坐，请坐！哈哈……"

王审知爽朗的笑声，让杨肃恐惧顿消，但怎么也缓解不了压力！那差官过来，将他扶起，并示意他入座。但身为山野村夫的他，和王爷同席而坐，怎么也无法自在啊。

入座之后，那差官用手一拍，就听后厅的音乐声响起，紧接着，数名训练有素的宫女，在音乐声中翩翩起舞。杨肃是一道士，自然懂得管弦之声，他起身敬了王爷和那差官的酒，不知不觉中，也随那音乐声，慢慢地融入场景。

尽管王审知谈笑风生，丝毫没有半点严肃之举；内厅的音乐声声，宫女的舞姿翩翩，但杨肃还是小心翼翼，努力克制，并不敢多言。的确，王侯与平民之间，永远不会有太多的默契。此时杨肃心里，只想把王妃娘娘的病治好了，早日回家团聚。

8.

说实话，对于王审知的宴请，杨肃并没有感觉多少自豪。反倒想，自己只是一方游道，学得一点医术，能帮人治些小病，实在也是应该的，何值王爷如此厚爱。虽然他频频起身敬酒，自己也小饮数杯，却一点也不敢开怀畅饮。

倒是王爷和那差官都喝了不少酒，有些微醉了。看来，他们今晚确实是兴奋异常的，主仆二人一唱一和，说了不少有关杨肃医术高超的话，并期望杨肃能够留下来，在王府当个御医。而且，王审知还承诺要为杨肃升官晋爵，敕封行赏。

但杨肃却不以为然，更不敢多喝酒，一个晚上言语不多，小心谨慎。酒宴散去之后，杨肃在往住处行走的时候，整个人还是十分清醒的。

他一路上回忆王审知的话，说要让他留下来，同朝为官。但他只是小心地应承而已，说是同意吧，其实当时一点也没有自己的主见，更没有自己的思想。他只是觉得，王爷说出来的话，他杨肃回答时，只能是“是”“诺”或者“遵王爷命”“小道不敢”之类。他觉得在王爷手下做官，那种生活没有任何自在感，更不会有自己的空间。

他还听王爷说，他会下旨，敕封他为“太乙真人”，并赐进士。这可是道行中极高的级别，别的不说，当年哪吒的师父，就是太乙真人，那已经是非常厉害的仙家了。

杨肃走着想着，终于走到自己的住处，他一侧身，便倒在床上，衣服也不脱，靴子也不脱，任那一仆一婢，在那摆布伺候，自己在迷迷糊糊之中睡去了。

第二天一早，杨肃照常去了后宫，让老宫女把那根细丝牵出，细细地为王妃把脉。他的脸上露出了微笑。他知道，王妃娘娘的病情，已经基本痊愈了。他唤过老宫女，继续对她耳语一番，老宫女点点头，领命去了。

随着王妃娘娘的玉体日渐康复，杨肃的事也就越来越少了，他的压力也由开始的很大，慢慢由大变小，再由小变无。渐渐地，他的思乡之情油然而生，他总是想念着他的妻子儿女，想念着他的田园生活；还有，想念着和他一起泡茶饮酒的老友，以及那些患病渴望得到救治却穷困的乡民。杨肃心想，再过上几天，等王妃娘娘能下床了，那时，再向王爷请辞回乡。隐居山野，为民治病，共享天伦之乐，这是他杨肃此生最大的理想。

可是，杨肃怎么去和王爷说呢？他清楚地记得，那个晚上他和王爷喝酒，王爷所说的每一句话，他都点头应允了。如若不留下来，给王宫当太医，那岂不是有违圣旨？这可是欺君之罪啊，轻则赐死，重则诛灭九族。

杨肃想到这里，顿时打了一个寒战，后背上冒出一层冷汗，感觉冷飕飕的。他不敢再往下想，心里开始有些慌乱。

换作别人，有这等好差事做，岂有不留下来封妻荫子的？但自从那夜王爷宴酒，杨肃就感觉自己和王爷不是一条道上的人。虽然王爷是个好王爷，不拘礼节，爱民如子，但作为一个山野村夫，杨肃明显感觉自己和王爷无法坐在一起，他的谨小慎微，在王爷目空一切的面前，是要付出巨大的心理压力的。

虽然平民出身的王审知不似一般帝王专横跋扈，但帝王就是帝王，那一种霸气和威慑力，让杨肃不管如何避让，都感觉寒光逼人，摄人魂魄。虽然他也知道，这种感觉并未严重到伴君如伴虎，但作为一个游方人士，杨肃觉得，还是回家种地更为实在。

9.

另二天，那差官前来看望杨肃，并了解了王妃娘娘的病情。知道王妃娘娘已经痊愈并且近日可以下地了，非常高兴。他恭贺杨肃说："道长真乃旷世奇才也，实是华佗再世。难怪王爷定要留你在身边做太医！他日必定飞黄腾达，荣华富贵啊！"

杨肃听得那差官赞赏，也不沾沾自喜。只是淡淡地说："小道一生游闲惯了，整日在宫中无所事事，必然会生出病来，还望大人回禀王爷，放小道回家与妻儿团聚……"

差官一听，慌忙说道："道长不可如此！王爷乃一代明君，岂可因为一时思乡，坏了前程！下官这就禀明王爷，让在下安排车马，将道长的家眷，接回福州！"

杨肃摆了摆手，连忙说道："小道感念王爷和大人的恩德，但小道实乃一介村夫野道，深得王爷的器重，已然十分感激了，哪还敢有非分之想？小道去意已决，还望大人禀明王爷，放小道回去与家人团聚吧！"

差官连忙摆手，又说道："不可不可，道长不是已经应承了王爷的旨意吗？若是此时再生反悔，必是欺君之罪，不但道长承受不起，下官也将受到牵连啊！"

杨肃一时无语。是的，这欺君之罪可不是一件小事！他有些责怪自己胆小怕事，要是当时就婉拒或者说明原因，王爷或许可以理解，放他回乡。但当时已经承诺下来了，若再反悔，那问题可就大了。

但杨肃去意已决，他想，若是王爷想以此治罪于他，那么这个王爷必不是明君，为此等人卖命，还不如死了算！若王爷不治罪于他，那就是一代明君，他日回乡之后，若还有招谕，定是万死不辞。所谓"士为知己者用也"，若真是知己，自然呼之即来。

他对那差官说道："大人，小道去意已决，任谁也不能阻止，请大人回禀王爷！"

差官无奈，只得将杨肃不想为官，欲告退回乡的话，如实地禀告了王审知。

王审知听了，半晌不语，用手拈着那三绺胡须，一脸凝重。

过些时候，他问那差官："前日本王设宴，杨道长不是已经应承本王了，说愿意留下来为本王做御医吗？今日为何又反悔了呢？"

差官一时无语，跟着沉吟良久，才回答说："此事小人也好生糊涂，想必是杨道长另有隐情吧？且待小人去问问，再回禀王爷！"

王审知摆了摆手，说道："不必了！"他叹了一口气，笑道："杨肃也是良善诚实之人，估计当时是想给本王留个面子，不好当面回绝。也罢，人各有志，岂可强留！但他救治爱妃有功，本王定要厚赏于他！"

那差官连忙弯腰拱手，说道："王爷圣明，王爷圣明！"

王审知一转身，朝内呼了一声说道："传孤旨意：敕封杨肃为太乙真人，赐进士，并赐以衮袍，派三千士卒携金斧、银锤护送回乡！"

10.

王审知的决定，让差官和杨肃始料不及。

当差官把这消息告诉杨肃时，杨肃感动得不知如何是好。他用手紧紧抓住那差官的手，连日来，王爷和那差官的真诚，让他真切地体会到了一个清正王者的英明。其间体现的，不只是一个王爷，甚至于他底下的官员。

紧接着，敕封的圣旨就传下来了，杨肃急忙跪地，山呼千岁谢恩。

当日，杨肃又请求差官，派快马传讯告知妻儿平安回乡。那差官应允，马上差人将喜报送往水头乡朴里村杨肃家中，让他的妻儿父老、堂宗乡亲知晓。

次日，杨肃整顿好车驾，在三千军士的护卫下，一路风尘仆仆、浩浩荡荡地往泉州而来。不出两日，就进入了泉州境内。因有快马传讯，朴里村的乡民倾巢而出，夹道欢迎。

杨肃进门见过妻子儿女，一家人泪流满面，悲喜交加。

休息一日，杨肃的第一件事便是召集乡村父老，并知会官府，把王府的封赏全部捐出，以兴修水利，扶助教育，改善医疗……为四方百姓谋福祉，为人民群众办实事。

杨肃将所赐的金银财宝全部用于兴修水利，并留下士卒开浚灌田千亩，让乡民们永享其福，后人感其公德，称其为“杨仙公”。数年之后，杨肃的子女长大成人，杨肃将一女嫁与吕姓家族联姻，打造下了一千多年杨、吕两家亲如一家的和睦景象。

杨肃百年之后，葬于仙迹岩，其墓葬简单朴素，流传千年，受泉州市政府保护。其墓上长有一棵奇树，冬天落叶时，但见千枝万枝，显示着杨、吕家族的兴旺发达。

现今，杨、吕两姓共同把杨肃的故居，改建成太乙真人庙及杨肃纪念馆。每年的四月初七，杨、吕两姓的人都聚集在朴里杨肃庙前拜祖，多达数万人。吕姓每户安排酒席宴请杨姓姻亲，张灯结彩，杨、吕两家旌旗共飘、共祭，和睦相处，亲密无间，情同手足。

后朱熹有联云：“仙子友英贤，一局曾消千日瞬；天王旌国手，三军为导万人川。”上联借用晋人王质入山砍柴，见仙人弈棋而忘记时日的典故。下联是说杨肃治愈了王审知的爱妃后，王审知特意派遣三千御林军护送杨肃回家，并留下来帮忙开挖水利。“万人川”是由南安瀛溪引水经溪南村至朴里乡总长八里许的水渠道。

千年过去，杨肃的古墓还在，他的医道之风，为民之情，无私之德，流芳百世！

2015 年 3 月 13 日，笔者随“南安作协”进入水头镇采风，来到杨肃坟前，瞻仰前人的遗风之后，感动不已，写下此篇《仙迹岩流芳》的小说，与后人共鉴！

陈庆镛说贼记

1.

道光二十四年（公元 1844 年），陈庆镛上奏了《河防筹画疏》，周详地提出了修治河南一带黄河河道的计划，并提出“河治一日，则民安一日”的政治见解。然不知何故，他的这一河治见解，非但不被采用，还招来清王朝权贵统治的排挤。最终，道光皇帝一纸书下，将他贬回泉州老家。

陈庆镛心中自然有些愤慨，当他走出府邸的那一刻，看见那一片蔚蓝的天空，心中倒是有些解脱了。他想，虽然不能再为朝廷尽力，发表他的政治见解，但回家也不是一件坏事。至少，他可以随时陪伴家人，和夫人一起，每天炖一炖他那“清廉骨”。

想起他们的“清廉骨”，陈庆镛心头一乐，一股暖意上了心头，嘴角上露出一阵又一阵的微笑。那微笑是幸福的，是温暖的。

这一年，陈庆镛正好四十九岁，按闽南民间算法，那可是五十岁了。一个半百之人，在当时中国可谓大寿也。他二十六岁中进士，官至监察御史，是清末著名的爱国主义者，抗英名臣。在这之前，他曾上书道光皇帝，提出一系列卓有远见的政治、军事改革思想，以期维护国家尊严，振奋民族意志。然而，他的这些政见，都让道光皇帝束之高阁，更要命的是，在他知命之年仕途中断，无法将满腔热血贡献给国家、人民。

但是，这对陈庆镛个人来说却是幸福的。他有贤惠善良的妻子和听话的孩子。每一次省亲回家，他总是恋恋不舍。

他想起数年前一次回家过春节，清晨醒来，腹中饥饿，听得灶间响起了“咕噜咕噜”的炖物声，便起身问妻子说：“老婆大人，你倒真会体贴啊，想我陈庆镛这么长时间才回家一次，是为我炖什么好吃的吧？好让我补补身子！”

妻子正忙着，听他说话，确实有些伤感了。她回过头来半嗔半责地说：“你陈庆镛一年到头就知道为官，哪会想到这家里有没有钱过日子？从年头到年尾，回家也不见你拿出一文钱，能有什么好炖的？炖你那两支老骨头啦！”

不想陈庆镛一时没有听懂，还以为锅里正炖着猪骨头呢。便笑着说：“炖骨头好，炖骨头好啊！炖的是龙骨还是排骨呢？”

妻子见陈庆镛没有听懂，就再也不饶他了，不怀好气地大声说道：“炖你那两支‘清廉骨’啦！”

陈庆镛这回算是明白了！他又笑了一笑，跑到灶间把锅盖揭起，一看，原来妻子正在大锅里煮纺线呢。水一烧开，那声音“咕噜咕噜”的，像是在炖什么食物！

陈庆镛大乐！一直以来，妻子并未跟他上京“享福”，而是在家里照顾老小。闲时，她还纺些棉布，一部分给家人做几件粗布衣裳，另一部分拿到集市上去卖，好歹贴补点家用。锅里为何煮纺线呢？原来纺线经水一煮，生线变成熟线，再加上几滴食用油，便更坚韧、更富有弹性了。纺布时，线不易拉断，减少接线的概率，提高纺织效益。并且，织成之后的布匹，不会缩水，做衣服更好把握尺度。

陈庆镛看着那一锅子的纺线，乐过之后，心里真是一阵温暖一阵酸。他摸摸口袋，只剩下几个铜板。

原来，陈庆镛一向为官清廉，每年的俸薪，除了买书，寄些回家贴补家用之外，给自己留下的零头也甚少。这春节回家，除了车旅开销，到家时也就剩下几个铜板了。他无奈地摇了摇头，又往口袋里摸上一摸，摸出一个物件，惭愧地对妻子说：“拿它去当了吧，给孩子们做两件好衣裳，再买一些骨头回来炖一炖吧！”

妻子从陈庆镛的手里接过东西一看，原来是一块玉佩，上面刻有“西台御史”四个字。她知道那是陈庆镛的随身之物，便说：“相公，不可不可！这玉佩乃是你的随身之物，如何当得？持家不就节俭一点吗？吃点番薯土豆，年照样过啊！”

只见陈庆镛摆了摆手，笑着说道：“呵呵，这又何妨？咱们也算官家之人啊，这年可不能这样过的！先当了再说吧，以后有钱赎回便是！”

2.

陈庆镛确实是个清官、好官，他想起那个春节的时候，总觉得有愧于妻子、家人。虽然他只身在朝为官，对家中的大小疏于关怀，但只要有妻子在，他就能够安心，一切家中事务，妻子都会安排得妥妥当当。虽然想起来于心不忍，却又如何？自古以来，先有大家，才有小家，想为朝廷办事，哪能考虑到家庭？

再说闽南女子的勤劳贤惠，也是众所周知的。陈庆镛感念于妻子儿女的分离，这次被贬回家，也算是一种解脱吧。管他的呢，这天下有操不完的心，做不完的事！想到这里，他自然轻松许多，所谓无官一身轻，就是他今天的体会吧。

那一年，陈庆镛将随身的玉佩交与妻子，去丰州城里当了五两银子，正准备高高兴兴过年，不想却招来一场误会。原来，丰州城里的当铺，多半是官家开的，一看到“西台御史”四个字，便觉大难临头，知是陈庆镛回家过年了。县官以为，陈庆镛当这个玉佩，是想吃点油水，当下亲点八班人马，鸣锣开道，为他送来白银百两，叩头谢罪。

不想陈庆镛非但不受，还当场训示县官——自己从不受贿。并对他晓之以理，将银两带回，一并交代说为官一定要清廉，否则呈报法办。据说，那县官深感于陈庆镛的清廉，回去后果然反省，为丰州老百姓办了不少实事。当然，这是后话，在此不提。

此时，陈庆镛正沉浸于往事的回忆中，突见管家走出府邸，对他说道：“老爷，车驾已打理好了，一共十三大车，都是您这一生的‘金银财宝’！”

“好好好，”陈庆镛笑哈哈地回道，“有劳众位兄弟辛苦了！这十三车‘金银财宝’，是我陈某人一生的积蓄，让大家好生看管，回去后若是少了一件，拿你是问！”

管家应诺了一声，回去招呼大家，务必将这十三车‘金银财宝’一路看好，否则出了差池，回泉州肯定是要受责的。

各位看官必然心生疑问：都说陈庆镛是举世公认的直臣，又是清官，何以被贬之后，竟然会有这十三车“金银财宝”？难道这个陈庆镛是个披着羊皮的狼？在外假装清廉，骨子里却到处收财敛物？文至于此，笔者先不好说甚，反正，这十三车“金银财宝”，已经装好了车，正准备运送出京呢，也不知何时才能送达泉州。这一路上又会发生什么变故，也未尝可知。总之，陈庆镛出得京城时，那样子确实浩浩荡荡，十三部车的东西满满的，谁又能知道，这其间到底是些什么东西？那就往后看看再说吧！

因为是个贬官，故敢来相送的人也寥寥无几，只那几句闲聊的话，就都打发走了，倒也给陈庆镛带来不少清净。看看没什么人来了，陈庆镛再一次回头，看着那曾经住过的府邸，似有一点凄清地一笑，挥挥手，让大家伙把那十三车宝贝用马车拉出来。再挥一挥手，像是作别紫禁城上的云彩，城墙上的汉砖以及城外的青柳，还有那护城河里的水，一转身，跨上马车，任车夫挥动长鞭，一路往南而下，向泉州赶来。

也不知走了多少天过了多少路来到什么地界，反正，这一路上陈庆镛都由管家好生安排着，该走的时候就走，该停的时候就停，该宿的时候就宿，一路上倒也是顺顺当当的。不过，那十三车的“金银财宝”，却是十分招惹人眼球的，过往的行人无不驻足观望，等着那大车一过，势必站在那里，又来一番长长的议论——又是哪个丧尽天良的狗官，发了一通国难财之后，总算要打道回府了！

也有那些好事大胆者上前一问，因陈庆镛事先有过交代，车夫和伙计们也个个守口如瓶，都只是摇了摇头，并未透露半点风声。这十三车宝贝，到底装的是什么呢？

也是合当有事，那天晚上管家似乎算错了路程，一行人走到一个前不挨村后不着店的林子里，一望茫然不知前路有多远。看看天色即将暗了下来，管家无计，只好过来请示陈庆镛，让陈老爷给拿个主意，看看是要继续前行，还是就地安歇？

这陈庆镛一路坐在马车上，手里只管捧着一本书观看，听得管家汇报，便说道：“这有啥慌的？都下车去，让兄弟们委屈一晚，就地宿营，明天再赶路。”管家欲走时，陈庆镛又叫住说：“还有，告诉伙计们，这荒山野岭的，路上遇上野兽也不怎么好怕，有这么多条汉子，巴不得打个来解解馋！可要是遇上毒蛇，那可就不行了，这一咬准没救，会出人命的！还是随便打点一下，就地宿营不许乱跑，一等天亮，再赶路也不迟！”

管家听得陈庆镛这一安排，觉得在理，便去招呼伙计，各自弄好铺盖，随便咬两口干粮，早早安歇了。

3.

半夜时分，突然听得炮声一响，大家惊吓得睁不开眼睛，只见四面火光冲天，亮如白昼，原来，他们已经被一伙手执火把的盗贼团团围住了。

只听为首的那人说道：“大家不要慌，但叫那贪财的狗官出来，我们兄弟是劫富济贫的梁山好汉，不杀人！今天，这十三车的‘生辰纲’，我们兄弟是劫定了！快快让那贪官出来受死，其余伙计人等，愿意入伙的我们欢迎，不愿意入伙的放大家一条生路，给大家一点路费，让你们回家与家人团聚！”

最先出来答话的是那管家，只听他说：“众位好汉爷手下留情，我们家老爷可是一代清官，哪有什么金银财宝？”

话音未落，便引来一阵哄堂大笑。只听那伙盗贼七嘴八舌地叫道：

“什么清官？这十三车财物是什么？分明是搜刮地皮刮来的横财嘛！”

“就是啊！这世道，哪个狗官不是贪得无厌？在任时装穷，回家后大车小车的！”

“你骗谁啊？我们早就打探过了，早在北京出府前，那狗官就亲口交代，说这十三车可是‘金银财宝’！”

“你小子还替他说话？不要命了不是？信不信连你一起宰了喂狗！”

“哼，我们当家的可是一路派人从京城跟踪至此的，你还敢狡辩？兄弟们，不要再和他啰唆了，大家动手！看谁敢动一动，一刀切了！”

……

眼看局势危急，看来不将这十三车东西交出，势必会给大家带来杀身之祸。这时，突听得马车内一声长喝：“住手！”但见陈庆镛从车上跳了下来。原来，他早就被惊醒了，只是惊醒之后，没有马上出来。毕竟，他不是武官，这打打杀杀之事他不会。既然被盗贼围住，那得先了解一下情况再作定夺。当他听得盗贼把他当贪官前来劫财时，一颗心便放了下来，走出马车，随后一声长啸，先是把那伙盗贼给镇住了。

盗贼们暂时没看清来人是谁，倒是让这一声长喝，给镇住了。先是一愣，收住了嘴上的叫喊，暂时不做任何行动。

只听陈庆镛说道：“本人就是陈庆镛，谁敢说我是贪官了？”

那伙盗贼见一个老头出来，先是安稳了一些，心想那就是贪官了，估计也没什么能耐，便又说：“你就是这不义之财的主人？一看你就不是什么好东西，才不管你叫什么‘庸’什么‘俗’呢，爷爷今天非要收你的财，还要拿你的人头祭旗！”

“对，杀了这狗官，拿他的人头祭旗……”一人话出，那伙盗贼又是一阵乱喊，马上那声势又恢复到开始的阵势。事实上，早先盗贼也并非见人就杀的活阎王，所谓道亦有道，他们都是先用威慑的手段，让大家害怕了，只收财敛物，把人驱散就算了。除非有几个要钱不要命却又自恃强健的家伙，他们才会动起手来，让你人财两空。

陈庆镛也懂这个道理，他挥一挥手说：“众位好汉，我陈庆镛确非贪官，我这十三车宝贝，无非就是我几十年积攒下来的书籍，除此之外，本人只略带一些盘缠，是给伙计们的脚力钱，这个，我想应该给他们留下才是啊！”

盗贼们并不听陈庆镛的，他们齐声大喊：“想要活命，把十三车宝贝留下来；想要活命，把十三车宝贝留下来！……”

陈庆镛无奈，只好说道："也罢，若真想留下这些书籍也可以，但求众位好汉不要糟蹋了，拿回去后好生研读，或许有天会让你们改头换面，重新做人的！"

几个盗贼哪里肯信？凑近箱子，用刀将一箱一箱的书籍撬开，发现陈庆镛所讲的话都是真的。原来，那十三车所谓的"宝贝"，都只是陈庆镛半生积攒下来的书。面对这么多的书，那些目不识丁的家伙，一下子也不知如何是好，大家静静地议论着，不知是走还是留！末了，几个头目一合计，又说道："老头，既然这箱子里没有财宝，你总得留点值钱的东西给我们吧？要不我们回去，无法向大王交代啊！"

陈庆镛想了想，觉得也是，便问了管家。管家说只有路上用的一些碎银，就算全部给了，也就一二十两，可兄弟们这一路上怎么办？陈庆镛也是没办法了，只得示意管家，把所有银两给了那些盗贼，又把身上那块玉佩取下，递给那几个头目，说："陈某谢壮士不杀之恩！你可取这玉佩回去交差，算我陈某人的所有家当了！"

盗贼无奈，一声呼啸，都散了去。陈庆镛一伙人却惊魂未定，天黑没办法走，只得在这林子中继续蹲着，一宿委屈到天亮。

4.

次日一大早，管家招呼大家起来，稍稍收拾，便开始赶路了！一路上，管家小声地问起陈庆镛："老爷，这一路上没有半个铜板了，别说回泉州，就算在这深山老林子里，也未必走得出去啊，一路上就是饿，也都得饿死！"

陈庆镛无奈，只得安慰说："天无绝人之路，走一路看一路吧！"他嘴上是这么说的，心里却也没什么底。想起自己为官如此清廉正直，到头来却落得如此下场，脸上虽然不说，肚子里却是委屈一阵。他生怕别人看出，便不动声色了。

一行人正垂头丧气地往前走着，忽听得后面又是一行快马追来，口里不断地叫喊着："前面的人留步，我们家大王不让走了，请你们一道回山寨去!”

陈庆镛听得叫声，心想这回算是真完了。这伙盗贼肯定是朝廷的死对头，不杀几个官员的脑袋祭旗，是不会甘心的。罢了、罢了，事到如今，也只能听天由命了！他挥了挥手，让大家停下来，然后转身对那盗贼头目说：“好汉，钱我都给你了，你们要杀的不就是我陈庆镛吗？他们都是伙计，是我花钱雇佣来的脚夫，此事与他们无关，我和你们上山去就是了，要杀要剐，随便你们，但请放大家一条生路吧!”

那盗贼头目却说：“陈先生，我可只听我们大王说，请诸位一起上山！小头目只听大王的命令，其他的，陈先生上山之后，自与我们大王说去!”

看来，这回是真走不了了，陈庆镛无奈，只好示意大家推着行李，让那几个盗贼一路押着，往山上去了。

及进山门，又入大堂，但见聚义厅上坐着一位满脸胡须的汉子，一看就令人生畏。陈庆镛也是心里一阵发毛，不敢说话。只听那汉子说道：“某某，你把那些个脚夫和伙计，叫到外面的食堂先吃顿饱饭，再让人把军师给我请来!”

那头目说了一声“是”。便押着大伙一同前去吃饭，只留下陈庆镛和那山大王两个人坐在厅堂中。那大王瞪着铜铃般的眼睛看了一会儿陈庆镛，便开始问道：“先生可叫陈庆镛?”

陈庆镛听了，懒懒地回说：“正是!”

那大王又问道：“陈庆镛可是你？西台御史?”

只见陈庆镛一扭头，又回道：“正是!”

紧接着，那大王又把眼睛一瞪，继而大声吼道：“你跟老子说实话，你到底是不是叫陈庆镛？陈庆镛究竟是不是你？不老实说话，爷爷我一刀把你砍了!”

这一吼，把个陈庆镛也给惹起火来。他回敬说：“你这魔头真是无礼，虽然我是一个文官，但大丈夫行不更名，坐不改姓，父母给取的名字，岂能随意更改？我就是陈庆镛，陈庆镛就是我！陈庆镛、陈庆镛，你这厮听清楚了吗?”

却见那大王也乐了，突然仰天长笑，良久才说："这玉佩可是你的？陈庆镛，你也没想到吧，当年的直谏大臣，竟然换来被贬回乡的下场！"

陈庆镛见那大王手中拿着他的玉佩，便说："看来你这魔头也知道我陈庆镛啊！你说的没错，陈某人为江山社稷，为黎民百姓，就算赴汤蹈火也在所不惜。这身家性命都不值钱了，写几个文字给皇上，说说心里话，纳纳谏，那也只是作为华夏子民理应尽的义务。连生死都置之度外了，又何惧被贬为庶民？"

陈庆镛正慷慨激昂，却听堂后一人掌声响起，赞道："先生不愧当今'天下三大鲠直御史'，虽说朱琦、苏廷魁不曾谋面，但今日有幸与陈先生坐下喝上一杯酒，也算三生有幸了。"话音未落，却见帐后走出一个学士模样的人，笑吟吟的，双手作揖。

紧跟着，那大王赶紧走下厅堂，伸出双手，将陈庆镛引上堂去，笑道："让先生受惊了，今儿我与军师在此，略备酒菜，与先生压惊，算是赔礼了！"

那军师又说："是啊，若是朝廷能多有几个像先生这样的直士，大清国哪会腐败至此？我华夏民族如何会让洋夷侵略？我等兄弟更不至于啸集山林，落草为寇！"

话音未落，又听那大王一声长喝："兄弟们，上酒菜！我与陈先生畅饮！"顷刻之间，酒菜上来。看来，这都是早有准备的事了。

陈庆镛与二位山大王就座之后，边聊边饮。这一会儿的局势扭转，简直是太快了，一点也不给陈庆镛半点准备。不过，陈庆镛也算经风历雨之人，又是一个直士，很快，他就和二位头领聊得"水深火热"了。

5.

陈庆镛看得出，这二位好汉并非一般草寇，而是深明民族大义的义士，估计是因环境所迫，才揭竿而起的。自然，他们效仿梁山好汉，这其间也有大王、军师，也有一百单八将。陈庆镛最想说的是，期望他们早日归顺朝廷，为国家效力。

而二位好汉却说："我们只效仿宋公明'替天行道'，绝不效仿他归顺朝廷！陈先生不是不知，当今清廷，屈服于洋夷而置民众于水火，这样的朝廷已是朽木了，还投诚它何用？不如找个贤主，取而代之，方能制服洋夷，解救民众于水火！"

陈庆镛一听，慌忙摆手说道："二位言过也，二位言过也！当今圣上虽然年迈，却也是兼听的名君，虽然某些政见常有不同，却非两位所说的昏聩之君。得失只是个人间的小事，若与整个国家相比，那可就是大事了，我等怎么可以因小失大呢？"

却听那军师又说："先生也是一位直臣廉士，若按先生所说，当今皇上是圣明的，你却为何又会落到此等地步？不是我等直言，倒请先生三思了！"

那大王直爽，更是不禁脱口说道："先生，不如与我们一同落草，我这大王之位让给先生坐上一坐，咱们一起杀贪官，杀洋鬼子，替天行道！"

"不可不可！"这话陈庆镛自然听不下去，他好歹也算一代大儒，只有他教导别人忠君之份，哪有别人教他落草之事？只听他又说道："自古忠臣不事二主，烈女不嫁二夫！这话二位可有听说过？"但见二位山大王点头，陈庆镛又继续说道："身为大清子民，我等只有尽忠朝廷，尽忠皇上，才能团结民众，国富民强。有道是'君让臣死，臣不得不死'。别说这一点小委屈，就算这一百多斤扔了，也是生为大清人，死为大清鬼，哪还敢犯上作乱？此等话二位切莫说了，老夫想都不敢想的！"

看看矛盾出来，倒是军师聪明，知道大王把话说得唐突了。他把话锋一转，又问起了陈庆镛，说道："在下不才，有一事烦请先生示教：当今天下的态势如何？四方洋夷作乱何时可休，如何抑之呢？"

说起这些，陈庆镛的话可就多了。他说："我泱泱华夏，洋夷犯边，群贼四起，大清朝廷若不改革政治，是以危及也！"

他呷了一口酒，话就止不住了，开始大谈他的政治主张。那过往之事，更是如数家珍地抛出来，使得二位草莽放下酒杯，用眼睛盯着他，似乎要一口气听完。

只说道光十六年四月，陈庆镛和黄爵滋等42名地位不高的南方籍京官，在北京的陶然亭举行了一次“春禊”。原先这“春禊”，也只是一般的文人集会而已，其性质就和“诗友会”“文友会”差不多，从来不与政治关联。

但此次集会，他们竟然提出了有关禁烟抗英及改革吏治的政治主张，一次文人聚会，集成了一起政治活动，是令谁都意想不到的。然而，尽管他们高亢激昂，提出的政治主张也合乎实际，但却因官位低微，未被当局采纳而搁浅。但是，这次“春禊”，却体现了陈庆镛等人忧国忧民之心和卓有远见的政治思想！

陈庆镛历来主张“以夷制夷”，就是利用洋人的先进技术和设备，以及洋人与洋人之间的矛盾，对其侵略战争进行分化与瓦解。取之长，击之短，以达强化自我之目的。

鸦片战争爆发后，由于清政府软弱无能，很快就以失败告终，琦善等人在南京与英帝国签订了中国历史上第一个不平等条约——《南京条约》。是时，陈庆镛已官至御史，他愤而上书《认真训练水师策》和《海疆防堵疏》等奏章，但均被清朝政府束之高阁。虽然此事给陈庆镛的打击极大，但并未动摇他忠君爱国的思想。

当然，在二位草莽眼里，陈庆镛的想法，并不是不可行的。但他的政见，在儒家忠君思想的笼罩下，在当时社会制度的局限下，都是软弱无力的。陈庆镛一时并未看清时势和清廷的现状，想通过几折奏章或一纸书文来改变这个世界，似乎很是牵强。然而，这种思想在晚清，却是大有市场的。附和跟风者有之，期望实现者有之，而想利用这种观点平步青云者亦有之。

在冷热兵器交换的时代，落后者除了前赴后继，除了以血肉之躯唤醒麻醉民众的思想，从而奋发图强之外——只剩下彻底的死亡和苟且偷生的结局。

所以，草莽或许没有多少文化，但他们却有一种直觉。他们可能非常佩服陈庆镛的胆识和学问，却无法理解和认同他的救世观点。

但二位草莽还是频频向陈庆镛举杯，不时地赞誉他那顺手拈来、出口成章的口才和满腹经纶、博古通今的文采。是的，陈庆镛可不是一般的文人，就连当今皇上，也让他奏得“收回成命”，更何况那两个草莽之士。一席话间，真是让两人佩服得五体投地，只有点头颔首之份，哪有插话或与之讨伐的本事？

6.

酒话间，那军师又问起当年是如何直谏道光皇帝的，又是如何让他“收回成命”的。说起这事，陈庆镛更是口若悬河，眉飞色舞。

原来，《南京条约》签订之后，激起国人的义愤，琦善等人被拘，余步云伏斩。

然道光二十三年，皇帝又想重新起用曾被革职的琦善、奕山、奕经、牛鉴、文蔚等卖国贼，陈庆镛在无人敢言的情况下，毅然愤书《申明刑赏疏》，使得道光皇帝不得不放下皇族尊严，谕曰：“朕无知人之明，以致琦善、奕经、文蔚诸人丧师失律，唯有反躬自责，不欲诿罪臣工。今该御史请收回成命，朕非文过饰非之君，岂肯回护？”终于革了琦善等人的官职，令其闭门思过。

陈庆镛说到此处，三人都有大快人心之悦，更是惹来二位草莽又是一番敬酒。三杯下肚之后，大家似乎都有些微醉了。不难想象，对于两个不见经传的草莽来说，陈庆镛的大胆豪情及不顾个人安危的爱国爱民之情，确实让他们佩服得五体投地。

自古以来，武夫不惜性命，保家卫国，堪称“忠勇”也；而文臣在朝，亦可不顾身家性命，敢于纳言直谏，那也是一场不愧于武夫的战场，一条政见若是说对了，换来的则是不流血和少流血的胜利，其可谓比战场争战，有过之而无不及也。

二人边听边点头晃脑，不断举杯向陈庆镛表示敬意，三人越喝越沉，越醉时言语越多。但是，在他们三人之间，可能谁也不曾想到，这《南京条约》是谁授意签订的？琦善有那么大的胆量和权力吗？道光皇帝又为何在短短三个月之后，又要起用琦善等人呢？其意图不言而喻！而道光皇帝为何才起重新任用之念头，又因陈庆镛的一纸奏折而“收回成命”呢？看来，这事并不像史书上记载的那么简单。

说来说去，这道光皇帝并不是一个庸人，而是一个老谋深算、满脑子政治手腕之人，他只是唱了一出戏，给天下的老百姓看看而已！至于陈庆镛、琦善、奕山、奕经、牛鉴、文蔚等人，都只是这出戏中一粒听任摆布的棋子！清廷如此，岂能不败？

但此时的陈庆镛，却乐意接受这份荣耀，也乐意接受二位草莽的崇敬。他一边喝酒，一边讲着他的故事，虽然有些醉意，却无半点骄矜，反倒是心中的义愤不断升级，到头来，他对皇上和朝廷，依然不存在半句怨言，更别说是有些许触犯。

三人继续喝酒，至醉时，已然忘记斯文。草莽本来就是草莽，文人最终也成草莽。陈庆镛一边喝酒，一边一字不差地背起了《申明刑赏疏》：

“行政之要，莫大于刑赏。刑赏之权，操之于君，喻之于民，所以示天下之大公也。大学论平天下之道，在于絜矩。矩者何，民之好恶是已。

“海疆多事以来，自总督、将军以至州县丞倅，禽骇兽奔。皇上赫然震怒，失律之罪，法有莫逭。于是辱国之将军奕山、奕经，参赞文蔚，总督牛鉴，提督余步云，先后就逮，步云伏法。血气之伦，罔不拊手称快，谓国法前虽未伸于琦善，今犹伸于余步云。乃未几起琦善为叶尔羌帮办大臣。邸报既传，人情震骇，犹解之曰：‘古圣王之待罪人，有投四裔以御魑魅者。’皇上之于琦善，殆其类是，而今且以三品顶戴用为热河都统矣，且用奕经为叶尔羌帮办大臣，文蔚为古城领队大臣矣。

“琦善于战事方始，首先示弱，以惰军心，海内糜烂，至于此极。既罢斥终身不齿，犹恐不足餍民心而作士气。奕经之罪，虽较琦善稍减，文蔚之罪，较奕经又减。然皇上命将出师，若何慎重。奕经顿兵半载，曾未身历行间，骋其虑骄之气，自诡一鼓而复三城；卒之机事不密，贻笑敌人，覆军杀将，一败不支。此不待别科骚扰供亿、招权纳贿之罪，而已不可胜诛。

“臣亦知奕经为高宗纯皇帝之裔，皇上亲亲睦族，不忍遽加显戮。然即幸邀宽典，亦当禁锢终身，无为天潢宗室羞，岂图收禁未及三月，辄复弃瑕录用？且此数人者，皇上特未知其见恶于民之深耳。倘俯采舆论，孰不切齿琦善为罪魁，谁不疾首于奕山、奕经、牛鉴、文蔚，而以为投畀之不容缓？此非臣一人之私言也。

“侧闻琦善意侈体汰，跋扈如常，叶尔羌之行，本属怏怏；今果未及出关，即蒙召还。热河密迩神京，有识无识，莫不抚膺太息，以为皇上乡用琦善之意，尚不止此。万一有事，则荧惑圣聪者，必仍系斯人。

“履霜坚冰，深可懔惧。顷者御试翰詹，以‘烹阿封即墨’命题，而今兹刑赏顾如此，臣未知皇上所谓阿者何人？即墨者何人？假如圣意高深，偶或差忒，而以即墨为阿，阿为即墨，将毋誉之毁之者有以淆乱是非耶？

“所望皇上立奋天威，收回成命，体大学絜矩之旨，鉴盈廷毁誉之真，国法稍伸，民心可慰。”

陈庆镛一口气把《申明刑赏疏》背完，唬得二位义士频频点头颔首，又是一番敬酒。一起说道：“若当今朝廷都如陈御史，我等何至落草于此！”

7.

次日，二位草莽亲送陈庆镛下山，并为兄弟伙计备了不少路上急需用品，让陈庆镛一行人十分感动。临行时，陈庆镛不忘劝诫二位草莽：大清盛世，应及时归附朝廷，一起抗击洋夷，不可助贼兴乱。二人只是微笑拱手，并未作答。

不知又过了多少时日，一路上风餐露宿，辛苦异常，陈庆镛一行人风尘仆仆赶回泉州老家。因他名声在外，也有不少乡贤朋友前来迎接，询问路上之辛劳。

陈庆镛也不隐瞒，一并说了。当说到路遇盗匪时，他略去大部分章节，只故作镇静地说道：“我啊，从容不惧，与那些盗贼说：‘本人为官十三载，从来两袖清风，哪有什么钱财？这十几车书你们拿去看吧，或许能帮你们洗心革面，老夫奉送也！’”陈庆镛说完哈哈大笑，显得轻松自若，慷慨激昂，倒把那些故友乡贤惊出一身冷汗。

陈庆镛的家在泉州西门外塔后村，这里，有一所他为官后修建的、具有闽南传统特色的古大厝。这栋古大厝并不是很大，也就四五百平方米的样子，装修上亦显得简朴低调，与一般民宅并无差别。从古大厝上看，可以见得陈庆镛清廉简朴，高风亮节。

回泉州之后，陈庆镛并没有闲下来，他四处联络，置办学校，教书育人。因其书多人多，学生也多，后又在其大厝左后方，修建了几间书房。原先书房前面，有一个大池塘，历经190年之后的今天，池塘不知何时被填没了，至今只现一片空地。书房前有一棵老树，据说是陈庆镛当年种下的，因无人解说，故也不敢确证。只是感觉那株古树，甚是苍老，似乎见过陈庆镛，能说起几段与陈庆镛相关的往事。

书房的木门之上，有一把大锁，紧紧地锁住了岁月。似乎隐约之间，想起了陈庆镛被贬回乡，那兢兢业业忙碌办学的身影。从书房的砖窗外面，似乎也可以看到陈庆镛夜读时的灯光和他不知疲惫的身影。甚至，我们还可以偶尔听到他兴奋时，朗朗的吟诗声；以及他愤慨激昂时，为社稷为民众奔走呼号的声音。

其时，陈庆镛在泉州创办了清源书院，又到厦门的玉屏书院去讲学。道光年间，由于内外交困，百姓的生活颠沛流离，民间出现了不少弃婴。陈庆镛心生怜悯，在安海倡办了一所“育婴院”，这是泉州近代史上最早的慈善机构。并在“育婴院”的基础上，开办了工读学校，主张：“既要收养弃婴，还当具培育之责。”他用其一生的体会，倡导并践行了“实事求是”的精神，并亲笔喻书于纸，雕刻于碑。

很快，陈庆镛的儒家风骨，便随他的教书育人，大办慈善而享誉四方。但是，这并不是陈庆镛最终的理想。他仍期待有朝一日，天子皇恩浩荡，让他重回京都，为皇上，为大清朝廷，为天下受苦受难的黎民百姓，再尽绵薄之力。

终于，这个机会来了。道光三十年（公元1850年）一月，咸丰皇帝即位之后，受林则徐和大学士朱凤标的推荐，陈庆镛被重新起用了。咸丰皇帝复授他为御史补江西道监察，后又将他调任陕西道监察御史。其间，洪秀全领导的太平天国起义已席卷了大半个中国，攻陷南京，并定都南京改南京为“天京”。其声势之浩大，引起各地会党纷纷响应，清朝政府在人民起义军的浪潮下，已是风雨飘摇了。

咸丰三年（公元 1853 年），福建永春林俊红钱会起义，厦门、同安、海澄一带黄位、黄德美小刀会起义，惠安邱二娘起义，莆田、仙游乌白旗起义，一时间，整个闽南地区也是烽烟群起，并向四方蔓延燃烧。是时，陈庆镛向咸丰皇帝请辞回乡，受命于泉州督办团练，与起义军对抗。

还别说陈庆镛是一介书生，职任御史，但在治理地方和领兵平叛这一方面，却是愣有一手的。一方面，他使用强硬的武力征剿，迫使群雄屈服；另一方面，他又搬出和善的安抚手段，即使民心归顺。只这“一剿”和“一安”两手一起抓，很快，一大部分起义军便被消灭殆尽了。咸丰五年（公元 1855 年）六月，惠安首领邱二娘被俘，陈庆镛用极其残忍的手段，在泉州南校场将邱二娘处以“剐刑”。

咸丰七年（公元 1857 年）四月十四日，永春义军领袖林俊率领红钱会起义军，联合莆田、仙游乌白旗起义军进攻泉州城，守城的官兵纷纷逃窜。陈庆镛联合官府并各乡兵勇团练，将林俊起义军一举镇压了。后来，他又进一步分化、瓦解了其他起义军。

终于，闽南泉州的烽烟归于沉寂，陈庆镛也因其剿匪有功，受赐花翎。

然在此时，当朝廷想再度起用于他，让他当候选道员时，他却于咸丰八年（公元 1858 年）八月三日，病逝于泉州团练公所，享年六十有三（闽南传统算法六十四）岁。

不可否认，腐败的清王朝在这些老臣的匡扶下，又苟延残喘数十年！

后记：

陈庆镛是位博学多才的儒家学者，生平著就了《籀经堂类稿》《齐侯罍铭通释》。他以程朱理学的言行作为道德规范和行为准绳，并以汉儒严谨朴质的精神治学，以期达到“修身、齐家、治国、平天下”的理想目标。或许在他的人生理想中，也只能做到了“修身、齐家”，但若论到“治国、平天下”，却也是十分牵强的。

陈庆镛后来又作了《三家诗考》《说文释文校本》《古籀考》《穀梁通释》等书。但遗憾的是，这些书都只是一些书稿，并未刊发。

陈庆镛死后，葬于北峰区塔后村福安宫口，虽赐御葬，并不豪华。其妻死后葬于佛迹山，后因发现有蚂蚁侵扰，乃合迁葬于福安宫口。之后，因北峰中学扩建，迁至塔后村后山的一片龙眼林中。坐东朝西，正前方是清源山北侧的将军山。

至于那两位草莽英雄，既是草莽，便也无须姓名。他们大多没有读过多少书，后来身在何处，去了何方，也未可知！有人说他们参加了太平军，也有人说他们后来去闹义和团杀洋鬼子。总之，他们只是一伙“盗亦有道”的封建社会下层武装，不管他们最终的结局会不会像邱二娘那样，他们与陈庆镛的思想，估计不会是一个立场上的。

而陈庆镛在泉州南校场上，将邱二娘处以剐刑时，是否会想起那伙没杀他的盗贼？是否会想起“盗亦有道”那句古训？是否会思考盗从何来，又往何去？

是的，陈庆镛毕竟只是一代儒者，有其士大夫的忠君思想和永远无法改变的阶级立场。倘若他被贬回乡之后，能够一心从事教育而不谋求再度入朝参政，则可以少去许多是非，留下千古传唱的直谏美名。但历史总有无法改变的事实，它不是写给当事人看的，而是写给后来者看的。

陈庆镛绝非俗人，作为晚清有名的直谏御史，能够提出这样的口号并引于修身，足见其博古通今，具有很强的先见性。

后　记

很奇怪，原本我散文写得最多，并想出两本散文专集。但遗憾的是，我的专集出版，总打擦边球。重新执笔之后，我在2012年出版了第一本文集——《岁月的水纹》。这书不是纯散文，有散文、杂文和小说。2016年，我又出版了第二本个人诗歌专集《三月杏花酒》。今天，《水车》出版了，不是散文，是小说。

我不知道，为什么我不能专一创作。有人劝我——人没有那么多精力，你应该专心写散文。我没回答，无法回答。我只是写我的文章，不管是散文、小说、杂文甚至诗词；我只是觉得，凭我当时的感触，哪一种文体适合我，我就写哪一种文体。诚然，不管我写哪一种文体，之前两本书都是丛书，没办法自己拿主意。但是，《水车》的出版，却是我个人的第一本专著。

我给我自己的书题字，写序，确定最后的设计方案。

一直以来，妻对我文学创作与书籍出版总保持缄默的认可——至少，我是一个能自负盈亏的作者，有一定稿费，一小点文学奖；同时，我也是一个有待读者认可与支持的作者。这一次，妻和从前一样，也让我自己拿主意，不说支持，也不反对。这让我深深体会中国文学工作者的两难境地。是的，他们喜欢写，更想拥有自己的文学作品，让更多的人去了解、认可。但在了解与认可的过程中，肯定会有诸多的问题，需要个人去努力——比如经济、出版、销售等等。

多数作家很难成为全能的社会人。很多人会写，也写得很好，但缺乏推广和推介。于是，接下来的工作，需要有专职出版和销售团队来完成。因此，我期待《水车》能成为我摆脱压力的第一本小说集，在未来的日子里，会有更好的突破点与新起点，让更多读者能够深入了解我，让更多读者能够认真分享书中的悲喜，让读者与作者的心缩短距离，从相知到相连！

故此，我真诚地感谢读者，感谢我的家人，感谢未来，感谢帮助我推广、推介的出版界和销售界的朋友们。这仅仅只是一个开始，一切都将更可期待，更加真实！

戴高山

2017年5月2日于泉州